KISANGA

Emmanuel Grand, né en 1966, vit en région parisienne. Son premier roman, *Terminus Belz*, a remporté le Prix du polar SNCF en 2016. Son deuxième roman, *Les salauds devront payer*, a reçu le prix Interpol'art. *Kisanga*, prix Landerneau Polar 2018, est son troisième roman.

*Paru au Livre de Poche :*

LES SALAUDS DEVRONT PAYER

EMMANUEL GRAND

# *Kisanga*

LIANA LEVI

ISBN : 978-2-253-25800-1 – 1re publication LGF

« Le besoin de l'emporter sur les autres : c'est ce que cherche toute nature comme un bien, mais que, par loi et par force, on ramène au respect de l'égalité. »

PLATON, *La République*

## Ouverture

Ménerbes. À quinze kilomètres de Cavaillon.

7 heures. Le seul moment de la journée à peu près supportable en cette saison. Dans quelques heures, le soleil monterait droit dans le ciel, jaune et fier, écrasant de chaleur les sommets du petit Lubéron. Du haut de la falaise de calcite, à l'abri des massifs de chênes verts et de genévriers, on embrassait la vallée d'un seul coup d'œil. Les maisons éparses aux toits de tuiles poudrés, les champs de vigne bien alignés, les collines boisées découvrant de longs flancs crayeux, puis une route au loin, longeant la rivière.

L'homme s'avança vers le vide en prenant garde de ne pas se découvrir. Il régla ses jumelles longue portée. La visibilité était parfaite. De là où il se trouvait, il distinguait les moindres détails de la bastide du XVIIIe adossée à la montagne. Nichée dans une chênaie au milieu d'un terrain ceinturé d'un mur de pierres sèches, elle était composée de cinq bâtiments de hauteurs et de tailles différentes. À l'est, les façades ocre léchées par les premiers rayons du soleil donnaient sur des jardins en terrasses impeccablement entretenus. Au bout d'une allée bordée de buis et de chèvrefeuille, adossée à un haut mur et une haie d'oliviers, une pelouse aussi verte qu'un green de golf encerclait une imposante piscine rectangulaire.

L'homme regarda sa montre puis recula de quelques pas. Il avait repéré une voiture, une grosse berline de couleur sombre, arrêtée sur une voie d'accès. Il n'y avait plus qu'à attendre. Quelques minutes, une heure tout au plus. La cible était matinale et pouvait apparaître d'un instant à l'autre. À ce moment précis, il faudrait être prêt. Allongé à ses pieds, un second homme, vêtu lui aussi d'un treillis de camouflage, surveillait les lieux à travers la lunette de sa carabine de précision. Sa respiration était lente. Une brise légère caressait les feuilles des arbres.

Tapis dans les rochers, les deux guetteurs observaient la bâtisse sans bouger, quand soudain une silhouette apparut sur la terrasse. Le militaire fit le point sur ses jumelles. Un homme aux cheveux blancs, en robe de chambre nid-d'abeilles, tenait un bol de café à la main. Le sniper ajusta la crosse de son arme sur son épaule et resserra son index sur la queue de détente. Le militaire à la jumelle déploya la paume de sa main gauche comme pour l'empêcher de tirer. Épiant le moindre geste du type en contrebas, il attendit que celui-ci se tourne pour se présenter sous un angle plus favorable. Alors la cible renversa la tête en arrière et vida son bol de café d'un trait. Il l'avait en pleine ligne de mire quand son walkie-talkie se mit à grésiller.

— Allô !

— Oui, mon colonel.

— Ne tirez pas. Je vais sur place. Citroën grise immatriculée CE 371 SL.

— Bien, mon colonel.

— Je suis en civil, veste bleu marine. Interdiction de faire feu sans mon accord. Je vous ferai un signe si ça tourne mal, mais pour le moment, je joue seul.

Le capitaine répercuta l'ordre à son tireur d'élite et vingt minutes plus tard, un nuage de poussière monta du chemin, annonçant la Citroën qui termina sa course à l'ombre des cyprès. Le colonel en veste bleue sortit de la voiture, traversa le jardin et frappa à la porte. Le capitaine qui le suivait à la jumelle grogna entre ses dents. Le colonel était entré à l'intérieur et il ne l'avait plus en visuel. La mission venait de se compliquer singulièrement. Le sniper relâcha la pression. Que pouvait-il raconter à ce type ? Pourquoi ne les avait-on pas prévenus de son intervention ? Il s'en était fallu d'une seconde qu'il donne l'ordre de tirer. Cette opération était mal préparée et il n'aimait pas ça. Au bout de quelques minutes, le colonel et l'homme aux cheveux blancs apparurent sur la terrasse. Les deux militaires, rivés à leurs optiques haute définition, n'en perdaient pas une miette.

— Ils ont l'air de se connaître, murmura le sniper.

En bas, les deux hommes étaient engagés dans une discussion tendue. Le colonel pointait un doigt impérieux sur l'homme en robe de chambre et l'autre se défendait en écartant les bras. Le sniper ajusta son viseur sur la nuque de la cible. Mais le colonel semblait avoir l'affaire en main. L'homme aux cheveux blancs était tétanisé.

— Mais qu'est-ce qu'ils foutent, bon Dieu ? marmonna le capitaine.

L'homme aux cheveux blancs entra alors dans la maison pour en ressortir quelques secondes plus tard, une bouteille à la main. Il se servit un verre.

— Il se tape un whisky à 7 heures du mat. Qu'est-ce que c'est que ce cirque ?

Le sniper retenait son souffle. La situation était de plus en plus incongrue. L'homme avala son verre cul sec avant de le reposer sur une table d'extérieur. Le colonel s'approcha, déposa un téléphone portable à côté de lui avant de reculer de plusieurs pas. Puis il montra la montagne.

— Capitaine ! Il pointe dans notre direction.

— Il explique qu'on est là.

— Qu'est-ce que c'est que ce souk ? grommela le sniper.

— Il sait ce qu'il fait, répondit le capitaine qui se posait intérieurement la même question.

Puis l'homme parla quelques minutes au téléphone avant de reposer le combiné. Alors, le dos voûté, suivi par le colonel, il emprunta l'escalier de pierre vers les jardins en terrasses qu'il traversa mollement en caressant les fleurs du plat de la main. Ils descendirent un second escalier et pénétrèrent sur le green qui ceinturait la piscine. Sur leur piton rocheux, les deux militaires n'y comprenaient plus rien. L'homme aux cheveux blancs se tourna vers le colonel, le regarda longuement avant de laisser tomber sa robe de chambre et d'entrer lentement dans l'eau turquoise.

— Capitaine…

— Ne bouge pas.

Quand il eut de l'eau à la taille, il s'immobilisa et ce fut au tour du colonel d'entrer dans la piscine, tout habillé. Les deux hommes restèrent ainsi dans l'eau quelques instants, face à la falaise. Le soleil du matin dessinait des dégradés de gris, d'ocre et de rouge sur ses parois, révélant les anfractuosités et les creux noirs qui lui donnaient l'apparence d'une monumentale dent avariée. Les chênes verts s'accrochaient jusqu'au bord du précipice. Le ciel était d'un bleu profond et sans entrave. Le spectacle était grandiose.

Les deux hommes, de l'eau jusqu'à la taille, semblaient captivés par tant de beauté. Que se disaient-ils ? Rivé à ses optiques, le capitaine aurait donné cher pour le savoir.

Au bout d'un moment qui parut interminable, l'homme aux cheveux blancs s'agenouilla dans l'eau. Le colonel plaqua les deux mains sur ses épaules et appuya de toutes ses forces.

# I

# CARMIN

# 1

Quatre mois plus tôt.

Olivier Martel avait tourné pendant une demi-heure avant de trouver une place pour se garer. Voies rétrécies, bacs à fleurs, Montrouge faisait partie de ces banlieues de la région parisienne où la voiture était chassée avec autant d'ardeur et d'application que le canard sauvage en baie de Somme. Au bout du compte, il finit par se ranger de traviole sur un passage piéton. Il resserra sa cravate dans le rétroviseur. Il faisait une chaleur torride en ce mois de juin et il étouffait dans son costume de laine. Il remonta au pas de charge un dédale de petites rues pavillonnaires où les glycines débordaient des grilles en fer forgé. Au début de sa carrière, il avait bossé dans le quartier pendant quelques mois. Un petit bureau d'études qui travaillait pour de grandes boîtes comme Carmin. C'était il y a dix ans. Martel regarda sa montre et allongea le pas. Arrivé au niveau des deux obélisques marquant l'entrée du cimetière de Bagneux, il contourna la barrière restreignant l'accès des voitures et s'engagea dans l'avenue principale où il manqua de se tordre la cheville entre les pavés.

— Monsieur Michel Kessler, s'il vous plaît ? demanda-t-il à un gardien en uniforme qui discutait avec un jardinier.

— À droite, puis à gauche, jusqu'à l'avenue des Aulnes. Dépêchez-vous, lança le gardien à Martel qui s'était déjà éloigné.

Au bout de quelques minutes de marche, il aperçut une petite assemblée silencieuse, massée au milieu d'une allée ombragée par les ormes et les platanes. Il se joignit à elle sans faire de bruit. Au premier rang, à la droite du cercueil en bois clair posé sur des tréteaux recouverts de velours noir brodé de fil d'argent, un homme debout, une feuille à la main, terminait la lecture d'un poème d'une voix chevrotante. Le même visage anguleux que Michel, les mêmes yeux clairs et intenses. Dans l'assistance, les traits étaient tirés, la douleur palpable. Michel Kessler était le genre d'homme à avoir de vrais amis. Grande gueule, charmeur, volubile et chaleureux. Olivier l'avait rencontré dix ans auparavant. C'est lui qui l'avait recruté chez Carmin. Tout de suite, il avait été subjugué par son charisme. Michel détonnait dans la population d'ingénieurs bien élevés et plutôt coincés qui composaient le commun des cadres de la boîte. Lors de son entretien d'embauche, il lui avait demandé ce qui le faisait rêver dans son futur métier. Olivier avait répondu du tac au tac : voyager aux quatre coins du monde. Et le courant était immédiatement passé entre eux. « On n'entre pas chez Carmin pour faire carrière, avait insisté Kessler, mais pour trouver de l'or ! » Cette phrase était restée gravée dans sa mémoire pendant des années.

Le groupe était un rêve de jeune ingénieur. La plus grosse entreprise minière française, présente sur tous les continents, impliquée dans l'extraction et la transformation de presque tous les minerais métallifères : argent, cadmium, platine, manganèse, étain, cobalt, cuivre, zinc, nickel, tantale, plomb… Chaque année, la boîte recrutait une flopée de jeunes diplômés qu'elle répartissait sur ses différents cœurs de métier : l'extraction sur à peu près tous les gisements miniers de la planète, le transport, la transformation des métaux sur les sites de Dunkerque, Grenoble, Marseille ou Nouméa, le trading dans ses salles de marché. Kessler, lui, avait fait l'essentiel de sa carrière dans les mines. Le fond, l'odeur du minerai, les machines, le labeur des hommes, l'adrénaline, voilà ce qu'il aimait et ce qu'il savait transmettre à ses jeunes recrues.

En vingt ans, il avait servi sous toutes les latitudes sans jamais imaginer changer de job. Il avait refusé toutes les propositions de postes au siège, à Paris. La perspective du panier de crabes et de la cantine à heure fixe le déprimait. En fait, c'était l'Occident tout entier qui le déprimait. Ses expatriations au Brésil, en Afrique, au Kazakhstan ou en Australie avaient fini par faire naître en lui une aversion mordante pour l'existence morne et ennuyeuse des Européens. Olivier se souvenait de ses mots quand on lui demandait pourquoi il ne voulait pas revenir en France : « À Bangui, disait-il, ce qui rend un homme heureux le soir quand il rentre chez lui, c'est d'avoir survécu une journée de plus. À Paris, c'est d'avoir trouvé une place de parking. » Toutes ces pensées étaient revenues à Olivier pendant l'éloge funèbre passablement ennuyeux et monocorde dispensé par le vieil orateur à la voix hésitante. Quand il reprit sa place dans le silence et le bruissement des feuilles, une femme vêtue d'une élégante robe noire sans manches lui succéda au micro.

Celle-ci en revanche, Olivier la connaissait très bien.

Géraldine Fischer se plaça face au cercueil couvert de gerbes de fleurs, très digne. Elle ajusta ses lunettes en écaille, écarta de son front une mèche rebelle et déplia une petite feuille de papier blanc. La directrice financière du groupe siégeait au comité exécutif et était ce qu'il est convenu d'appeler le bras droit du P-DG. Elle avait la réputation d'être à la fois intraitable quand il s'agissait de défendre ses intérêts et fine manœuvrière pour naviguer dans les remous politiques que traversait régulièrement une entreprise comme Carmin. Ce matin, dans sa robe sombre, avec ses mèches au vent, elle offrait pourtant un tout autre visage, celui d'une femme sincèrement émue. À ses côtés se tenait un quinquagénaire à moustache, le directeur des opérations Afrique. En tout, ils étaient une petite dizaine de la boîte à s'être déplacés pour un dernier hommage. Fischer parla de Michel très simplement, avec beaucoup d'affection et des mots parfaitement choisis.

Quand les discours furent terminés, les porteurs soulevèrent le cercueil et ouvrirent le cortège vers le caveau. On y demeura en silence, pendant que la bière disparaissait en terre. Puis la petite foule s'ébroua doucement.

Delphine Kessler, lunettes noires et mouchoir à la main, se tenait entre ses deux fils, donnant la main, tendant la joue, essuyant ses larmes. Géraldine Fischer étreignit longuement la veuve, apparemment bouleversée par tant de gestes d'affection. Puis le cortège avança et ce fut au tour d'Olivier de l'embrasser.

## 2

Olivier ferma les yeux et inspira profondément. L'air était délicieusement frais. Le vent bruissait dans la haie de peupliers bordant le canal. Près de lui, il entendait les pas de Sarah sur le gravier et plus loin, des rires d'enfants. Il ouvrit les yeux et contempla l'étendue d'eau parfaitement symétrique qui s'étirait sur près d'un kilomètre, calme et miroitante. Il détestait les jardins à la française. Leurs perspectives étourdissantes, leur géométrie irréprochable, leurs savants ordonnancements de pelouses, de pièces d'eau, de bosquets, de statues, ces tracés rectilignes, ces haltes programmées, ces bassins infranchissables concouraient à délester le flâneur de toute initiative. Ce monde corseté au moyen des seuls principes du cercle et de la ligne droite lui faisait horreur. Isabelle en revanche adorait le parc. Souvent, elle venait y courir au petit matin quand les promeneurs étaient encore rares.

Ils avaient vécu trois ans à Paris dans l'appartement d'Isabelle près de Montparnasse. C'était le temps où Olivier voyageait beaucoup. Quand Sarah était née, ils s'étaient serrés, comme tout jeune couple parisien avec premier enfant. Le lit bébé s'était retrouvé dans le séjour et Isabelle n'avait pas tardé à se sentir à l'étroit. Au printemps, ils avaient vendu le deux-pièces et jeté leur dévolu sur un petit pavillon jouxtant le parc de Sceaux. Ils l'avaient choisi pour Sarah et dès leur emménagement avaient pris l'habitude de venir s'y promener le samedi matin. Ils l'emmitouflaient, installaient leur fille dans sa poussette et faisaient le tour de la plaine des quatre statues ou de l'octogone. Dès qu'elle avait su tenir sur un vélo, les promenades s'étaient prolongées autour du grand canal, jusqu'au pavillon de Hanovre.

— Papa ! Papa !

Olivier sortit de sa rêverie. Sous l'œil vigilant de ses parents, la gamine se dandinait sur sa selle de vélo dans un équilibre instable qui la faisait pouffer de rire.

— À quoi tu penses ? demanda Isabelle.

— À rien.

— Je te connais. Quelque chose te tracasse.

Olivier se retourna vers sa femme et soupira.

— Qu'est-ce que c'est ? insista Isabelle en lui attrapant le bras. Il s'est passé quelque chose à l'enterrement ? Tu ne m'as pas dit ce qui lui était arrivé…

— Une opération qui a mal tourné en Afrique. Il travaillait sur une mine de cuivre, à une vingtaine de kilomètres de la frontière avec le Soudan, et il a été attaqué par des rebelles.

— Il n'avait pas de protection ?

— Si, bien sûr. Dans cette région, ils ont tous au minimum un fixeur[1]. Michel avait aussi des gardes du corps, je crois. Mais apparemment ça n'a pas suffi… Il est parti un matin en brousse, et il a été retrouvé deux jours plus tard, égorgé sur le bord d'une piste.

Isabelle blêmit.

— Des terroristes ?

— Oui. L'attentat a été revendiqué.

— Papa ! Le vélo…

Sarah passa à toute allure devant ses parents en riant aux éclats.

— Attention, chérie. Freine, tu vas tomber ! lui lança sa mère.

— C'était vraiment un type bien, continua Olivier. Un baroudeur. Une grande gueule. Un révolté. Je l'aimais bien. Il pensait qu'on devait faire notre métier en respectant les gens.

— Tout à son honneur…

Loin devant ses parents, sur l'allée bordant le grand canal, Sarah faisait le pitre sur sa bicyclette rouge qu'elle conduisait seule, sans les petites roues, pour la première fois. Olivier sourit et déposa un baiser sur le front de sa femme. Soudain, la petite perdit le contrôle de son guidon et fit une embardée à gauche vers le bassin.

— Sarah ! hurla Isabelle en se précipitant vers elle.

La gamine tenta de freiner avec les pieds. Le vélo tangua et finit par s'immobiliser en équilibre instable, à un mètre du bord. Elle regarda sa mère qui

1. Guide et homme de confiance qui « fixe », c'est-à-dire résout les problèmes.

accourait sans savoir si elle allait se faire gronder ou prendre dans les bras. En apercevant l'œil rieur de son père, elle finit par éclater de rire.

— Ce qui me tracasse, dit Olivier à sa femme après qu'ils eurent remis leur fille en selle, c'est que j'ai vu Michel il y a trois mois. Je l'ai trouvé soucieux. Ce n'était pourtant pas son genre.

— Il t'a dit quelque chose ?

— Non. C'est peut-être juste une impression.

## 3

Ce jour-là, Raphaël Da Costa n'avait pas résisté au fumet entêtant et sucré de viennoiserie qui envahissait, dès 7 heures, la station de tram Issy-Val de Seine. Il s'arrêta à la Brioche dorée et commanda un pain au chocolat et un double express à la serveuse en chemise noire et cornette en papier. Celle-ci lui lança un petit sourire entendu en prenant sa commande. Raphaël le lui retourna, un peu gêné. Les échanges de clins d'œil avec des inconnues s'étaient, il devait bien l'avouer, quelque peu raréfiés depuis une quinzaine d'années et la serveuse avait beau ne pas être son genre, ça faisait toujours plaisir. Lui-même n'était plus tout à fait un perdreau de l'année. Il avait soufflé ses cinquante bougies huit mois auparavant et s'était coupé les cheveux très court pour déjouer la calvitie qui lui grignotait le crâne. Les deux rides qui barraient son front le déprimaient chaque matin quand il se regardait dans la glace. Il n'aimait guère ses joues creuses et ses lèvres fines sous la moustache rousse bien taillée, mais il les préférait infiniment au surpoids des hommes de son âge. Il affectionnait les blousons en cuir et portait une large paire de lunettes à fine monture carrée qui lui donnaient un air d'épervier, de fouille-merde invétéré, ce qu'il était incontestablement par action et par vocation.

La serveuse lui tendit son petit déjeuner cette fois-ci avec un large sourire et il avala ses chocolatines sur une table branlante en se suçant les doigts.

Dorget lui avait collé un rendez-vous à 8 heures pétantes et Da Costa avait envie de prendre son temps. Il n'éprouvait aucune aversion pour les réunions matinales, mais celle-ci ne lui disait rien qui vaille. Le ton doucereux de Philippe quand il lui avait proposé « on se voit un moment au calme » y était sans doute pour quelque chose. Philippe Dorget était le directeur de la rédaction du *Matin*, le journal auquel Raphaël pointait depuis maintenant près de vingt-cinq ans. Les deux hommes se connaissaient depuis trente ans. Ils avaient commencé aux pages sports du *Quotidien de Paris*. Raphaël s'occupait des jeux d'équipe, foot, rugby, basket, et Philippe des courses hippiques, du tennis et du golf. Les sports du populo pour Da Costa, le fils d'immigré portugais, et les sports d'aristos pour Philippe Dorget, rejeton d'Edmond Dorget, député-maire de La Celle-Saint-Cloud. Ils avaient quitté *Le Quotidien* à peu près à la même époque et Raphaël était devenu pigiste indépendant pour plusieurs canards tandis que Dorget était tout de suite rentré au *Matin*, à la rubrique politique dont il avait pris la tête cinq ans plus tard.

C'étaient les années fastes. En dix ans, le journal avait doublé ses abonnés et multiplié ses recettes publicitaires par quatre. Raphaël pigeait souvent pour le *Matin* et le directeur de l'époque, sur la recommandation de Dorget, lui avait offert de rejoindre la rédaction pour prendre en charge les enquêtes d'investigation dans le domaine politico-économique. La proposition était taillée sur mesure et Raphaël avait signé sans hésiter. Il n'avait d'ailleurs jamais eu à s'en plaindre. Le journal avait les moyens et surtout le culot de publier ses papiers qui ne faisaient jamais dans la complaisance, qu'il s'agisse des magouilles entre partis politiques et mutuelles étudiantes, des confessions sur l'oreiller qui finissaient en affaires d'État ou des petits arrangements entre amis dans les communes et les départements limitrophes de la capitale. Dans le milieu médiatique, Raphaël s'était taillé une solide réputation de journaliste intraitable, assortie d'une liste d'ennemis longue comme le bras.

En 2000, Dorget avait pris la direction de la rédaction qu'il n'avait pas lâchée depuis. C'était un ambitieux, dans le bon sens du terme. Malheureusement, l'époque était moins divertissante que par le passé. Les abonnements fléchissaient de 10 % par an, l'argent avait plus de difficultés à rentrer, le premier plan social avait eu lieu l'année précédente. Raphaël, pour sa part, avait continué ses reportages. Avec moins de largesses, plus de pinailleries qu'auparavant, mais bon an mal an, il pouvait poursuivre son travail. Il faut croire que les lecteurs avaient toujours besoin de savoir comment les quelques salopards qui nous gouvernent se payaient sur le dos de la bête. Il faut croire... se répéta Raphaël en terminant son express avant de filer à la rédaction.

Dorget était à son bureau, lunettes sur le nez, quand Raphaël débarqua sans frapper.

— Raph... dit-il en levant les yeux. Comment vas-tu ?

— Mal. J'ai eu une nuit de merde. Mon voisin du quatrième est parti en croisière et il a loué son appart sur Airbnb. Et ça fait une semaine que je me tape des étudiants qui font du boucan jusqu'à 4 heures du mat.

— Je compatis, mon vieux. Un *ristretto* maison ?

Dorget tira deux dosettes d'un écrin velouté ressemblant à une boîte à bijoux, lança la machine à café et ferma la porte de son bureau.

— Alors, Philippe ? Tu as un truc à me dire ? J'suis viré ?

Dorget disposa les deux gobelets devant lui, un sourire en coin, puis les deux hommes portèrent le breuvage fumant à leurs lèvres en se regardant.

— Au contraire, j'ai une proposition à te faire. Tu sais que Maury s'en va. Il va s'occuper de la com dans une boîte d'assurances. Personnellement, je ne comprends pas qu'on puisse faire un choix pareil, mais bon... Peut-être est-ce la voix de la raison par les temps qui courent.

— Il va gagner deux fois plus sans se demander en permanence s'il pourra payer son loyer le mois prochain… Ça se défend.

— Du coup, la rubrique high-tech est libre.

Raphaël écrasa le gobelet en carton entre ses doigts, dardant un regard d'acier sur son ami de trente ans.

— Et c'est pour ça que tu m'as convoqué à 8 heures ? Tu savais que j'allais faire un esclandre et tu ne voulais pas que ça fasse trop de bruit ?

— Raphaël, je t'ai invité, et non convoqué, à 8 heures parce que je prends l'avion pour Nice à 10 h 30 et que je voulais qu'on ait cette conversation aujourd'hui. Je te fais la proposition à toi en premier, mais si tu refuses, je la ferai à quelqu'un d'autre.

— Enfin quoi, Philippe… T'es pas sérieux, s'emporta Raphaël. La high-tech, les trucs de geeks, ça m'a toujours fait chier, je sais à peine changer de chaîne avec ma télécommande. Qu'est-ce que tu veux que je foute d'une rubrique pareille ?

— Tu es journaliste, Raphaël, tu peux écrire sur n'importe quoi…

— Je suis journaliste d'investigation. Mon job, c'est de faire en sorte que les petits malins qui partent avec la caisse soient rattrapés par la patrouille. Si tu me dis qu'il n'y a plus de petits malins et que ça ne sert plus à rien, on peut en discuter, mais franchement je n'ai pas l'impression qu'on en prenne le chemin…

— Alors c'est non ?

— Bien sûr que c'est non. Il y a un tas de gamins qui rêveraient de prendre cette rubrique. File-la-leur.

Ils adorent ces conneries sans fil. Moi, je préfère mes enquêtes à l'ancienne. De très loin…

— Raphaël, ouvre les yeux. Tu vois bien que c'est ça le problème. Les reportages au long cours coûtent trop cher.

— Il y a dix ans, reprit Da Costa, j'avais un photographe et un ingé son, et aujourd'hui je suis tout seul. En plus, je te fais remarquer que je n'ai pas été augmenté depuis deux ans… Alors, tu veux qu'on coupe quoi maintenant ?

— Rien. On ne coupe rien. On ne fait plus.

Raphaël leva les yeux au ciel et s'affala contre le dossier de sa chaise.

— On ne fait plus d'enquêtes au *Matin* ? Autant dire qu'on ne fait plus de journalisme. Si la nouvelle ligne éditoriale, ce sont les petites analyses politiques plan-plan, les papiers dans le sens du poil, les marronniers pour la pub et la high-tech, alors je ne vais plus t'être d'une grande utilité.

— Arrête, Raphaël. Je t'en prie.

— Ah… Et puis j'oubliais le web. Le temps réel, le 2.0, toutes ces conneries qu'on leur agite sous le nez pour éviter de leur dire en face : « Hé, les jeunes, on a décidé de vous payer moitié moins que les autres. C'est cool, non ? »

— Bon, Raphaël, je ne suis pas d'humeur. J'ai un avion à prendre, dit Dorget en se levant.

— Philippe, on se connaît depuis assez longtemps. Si tu avais un vrai truc à me dire, du genre je suis viré, tu me le dirais, n'est-ce pas ?

— Tu fais chier ! hurla Dorget.

Quelques têtes se tournèrent dans le bocal central où on avait collé l'équipe 2.0.

— Je suis viré ou je suis pas viré? reprit calmement Raphaël.

— Tu es viré… rétorqua Dorget en agitant un doigt menaçant… de mon bureau!

Da Costa se leva et referma la porte du bureau de son patron en souriant. Il était 8 h 30 et la rédaction commençait à s'animer. Le bocal du web était déjà à moitié plein.

De l'autre côté du couloir, derrière une montagne de bouquins empilés sur son bureau, la grande blonde du service culture s'escrimait sur son dossier «Livres de l'été». Sur le bench d'en face, Alex, un ami de Dorget depuis des lustres, pérorait auprès d'une jeune stagiaire plantureuse qui allait passer l'été à corriger ses fautes d'orthographe.

Raphaël salua Coster, le grand chef à plumes cocaïnomane et toujours stressé qui déboulait dans le couloir, puis il passa la tête dans le bureau de Bichat, costard trois pièces en toutes saisons, une gloire passée à qui la direction accordait gracieusement un bureau au quatrième étage. Il jeta un coup d'œil à travers la baie vitrée par laquelle on apercevait un bout de tour Eiffel; ce précieux sommet de fer qui maintient dans les immeubles de la première couronne l'illusion qu'on est encore à Paris.

Il ressentit une bouffée de nostalgie pour la rue du Louvre qu'ils avaient quittée cinq ans auparavant. Les petits restos, les rues piétonnes où il aimait flâner, les fleuristes… Les proprios avaient refilé l'immeuble à un cabinet d'avocats américain. Des types qui à midi s'avalaient des sandwichs au bureau et marchaient dans les rues en regardant l'écran de leur portable. Quel gâchis…

— Alors, Raph, tu rêves ?

Un petit homme rondouillard, habillé comme un contrôleur des impôts, avait surgi de derrière la photocopieuse. Chef du service économique. Cinquante-deux ans, célibataire. Une tronche.

— Je sors de chez Philippe.

— Eh bien ! On peut dire que ça te fait de l'effet.

— Il me propose la high-tech à la place de Maury…

— Sauf ton respect, il est dingue.

— C'est ce que je lui ai dit, rétorqua Raphaël. Mais la vraie raison, c'est qu'il veut arrêter les enquêtes d'investigation.

— Ça ne m'étonne pas. Ils sont en train de serrer les budgets partout. Tu lui as dit quoi ?

— D'aller se faire foutre. Et toi ? Quoi de neuf ?

— Je suis invité ce soir à une conférence de presse au musée de la Marine. Il y aura du beau monde mais je peux pas y aller. J'aurais bien proposé à Dorget, mais il se tire à Nice. Ça te tente ?

— Ça dépend. C'est quoi ?

— Kisanga. Le nouveau partenariat entre Carmin et Shanxi Mining dans la région des Grands Lacs. Le ministre des Affaires étrangères sera là, l'ambassadeur de Chine, le président de Shanxi, Wao Jun, et tout le gratin. Petits-fours, champagne et tutti quanti.

— Butard ? demanda Da Costa.

— C'est pour ça que je te propose, dit le petit homme en hochant la tête.

Raphaël lui arracha l'invitation des mains en lui tapant sur l'épaule.

— 20 heures, à Chaillot. C'est noté.

## 4

La chaleur écrasante de l'après-midi ne s'était pas encore dissipée à 20 heures et la place du Trocadéro, entièrement prise dans les embouteillages, était un chaudron bouillant. Raphaël sortit de la station de métro. Il se faufila entre les voitures jusqu'à la rangée de barrières métalliques derrière laquelle des camions-grues élevaient une scène de concert pour le lendemain. Il monta les marches de l'esplanade et s'engouffra entre les immenses colonnades du musée de la Marine au moment où une longue berline noire aux vitres fumées s'immobilisait devant l'entrée. Deux agents de sécurité au crâne rasé sautèrent du véhicule pour ouvrir la porte à un dignitaire asiatique épais comme un roseau qui s'extirpa de l'habitacle avec difficulté. Da Costa le reconnut immédiatement. Li Gao Yang, l'ambassadeur de Chine. Une belle prise. Butard avait bien travaillé.

Le journaliste se mêla aux invités en costumes et robes de soirée qui suivaient les panneaux fléchés *Carmin. Salon Lapérouse.*

Au bout de quelques marches d'un large escalier de marbre, deux portes en verre ouvraient sur un hall climatisé où quatre hôtesses en tailleurs rose bonbon et bottes blanches, impeccablement maquillées, collectaient en souriant les invitations. Raphaël se précipita au vestiaire où une femme en dos nu le bouscula en poussant un « Blaiiise » enflammé à l'encontre de son voisin, un bellâtre fin de race au brushing brillant et au teint hâlé qu'elle embrassa sur les deux joues en gloussant comme une oie. Derrière eux, Raphaël remarqua un autre vieux beau aux cheveux blancs et en costume Smalto. Celui-là, fidèle à sa réputation, serrait les deux mains d'une hôtesse de dix-huit ans comme s'il s'était déplacé rien que pour elle.

Une fois son blouson échangé contre un jeton en plastique, Da Costa s'éclipsa vers la salle de réception déjà aux trois quarts pleine qui bruissait des conversations discrètes d'une kyrielle de directeurs de société, de cadres du secteur minier, de banquiers d'affaires, d'analystes financiers, sans oublier les hauts fonctionnaires et les petites mains du Quai d'Orsay et du ministère de l'Industrie.

Le grand salon Lapérouse dont les fenêtres donnent sur la tour Eiffel avait été décoré avec un raffinement exceptionnel. Les murs et les plafonds étaient nimbés d'un éclairage tamisé bleu roi. Derrière les buffets parés de nappes blanches, de bouquets d'iris, de roses et de fougères, des serveurs en livrée remplissaient sans mollir les coupes de Moët et Chandon, distribuaient des verrines de daurade, des brouillades d'asperges et des croustillants de pain d'épices au foie gras, grillaient à la chaîne des brochettes de canard et des mignons de veau, agitaient des petites marmites de risotto aux truffes ou d'écrasés de rattes au sel de Guérande.

Raphaël repéra quelques têtes connues, le président d'un sous-traitant d'Areva spécialisé dans les turbines éoliennes, un anglais qui passait pour être LE spécialiste Industrie de la Barclays et le général chargé des programmes satellites au ministère de la Défense. Il foula l'allée centrale sur laquelle étaient projetés les remous d'une surface aquatique, se glissa le long d'un buffet, allongea le bras vers une pyramide de petits-fours, attrapa une coupe de champagne et se dirigea vers le fond de la salle où avait été disposé un pupitre sur un fond en drapé bleu.

À l'évidence, l'événement avait été minutieusement préparé. Pour une conférence de presse de cet acabit, le panel des invités était pour le moins impressionnant, et les journalistes présents n'étaient pas des troisièmes couteaux. Il reconnut un collègue du *Monde* en conversation avec Géraldine Fischer, la directrice financière de Carmin, et deux autres des *Échos* qui s'entretenaient avec Dominique Sakumba, le ministre de l'Industrie de la République démocratique du Congo. Raphaël songea aux nombreuses questions qu'il aurait aimé poser à ce fidèle lieutenant du président Kabila, mais ce serait pour une autre fois. Car s'il avait accepté avec empressement l'invitation à cette petite sauterie dorée sur tranche, c'était avant tout pour entendre quelqu'un d'autre. Une personne qu'il n'avait toujours pas repérée dans l'assistance.

Plus loin, à deux pas de la tribune, il aperçut un journaliste du *Financial Times* en pleine discussion avec le VIP de la soirée, le vieux beau en costume Smalto qu'il avait croisé à l'entrée : François-Xavier de Meyrieux, ministre français des Affaires étrangères. Un troisième personnage était avec eux, un Chinois que Raphaël ne connaissait pas, mais qui devait être le P-DG de la Shanxi Mining Company, Wao Jun, dit « le Singe », en raison de son intelligence hors du commun.

Parmi les invités du groupe Carmin se comptait une importante délégation de cadres de la société. Denis Vallat, l'éminence grise de Géraldine Fischer, un homme replet d'une trentaine d'années au front légèrement dégarni, s'approcha d'un de ses collègues qu'il avait repéré près du buffet.

— Olivier, comment vas-tu ?

Martel se retourna et serra vigoureusement la main de Vallat. Ces deux-là se connaissaient depuis dix ans. Ils étaient entrés dans le groupe le même jour, recrutés par la même personne. Vallat avait fait une césure d'un an pour s'engager dans la campagne présidentielle avant de revenir dans l'entreprise. Depuis, il avait fait une carrière supersonique et était à présent directeur de cabinet de Géraldine Fischer. Il avait travaillé d'arrache-pied à l'organisation de cette conférence de presse.

— Très bien, répondit Olivier, mais c'est à toi qu'il faut demander ça.

— Ça ira mieux lundi, répondit Vallat en trempant ses lèvres dans une coupe de Moët. Ça fait une semaine que je n'ai pas dormi. Les Chinois de Shanxi n'ont accepté l'invitation qu'avant-hier.

— Sans blague ?

— Je te jure. Et Meyrieux a clairement menacé de ne pas venir s'ils n'étaient pas présents. On était à deux doigts de se couvrir de ridicule jusqu'au coup de théâtre final, murmura-t-il en faisant risette à un invité qui venait se réapprovisionner au buffet.

— Comment vous vous en êtes sortis ? demanda Olivier à voix basse.

— On a payé des billets en business à toute la famille de Wao Jun, chuchota Vallat sans desserrer les dents. Et à partir de demain jusqu'à samedi, devine qui va se taper le Printemps, la tour Eiffel, les bateaux-mouches et France Miniature avec la famille Tching Tchong au grand complet ?

Olivier détourna le regard pour ne pas éclater de rire. Il fit mine de s'intéresser à quelqu'un au loin, avala une gorgée de champagne et se retourna vers son collègue.

— En tout cas, c'est une réussite. J'ai vu que le FT[1] s'était déplacé. Bravo.

— Kisanga fait beaucoup de bruit dans les milieux financiers, confia Vallat en prenant garde aux oreilles indiscrètes. Les lobbies américains et canadiens ont tout essayé pour nous faire boire la tasse. Ils ne nous ont pas vus venir et ils ne supportent pas l'idée que de petits Frenchies leur grillent la politesse à quelques centaines de kilomètres de leur zone d'influence.

---

1. *Financial Times.*

— Pourtant, ils ne sont pas très présents au Congo, rectifia Olivier.

— Justement. Ils sont au Rwanda, en Ouganda, au Burundi, mais ils sont en retard au Congo et notre petite joint-venture avec les Chinois les rend hystériques. Au fait…

Vallat avala un cannelé de carotte au foie gras avant de reprendre.

— Je suis désolé de n'avoir pas pu venir à l'enterrement de Michel. Comment était Delphine ?

— Abattue.

— Je me sens merdeux. J'étais en plein boom. Je n'ai pas pu me libérer.

— T'inquiète. Ça fait vingt ans qu'elle est mariée avec Carmin, elle connaît la musique. Cela dit, on se retrouve à une dizaine chez elle demain pour un barbecue. Si tu veux venir, je pense que ça lui fera plaisir. Mais j'y pense, tu seras avec la famille Wao…

— C'est à quelle heure ?

— Vers 20 heures.

— Elle habite toujours Montrouge ?

— Oui.

— Je pourrais coller les Chinois à leur hôtel à 19 heures et filer juste après. Je les ferai cavaler toute la journée ; ils me supplieront de leur accorder quartier libre le soir. Je ferai mon possible, dit Denis Vallat en tapotant le bras d'Olivier avant de s'éclipser vers Géraldine Fischer qui le cherchait du regard.

À 20 h 30, le salon Lapérouse était plein comme un œuf. Les plantons de Potel et Chabot alignaient les chaises devant la tribune. Les discours n'allaient pas tarder à commencer et Raphaël Da Costa n'avait toujours pas réussi à repérer sa vieille connaissance, Alain Butard, le P-DG de Carmin.

## 5

François-Xavier de Meyrieux, ministre des Affaires étrangères français et numéro un dans l'ordre protocolaire de la soirée, fut le premier à prendre le micro. Après les remerciements et les félicitations d'usage, son discours se résuma à un hommage vibrant à l'avènement d'une nouvelle coopération entre la Chine et la France, les deux grandes nations éternelles, en Afrique, un continent plein de promesses et d'avenir. « Nos deux pays, dit-il, égratignant au passage sans prendre de gants l'orgueil de Dominique Sakumba, vont travailler à conquérir ensemble de nombreux marchés pour apporter à chacun, en Afrique et ailleurs, ce qu'il y a de meilleur pour un développement dans l'intérêt de tous. » Cet accord, qui introduisait de nouvelles formes de coproduction et de cofinancement et qu'il n'hésita pas à qualifier d'historique, ouvrait la voie à une coopération nouvelle, « aujourd'hui dans le secteur minier et demain dans les infrastructures, l'énergie, le transport ».

Meyrieux était en campagne électorale pour les municipales et son objectif personnel devant un parterre de journalistes si distingués était en réalité de tenir le micro pendant une demi-heure, soit plus du double que ce qui lui avait été alloué au départ. Et de ce point de vue, son allocution fut un succès.

Le second à s'exprimer après une salve d'applaudissements courtois à l'intention du ministre fut l'ambassadeur Li Gao Yang dont l'approche trancha subtilement avec le sirop convenu distillé par Meyrieux. Aux envolées lyriques, Li préféra une petite leçon d'histoire. Pour certains, rappela-t-il avec malice, l'Afrique était un eldorado du XXIe siècle, alors que pour la Chine la relation avec le continent noir datait du XVe, lorsque, sous le règne de l'empereur Ming Yongle, la flotte chinoise se hissait au premier rang mondial. C'est à cette époque, rappela le diplomate, que l'empire du Milieu avait armé plusieurs expéditions maritimes sous l'autorité de l'amiral eunuque Zheng He, dont certaines à destination de l'Afrique orientale. Quant aux buts de ces expéditions, selon lui, ils n'avaient guère changé depuis six cents ans. En 1414, au moment où la France se déchirait pour Soissons, Compiègne et Arras, ce qu'il eut toutefois l'amabilité de ne pas rappeler à l'assistance, la Chine établissait ses premières relations diplomatiques avec le sultan de Malindi, ancêtre de l'actuel Kenya. Figé dans un masque de cire, Meyrieux n'applaudit le discours de l'ambassadeur que du bout des doigts tandis que celui-ci faisait le bonheur des journalistes présents dans la salle.

Puis Sakumba prit la parole et loua l'aboutissement d'un projet dont l'objectif prioritaire était, vu de la République démocratique du Congo, de travailler ensemble afin de faire progresser les infrastructures et l'industrialisation du pays pour réduire la pauvreté et servir les intérêts de tous. Quatorze minutes de rhétorique diplomatique à la gloire de la fraternité des peuples et du désintérêt financier des parties en présence qui déclenchèrent un tonnerre d'applaudissements dans l'assistance.

Après une heure de discours, ce fut enfin au tour des présidents de Carmin et de Shanxi Mining de monter à la tribune. Alain Butard laissa à son homologue Wao Jun l'honneur d'expliquer dans quelles circonstances ce partenariat était né. Il se limita pour sa part à annoncer solennellement que le projet Kisanga, qui faisait l'objet d'un accord de principe à ce jour, se traduirait dans trois mois par l'inauguration de la première mine franco-chinoise au Katanga.

Trois mois ? pensa Olivier Martel pendant que les applaudissements résonnaient dans la grande salle, c'était diablement court comme timing.

— Je vous remercie de votre présence à tous, ajouta Butard en levant les bras pour contenir l'ardeur de l'assistance à se ruer vers les petits-fours. Mais je ne voudrais pas vous quitter avant de vous faire part d'une annonce personnelle.

La salle fit silence.

— Trois mois pour mettre Kisanga sur les rails, c'est un magnifique défi auquel je compte me consacrer avec ardeur, avec l'aide de tous chez Carmin et chez nos partenaires de Shanxi. Mais ce combat, je dois vous le dire, sera aussi mon dernier. Il est temps pour moi de tourner la page et de transmettre le témoin à un nouveau talent. Je saisis l'occasion de cette conférence publique pour vous l'annoncer. À partir du 1er octobre prochain, c'est Géraldine Fischer qui prendra la direction du groupe.

Da Costa quitta la salle au milieu de l'effusion qui s'était emparée du public au moment où la jeune quadragénaire au regard d'acier et au sourire de velours montait sur l'estrade, bien corsetée dans son tailleur bleu.

— Excusez-moi, dit le journaliste à un garde du corps qui barrait la route en bas de l'escalier. Je voudrais aller aux toilettes.

— C'est bloqué. On ne passe pas, répliqua le malabar en costume gris.

— Vous plaisantez? insista-t-il alors qu'une envie pressante lui vrillait le bas-ventre.

— Je vais vous demander de remonter, dit l'autre.

La porte des toilettes se trouvait à dix mètres à peine devant lui et Raphaël tenta de parlementer, mais devant la détermination du chien de garde il battit en retraite. Il remontait les marches quand une porte claqua dans son dos. Des pas rapides résonnèrent sur le sol en marbre. C'était une des jeunes filles de l'accueil dans son tailleur rose bonbon. Une jolie blonde. Elle courait pour remonter l'escalier. Elle avait les joues rouges et les yeux humides. Les malabars la laissèrent passer et quand elle croisa le regard du journaliste, il crut qu'elle allait s'effondrer en larmes. Raphaël rejoignit le hall sans perdre la jeune femme blonde des yeux avant qu'elle ne disparaisse par une porte de service. Puis il se retira au vestiaire où quelques invités patientaient pour récupérer leurs manteaux. Son regard était fixé sur l'escalier qui remontait du sous-sol. Deux gardes du corps émergèrent enfin avant de s'écarter, le regard en giratoire comme des phares de haute mer, et que paraisse la silhouette avenante et souriante de François-Xavier de Meyrieux.

## 6

Quand Olivier sonna à la grille, Isabelle avait le nez dans son sac. Son portable s'était mis à vibrer.

— Oui, Justine… Le code de la télé ?

Désemparée, elle regarda son mari qui lui murmura le code qu'elle répéta en articulant bien chaque lettre.

— Sarah va bien ? Bon… D'accord. À tout à l'heure.

C'était la deuxième fois qu'ils laissaient leur fille à la maison avec la baby-sitter et Isabelle était partie à reculons.

— Chérie, Sarah a quatre ans et Justine en a dix-neuf. Tout va bien se passer.

Étant donné les circonstances, ils n'avaient pu refuser l'invitation. La porte s'ouvrit sur un jeune homme d'une vingtaine d'années, short en toile et T-shirt noir, le portrait craché de son père qu'Olivier se souvenait d'avoir aperçu au cimetière. Il laissa Isabelle passer devant. Il faisait chaud, on était le

21 juin et on entendait au loin la rumeur d'un concert improvisé. Le jeune homme les invita à rejoindre le petit jardin derrière la maison et la poignée d'invités qui discutaient autour de quelques verres. Le buffet était très simple. Une table recouverte d'une nappe en papier, des chaises, des assiettes en carton et un barbecue qui exhalait une délicieuse odeur de merguez grillée. Olivier ouvrit son panier d'osier et déposa sur la table deux bouteilles de vin, des grillades et un crumble maison dans un plat en verre. Delphine parlait avec un groupe d'amis. Elle serra Olivier dans ses bras quand il vint la saluer et embrassa Isabelle qui la complimenta sur son petit bout de jardin à deux pas du métro.

Les Martel se mêlèrent aux conversations, tout le monde s'efforçant d'éviter le sujet qui les rassemblait ce soir-là. Isabelle se trouva des affinités avec une amie d'enfance de Michel, une chercheuse du plateau de Saclay. Olivier bavarda avec deux collègues du siège, puis avec d'autres qu'il n'avait jamais rencontrés mais qui avaient travaillé avec Kessler en Afrique, en Australie et au Brésil.

Ce n'est que sur le coup de 21 heures, alors qu'il était embarqué dans une comparaison entre les flores de Madagascar et de la Réunion avec un grand échalas aux cheveux bouclés qui semblait connaître l'océan Indien comme sa poche, qu'Olivier encaissa une énergique tape dans son dos.

— Tiens ! Tu as réussi à venir ?

— C'était plus dur que prévu, répondit Denis Vallat. Ces Asiatiques sont increvables… Mais j'ai fini par avoir le dernier mot.

Olivier ne put s'empêcher de détailler son camarade : T-shirt sans forme, tongs à semelles de paille, short en toile XXL sur mollets glabres. Décidément, pour certains, le costume Hugo Boss et la chemise blanche avaient du bon. Vallat avait apporté une bouteille de champagne glacée et des côtelettes d'agneau qu'il s'empressa de jeter sur le barbecue.

— Tu as vu Delphine ? demanda-t-il.

— Elle tient le coup. Elle m'impressionne.

— J'espère qu'elle n'est pas à 120 % sur les nerfs. Le risque, c'est de redescendre en piqué vers une dépression carabinée.

Denis retourna ses côtelettes sur les braises à l'aide d'une pince en inox.

— Alors, satisfait du raout au musée ? demanda Olivier en avalant une gorgée de rosé.

— Géraldine était ra-vie. Je suis ra-vi.

— Quel bon soldat tu fais ! Félicitations. Quelle intronisation !

— Rien à dire. Butard a fait le job. Je crois qu'il avait prévu son coup depuis longtemps.

— Tu savais ?

— Non. Géraldine prétend qu'elle a appris la nouvelle il y a seulement trois jours, mais si tu veux mon avis…

— En tout cas, c'était très réussi. Un très beau coup.

— Un coup de génie, tu veux dire. Butard va sortir par la grande porte.

Vallat retourna une nouvelle fois la viande et se prit une bouffée de fumée dans la figure tandis qu'Olivier baissait la voix.

— Tu avais vu Michel récemment ?

— Ça dépend de ce que tu appelles récemment. On s'est croisés il y a trois mois, la veille de son départ pour Bangui.

— Et tu n'as rien remarqué ?

— Comment ça ?

— Dans son comportement. Je l'ai vu à peu près au même moment et il me semblait préoccupé. Je me souviens de m'être fait la remarque. Je lui ai même posé la question. Il m'a dit qu'il n'avait aucun souci mais ça sonnait faux.

Olivier jeta un coup d'œil autour de lui.

— Pour tout te dire, je me demande si Michel n'avait pas reçu des menaces… Que sais-tu des circonstances exactes de son accident ?

Vallat déglutit comme s'il avait avalé une arête de travers.

— Il a été pris dans une embuscade.

— Ça, je sais. La question, c'est comment s'est-il mis dans cette situation ? Il avait vingt ans de métier.

— Il a commis une erreur. Il est sorti du camp sans son fixeur. Il a été pris à partie par des types fanatisés qui ne lui ont pas laissé le temps de s'expliquer.

— Tu penses que son fixeur aurait pu l'empêcher ?

— C'est pour ça qu'ils sont payés. Ils connaissent les ethnies, ils parlent leurs dialectes et surtout ce sont des *ndombe*[1].

Olivier serra les lèvres. Il ne semblait pas entièrement convaincu.

1. Noirs.

— Michel n'était pas assez méfiant, reprit Vallat. Il connaissait le terrain comme personne et il a relâché sa vigilance. Malheureusement, c'est un classique. On est tous à la merci d'une erreur. En Afrique, tu es un *mundele*[1], tu restes un *mundele* et tu te comportes comme un *mundele*. Un point c'est tout.

Il attrapa deux côtelettes fumantes qu'il déposa dans une assiette en carton.

— Tiens. Sers-toi. Elles sont excellentes. Tu peux me croire, la direction de Carmin a été bouleversée par ce qui est arrivé à Michel. Tu sais que Delphine et Michel avaient acheté cette maison il y a seulement deux ans ?

— Non, objecta Olivier, un peu surpris.

— Ils étaient un peu bohèmes et un peu gauchos, pas vrai ? Ils ont loué toute leur vie, et à cinquante-cinq ans, ils se sont décidés à acheter quand les prix étaient au max. Ils ont fait un emprunt de cinq cent mille euros sur dix ans.

— Ooops.

— Eh bien, après l'accident de Michel, Géraldine a insisté pour que la boîte rembourse la totalité de l'emprunt.

— Sans blague ?

— Elle a filé un chèque de quatre cent mille balles à Delphine. Elle connaissait très bien Michel. Ils ont travaillé ensemble au Kazakhstan.

— Je ne savais pas, répondit Olivier en se servant un verre de rosé. Mais c'est bien. Vraiment bien.

1. Blanc.

Vallat mordit à pleines dents dans une côtelette croustillante et fumée.

— L'Afrique, c'est dangereux si tu commences à vouloir marcher en dehors des clous, mais si tu restes gentiment à ta place sans faire d'embrouilles, il n'y a pas de raison que tu aies des problèmes.

— Qu'est-ce que vous entendez par embrouilles ?

Les deux camarades se retournèrent. Une voix de femme venait de s'inviter dans la conversation.

— Denis, je te présente ma femme, Isabelle. Isabelle, Denis Vallat, un copain de longue date, directeur de cabinet de notre future présidente…

— Je vous ai interrompus dans votre conversation, reprit Isabelle.

— Oh… Nous parlions de Michel et de l'Afrique.

— De l'Afrique ?

— Oui, fit Vallat. Et je peux vous faire une confidence. Je ne prends qu'un peu d'avance, car la proposition sera officielle dès demain…

Il posa la main sur le bras d'Olivier.

— La direction de Carmin va proposer à Olivier de faire partie de l'équipe chargée de monter le projet Kisanga.

— Quoi ? s'exclama Olivier.

— Le projet au Congo ? s'étrangla Isabelle.

— C'est l'un des programmes phares de Carmin pour les dix ans qui viennent. Il y aura beaucoup d'appelés et peu d'élus. Je crois que…

— Je vous rappelle, le coupa Isabelle, que nous sommes ici en souvenir de quelqu'un qui s'est fait…

— C'était en Centrafrique, opposa Vallat qui savait que l'argument était faible.

— Vous plaisantez, ne put s'empêcher de lâcher Isabelle d'un ton sec.

— Calme-toi, chérie.

Quelques invités s'étaient retournés et Olivier tenta de faire baisser le ton de la conversation.

— De toute façon, enchaîna Vallat, ce sera une proposition, en aucun cas une obligation.

— Absolument, acquiesça Olivier. On en reparlera. Mais pas ici, s'il te plaît.

Isabelle lança un regard noir à Denis Vallat, puis elle tourna les talons en signifiant à son mari qu'elle ne voulait pas s'éterniser.

— Je suis désolé, dit Denis. C'était une bonne nouvelle et je l'ai complètement bousillée. Vraiment, je me sens con. Tu présenteras mes excuses à ta femme ?

— Ne t'inquiète pas. Sa réaction est compréhensible. Étant donné les circonstances… Et puis nous avons une fille de quatre ans. L'accident de Michel lui a foutu la frousse… Mais alors c'est sérieux ?

— Tout à fait sérieux. C'est Speck qui va te l'annoncer. Tu décideras, mais… réfléchis bien. Le projet est piloté par Butard en personne. C'est l'affaire de trois mois, six mois max, et si tu te démerdes bien, ce dont je ne doute pas, tu peux espérer un beau poste à ton retour assorti d'un bonus sympathique. Dis à ta femme que si tu respectes les consignes de sécurité, ce n'est pas une mission plus dangereuse que dans le Queensland ou le Manitoba.

## 7

Da Costa se balança en arrière et étira son cou en gémissant. Il n'avait pas décollé de son écran depuis trois heures et son dos était tordu comme un pied de vigne. Il était 19 heures et la rédaction était déjà aux trois quarts vide. Dans le bureau qui faisait face à la salle de réunion, sa collègue du service culture était rivée à son ordi qu'elle n'avait pratiquement pas quitté de la journée. Elle était en bouclage du numéro spécial consacré aux festivals d'été et, comme d'habitude, les dernières maquettes, les derniers papiers, les dernières corrections, tout arrivait en même temps, à l'arrache quelques heures avant le bon à tirer. Chaque année, à la fin juin, elle arpentait les couloirs de la rédaction, furieuse contre le monde entier, menaçant qui voulait l'entendre de démissionner, d'envoyer la culture se faire mettre chez les Grecs, de tout faire elle-même la prochaine fois… et chaque année, elle remettait le couvert. C'était une pro de la vieille école. Elle était dans les quarantièmes rugissants. Divorcée. Une fille de vingt ans. Des cheveux longs ramassés en chignon, une voix de fumeuse. Tout à fait son type. Pourtant, en dix ans, Raphaël n'avait jamais rien tenté. Il songea qu'il avait peut-être commis là une erreur. Il se décida à lui proposer de l'accompagner à un concert de salsa à Stalingrad, mais à l'instant où elle leva le nez de son écran, il comprit que c'était peine perdue.

— Quoi ? susurra-t-elle en fronçant les yeux.

— Un concert de musique cubaine à Stalingrad. Tu es épuisée. Pourquoi tu ne viendrais pas avec moi ?

Elle le considéra d'un air hébété.

— Vraiment, faut que je termine. Et puis moi la salsa…

Raphaël regagna son bureau et se planta devant la fenêtre. L'air était chaud. Les rues désertes. Un groupe de jeunes remontait la rue Camille-Desmoulins, des bouteilles de bière à la main en chahutant et en gueulant à tue-tête les paroles d'une chanson qu'il ne connaissait pas. Il avait toujours aimé cette ambiance du début de l'été, ces soirs un peu foutraques où les apprentis musicos sortaient des caves pour improviser un concert au coin d'une rue, dans un troquet pour les plus chanceux, n'importe où du moment qu'on trouvait une prise pour brancher les amplis. Raphaël vérifia le trajet en métro puis éteignit son ordinateur et mit son sac de toile en bandoulière.

Il marcha vingt bonnes minutes jusqu'à Mairie-d'Issy, pestant contre ce foutu déménagement qui l'obligeait à crapahuter pendant des heures pour atteindre la première station de métro. Autour de lui, la chaleur, les rues vides, les rumeurs des concerts. À l'intérieur de la bouche de métro, un souffle d'air frais l'enveloppa. Au moment où il franchissait les portillons, il sentit un regard se poser sur lui. Il se retourna, chercha à droite, à gauche, mais n'aperçut rien. Il pénétra dans la rame qui exhalait cette odeur de caoutchouc brûlé caractéristique des vieilles lignes de métro parisien et s'assit sur une banquette, contre la vitre. La sonnerie retentit. Les portes se refermèrent. Il repensa à sa collègue du service culture tandis que la rame s'ébranlait dans le tunnel. Subitement, il s'en voulut. Il aurait dû préparer son coup, se renseigner sur ses goûts. La fête de la musique était une excellente occasion. Il pouvait tout aussi bien aller à un concert de jazz ou de musique baroque. La vérité, c'est que depuis dix ans, il ne s'occupait pas assez de lui-même. Il ne s'écoutait pas. Comme si son existence ne l'intéressait plus. Pareil à un boxeur qui aurait perdu le combat de sa vie et qui ne parvenait pas à s'en remettre. Ce combat perdu, il le connaissait très bien. Il s'appelait CMA, du nom d'une filiale que le groupe Carmin exploitait en Afrique dans les années 2000.

Raphaël descendit à Pigalle. Il y avait la cohue sur le quai. Ça sentait la sueur et le vin. Plusieurs types, torse nu, étaient à moitié saouls. Des gamines trop maquillées gloussaient. Il se faufila à travers la foule, joua des coudes, s'arrêta net à l'embranchement entre les directions Nation et Aubervilliers. Il se retourna, chercha un visage dans la marée humaine qui se pressait dans les couloirs. À nouveau, il avait senti un regard se poser sur lui. Il en était sûr. Il se hissa sur la pointe des pieds, mais le couloir était bondé et il fut bientôt contraint d'avancer.

À Stalingrad, ça grouillait de monde. Sur la place, ça sentait la merguez et l'huile de friture. Derrière les barrières en galva, une foule bigarrée déambulait en bermudas et robes légères. Entre les barbecues et les sandwicheries improvisées où des types tiraient de leurs glacières des boissons fraîches qu'ils tendaient aux passants, quelques petites scènes s'étaient montées spontanément et s'animaient à tour de rôle. Raphaël s'offrit un thon-mayo et une bière blanche glacée. Le concert de Finn Dyo était prévu sur la grande scène face au canal. Le groupe précédent avait terminé et le public se clairsemait pendant que des roadies en T-shirts noirs et catogans rangeaient le matériel.

Ça sentait l'herbe un peu partout et Raphaël était chaud pour un petit stick, mais il n'avait rien sur lui. À la console, l'ingé son couvert de tatouages était un de ses potes. C'était lui qui lui avait filé le plan pour ce soir. Question fumette, il était toujours bien garni et il aurait certainement de quoi le dépanner. Raphaël se faufila côté canal, entre des groupes de gamins assis par terre, puis se figea.

À une dizaine de mètres, derrière la sono, à l'endroit où l'on pouvait facilement tout voir sans être vu, deux yeux croisèrent les siens. Raphaël fit un pas en avant. Le type détala.

Raphaël se mit à courir dans sa direction, mais l'autre avait de l'avance et bousculait les badauds qui juraient sur son passage. Raphaël le suivit. Des cornets de frites valdinguaient. Des filles protestaient de s'être fait marcher sur les pieds. Le type se dirigeait vers le métro. Raphaël n'avait pas d'autre choix que de lui filer le train. Mais l'autre gardait son avance, jouant des épaules sans ménagement. Le fuyard renversa une femme qui chancela avant d'être rattrapée par son mari qui hurla en levant le poing. Quand Raphaël arriva à sa portée quelques secondes plus tard, l'homme se jeta sur lui pour l'empêcher de passer. Raphaël se débattit, protesta qu'il était à la poursuite d'un voleur… L'autre finit par desserrer son étreinte sans cesser de vociférer, mais il était trop tard. L'homme avait disparu.

Raphaël rebroussa chemin. Il était sûr d'avoir déjà vu ce type quelque part.

Quand il atteignit le parterre devant la scène, les musiciens étaient en place et avaient commencé à chauffer l'assistance avec un duo de percussions éblouissant. Raphaël se dirigea vers la console où son pote se précipita pour l'embrasser. Quelques minutes plus tard, il rejoignit le public devant la scène et se détendit enfin en faisant rougeoyer entre ses doigts une marocaine de première catégorie.

## 8

Le lendemain matin, Raphaël Da Costa se réveilla en sursaut un peu avant 8 heures. L'appartement était baigné de soleil. On aurait dit qu'un marteau lui tapait sur le crâne. Il se précipita à la cuisine, ouvrit le premier tiroir, sortit un paquet de café qu'il éventra d'un coup de dents. Puis il resta immobile pendant de longues minutes, le regard absent jusqu'à ce que la machine ait fini de gargouiller. Petit à petit, les images enflammées de la nuit s'estompèrent pour laisser la place à d'autres, plus inquiétantes. Il avala une gorgée de café noir, plissa tous les muscles de son visage et attrapa son téléphone.

— Dorget, j'écoute.
— Philippe, j'ai été suivi…
— Raph ? C'est toi ? Comment ça, suivi ?
— Hier. Dans le métro. Je suis allé à un concert à Stalingrad et j'ai été suivi par un type. Un mec que j'ai vu à la conférence de presse de Carmin.
— Tu en es sûr ?
— Oui. Je l'ai vu une première fois en bas de la rédaction, puis à Pigalle et encore à Stalingrad. Et quand j'ai voulu m'approcher, il a déguerpi comme une anguille.
— Tu as une idée de qui c'était ?
— Un type de la sécurité de Carmin. J'ai mis du temps à le situer parce que je l'ai aperçu rapidement, mais il a une gueule spéciale et j'ai fini par le remettre.
— Qu'est-ce que ça veut dire ?
Raphaël avala une autre lampée de café avant de répondre.
— Ça veut dire que quelqu'un chez Carmin a envie de savoir ce que je fais de mes journées.
— Je ne vois pas pourquoi…
— Tu ne me crois pas ?
— Ce n'est pas la question. Je te crois. J'ai simplement du mal à imaginer que Carmin s'intéresse à toi au point de te faire suivre.
Raphaël inspira profondément, le regard perdu au-delà de la fenêtre de la cuisine.
— Je ne vois qu'une explication.
Il prit son temps pour finir sa phrase, car il savait que leur échange menaçait de s'arrêter brusquement.
— CMA.

Dorget marqua un temps.

— C'est de l'histoire ancienne. C'était il y a quinze ans. Le monde a changé. Les dirigeants de Carmin, les responsables politiques. Tout est différent aujourd'hui.

À peine avait-elle commencé que cette conversation pesait déjà à Philippe Dorget. CMA était un sujet tabou entre eux. Une affaire qui leur avait coûté cher à tous les deux et sur laquelle il n'avait aucune envie de revenir. Cela remontait aux années 2000. À l'époque, un embargo avait été décrété par l'État français à l'encontre des importations de matières premières en provenance des pays d'Afrique centrale. Dans toute la région, la guérilla faisait rage et de nombreux rapports d'ONG prouvaient que l'extraction minière alimentait directement les conflits armés et les violences contre les populations civiles. Les pays occidentaux s'étaient retirés et Carmin, qui possédait une filiale en Afrique, CMA, avait déplacé ses activités sur d'autres continents. Cependant, certains signes et certaines transactions financières transitant par la Suisse et par Jersey indiquaient que l'activité du groupe n'avait pas tout à fait cessé dans la région.

Da Costa, dont le talent était reconnu par toute la profession, s'était lancé à corps perdu sur ce dossier. Il avait enquêté sur CMA pendant trois ans, collecté des kilos de documents, des kilomètres d'enregistrements, les témoignages d'intermédiaires financiers, de porteurs de valise, de cadres de Carmin, d'hommes politiques, tous anonymes. Ils convergeaient tous : certains avaient bel et bien touché le pactole pour se taire. Des personnalités politiques de premier plan. Il avait peaufiné son dossier, mais la plupart des témoins avaient fini par se rétracter, des pressions s'étaient exercées et le conseil de surveillance du *Matin* avait fini par enterrer l'enquête. Il avait été sommé de rendre tout le dossier et aurait certainement dû y joindre sa carte de presse si Philippe Dorget n'était monté au créneau pour le défendre. Il avait obtenu le placard pour Raphaël et, étant donné le contexte, c'était déjà une belle victoire. Puis le temps avait passé. Petit à petit, Raphaël s'était remis à son métier. Mais personne n'était dupe. Sa carrière était brisée.

Au téléphone, Philippe marqua une pause avant de reprendre.

— Le monde a changé, Raph. À l'époque, Shanxi Mining n'existait même pas. Aujourd'hui, ce qui obsède Carmin et les autres compagnies occidentales, c'est de monter dans le train conduit par les Chinois. Ça n'a rien à voir avec CMA.

— Philippe, je me pointe lundi soir au pince-fesse de Carmin où je croise mon vieil ami Alain Butard, et le lendemain je me retrouve avec un de ses sbires à mes trousses. Tu crois que c'est un hasard? Moi pas. Butard veut savoir ce que je fous là. Et la dernière fois que je lui suis rentré dans le lard, c'était au moment de l'affaire CMA.

— Tu ne lui es pas rentré dans le lard, le coupa sèchement Dorget. Tu as mené une enquête sur Carmin, dont le P-DG était Laurent Favre qui a démissionné depuis, je te le rappelle. Et cette enquête a mené la rédaction du *Matin* à présenter ses excuses à la direction de Carmin ainsi qu'au secrétariat d'État mis en cause par ton article.

— Je m'en souviens.

— Et si je n'avais pas résisté aux pressions, ça fait longtemps qu'on t'aurait retiré ta carte de presse, alors s'il te plaît, Raphaël, oublie CMA. Tu t'es grillé sur cette affaire. Je sais qu'elle aura toujours pour toi un goût amer, mais ce sont les risques du métier. Tu dois tourner la page.

— Ce n'est pas moi qui remets le couvert. C'est Butard. C'est lui qui m'a fait suivre. Pourquoi ? Ils n'ont rien à craindre de moi, n'est-ce pas ? Sauf s'ils ont quelque chose à se reprocher…

Dorget secoua la tête au bout du fil. Da Costa était têtu comme une mule… Il chercha d'autres arguments pour le convaincre, quand soudain, un sourire séducteur envahit l'écran à cristaux liquides allumé en permanence dans son bureau.

— Raphaël ! Y a Meyrieux sur BFM.

Le reportage avait été tourné dans la rue, place du Trocadéro, avec une foule grouillante en second plan. Ça faisait plus *en prise avec le réel* que devant un pupitre en plexi dans un salon guindé du musée de la Marine. Meyrieux devant et le peuple derrière, insignifiant. Le front brillant, les cheveux défaits, il hurlait dans le micro pour se faire comprendre. Un capitaine dans la tempête. Une mise en scène millimétrée. Du bon boulot. Le contenu de son discours en revanche n'était qu'une suite de slogans convenus, de coups de menton, d'affirmations péremptoires sur la puissance de la France dans le monde, le genre de charabia qui ne mange pas de pain et que plus personne n'écoute vraiment. D'ailleurs, on n'écoutait pas Meyrieux. On le regardait, on admirait son teint hâlé, sa mèche rebelle. On s'enflammait pour sa voix grave, ses coups de gueule, ses bons mots, son sourire charmeur. On voulait le voir, le toucher. C'était du moins à cela que travaillait l'équipe de communicants qui l'accompagnait un peu partout pendant la campagne des municipales. Celle-ci était entamée depuis trois mois et Meyrieux, qui s'était porté candidat dans son fief de Château-Gontier, avait décidé de mettre le paquet. Être partout pour priver d'air ses concurrents, telle était sa stratégie.

« Monsieur le ministre, pourquoi soutenez-vous personnellement le projet Kisanga ?

— C'est un projet emblématique de la nouvelle coopération que le gouvernement a engagée avec les autorités chinoises. Nous travaillons ensemble sur le continent africain pour faire progresser les infrastructures, développer l'industrie et réduire la pauvreté dans ces pays. Cette date importante marque le début d'une nouvelle ère. Et c'est bien sûr pour nous et pour nos entreprises la promesse d'un grand marché et de milliers d'emplois. »

Raphaël coupa le son et reprit le combiné qu'il n'avait pas raccroché.

— Quel clown !

— Si seulement il pouvait avoir raison.

— Philippe, la nouvelle alliance de la France et de la Chine en Afrique, c'est pas un sujet tabou, ça. On a le droit d'en parler, si BFM le fait…

— Que veux-tu dire ?

— Que ça pourrait intéresser nos lecteurs et que je me sens d'aller faire quelques notes de frais dans les pays chauds. Qu'en dis-tu ?

— Tu me prends pour un con ?

— Je ne te parle ni de CMA ni de Carmin. Je te propose un papier sur le nouvel eldorado du XXIe siècle auquel la France projette de prendre une part. C'est un beau sujet. Alors ? Oui ou non ?

Dorget hésita pour la forme. La perspective de ne plus avoir Da Costa dans les pattes pendant deux mois était séduisante. Et puis après tout, il n'était pas son père. Il l'avait prévenu. S'il se mettait dans la merde, cette fois-ci, il n'irait pas l'en sortir.

— Phil ?

— C'est d'accord. Mais ce que je t'ai dit tient toujours. N'en fais pas une affaire personnelle. Ne prononce même pas le nom de CMA.

## 9

Le bureau d'Alain Butard était perché au dernier étage d'un immeuble de la rue Spontini, à quelques pas de l'avenue Foch. En 1926, Edmond Carrot – le fondateur de Carrot Mines, devenu Carmin cinquante ans plus tard – avait choisi cet immeuble sage et cossu du XVIe arrondissement pour y installer le siège de son entreprise. Après la guerre et singulièrement depuis les années 1960, le développement du groupe en Europe et dans le monde avait régulièrement posé la question d'un déménagement dans des locaux plus grands et fonctionnels, proposition à chaque fois vigoureusement écartée par un conseil d'administration jaloux du prestige que représentait cette adresse et dont les membres, par ailleurs, résidaient en majorité dans le quartier. Toujours est-il qu'un point final fut mis à ces discussions en 1998, lorsque le conseil d'administration vota un important budget de rénovation du siège de la rue Spontini. Le projet très avant-gardiste fut confié à un architecte américain qui transforma l'immeuble en un navire de verre échoué au milieu des blocs de pierre du baron Haussmann.

Au septième étage, le bureau de Butard, immense, recouvert de velours fauve, meublé de canapés en cuir bruns, était longé par une baie vitrée ouvrant sur une terrasse arborée d'où l'on pouvait admirer une bonne partie de la capitale et de l'Ouest parisien. Une bibliothèque en bois clair délimitait deux espaces. Le bureau proprement dit, en cuir et ronce de noyer, où le P-DG recevait ses collaborateurs, et un luxueux salon dévolu aux invités de marque et aux conversations plus délicates.

— Je vous en prie.

Butard fit signe à Géraldine Fischer et au directeur de la zone Afrique qui l'accompagnait de s'installer, tandis qu'il finissait d'annoter un mémo de leur cabinet d'avocats. Puis il leva les yeux vers eux, tout sourire.

— Alors ?

— Un succès incontestable ! commença Géraldine. La presse est dithyrambique. Vous avez vu *Les Échos* ? dit-elle en dépliant le journal devant eux. « Carmin ou la France conquérante ».

— C'est bien, fit Butard.

— *Le Monde*, *La Tribune*, *Le Figaro*. Ils sont tous d'accord pour une fois. Et la presse étrangère parle aussi de Kisanga. Au fait, *Jeune Afrique* veut vous interviewer.

— Très bien. Et les Canadiens ?

— Pas de nouvelles. Les Américains non plus. Je crois qu'ils ont compris que les jeux étaient faits.

— Je serais surpris qu'ils abandonnent si facilement, marmonna Butard.

— Et nous avons pris 3 % à l'ouverture de la Bourse ce matin. C'est vraiment un sans faute, enchaîna la directrice financière, tout sourire.

— Il paraît que Meyrieux est passé en boucle sur BFM ?

— Oui. C'était parfait. Il a parlé de nous, souligna-t-elle.

— Des nouvelles de Wao Jun ? demanda Butard en se tournant vers le directeur Afrique.

— Je l'ai eu au téléphone, répondit celui-ci, légèrement embarrassé. Il a dit qu'il était très content de son hôtel.

— Quelle pitié ! s'emporta le président en se levant de son fauteuil. On leur déroule le tapis rouge, on fait un ramdam d'enfer et même pas un merci. Vous avez entendu le discours de l'ambassadeur ? J'ai cru que Meyrieux allait en avaler sa chemise…

Les deux visiteurs esquissèrent une petite moue quand le téléphone sonna sur la table. Alain Butard saisit le combiné et grommela dans sa barbe avant de raccrocher. Les deux autres s'étaient levés.

— Je vous prie de m'excuser, c'est Nicolas. Géraldine, je compte sur vous pour me tenir au courant heure par heure.

Il laissa le directeur Afrique quitter la pièce et fit signe à la jeune femme d'approcher.

— Vous devriez mieux maîtriser votre expression corporelle.

— Que voulez-vous dire ? s'étonna la directrice financière, un brin froissée par la remarque.

— Dans quelques mois, ce sera votre bureau et vous allez tout changer, n'est-ce pas ?

Les yeux de Butard brillaient. Fischer rougit.

— Ce n'est pas grave. Vous ferez bien ce que vous voudrez. De toute façon, ce bureau a besoin d'un coup de neuf. Ce que je veux vous dire, c'est que je l'ai lu sur votre visage. Faites attention, notamment dans les discussions avec nos amis asiatiques. Ils savent lire sur les lèvres et dans les pensées.

Butard lâcha la main de Fischer qui s'écarta, décontenancée. Quand elle franchit la porte, un homme d'une cinquantaine d'années, barbe finement taillée, la salua avant de s'engouffrer à l'intérieur d'un pas pressé.

Nicolas Speck était le conseiller d'Alain Butard depuis quinze ans. Ni directeur de ceci ni chef de cela, Speck, qui avait lui-même choisi l'intitulé de son poste, avait préféré quelque chose de plus vague et de plus discret : conseiller spécial.

Entendez, éminence grise de Butard, alter ego, celui que le président utilisait quand lui-même ne pouvait être en première ligne ou à deux endroits à la fois. Parler à Speck, c'était parler à Butard, et ce statut conférait au conseiller une place particulière dans l'organigramme. Speck, un ancien militaire, avait été présenté à Butard par un ami en poste au ministère de la Défense. C'était en 2001, alors qu'il venait de prendre la suite de Laurent Favre à la tête du groupe. Il avait immédiatement souhaité renouveler son équipe en s'adjoignant quelques têtes nouvelles parmi lesquelles il ne désespérait pas de forger quelques hommes de confiance, quelques grognards indéfectibles qui lui devraient tout et qui s'en souviendraient le moment venu. Speck était une de ces nouvelles recrues, un homme intelligent et posé, fin négociateur, ferme sans être obstiné, qui avait conservé des liens étroits avec la hiérarchie militaire, ce qui n'était pas un atout à négliger.

— Je suis en train de vous préparer quatre CV pour Kisanga. Je pourrai vous les présenter ce soir, si vous êtes disponible, dit Speck.

Le président ouvrit son agenda en cuir grainé.

— 18 h 30. Non, 19 heures. Je serai à Balard tout l'après-midi. Il me faut le temps de rentrer.

— Parfait. Autre chose, Alain. Raphaël Da Costa a assisté à un concert à Stalingrad pour la fête de la musique. Nous n'avons rien noté d'anormal mais notre homme a été repéré.

— Comment cela ? Qui l'a filé ?

— Un agent du service de sécurité.

— Ah, les nuls ! Vous leur passerez un savon de ma part.

— C'est déjà fait, mais ce sont des choses qui arrivent. D'autant que Da Costa devait être sur ses gardes. Je ne crois pas qu'il ait fait le lien avec nous. Notre homme a eu le temps de s'enfuir.

— Tu parles… grogna Butard en se levant. Da Costa était présent au musée de la Marine. D'ailleurs, j'aimerais bien savoir qui lui a procuré ces invitations…

— Nous avions envoyé un carton à son patron, Philippe Dorget. Mais c'est Da Costa qui est venu.

— Mmm…

Les mains dans les poches, Alain Butard se tenait face à la baie vitrée, le regard perdu sur les toits de Paris, une petite routine personnelle qu'il affectionnait quand il devait réfléchir à une question complexe.

— Cela ne porte pas nécessairement à conséquence, continua Speck. Le mieux est peut-être de mettre un terme au dispositif.

— Non, trancha le P-DG en passant une main dans son épaisse chevelure. Je ne veux rien laisser au hasard. Pas en ce moment. Da Costa est un fouineur obsédé par CMA.

— Vous croyez qu'il l'est toujours ? Cette affaire l'a brisé. Je ne suis pas sûr qu'il ait envie de replonger.

Butard écoutait Speck, le nez sur la vitre. Il aurait voulu croire son conseiller. Du reste, son raisonnement était parfaitement sensé. Si le journaliste avait un tant soit peu de jugeote, il était évident qu'il avait intérêt à se tenir à l'écart de tout ce qui touchait de près ou de loin à Carmin, simplement…

— C'est peut-être ridicule, Nicolas, mais l'autre soir à Chaillot, j'ai croisé son regard. Ça n'a duré qu'une fraction de seconde. Je ne l'avais pas revu depuis quinze ans mais son visage n'a pas changé. Toujours la même tête de bagnard. Et ce que j'ai vu dans ses yeux…

Butard se retourna vers son conseiller.

— … n'avait rien à voir avec du renoncement.

Il contourna le bureau et s'assit lourdement dans son fauteuil.

— Quelles sont vos instructions ?

— Le marquer à la culotte. Mais sans se faire remarquer cette fois. Interdiction de confier cette mission aux branquignols du service de sécurité. Vous avez des relations, Nicolas, servez-vous-en. Je veux savoir si Da Costa continue de pointer aux chiens écrasés ou s'il a décidé de revenir fouiner sur nos plates-bandes.

— Faut-il prévenir le Quai d'Orsay ?

— Grands dieux, non. Ils déclencheraient le plan ORSEC. Ce que je vous demande, c'est une mesure de précaution. Mes soupçons sont peut-être infondés. Si c'est le cas, tant mieux et nul n'aura besoin d'être mis au courant.

— Et si ce n'est pas le cas ?

Butard soupira en s'enfonçant entre ses accoudoirs.

— Si ce n'est pas le cas, il sera toujours temps d'avertir Meyrieux.

# 10

Edwin Prescott jeta un coup d'œil à sa montre. Il était pile à l'heure. Il parcourut la carte. Hors-d'œuvre. *Starters. Dishes.* Le garçon en livrée noire vint lui proposer un verre qu'il refusa d'un geste. Plus tard. Pour l'instant, il avait besoin d'avoir l'esprit clair.

À midi trente précis, Leslie Carey, impeccable dans son costume anthracite à fines rayures blanches, entra dans la salle du restaurant accompagné de son client, un homme de petite taille aux cheveux frisés, serré dans un costume trois pièces couleur crème. Edwin se leva pour les saluer et les trois hommes se dirigèrent vers le salon privé.

— Edwin, je te présente Ibrahim Assani. Monsieur Assani, Edwin Prescott de Fielding Capital.

Les deux hommes se serrèrent la main. Assani avait une forte poigne et les mains sèches.

— Enchanté, monsieur Prescott, dit Ibrahim Assani, les yeux plissés comme s'il se retenait de sourire. Il paraît que vous avez des idées qui pourraient m'intéresser ?

Edwin avait choisi ce restaurant huppé de Lombard Street, parce que c'était un havre de paix niché au cœur de la fourmilière de la City. Les larges escaliers bardés de dorures, les salons tapissés de velours, les lustres aux lumières tamisées, tout, jusqu'à la plastique irréprochable du personnel de service, concourait à fabriquer une atmosphère flatteuse propice aux rencontres informelles entre personnes d'exception. Edwin plongea négligemment les doigts dans la coupelle d'amuse-gueules que le garçon avait posée au milieu de la table en verre.

— C'est exact, monsieur Assani. Je vais vous expliquer comment nous travaillons avec quelques clients de l'arc méditerranéen. Bien entendu, votre situation est certainement spécifique, mais cela vous donnera une idée de notre savoir-faire.

— Je vous écoute, dit le petit homme.

— Comme vous le savez, tous les mouvements transitant sur un compte bancaire, n'importe où sur la planète, sont filtrés par un système de contrôle des embargos. C'est une procédure automatique à laquelle il est impossible d'échapper.

Assani approuva de la tête.

— Dans ce contexte, supposons qu'un de nos clients libyens sous embargo vende du pétrole en euros, mais qu'il souhaite récupérer du dollar américain. Il passe par notre banque Fielding Plc, demande une opération de change et nous débitons son compte en euros, créditons notre propre compte en euros, puis nous réalisons l'opération de change en dollars avant de créditer le compte de ce client, en dollars cette fois. Le client est indétectable. Vous me suivez ?

— Tout à fait, monsieur Prescott. Mais l'argent se trouve à Londres. Comment le faites-vous sortir ?

Les yeux de Prescott s'enflammèrent.

— Eh bien, monsieur Assani, notre banque opère un transfert depuis le compte de notre client vers notre propre compte à Londres, puis vers une de nos soixante-quatre filiales à l'étranger, disons par exemple celle de Macao. Comme vous le savez, Macao n'est pas signataire des embargos américains.

Leslie jubilait. Edwin, avec son air de sale gamin surdoué, était vraiment le meilleur. Un vrai talent d'acteur. Les trois hommes échangèrent des sourires entendus, au moment où le serveur apportait deux coupes de champagne et un jus d'ananas.

— Donc, reprit Prescott, notre filiale de Macao exécute le transfert vers la banque de notre client à Tripoli, à la suite de quoi cette banque crédite enfin le compte de notre client. Et bien sûr, le nom de notre client n'apparaît jamais en clair dans nos livres de comptes, que ce soit à Londres, à Macao ou dans n'importe quelle filiale dans le monde.

— Mais, dit le petit homme, même si le transfert passe par Macao, les Américains contrôlent toutes les transactions. Comment faites-vous pour ne pas être repérés ?

Leslie se retourna vers Ibrahim Assani avec un large sourire. C'était le clou du spectacle. La raison pour laquelle Leslie Carey allait dépenser quatre cents livres pour ce déjeuner.

— Vous avez raison. Les Américains contrôlent toutes les transactions électroniques de la planète, qu'elles partent de Londres, de New York, de Macao et même de Tripoli, et les nôtres ne font pas exception. C'est pourquoi…

Edwin regarda Assani en levant le doigt.

— Nous envoyons des fax.

Un grand sourire se dessina sur le visage du Libyen qui dévorait des yeux les deux jeunes financiers avec une sorte de gourmandise. Puis il s'excusa et se leva.

Une serveuse blonde montée sur échasses lui montra un salon où il pourrait téléphoner tout à son aise.

— Je crois qu'il a mordu, Ed…

— C'est sûr, regarde-le, dit Edwin en mâchonnant un croustillant de fromage.

Au téléphone, Assani semblait survolté.

— Les', écoute. J'ai un tuyau. Il vient de Joe Sturton, un ami qui dirige une agence de lobbying à New York.

— Un tuyau? fit Leslie sans quitter Assani des yeux.

— Tu sais que depuis notre bouillon de 2008, je n'ai jamais remis les pieds sur le marché des matières premières.

Leslie hocha la tête.

— Pourtant, je n'ai jamais cessé de m'y intéresser, de loin. Je ne sais pas pourquoi. Je crois à ce marché. Bref, je me suis gardé une position d'observation, au cas où. Eh bien, figure-toi que Sturton m'a donné cette info hier : un coup énorme est en train de se profiler en RDC. Une joint-venture entre Shanxi Mining et le groupe français Carmin. Le bébé s'appelle Kisanga.

— Je sais, dit Leslie. Une grosse mine entre Kolwezi et Lubumbashi. Je l'ai lu dans le *Financial Times*, *my friend*, t'es un peu en retard.

— Non, Les'. Le FT laisse entendre qu'il s'agit d'une grosse mine. Mais Sturton a travaillé pour Freeport-McMoran, le conglomérat minier américain qui était candidat pour remporter le contrat sur Kisanga. Tu sais combien il a facturé d'honoraires pour ce projet?

— Aucune idée.

— Quinze millions de dollars.

— *Fuck !* s'étrangla Leslie.

— C'est un des plus gros chèques qu'il ait reçus pour une opération de ce type. Et il m'a dit que les Canadiens de Teck-Cominco avaient dépensé une somme comparable. Alors je te pose la question, Les' : pourquoi dépenser un tel tas de fric si c'est un gisement ordinaire ?

— Mmm… grommela Leslie, l'œil toujours rivé sur Assani.

— Une seule explication, continua Edwin : Kisanga n'est pas un gisement comme les autres. Je crois qu'il est considérablement sous-évalué et que très peu de personnes sont au courant. Sans doute pour ne pas attiser les convoitises pendant le closing du deal. Mais quand l'info va sortir, tu vas voir l'action. *Pschhhhhhh !*

Edwin imita le décollage d'un avion avec la paume de sa main.

— Shanxi n'est pas cotée, répondit Leslie. Tu veux acheter du Carmin ?

— Un max. Je vais le faire. Mais plus on est nombreux, plus on fait le buzz, plus l'action va monter. Cette mine est un baril de poudre. Et il n'y a plus qu'à allumer la mèche.

— Que vas-tu faire ?

— Je vais refiler le tuyau à mes meilleurs clients. Je vais tous les faire mordre à pleines dents.

— Tu réponds de Sturton ? demanda Leslie.

— Je le connais personnellement depuis dix ans. Ce qui est sûr, c'est qu'il y a un paquet de pognon pour tous ceux qui monteront les premiers dans le wagon. Si t'as envie de te faire des couilles en platine…

— Quel risque ?

— C'est du solide. Le cours du cuivre est remonté depuis trois ans. La demande ne cesse de grimper. Au minimum, tu peux compter doubler ta mise en trois ans. Mais il y a un autre scénario. Le Congo est sur le point de basculer politiquement. Kabila s'essouffle. Le peuple n'en peut plus de la dictature et de la guerre. C'est Moïse Katumbi qui tient la corde, l'ex-gouverneur du Katanga. Ce type est adulé dans sa province et il est en passe de devenir un challenger sérieux à Kabila.

— Il est en exil, dit Leslie.

— Oui, mais le pays gronde. Et lui menace de revenir à tout moment. La situation peut se retourner en un claquement de doigts. Toujours est-il que Katumbi est un businessman et un démocrate. La RDC possède le sous-sol le plus riche d'Afrique mais elle est sous-développée. Si Katumbi passe, le pays va exploser. Et ta mise sur Kisanga, ce n'est plus par deux que tu la multiplies, mais par dix.

## 11

Le chauffeur donna un léger coup de volant et la 508 s'engouffra à pleine allure sur la file de gauche. Sur la banquette arrière, Butard parcourait un dossier d'un œil distrait. Ils pénétrèrent dans le tunnel d'Auteuil et l'habitacle fut plongé dans l'obscurité. Seul le tableau de bord projetait un halo bleuté tandis que le visage du président était caressé par les néons orange et intermittents des souterrains du périphérique ouest. À l'extérieur, les véhicules accéléraient, se doublaient, se bousculaient. À l'intérieur, tout n'était que quiétude et silence. Butard consulta sa montre.

— Nous serons à l'heure, monsieur. Voulez-vous un peu de musique ?

— Volontiers.

Sur l'écran tactile, le chauffeur effleura le logo de Radio Classique, libérant les violons fiévreux d'un quatuor de Borodine avant de déboîter vers la droite pour rejoindre la voie sur berge.

Au même instant, sur la nationale 162, à quelques kilomètres de Château-Gontier dans le département de la Mayenne, une autre voiture grise avec chauffeur s'embourbait dans un embouteillage inextricable.

— Qu'est-ce que c'est que ce merdier ?

— Des travaux, monsieur le ministre, répondit le chauffeur. Et la pluie…

— Et merde ! tonna François-Xavier de Meyrieux en allongeant le cou par-dessus les appuie-tête.

Depuis deux ans, le gouvernement n'était pas dans une très bonne passe. Le patronat n'avait pas obtenu tout ce qu'il voulait, les partenaires sociaux observaient une trêve fragile et les réformes économiques et sociales avaient pris tout le monde à rebrousse-poil. La cote du président atteignait des records d'impopularité.

L'assemblée était vent debout et la majorité présidentielle que le Premier ministre s'efforçait de maintenir tant bien que mal menaçait de craquer au premier coup de Trafalgar. Selon Georges, son directeur de campagne, la messe était dite : il restait deux ans avant les présidentielles et ça sentait déjà la fin de règne. Son poulain était sur un siège éjectable et devait songer à l'avenir. Son plan était simple : consolider ses positions et repartir des fondamentaux. L'ancrage le plus solide, celui à partir duquel on pouvait reconstruire tout l'édifice politique, c'était le fauteuil de maire.

La fin du parcours serait décisive et Georges avait concocté un programme de ratissage des marchés, des crèches, des entreprises, des associations, des écoles, des terrains de sport... Un emploi du temps survitaminé doublé d'un matraquage publicitaire tous azimuts afin d'imposer le réflexe Meyrieux chez les électeurs.

Il avait plu des cordes toute la matinée. Après l'inauguration d'une école élémentaire à Saint-Germain-le-Fouilloux dans la banlieue de Laval, le ministre avait filé vers Château-Gontier où il était attendu pour 11 heures. Il était venu soutenir le maintien en Mayenne d'une usine d'électroménager qui menaçait de fermer pour se délocaliser en Roumanie. Une des dernières du département. Un symbole que Meyrieux ne pouvait se permettre de laisser filer à trois mois des élections. Ce nouveau drame industriel avait fait grand bruit au niveau régional et eu un certain retentissement sur le plan national, si bien que Meyrieux, qui avait vu le coup venir, avait rapidement pris contact avec la SIEG et envoyé son directeur de cabinet trois fois de suite au siège de l'entreprise. Par trois fois, le constat avait été le même : la direction se plaignait de problèmes de compétitivité dus à une fiscalité dissuasive et à un coût du travail exorbitant. La boîte avait été rachetée en 2012 par un groupe suédois qui se souciait comme d'une guigne du maintien de son usine en Pays de Loire. Meyrieux pouvait gesticuler tant qu'il le voulait, la décision était prise et rien ne leur ferait changer d'avis. Meyrieux le savait. C'est pourquoi il s'était bien gardé d'impliquer Matignon ou l'Élysée. La SIEG était un symbole. La politique était faite de symboles et Meyrieux était là à titre symbolique.

Il était 10 h 55. France 3 l'attendait pour une interview en direct et ce putain de bouchon semblait installé pour durer. Son chauffeur observait Meyrieux dans le rétroviseur, redoutant le moment où il lui demanderait de rouler sur les accotements, de couper à travers champs, de se démerder par n'importe quel moyen pour arriver à l'heure. Fort heureusement, le ministre passa d'abord ses nerfs sur son téléphone, qu'il écrasa contre son oreille.

Dans la 508 du P-DG de Carmin, le quatuor n° 2 en *ré* majeur de Borodine fut interrompu par une sonnerie électronique émise en sourdine.

— C'est le ministre des Affaires étrangères, monsieur. Je vous le passe ? demanda le chauffeur.

— Allez-y.

La voix de Meyrieux emplit l'habitacle de la berline.

— Allô ! Butard ? C'est Meyrieux !

— Bonjour, monsieur le ministre. Comment allez-vous ?

— Mal ! Je suis bloqué dans un embouteillage, sous des trombes d'eau, un mercredi matin en Mayenne. C'est absurde. Et je suis attendu chez SIEG à 11 heures. Avec la PQR et France 3 !

— Ça va s'arranger, répondit Butard dont le bolide filait sans entrave sur les quais de Seine.

— Espérons ! Dites-moi, Alain, vous savez qui j'ai vu l'autre soir, à Chaillot ?

— Pas mal de monde, j'imagine…

— Oui, et parmi eux, Raphaël Da Costa. Cet hystérique qui a enquêté sur Carmin il y a quinze ans…

Butard sentit ses poils se hérisser.

— Vous n'êtes pas au courant ?

— Si, avoua Butard. Je l'ai vu moi aussi.

— Comment se fait-il qu'il ait été invité ?

— C'était une conférence de presse. Il est journaliste.

— Ce n'est pas une raison. Je l'ai vu en grande conversation avec Wao Jun et l'ambassadeur Li. Vous le saviez, ça aussi ?

Butard frappa sa portière avec le poing.

— Non. Je l'ignorais.

Il hésita à se justifier en avançant que son service de sécurité l'avait repéré et n'avait rien signalé de particulier, mais il se refréna.

— Beaucoup de monde a discuté ce soir-là…

— Alain, je vous en prie… Vous avez vu le discours de Li ? Son amiral eunuque du XVIe siècle ? Non, mais pour qui se prend-il celui-là ?

Butard contemplait la Seine par-dessus les garde-corps du pont Mirabeau.

— Je vous ai déjà dit que je trouvais cette affaire Kisanga un peu risquée. C'est toujours mon avis. Je ne les sens pas…

— J'avais compris, monsieur le ministre.

— Et les voir en conversation amicale avec ce journaleux qui a essayé de traîner Carmin dans la boue n'est pas de nature à me rassurer.

— C'était il y a quinze ans, monsieur.

— Mais il s'agit d'Antioche, nom de Dieu ! s'emporta Meyrieux.

À trois cents kilomètres de distance, les chauffeurs des deux berlines sursautèrent au même moment.

— CMA, corrigea Butard.

— Et derrière CMA, il y a Antioche. Et je n'ai pas besoin de vous rappeler qu'un dossier se trouve quelque part dans la nature, hors de notre zone de contrôle. Nous ne pouvons prendre aucun risque. Vous en êtes conscient ?

La Peugeot d'Alain Butard stationnait à un feu rouge. Les bruits extérieurs étaient imperceptibles, mais à l'intérieur, la respiration saccadée de Meyrieux résonnait dans les enceintes disséminées dans l'habitacle.

— Alain, suis-je clair ?

— Oui, monsieur le ministre, lâcha Butard sans desserrer les dents. Qu'attendez-vous de moi ?

— Rien, tonna Meyrieux. Laissez-moi faire.

— Je vous rappelle tout de même, répondit Butard, que l'accord industriel que nous sommes en train de finaliser est capital pour mon groupe et pour le pays. Si nous nous débrouillons bien, il nous ouvrira une voie dans la zone des Grands Lacs avec des dizaines d'années de contrat à la clé. Mais pour cela, nous ne devons rien tenter de hasardeux. Rappelez-vous les difficultés que nous avons eues à évincer les Américains et les Canadiens. Pour l'heure, ils sont repartis la queue basse, mais à la première occasion, ils reviendront à la charge.

— Je sais tout cela, Alain. Mais notre stratégie repose sur l'hypothèse que chacun accepte de jouer le jeu et respecte ses engagements. Il n'est pas question de débarquer comme des éléphants dans un jeu de quilles et je veux savoir si nous nous engageons sur un terrain miné. Nous devons nous couvrir.

La berline de Butard se faufila rue de la Convention, tandis que le bouchon à l'entrée de Château-Gontier venait soudainement de se résorber.

— Ah… Enfin… On avance. Laissez-moi faire, Alain. Et vous, faites votre boulot. Réussissez ce projet Kisanga. Je compte sur vous.

La voiture du ministre déboîta et doubla le chantier où des hommes en ciré jaune pataugeaient dans une boue grise et collante.

— Au fait, encore une chose. Bien entendu, il y aura des frais. Ce serait incompréhensible de les faire supporter au contribuable.

Butard laissa un blanc avant de répondre qu'il en était conscient et que c'était tout à fait normal.

— Vous vous dites peut-être que je réagis à l'instinct, reprit Meyrieux, mais je me fie souvent à mon intuition et jusqu'à présent, ça ne m'a pas trop mal réussi.

Et alors que la 508 se rangeait le long d'un trottoir, la berline grise de Meyrieux dépassait à toute berzingue le panneau bordé de rouge marquant l'entrée de l'agglomération de Château-Gontier.

## 12

Alain Butard avait créé la surprise en annonçant un délai de trois mois pour la mise en exploitation de la première mine. C'était ambitieux et Speck le savait mieux que personne. C'est pourquoi il avait pris son temps pour sélectionner les quatre collaborateurs qu'il allait embarquer dans le projet Kisanga. Carmin n'avait pas d'expérience au Katanga, avait peu de relais opérationnels, une faible connaissance du terrain et aucun réseau logistique. Ils débarquaient pour ainsi dire cul nu en pleine brousse avec la mission de faire décoller une fusée en douze semaines. Speck voyait déjà s'amonceler les problèmes. Le seul actif qu'ils avaient dans leur poche – et il n'était pas question de le minimiser, car c'était grâce à lui que ce contrat avait été signé – était la relation personnelle qu'entretenaient Alain Butard et Cyril Akolo, le nouveau gouverneur du Haut-Katanga, une relation que le président avait savamment cultivée depuis une quinzaine d'années lorsque Carmin avait encore quelques activités dans l'est du pays. À l'époque, Akolo n'était qu'un sous-fifre du ministère des Mines, mais Butard avait décelé en lui un sens politique aigu et l'avenir lui avait donné raison.

Jusqu'en 2015, Moïse Katumbi avait régné en maître sur le Katanga. Il avait fait ce que personne n'avait réussi avant lui. Il avait tenu tête aux Occidentaux et aux Chinois, renfloué les caisses de la province, reconstruit les routes et les hôpitaux, remis l'économie en marche et propulsé le club de foot de Lubumbashi en pole position des clubs du continent. Pour tout cela, le peuple l'adorait et Joseph Kabila le détestait. En 2015, ce dernier réussit enfin à éjecter Katumbi de son siège et choisit pour le remplacer un apparatchik du nom de Cyril Akolo. C'est à ce moment que le projet franco-chinois avait démarré.

La relation d'Akolo et de Butard était doublée d'une autre, entre François-Xavier de Meyrieux et Dominique Sakumba, le ministre des Mines de la RDC. Ces deux-là s'étaient connus rue Saint-Guillaume et ne s'étaient guère perdus de vue depuis. En somme, les ambitions de Carmin sur Kisanga avaient bénéficié d'un incontestable alignement des planètes. Les Américains de Freeport-McMoran et les Canadiens de Teck-Cominco, pourtant beaucoup mieux implantés dans la région, en avaient été pour leurs frais. Quand ils avaient compris que Carmin était sur le point de remporter la mise, ils s'étaient alliés pour mener une guerre de lobbying sans merci. En vain. Butard et Meyrieux avaient tenu bon. Rien cependant ne se serait conclu sans le concours de Shanxi Mining qui ne voulait, sous aucun prétexte, s'allier aux mastodontes nord-américains. Et c'est dans cette voie étroite que le Français avait réussi à emporter l'affaire. Un combat à mort entre plusieurs Goliath dont un David outsider était sorti vainqueur. C'était tout du moins la version officielle sur laquelle s'étaient rués les communicants de Carmin et du gouvernement pour construire le story-telling de Kisanga.

Toujours est-il que si la première bataille avait été gagnée par les Français, il restait à présent un combat de taille à mener : faire démarrer l'engin. Shanxi et Carmin s'étaient engagés à dépêcher sur place deux équipes d'experts chargés de travailler ensemble pour lancer le projet avant le mois d'octobre. Une mission périlleuse, les mauvaises langues ne se privaient pas de relever que Butard avait mis la barre très haut avant de tirer sa révérence. En réalité, ce délai de trois mois n'avait pas tant été décidé pour précipiter l'affaire que pour terminer le projet avant la saison des pluies. Des pluies diluviennes qui s'abattent sur le sud du pays neuf mois par an et déversent sur Lubumbashi en un trimestre autant d'eau qu'il tombe sur Brest en une année.

Ce qui avait laissé Speck perplexe, c'était la mise à la retraite anticipée de son patron. Tel qu'il le connaissait, il le voyait mal se consacrer du jour au lendemain à la lecture et au jardinage. Mais il faut croire qu'un jour ou l'autre tout le monde est rattrapé par la pendule, et sans doute ce moment était-il venu pour le P-DG de Carmin.

En révisant une dernière fois les quatre CV qu'il avait sélectionnés, Speck tournait encore une fois tous ces paramètres dans sa tête. Butard ne lui avait pas explicitement dit qu'il le chargeait de diriger la mission, mais cela ne faisait aucun doute. Les quatre profils étaient plutôt jeunes. Tous experts, tous disciplinés, tous promis à une brillante carrière au sein du groupe. Cette mission représentait une excellente mise à l'épreuve.

Speck regarda sa montre et rassembla ses dossiers. 19 heures, le grand patron l'attendait.

La porte du bureau du septième étage était ouverte. Le conseiller spécial entra à pas légers, remarqua le fauteuil en cuir capitonné repoussé loin de la table. La pièce était baignée de la lumière chaude du soleil du soir et l'air doux de l'été pénétrait à l'intérieur par la baie entrebâillée.

Speck aperçut Butard, téléphone collé à l'oreille, qui faisait les cent pas sur la terrasse en gesticulant comme un animal en cage. À l'autre bout du fil, quelqu'un était en train de passer un mauvais quart d'heure. Nicolas resta sagement à l'écart jusqu'à ce que Butard dépité balance son téléphone sur la table en teck, s'aperçoive de sa présence et lui fasse signe de le rejoindre.

— Sylvie, dit-il d'un air accablé en se tenant à la table comme si le bateau de verre s'était mis à tanguer pour de vrai.

Speck connaissait la femme de Butard. Il était un des rares collaborateurs à avoir été invités dans leur maison de campagne.

— On avait prévu un week-end à Venise, un palais sur le grand canal, deux places à la Fenice… Et le conseil d'administration a décidé d'une réunion d'urgence samedi. Elle est folle de rage.

— Laissez-lui quelques heures.

— Nicolas, vous la connaissez. Elle va me pourrir la vie.

Sylvie Butard était une femme extravagante, paranoïaque, invivable de l'avis de certains et qui avait ses têtes, ce qui en agaçait beaucoup. Après son mariage, elle avait abandonné sa carrière de juriste pour embrasser celle, plus convenable dans son milieu, de femme au foyer. Speck l'appréciait. Intelligente, intuitive, elle avait souvent d'excellentes idées sur la conduite des affaires du groupe et Speck s'occupait volontiers d'elle lorsque Alain était en déplacement.

— Je peux lui parler, proposa Speck.

Butard leva les yeux vers son conseiller et se borna à le remercier. Puis il l'invita à s'asseoir avant de partir lui-même chercher deux verres, un citron, une bouteille de rhum et deux canettes de soda. Nicolas desserra le col de sa chemise. La haie de bambous disposée en pare-vue frémissait dans la brise. La rumeur de Paris leur parvenait assourdie et lointaine. Butard revint avec un plateau, deux verres à cocktail et se mit à couper les citrons.

— Je vous écoute.

Speck étala les quatre dossiers sur la table et pointa du doigt celui de droite.

— Céline Dao. Trente ans. Avocate au barreau. Elle est chez nous depuis quatre ans. Elle a travaillé sur les dossiers Doma et Centaure. Très solide techniquement. C'est un animal à sang froid. Très habile. Pas le genre à se prendre les pieds dans le filet. Elle saura prendre des initiatives quand ce sera nécessaire. On me l'a chaudement recommandée.

Butard tendit un verre à Speck et parcourut le curriculum de Dao.

— Cuba Libre. Elle est chinoise ?

— Merci. Vietnamienne. D'origine. Ses parents sont arrivés en France en 1976. Des boat people. Ils ne parlaient pas un mot de français et je crois qu'ils le parlent encore mal aujourd'hui. Elle, en revanche, est arrivée première de sa promotion à Assas.

— On la prend. Le deuxième ?

Nicolas Speck présenta Jérôme Beysserias. Vingt-huit ans. Grande école. Auditeur financier. Début de carrière chez Deloitte. Recruté chez Carmin trois ans plus tôt. Belle mécanique intellectuelle, bon connaisseur des montages financiers offshore. Un type ambitieux qui avait parfaitement intégré les règles du jeu. Quelqu'un sur lequel on pouvait s'appuyer pour faire avancer le Schmilblick dans la bonne direction. Butard l'accepta sans discussion.

Le troisième s'appelait Bruno Maldini, un communicant, ex-publicitaire, recruté au service de com du groupe six ans auparavant. Butard avait fixé l'échéance du 1er octobre pour le démarrage de l'activité, mais il avait aussi l'intention d'en faire un événement auquel se presseraient les politiques locaux, la presse, quelques analystes financiers si possible et plus si affinités. Kisanga devait faire décoller l'action, et l'évolution des cours de Bourse dépendait pour une bonne part du ramdam médiatique qu'ils seraient capables de générer. Maldini, trente-cinq ans, était le plus âgé des quatre, mais d'une énergie inépuisable et d'un enthousiasme à toute épreuve. Speck l'appelait le lapin Duracell. Il était inoxydable et c'était un atout de poids pour Kisanga, ce dont Butard convint sans discuter.

Butard se resservit une rasade de cocktail et attrapa le dernier CV qu'il parcourut en diagonale.

— Olivier Martel, commenta Speck. Un de nos plus brillants ingénieurs avec une bonne expérience de terrain. Il a été adjoint du responsable de site au Brésil et responsable du parc d'engins en Australie. En 2013, il a réussi à faire fonctionner le site de Dysart pendant trois semaines alors que la plupart des pelles hydrauliques étaient HS. C'est un débrouillard.

— Que fait-il au siège ? demanda Butard.

— Il s'ennuie, répondit Speck. Il est marié avec un enfant, mais il rêve de repartir. Il a été recommandé par le dircab de Géraldine.

Butard sirota la fin de son verre avant de le reposer bruyamment sur la table.

— Nicolas, si vous êtes convaincu, je le suis aussi. Au fait… Je ne vous l'ai pas dit, mais je compte sur vous pour diriger Kisanga. Vous êtes d'accord, j'espère ?

## 13

Quelques minutes après son départ du slipway, l'*Indian Pearl* tanguait sur la houle turquoise et tiède de la Msasani Bay. Il était midi et le soleil de plomb écrasait les passagers, deux couples d'Anglais qui prenaient en deux jours l'équivalent de leur dose annuelle de soleil. Les deux hommes, en bras de chemise, le visage cramoisi sous leur casquette publicitaire Kilimandjaro, s'étaient mis à l'avant, juste derrière Ali, le jeune boy qui aidait à la manœuvre du bateau. Derrière eux, leurs épouses, dont l'une était couverte d'un voile de coton blanc, se tenaient au bastingage en tentant d'éviter les éclaboussures.

Les Anglais et les Américains fournissaient l'essentiel des clients de Tanzan Cruises. Des clients corrects, qui payaient sans discuter, y compris les extras tant que le service était au rendez-vous. La moitié de la demande se portait sur des *daytrips* pour l'île de Zanzibar, à seulement vingt kilomètres de la côte. L'autre moitié, sur les parties de pêche au gros. Le site Internet de Tanzan présentait trois hors-bord *fully equipped* avec cannes de traîne *big game* de 130 lb, harnais, baudriers et sièges de combat en alu anodisé, et il fallait croire que ce sport faisait rêver les Anglo-Saxons car la saison était réservée trois mois à l'avance.

C'était le cas aujourd'hui. Les deux clients étaient des Londoniens pleins aux as qui n'y connaissaient rien mais avaient dans l'idée de faire un tas de selfies avec un gros marlin dans les bras. Tanzan avait ses petits arrangements avec le propriétaire des paillotes de Bongoyo Island, un banc de sable à la sortie de la baie. Le plan était de larguer les épouses sur l'île, où chaises longues et parasols leur étaient réservés et où elles pourraient passer la journée à discuter de Dieu sait quoi en sirotant des daïquiris face à la mer.

Ensuite, on mettrait le cap au large sur la trajectoire des bans d'espadons.

Le propriétaire du bateau, un type robuste, aux cheveux courts et à la barbe poivre et sel, répondant au nom de Pierre Lauzière, tenait la barre. Pieds nus, short délavé, T-shirt sans forme sur le dos, une Kilimanjaro à la main et une Camel au bec, il manœuvrait sa vedette d'un doigt, comme s'il s'agissait d'une voiturette de golf. À l'horizon, la bande de végétation posée sur l'eau grossissait à vue d'œil. Le temps était parfait. Il n'y avait presque pas de houle, ce qui était plutôt rare dans la baie. À trois cents mètres, Ali désigna la plage de sable blanc et annonça aux touristes un « Bongoyo » enthousiaste, comme s'ils venaient de découvrir l'Amérique. Ali en rajoutait toujours dans le registre du « bon neg », parce qu'une bonne prestation pouvait rapporter jusqu'à 10 000 shillings de pourboire. Lauzière mit cap plein est et fonça sur le sable. Le bateau s'échoua et Ali sauta dans l'eau pour le tirer vers la plage. Puis il aida les deux Anglaises à descendre. Lauzière alluma une autre cigarette.

— *Are we stopping here?* demanda l'un des deux Anglais.

— *If you want*, répondit Lauzière en avalant une bouffée de fumée.

L'île était une sorte de paradis terrestre, ou en tout cas très proche de l'idée qu'on s'en fait en Europe. Sable blanc, eau turquoise, légère brise sur la mer et soleil de plomb occulté par les indispensables bandas en feuilles de bambou. Les quatre Rosbifs attaquèrent à la piña colada et Lauzière ne se faisait aucune illusion : ils finiraient tous torchés à la fin de la journée. Il s'affala sur la banquette en skaï blanc et allongea la main vers le mini-frigo dans lequel il entreposait sa réserve personnelle. Il décapsula une Kilim fraîche qui régurgita un filet de mousse blanche quand la sonnerie cristalline de son téléphone Inmarsat retentit sur le tableau de bord.

— Allô !

— Lauzière ? C'est Delmas.

Pierre Lauzière ajusta sa paire de Vuarnet et inspira profondément. Le vague ennui que lui inspirait cette journée destinée à promener des couillons du West End dans les eaux claires de l'océan Indien s'évanouit comme par enchantement. Même s'il n'avait aucune idée du bon vent qui amenait le militaire, ce n'était certainement pas une bonne nouvelle.

— Mon général.

— Alors, Lauzière, reprit la voix nasillarde maltraitée par une communication satellite douteuse. Toujours en train de vous dorer le cul sous les tropiques ?

— Détrompez-vous, mon général. Le tourisme, c'est un boulot de chien. Vous ne savez pas ce que je donnerais pour un bureau climatisé donnant sur le périph…

— Ha ha ha ! Toujours aussi pince-sans-rire, je vois. Mais faites gaffe, je pourrais exaucer votre vœu.

— Mettez-y une secrétaire plantureuse et des chèques-déjeuner et je reprends l'avion cet après-midi.

— Vous êtes impayable… Franchement.

Le général Delmas était bien le seul à rire. Car, au-delà des amabilités de rigueur, Lauzière savait qu'une merde était tombée sur le képi du gradé et qu'il avait pensé à ce bon vieux Lauzière pour la nettoyer.

— Mon général, pourrais-je savoir ce qui me vaut l'honneur ?

— Je vais vous le dire. Nous avons un souci. Un dossier que nous avons perdu. Ou plutôt : qui se trouve hors de notre zone de contrôle. Nous devons remettre la main dessus. Ça vient de très haut.

— Vous avez du personnel, mon général. Pourquoi m'appelez-vous ?

— C'est très délicat. Nous voulons laisser un maximum de monde en dehors de cela. L'armée en premier lieu et même le service action.

— Ça pue autant que ça ?

— Le dossier concerne Antioche.

Lauzière eut un mouvement de recul. Il avala une gorgée de bière.

— Qu'y a-t-il dans ce dossier ?

— Pas grand-chose… La vérité sans doute, répliqua avec cynisme le militaire dont l'intense contrariété était palpable au bout du fil.

— On ne sait rien d'autre ?

— Je ne peux rien vous dire au téléphone. Vous allez devoir vous fendre d'un voyage à Paris.

— Mon général, j'ai cinquante-trois ans. J'ai raccroché depuis deux ans. Je vis en tongs et je conduis des trous-du-cul sur des lieux de pêche. Je ne suis plus bon à rien.

— Ne me prenez pas pour un con, colonel. Je vous connais mieux que vous-même. Vous avez été sous mes ordres, ne l'oubliez pas. Je sais que vous vous faites chier à mourir à trimballer ces clampins dans votre hors-bord. Mais je vais vous épargner la danse du ventre. Je ne vous propose pas l'adrénaline d'une opération de terrain. Ce que je vous offre, c'est un million d'euros, net d'impôt. Sur le compte que vous voudrez, en Tanzanie, aux Bahamas ou à Saint-Kitts, je m'en fous.

— Pourquoi moi? demanda Lauzière en avalant une nouvelle gorgée de bière.

À l'autre bout du fil, le général soupira. Ce foutu Lauzière voulait tout de même sa danse du ventre.

— Vous étiez un de nos meilleurs officiers, colonel. Vous connaissez très bien l'Afrique et notamment la zone des Grands Lacs. Vous avez conservé des contacts sur place. Je pense que vous vous emmerdez et qu'un million d'euros est une somme susceptible de vous donner des idées. Et pour finir…

Delmas marqua une pause.

— Pour finir, vous avez un intérêt personnel dans cette mission.

Lauzière sentit le coup de massue s'abattre sur ses épaules. Delmas avait mis le temps, mais il avait fini par cracher le morceau. La menace était à peine voilée.

Un long silence s'installa entre eux. Lauzière tira sur sa cigarette et balaya la plage du regard. Installés sous leur paillote, les Anglais parlaient fort en agitant les bras. Tout sourire, Ali leur apportait des cocktails glacés, et se goinfrait de pourboires. À 25 000 shillings le verre, les biffetons dépassaient de ses poches. Soudain, cette mer bleue et chaude, cette plage écrasée de soleil, dont il commençait à avoir singulièrement sa claque, tout cela lui apparut sous un autre jour. Une mouette vola en rase-mottes juste devant son bateau avant de repartir dans l'azur en couinant et Lauzière songea que, finalement, c'était peut-être bien ici le paradis. Peut-être étaient-ce ces connards de touristes qui avaient raison. Peut-être qu'il n'y avait rien d'autre à aller chercher, nulle part. Que c'était le bout du chemin. Une plage, de l'eau à trente degrés et des piña coladas à se mettre minable toute la sainte journée. Il jeta encore un coup d'œil à ses clients gesticulant sous la paillote et soupira.

— Quand voulez-vous qu'on se voie ?

— Détendez-vous, Lauzière. Nous sommes jeudi. Vous avez le temps de faire votre valise. Je vous attends lundi au ministère.

— Bien, mon général. À lundi.

Quand il raccrocha, les deux Angliches étaient toujours en train de picoler sous les bandas. Il ouvrit la boîte à gants qui se trouvait sous le poste de pilotage et empoigna la corne de brume. Il donna un seul coup et les deux pieds-tendres sursautèrent. Ça ne faisait aucun doute, ces deux-là allaient gerber en mer, surtout avec le programme qu'il leur réservait. Mais Lauzière était impatient. Il voulait fendre les flots, mettre les moteurs pleins gaz, détaler dans un torrent d'écume. Et surtout planter un hameçon gros comme le doigt dans la gueule d'un espadon.

# 14

« En raison d'une panne de matériel, le trafic est interrompu sur la ligne B. » Les voyageurs levèrent les yeux de leurs livres ou de leurs téléphones. Des grimaces d'exaspération fleurirent sur les visages. La rame continua sa course à vitesse réduite jusqu'à la station, puis s'immobilisa, et les portes automatiques s'ouvrirent pour déverser le flot de voyageurs sur le quai. « Ce train s'arrête à Denfert-Rochereau. Nous vous conseillons d'emprunter les correspondances. » Coincé dans la foule qui piétinait vers les couloirs de sortie, Olivier Martel sentit une boule se former au fond de son estomac. Il jeta un coup d'œil sur l'écran de son téléphone : 7 h 35. Il lui fallait prendre la ligne 6 jusqu'à Étoile puis changer pour Porte Dauphine. Il avait rendez-vous à 8 heures avec le big boss, le genre de réunion à laquelle on n'arrive pas en retard. À vrai dire, il était même d'usage d'arriver un quart d'heure en avance et de faire le pied de grue dans le couloir, question de respect. Il joua des coudes pour se frayer un passage.

Olivier savait que pour un tel job, ce n'étaient pas les candidats qui manquaient. Des têtes bien faites, des types avec de la carrure et du potentiel, il y en avait chez Carmin. Et il avait conclu que ce qui le singularisait, c'était sa capacité à se démerder sur le terrain. Un talent pour lequel il n'avait pourtant aucune prédisposition. Plutôt bon élève, il avait réussi le concours d'une école d'ingénieur et avait commencé sa carrière dans le pétrole. Premier job :

une plateforme offshore au Nigeria. Contre toute attente, il avait adoré. Deux ans plus tard, quand il avait été recruté chez Carmin, le deal avait été très clair. Il voulait voir du pays et Kessler, qui était fait du même bois, avait exaucé son vœu au-delà de ses espérances. Brésil, Canada, Australie. Olivier avait découvert le monde des mines, du labeur, du danger, de l'adrénaline. Il s'était plu au milieu de ces types qui fouillaient la terre pour gagner leur vie, ces hommes du bout du monde qui ne parlaient que rarement sa langue et qu'il comprenait néanmoins parfaitement parce qu'il partageait avec eux des choses qui ne s'expliquent pas avec les mots.

Il arriva à Étoile à 7 h 55. C'était cuit. Il se voyait déjà à 8 h 15 devant la porte close du septième étage, essoufflé et en nage, contraint de frapper, d'interrompre le laïus du boss, de susciter les regards assassins de Speck. Il courut à toute allure, bousculant ceux qui venaient dans le sens inverse, atteignit la Porte Dauphine à 8 h 04 et continua de cavaler sans se poser de questions jusqu'au siège de Carmin.

Dans l'ascenseur, dont une des parois était recouverte d'un miroir, il réajusta sa veste et épongea son front humide avec les manches de sa chemise. Au septième étage, il bondit dans le couloir au moment précis où la porte du président s'entrouvrait. Speck lui jeta un regard incandescent tandis que les autres avaient du mal à cacher une certaine forme de soulagement. Il était 8 h 13 et, dans l'embrasure de la porte, Alain Butard s'excusait pour le retard occasionné par un coup de fil important.

Les cinq collaborateurs pénétrèrent dans le bureau du patron, la plupart d'entre eux pour la première fois. L'antre du chef avait été décoré pour impressionner le visiteur. La moquette épaisse, le cuir, les bois précieux, rien ici ne ressemblait au standard des étages inférieurs. Butard les installa dans le confortable petit salon et proposa à chacun du café, du thé, des viennoiseries. Ils prirent place avec précaution. Ça sentait l'eau de Cologne et le petit matin. La confidence entre initiés, l'ivresse des altitudes et les kilomètres d'avance sur le peloton. Ça sentait la gagne et le pognon facile. Olivier prit place entre Maldini et Céline Dao et posa près de lui son ordinateur portable.

Comme les autres, il avait été contacté deux jours plus tôt par Speck. Ce dernier avait formulé la proposition qu'avait évoquée Denis Vallat chez Delphine. Ils en avaient parlé ce soir-là avec Isabelle. Elle avait parlé de Kessler, les risques d'attentat, mais aussi une certaine conversation qu'ils avaient eue des années auparavant, avant la naissance de Sarah, où Isabelle avait clairement signifié qu'elle n'entendait pas élever sa fille toute seule. À l'époque, Olivier avait juré ses grands dieux et pris un job à Paris. Mais c'était il y a quatre ans. Et depuis, il n'avait jamais réussi à se satisfaire complètement de ce choix de vie.

Quand Speck l'avait eu au téléphone, il ne lui avait presque rien dit : le grand projet de Carmin pour les dix ans à venir, le président qui voulait du sang neuf, une mission qui durerait trois à quatre mois. Rien de plus en somme que ce qu'il avait entendu à Chaillot et dans la bouche de Denis. Speck lui avait simplement demandé : « Est-ce que vous en êtes ? » Olivier le savait, c'était la première étape du test. On tergiversait, on sortait. Si ça n'avait été que lui, il aurait répondu sans hésiter. Mais il devait en parler à sa femme. Speck lui avait donné vingt-quatre heures. Le soir même, après avoir couché Sarah, Olivier avait remis le sujet sur le tapis. C'était ferme cette fois. Il fallait dire oui ou non. Il avait songé à toute une série d'arguments à opposer à sa femme, mais il n'en avait pas eu besoin. Elle avait dit qu'ils en avaient déjà parlé et que c'était à lui de décider. La discussion s'était arrêtée là. Et le lendemain matin, il avait appelé Speck.

Le président de Carmin promena son regard sur les quatre recrues de son conseiller spécial. Un léger sourire éclaira son visage semblable à celui d'un maquignon passant en revue ses meilleurs étalons. S'il avait déjà rencontré Maldini lors d'un voyage à Toronto, il ne connaissait les autres que de nom. Assis à la gauche de Speck, Beysserias. Jeune, BCBG, visage imberbe, cheveux épais, lunettes en écaille. Le gendre parfait. Butard espéra qu'il en avait suffisamment dans le ventre. À côté de lui se trouvait l'avocate, Céline Dao. Le teint pâle, les pommettes relevées d'une très légère touche de maquillage et une épaisse chevelure noire ramenée sur l'épaule gauche. Elle portait un élégant tailleur blanc cassé sur un chemisier jaune d'or et un collier de coquillages en argent. Elle était saisissante de beauté et dans son regard froid brûlait une détermination qui avait beaucoup de valeur pour le président. Martel était plus grand et athlétique qu'il ne se l'était imaginé. Souriant, serré de près dans son costume gris, le front large, des cheveux bruns à l'implantation parfaite, des yeux vifs, le nez fin, des lèvres charnues dissimulées par une barbe de trois jours taillée de frais, il émanait de sa personne un charme discret qui n'avait manifestement pas échappé à Céline Dao. Il avait vu ses yeux scanner discrètement le jeune ingénieur pendant qu'il tendait la main au président. En une poignée de main, ce dernier avait surtout remarqué que celui-là brûlait d'envie de partir. Speck les avait choisis comme quatre parties d'un tout et ils étaient à l'évidence tout à fait complémentaires. Sans doute, son bras droit avait fait, comme d'habitude, un excellent boulot.

Speck servit lui-même le café et Maldini fit passer la corbeille de croissants chauds. Chacun se servit du bout des doigts pendant que Butard cherchait son entrée en matière.

— Je voulais vous souhaiter personnellement la bienvenue sur le projet Kisanga, commença-t-il. Et vous dire deux ou trois choses que vous ignorez encore. Ce projet, vous le savez, est de première importance pour notre groupe. Nous mettons pied sur un territoire dont nous avons été trop longtemps écartés. Un territoire qui se transforme sous nos yeux à une vitesse impressionnante. Si impressionnante que certains d'entre nous, je parle des milieux d'affaires français et européens, ont du mal à en mesurer l'ampleur. Notre histoire avec ce continent est si douloureuse…

Butard avala une gorgée de café.

— En 2050, l'Afrique comptera deux milliards d'habitants, dont une classe moyenne de cinq cents millions de personnes. Dès aujourd'hui, les demandes d'infrastructures et d'équipements technologiques sont en pleine croissance. Les marges financières sont plus élevées que partout ailleurs sur la planète, et d'ici trente ans, on verra dans le golfe de Guinée des buildings sur la mer, comme à Dubaï. Tous les pays entrent dans la course. Côte d'Ivoire, Liberia, Togo, Sénégal, Nigeria, Cameroun, Angola, Tanzanie, Congo-Brazza, Congo-Kinshasa… Tous en route pour construire le plus grand marché du XXIe siècle. Sur ce terrain, vous le savez comme moi, certains ont pris une longueur d'avance. Ce sont nos partenaires sur Kisanga. La République populaire de Chine investit en Afrique cent vingt milliards de dollars par an depuis dix ans, la majorité dans le transport et le pétrole et tout de même seize milliards dans les mines. Pourquoi ? Parce qu'ils n'ont pas le choix. Leurs usines sont des gouffres. Pour continuer de les faire tourner, ils doivent impérativement mettre la main sur le pétrole algérien, libyen et nigérian et sur les minerais d'Afrique de l'Ouest et du centre. Leur stratégie est un modèle du genre. Et ils n'en ont pas dévié d'un pouce depuis une décennie. Des matières premières par tankers entiers contre des produits manufacturés bas de gamme et des grands travaux qu'ils entreprennent eux-mêmes, en commençant par les routes vers les ports pour transporter leurs minerais, leur bois et leurs denrées agricoles. Les Africains n'y ont vu que du feu et ont même applaudi quand les Chinois leur ont présenté les contrats. Quant à la communauté internationale, même si le FMI rouspète un peu, elle est globalement indifférente et inaudible. Piller un continent en se faisant dérouler le tapis rouge et en ringardisant les Occidentaux et leur colonialisme rampant, voilà le tour de force des Chinois. Un véritable cas d'école. Mais si le monde entier se fiche de l'Afrique, croyez bien que ce n'est pas notre cas. Carmin s'est toujours intéressé de près au continent noir, car nous avons toujours cru en lui.

Il attrapa la télécommande qui se trouvait sur la table basse.

— Une question ?

— Oui, répondit Beysserias. Pourquoi la Shanxi Mining a-t-elle besoin de nous pour lancer Kisanga ?

— Parce qu'ils sont allés trop loin, répondit Butard. Ils se sont crus au Far West. Ils se sont gavés, ils ont truandé l'État, exploité les locaux, et il y a quatre ans de cela, en 2012, ils se sont fait sortir manu militari par Moïse Katumbi, alors gouverneur du Katanga. Même les meilleurs commettent des erreurs. Leur grande expérience ne les a pas prémunis contre leur appétit vorace. L'appât du gain leur a fait franchir la ligne rouge. À l'époque, ils s'en moquaient, car les cours du cuivre s'étaient effondrés à la suite de la crise de 2008, mais, aujourd'hui qu'ils sont remontés en flèche, ils n'ont pas d'autre choix que de revenir au Katanga. Mais ils sont en délicatesse avec la province et nous, nous avons d'excellentes relations avec Cyril Akolo, le nouveau gouverneur. Pour eux, l'équation est simple. Plutôt que de rester sur le pas de la porte, ils préfèrent faire affaire avec Carmin. 50/50. Ils reviennent et nous entrons.

— Brillant, commenta Maldini. Une question, monsieur le président : deux lobbyistes de Freeport et Teck étaient présents à la conférence de presse de Chaillot. Je ne comprends pas pourquoi, si le deal est fait avec les Chinois. Pourquoi sont-ils aussi tenaces ?

Butard échangea un sourire avec Speck qui porta, comme pour se dissimuler, sa tasse de café à ses lèvres.

— Les Américains et les Canadiens, comme les Australiens de Rio Tinto, sont enragés qu'une telle opération leur soit passée sous le nez. Ils se croyaient en terrain conquis et ils se sont fait souffler le deal par les Français.

— Les affaires sont les affaires, coupa Beysserias.

— Absolument, répliqua Butard. Et les Anglo-Saxons n'ont pas grand-chose à apprendre sur ce terrain-là. Or ils n'ont pas avalé Kisanga. C'est un paradoxe, n'est-ce pas ? Pouvez-vous me dire pourquoi ?

Beysserias haussa les sourcils.

— Pouvez-vous me dire quelles sont les réserves prouvées du gisement Kisanga ? continua le président.

— Elles sont encore en cours d'évaluation, intervint Martel. Vous l'avez précisé vous-même lors de la conférence. Les chiffres seront divulgués dans les prochaines semaines.

— Dans les prochains jours, corrigea Butard. Allez, lancez-vous. Dites un chiffre…

Dao fit la moue. Butard interrogea Olivier du menton.

— Je ne sais pas. Dix, vingt millions de tonnes ?

— Développez, je vous en prie.

— Les réserves mondiales de cuivre sont de cinq cents millions de tonnes dont l'essentiel se trouve au Chili, au Pérou, en Chine et aux États-Unis. Le Congo vient après, mais comme beaucoup de monde s'intéresse à ce gisement, je me dis qu'il doit bien faire vingt millions de tonnes.

— Bien raisonné, fit Butard d'un air pensif.

Puis il fronça les yeux et hocha lentement la tête.

— Mais vous n'y êtes pas, monsieur Martel.

— Cent millions, lança Céline Dao.

Droite comme un I sur le canapé en cuir, un air de défi dans les yeux, elle avait parlé d'une voix ferme et décidée. Les autres la regardèrent avec un mélange d'incrédulité et d'inquiétude, car tous savaient que Chuquicamata au Chili, la plus grande mine de cuivre du monde, comptait tout au plus soixante-cinq millions de tonnes de réserves. Le chiffre avancé par Dao était démesuré. Soit elle était très bien informée, soit elle se payait la tête du président. D'un côté comme de l'autre, son intervention ressemblait à un coup de bluff sur une table de poker. Butard n'en prit pas ombrage et se contenta de sourire à l'avocate. Puis il appuya sur le bouton de sa télécommande et se tourna vers Speck. Une image muette remplit l'écran plat installé au-dessus du canapé. Elle était prise d'avion. On y voyait une étendue infinie de collines ocre brûlées par le soleil, piquées d'une nuée de taches vertes éparses, plus fournies dans les replis du relief. Le ciel poussiéreux et rose était saturé d'une lumière crue. L'image était de mauvaise qualité, elle bougeait. Un travail d'amateur. Mais l'essentiel était bien visible : un paysage immense et vierge défilant à toute allure, sans jamais sembler devoir s'arrêter. En haut à gauche de l'écran, tous avaient remarqué la date incrustée dans la vidéo. 22-06-2016. Ce film avait été pris la veille.

— Kisanga, se borna à commenter Butard qui dévorait des yeux la savane interminable défilant à travers la petite lucarne du Caméscope.

Puis le plan vu du ciel laissa place à un autre pris au sol. Des hommes marchaient en file indienne. Le ciel était presque blanc. Le son était revenu. On entendait le vent et le bruit des bottes dans les herbes hautes. Parfois, un homme paraissait dans le champ de la caméra avant d'en ressortir aussitôt. Butard se taisait. Olivier l'observait du coin de l'œil. Le président attendait. Il avait vu cette scène plusieurs fois et quelque chose allait se produire sous leurs yeux. Quelque chose qui les impressionnerait. Quelques secondes et soudain, les herbes s'écartèrent et un énorme rocher de quatre mètres de haut sur huit de large envahit l'écran. L'image se stabilisa et plusieurs rangers se pressèrent au-devant du rocher pour le toucher. Dans le bureau du président, les spectateurs en avaient le souffle coupé.

— Dites-leur, Nicolas, se borna à dire Butard.

Speck prit un air solennel. Il regardait ses collaborateurs, observant leurs réactions.

— Les analyses géologiques seront rendues publiques dans trois jours. Mais d'ores et déjà, nous savons l'essentiel, commença le conseiller spécial.

Le rocher, qui avait envahi tout l'écran et qu'une poignée d'hommes en bras de chemise examinaient comme s'il s'agissait d'une pierre venue du ciel, était d'un vert émeraude intense.

— S'il s'agit de minerai, dit Olivier, je n'en ai jamais vu d'aussi pur.

— Il dépasse les 5% sur ce fragment, répondit Speck.

— Mais c'est un taux théorique jamais constaté… dit Martel, troublé.

— 5,1 pour être précis. Et il existe en quantités considérables.

Le silence s'installa dans le bureau du septième.

— Continuez, Nicolas.

Speck inspira avant de s'exécuter.

— Les réserves de Kisanga sont estimées à sept cents millions de tonnes de minerai de cuivre et de cobalt, c'est-à-dire une fois et demie les réserves mondiales actuelles. Elles pourraient à elles seules fournir la totalité de la consommation de la planète pendant un demi-siècle.

Les quatre recrues de Speck se regardèrent, abasourdies. Même Céline Dao, qui avait conservé un air légèrement hautain depuis le début de l'entretien, semblait sidérée par ce chiffre. Speck reprit un croissant dont il déchira un morceau entre ses dents.

— Messieurs, madame, dit solennellement le président. Vous comprenez maintenant que Kisanga n'est pas un projet comme les autres et pourquoi ces rapaces de Freeport, Teck et Rio Tinto sont malades de se l'être fait souffler. Je vous mets d'ailleurs en garde. Ils ne s'arrêteront pas là. Ils voudront nous mettre des bâtons dans les roues. Nous vous avons choisis car vous êtes les meilleurs. Votre job consistera à lancer l'exploitation de notre joint-venture sino-franco-congolaise. Les Congolais sont des sleeping partners. Ils ont 20 % de la société, mais n'interviendront pas à titre opérationnel. Comme vous pouvez l'imaginer, dès l'annonce des chiffres que vous venez d'entendre, le cours de Bourse de Carmin sera très chahuté. Dès lors, nous devrons agir vite, battre le fer pendant qu'il sera chaud et lancer cette JV le plus vite possible. Vous avez trois mois. Le 30 septembre, nous procéderons à l'inauguration du site de production. J'ai bien l'intention de réunir sur place, à Lubumbashi, le ministre des Affaires étrangères, les ministres chinois et congolais et les états-majors de nos deux sociétés. C'est la mission de Bruno Maldini.

Celui-ci acquiesça.

— Vous autres, vous travaillerez avec une équipe chinoise de Shanxi Mining. Nicolas vous expliquera tout en temps utile. Avez-vous des questions ?

Les trois hommes firent non de la tête.

— J'ai une question, intervint l'avocate. Si ce projet est si capital pour Carmin, pourquoi avez-vous choisi précisément ce moment pour vous retirer ?

Butard constata avec bonheur que cette femme ne s'en laisserait pas compter.

— Eh bien... Je n'ai pas choisi ce moment précis. J'avais déjà prévu de me retirer l'année dernière, car j'ai soixante-deux ans. Mais si j'avais su que le projet Kisanga se profilait, je crois que j'aurais pris la même décision. C'est une occasion rêvée pour Géraldine de reprendre la main. Une nouvelle aventure commence pour notre groupe et c'est elle qui la portera. Je suis sûr qu'elle sera une excellente présidente. D'autres questions ?

Personne ne moufta.

— Bien. À projet exceptionnel, mesures exceptionnelles. Il vous est attribué une prime équivalente à six mois de salaire, payée en une fois avant votre départ pour Lubumbashi.

Les visages s'illuminèrent.

— En cas de succès de votre mission, vous recevrez une prime équivalente à votre retour à Paris. Nicolas et moi-même déciderons de son attribution. En fonction des résultats obtenus. Est-ce clair ?

Les quatre cadres hochèrent de nouveau la tête, totalement médusés. Butard fit un signe à Speck qui se leva et partit chercher un attaché-case de l'autre côté du bureau. Il revint et le posa sur la table basse en verre. Puis il fit claquer les serrures et ouvrit la valise, remplie à ras bord de liasses de billets de cinquante dollars. Butard y plongea la main et en retira quatre liasses qu'il distribua.

— Pour vos frais. Le reste est sous la responsabilité de Nicolas. À compter de maintenant, vous travaillez à l'africaine.

## 15

En sortant du bureau de Butard, les quatre « élus » plongèrent dans un silence lourd de perplexité. Perdue dans ses pensées, Céline Dao bouscula involontairement Olivier, lequel lâcha son ordinateur. Celui-ci s'écrasa par terre dans un craquement sinistre. Le petit cliquetis qui résonnait à l'intérieur de la machine ne présageait rien de bon et quand il tenta de la rallumer, le résultat fut sans appel. La partie supérieure de l'écran, entièrement noire, était traversée par un unique trait bleu qui convergeait vers une sorte d'étoile blanche d'où jaillissait une infinité de fines lignes verticales multicolores, brisées par des éclats obliques. L'écran était foutu et Olivier ne donnait pas cher du reste. Il descendit directement au rez-de-chaussée.

On accédait à la clinique micro par une petite porte dérobée entre le centre de reprographie, les toilettes et le service courrier. L'ambiance ici était beaucoup plus silencieuse et nonchalante que dans les étages. Les journées du rez-de-chaussée étaient rythmées par un métronome régulier et immuable calé sur l'activité des machines. Celles-ci crachaient leurs photocopies tous les 80/100 de seconde, celles-là prenaient trois minutes vingt pour redémarrer et il n'y avait rien à négocier. Le stress des types qui déboulaient à toute allure pour demander un truc en urgence se heurtait à une limite physique. Un cinquante pages, recto verso, relié en vingt exemplaires, c'était dix-huit minutes, un point c'est tout. L'entrée du service bureautique était matérialisée par un guichet au-delà duquel on apercevait quelques types en veste polaire, quel que soit le mois de l'année, soit parce que le chauffage était déficient, soit parce que la clim était réglée au maximum.

Olivier fit signe à un type à barbiche en train de farfouiller dans un ordi d'où surgissaient des fils et des circuits. Il expliqua les circonstances de l'incident et le technicien marmonna quelque chose d'une voix douce et lasse avant de brancher l'ordinateur et d'appuyer sur le bouton de démarrage. Il attendit quelques instants, impassible, puis, constatant l'état de la dalle de verre, le transporta sur un bureau pour le connecter à un autre écran, qui s'afficha entièrement bleu. Il caressa sa barbiche, fit une moue, tapota l'écran.

— La carte mère est morte. Le disque aussi. On va vous le changer.

— Et les fichiers? J'ai des dossiers très importants…

Le technicien caressa la paume de sa main avec son index.

— Le disque dur, c'est une sorte de bras, comme ça, qui lit un disque magnétique. Le vôtre, de bras, il est cassé, répondit-il en recourbant son index. On ne peut plus lire les données. Vous comprenez? Il est mort, inutilisable. Vous avez fait des sauvegardes?

— Non! maugréa Olivier. Non, je n'ai pas fait de sauvegarde!

Barbiche prit un air affligé.

— Personne ne fait de sauvegarde. C'est pour ça qu'on fait des sauvegardes automatiques.

— Vous faites des sauvegardes ? Fantastique. La dernière date de quand ?

— Hier soir, si vous vous êtes connecté au réseau.

— Alors vous allez récupérer tout ce qui se trouve sur mon micro ?

— Oui. Sauf ce que vous avez fait ce matin.

— Ce matin, j'ai cassé mon ordi, répondit Olivier.

Le type referma l'ordinateur et griffonna quelque chose sur un Post-it.

— Et si votre serveur tombe en panne ? demanda Olivier.

— On a une deuxième sauvegarde. Tous les mois, on balance tout sur bande magnétique. Vous voyez, on est parés, répondit le technicien. Dans trois heures ?

— Parfait. Je repasse à midi. Merci beaucoup.

Ce soir-là, en poussant la porte du pavillon de la rue Achille-Garnon, Olivier hésitait sur l'attitude à adopter. Il jeta son manteau sur le fauteuil de l'entrée et entendit Sarah descendre les escaliers pour se précipiter vers lui. Il la prit dans ses bras et la serra très fort. Puis il lui demanda des nouvelles de sa journée et se laissa entraîner dans sa chambre. Elle brûlait de lui montrer un dessin qu'elle avait réalisé en classe. Olivier fit beaucoup d'efforts pour s'intéresser au paysage de sable fin, au dauphin et au marchand de glaces sous le soleil jaune aux immenses rayons dessinés au stylo-feutre. Il prit tout le temps nécessaire, l'aida à se brosser les dents, la mit en pyjama, lui fit la lecture de *Poule rousse* et du *Petit Poucet*. Après la séance interminable des bisous du soir, il finit par refermer la porte et redescendre au rez-de-chaussée.

Dans le salon, murée dans le silence, Isabelle lisait en sirotant un verre de vin. Olivier se servit un verre et s'assit à côté d'elle.

— Isabelle…

Elle leva la tête de son livre. Ni chagrin ni colère dans ses yeux. Olivier lui raconta ce qui s'était passé chez Butard en essayant de rester le plus factuel possible. Il savait qu'elle ne serait pas enthousiaste, mais elle avait peut-être eu le temps de se faire à l'idée, et d'ailleurs il ne partirait que quelques mois. Au fur et à mesure qu'il parlait, le visage d'Isabelle se décomposait. Quand il eut terminé, elle était sonnée comme si elle avait reçu un coup de massue sur la tête. Olivier lui prit la main. Isabelle sortit lentement de sa torpeur.

— Tu agis comme si tu étais seul dans la vie.

— Ne dis pas cela. C'est l'affaire de trois mois, Isabelle. Trois mois.

— Trois mois pendant lesquels je reste ici, seule, à m'occuper de Sarah. En plus du reste. En plus de mon boulot.

— C'est une opportunité fantastique…

— Pour nous ou pour toi ?

— C'est pareil.

— Non, Olivier. Ce n'est pas pareil. Ce n'est pas pareil du tout. Et je ne parle même pas du risque que tu prends de te faire assassiner.

— Michel a commis une erreur, Isa…

— ARRÊTE !!

Elle se leva de son fauteuil et renversa la moitié de son verre de vin. Elle tremblait. Elle était rouge de colère. Elle parvenait à peine à respirer.

— Je ne veux AUCUN argument. AUCUNE justification. Tu as pris ta décision sans moi, sans nous. C'est comme ça.

Elle s'avança, le fusillant du regard. Olivier ne savait pas quoi dire. Ils étaient face à face, tremblants, quand soudain, dans le trou noir de la cage d'escalier, émergea une petite tête brune en pyjama serrant contre elle son renard en peluche. Immédiatement, Isabelle se précipita vers sa fille.

— Sarah, qu'est-ce qui se passe ?

— J'arrive pas à dormir, dit-elle d'une petite voix.

Elle la prit dans ses bras et la serra anormalement fort.

— Vous vous aimez plus ?

Les larmes montèrent aux yeux d'Isabelle. Olivier se rapprocha.

— Ne t'inquiète pas, Sarah, dit-il. Papa va partir pour le travail pendant quelques mois.

Ivre de colère, Isabelle lui tournait le dos.

— Et quand il reviendra, il t'apportera plein de cadeaux.

À ces mots, Isabelle agrippa sa fille et se retourna vers son mari. Elle se borna à lui lancer un regard rageur. Puis elle tourna les talons et disparut dans la cage d'escalier.

# 16

Il était 10 h 30 quand la rame de RER atteignit Cergy-Saint-Christophe, son terminus. Les derniers voyageurs se levèrent et se dirigèrent vers les portes automatiques. Raphaël Da Costa les imita en portant une attention particulière à ceux qui se trouvaient autour de lui. Des étudiants, des mères de famille avec leurs gamins, une paire de zonards. Le quai était sinistre, rectiligne, posé sur une ligne droite de chemin de fer, traversé à plusieurs mètres de hauteur par de grands portiques en acier. Raphaël piétina sur place pendant que les derniers passagers de la rame s'acheminaient vers la sortie. Puis il se retrouva seul. Le 24 juin, pas encore le début des vacances et c'était déjà désert. Il vérifia sa montre. 10 h 32.

Ce matin-là, quand il avait reçu le coup de fil, le type au téléphone s'était contenté de l'appâter assez grossièrement : « Vous voulez savoir pourquoi vous avez été suivi ? Rendez-vous à 10 h 30 sur le quai du RER à Cergy-Saint-Christophe. » C'était tout. Une voix indéfinissable. Ni vieux ni jeune, aucun accent, rien à quoi se raccrocher. Il avait trouvé étrange ce rendez-vous dans une station de RER à une demi-heure de Paris, mais il voulait absolument en savoir plus sur la filature.

À 10 h 35, une femme apparut sur le quai d'en face, puis deux adolescents.

À 10 h 40, une dizaine de personnes attendaient le train pour Paris qui entra en gare deux minutes plus tard. Raphaël se demanda s'il aurait choisi Cergy pour un rendez-vous furtif. Sans doute pas. Il connaissait plein de coins calmes plus proches de Paris. Il s'impatienta. Le train quitta la gare, ne laissant aucun voyageur sur le quai.

À 45, un nouveau train en provenance de Paris pointa son nez. Raphaël observa les visages et les dégaines. Il remarqua un grand type en blouson de toile portant un sac de sport, un brun au teint mat, la petite cinquantaine, un quadra en costume sombre l'œil rivé sur l'écran de son téléphone… Aucune tête susceptible de correspondre à la voix qui lui avait donné rendez-vous. Encore que sur ce point, il faille souvent se méfier. Puis tout ce petit monde disparut vers la sortie et Raphaël s'assit sur le muret en béton. Alors, un frisson lui chatouilla les reins et les omoplates. Une angoisse. Il se leva et courut jusqu'aux escaliers. Pourquoi Cergy ? Nom de Dieu, mais la réponse était dans la question… Ce qu'il pouvait être con ! Il traversa le souterrain, remonta l'escalier mécanique. Cergy. C'était évident. C'était loin, voilà tout. Loin de chez lui. On avait voulu l'éloigner de son domicile et il était tombé dans le panneau comme un débutant. Il prit la direction de Paris en colère contre lui-même.

Trois quarts d'heure plus tard, il montait quatre à quatre les marches de l'escalier menant à son appartement. Sa porte était entrouverte. La serrure avait été forcée et des éclats de bois étaient arrachés du chambranle. Il passa le seuil et en eut le souffle coupé. Une montagne de bouquins s'était écroulée dans l'entrée. Le sol du salon était couvert d'un amas de vaisselle, de revues, de lampes renversées. Les meubles avaient été retournés, les étagères chavirées, l'écran de télé jeté à terre. Dans sa chambre, un nuage de plumes blanches envahissait la pièce. Le matelas et la couette gisaient au sol, éventrés. Il sentit un flux de bile lui remonter l'œsophage. Tout cela ressemblait à un mauvais scénario de série B. Il s'assit sur le coin du sommier et tenta de retrouver son calme. Il attrapa son téléphone et composa le numéro de Dorget.

— Allô, Philippe ?

— Je suis en réunion…

— Ils ont bousillé mon appartement. Ils m'ont tendu un piège. Ils ne se contentent plus de me suivre. Ils veulent m'intimider.

Il entendit Dorget prétexter un coup de fil urgent et sortir de la salle de rédaction.

— Qui ? Raphaël. De qui parles-tu ?

— Mais de Carmin, nom de Dieu ! Ce matin, j'ai reçu un coup de fil de quelqu'un qui me promettait de m'en dire plus sur cette affaire de filature dans le métro. Il m'a donné rendez-vous à Cergy-Saint-Christophe.

— Cergy ? Qu'est-ce que tu racontes ?

— Ils voulaient m'éloigner de chez moi pour visiter mon appartement. Ils cherchent quelque chose. Je ne sais pas ce que c'est, mais ils ne plaisantent pas. C'est à cause de CMA, Philippe. Je sais que tu ne veux pas l'entendre, mais là tu dois me croire, s'emporta Raphaël.

— Je te crois. Mais pour l'amour du ciel, calme-toi.

— Mais JE SUIS CALME ! hurla Raphaël. On me suit. On défonce mon appart. La prochaine fois, c'est quoi : une balle dans la nuque ?

— OK, Raph. Je t'écoute.

— Philippe, j'ai coupé les ponts avec Carmin depuis quinze ans. Pas une interview, pas un article. Je n'ai rencontré aucun de leurs collaborateurs. Pour eux, je n'existe plus. Je ne suis qu'un mauvais souvenir. J'en déduis que ce mauvais souvenir est remonté à la surface.

— Mais comment CMA pourrait-elle renaître de ses cendres ? La boîte a fermé il y a dix ans.

— Je l'ignore.

— Et qu'est-ce qu'ils recherchent chez toi ? Qu'est-ce qu'ils te soupçonnent de cacher ? Le contenu de ton enquête est connu depuis des années.

— De nouvelles preuves, j'imagine.

Au bout du fil, Dorget soupira. Les mises en garde qu'il avait prodiguées à son ami n'avaient plus aucun poids face à ces événements. Rien ne l'empêchait plus de se relancer à corps perdu dans cette affaire. CMA était son fardeau, son obsession, sa chimère. Il était arrivé si près du but, si près de faire triompher la vérité, de faire mordre la poussière à tous ces pourris qui se goinfraient en toute impunité. Si près ! Avant de se faire abattre en plein vol et de retomber à terre à moitié démembré. Philippe s'en souvenait comme si c'était hier. Les forces contre lesquelles il s'était battu étaient colossales. Elles avaient manqué de l'écraser et elles ne commettraient sans doute pas deux fois la même erreur.

— Je t'attends à la rédaction. On sera plus tranquilles pour parler.

Da Costa glissa son téléphone dans la poche arrière de son jean, puis recula en prenant garde où il mettait les pieds. Son appartement semblait avoir été piétiné par un troupeau d'éléphants. Pourtant, la nausée qui l'avait pris à la gorge s'était dissipée. La fenêtre était ouverte et il respirait mieux. Enfin, il tenait une réponse, et même une certitude. Ce cauchemar qui avait bien failli le faire sombrer et qui s'était éloigné pendant des années revenait à présent. Le combat qui n'avait jamais eu lieu et permettrait enfin de solder les comptes. Raphaël s'appuya à la fenêtre et respira à pleins poumons. Cette fois-ci, il en était convaincu, CMA s'était bel et bien réveillée.

## 17

Le taxi qui le menait à l'aéroport était à l'arrêt sous des trombes d'eau. Olivier Martel contrôla l'écran de son portable avant de le remettre dans sa poche. Leur dernier week-end avant des mois de séparation avait été un fiasco complet. Il avait pourtant tenté d'arrondir les angles, de rassurer Isabelle, de lui dire combien il regrettait que tout se soit passé si précipitamment. Il n'y avait rien eu à faire. Elle ne s'était pas déridée une seule fois et Olivier en assumait la pleine responsabilité. Après l'esclandre du jeudi soir, elle exprimait une rancœur sourde comme si quelque chose s'était brisé en elle. Le lendemain, il avait pris une journée de congé et emmené sa fille au parc. Il avait passé l'après-midi à jouer avec elle, faire du vélo, lire des histoires. Le soir, il avait proposé à sa femme de sortir dîner, mais elle avait refusé et s'était couchée tôt. La journée du dimanche avait été plus sinistre encore. Sarah avait pleuré sans raison apparente. Ce matin, alors qu'il finissait de faire sa valise, Olivier s'était approché de sa femme pour l'embrasser. Elle s'était laissé faire. Une étreinte triste dont Olivier avait presque été soulagé qu'elle soit interrompue par l'arrivée du taxi.

Il atteignit le terminal 2F un peu avant 10 h 30. Il faisait froid pour la saison. L'air était saturé de vapeurs de kérosène. Olivier était légèrement en avance. Il paya le chauffeur, un Camerounais très bavard qui n'avait cessé de casser du sucre sur le dos des Congolais quand il avait appris que son client s'envolait pour Lubumbashi. Il fit rouler sa valise en direction du guichet d'Air France. L'aéroport était bondé. On se bousculait dans les couloirs. Des hommes, des femmes en boubous, des jeunes, des vieux, des montagnes de valises et de sacs, des enfants désorientés. C'était le début de l'été. Le temps des retours au pays. Sur les panneaux électroniques, l'Afrique était à portée de main en lettres lumineuses sur fond noir. Dakar, Douala, Le Caire, Addis-Abeba, Alger, Kigali. Olivier cherchait sa destination. Niamey, Bamako, Durban, Mahé, Libreville. Nairobi, 11 h 23. Leur vol pour Lubumbashi devait durer dix heures et comportait une escale au Kenya.

Il se faufila dans la foule jusqu'au salon VIP où il rejoignit les autres passagers du groupe Carmin.

Confortablement installés dans des fauteuils en cuir beige, Nicolas Speck était au téléphone et Céline Dao feuilletait une revue d'un air distrait. Beysserias et Maldini n'étaient pas encore arrivés. Olivier salua Speck qui lui répondit d'un signe de la main sans interrompre sa conversation et prit place à côté de Céline.

— Bonjour. C'est l'heure H, dit-il à la jeune femme qui approuva avec un demi-sourire.

Elle portait un tailleur sombre, une veste cintrée, un pantalon cigarette, un chemisier blanc et ce collier en argent qu'il avait remarqué lors du premier briefing. Auparavant, il avait croisé Céline plusieurs fois, dans des réunions, des conventions, des pots de départ, mais ils n'avaient jamais travaillé ensemble. Elle avait la réputation d'une redoutable carriériste. Brillante, bosseuse, avec juste ce qu'il fallait d'entregent pour naviguer dans le marigot. Elle était irréprochable sur ses dossiers et faisait très attention à ne pas apparaître trop menaçante pour les directeurs masculins placés juste au-dessus d'elle dans la hiérarchie. Une stratégie payante qui lui avait valu une progression rapide jusqu'au recrutement pour cette mission en RDC.

— Tout est si calme ici, reprit Olivier. J'ai l'impression qu'un type va se pointer avec un flingue, tirer en l'air et qu'on va tous se mettre à courir partout.

— Pourquoi cela ? demanda Céline, amusée.

— Trois mois pour lancer le projet. C'est une folie. Ils n'ont aucune raison objective de mettre la barre aussi haut.

— L'important, c'est moins de lancer le projet que de signer le contrat définitif avec Shanxi, répondit Céline. Et pour cela, trois mois devraient suffire. Ce que veut Butard, c'est qu'on pose la première pierre et qu'on coupe le ruban. La mise en route prendra plus de temps.

— Mmm…

Olivier regarda autour de lui. Speck était toujours absorbé dans sa conversation.

— Tu connais l'Afrique ?

La jeune femme reposa lentement son magazine sur ses genoux.

— Afrique du Sud, Égypte, Namibie, sans compter le Maroc et la Tunisie.

— Pour le boulot ?

— Non. On sort rarement les avocats du Triangle d'or.

Olivier sourit. Un quart d'heure plus tard, Beysserias et Maldini les rejoignaient au lounge VIP. Ils patientèrent encore une demi-heure avant qu'une hôtesse se présente et les invite à rejoindre la cabine business du vol AF359 pour Nairobi.

Olivier n'aimait pas l'avion. Quatre-vingts tonnes s'arrachant du sol dans un tintamarre du diable, cela ne lui avait jamais semblé relever de l'ordre naturel des choses. Il s'agrippa aux accoudoirs pendant tout le décollage et ce n'est que lorsqu'ils franchirent la barrière des nuages, quand la carlingue s'éleva lentement au-dessus d'une mer de coton sous l'azur immaculé, qu'il se détendit enfin.

Le staff de Carmin occupait un rang entier dans la classe affaires. Les fauteuils larges et confortables pouvaient s'incliner d'une pression du doigt. À côté de lui, près du hublot, Céline observait les nuages, un verre à la main. L'hôtesse de bord leur avait servi une coupe de champagne en guise de bienvenue et Olivier l'avait sifflée d'un trait avant d'en redemander une autre. « Je n'aime pas l'avion », s'était-il borné à expliquer à la jeune femme au chignon laqué qui s'était empressée de le resservir en le gratifiant d'un large sourire compréhensif.

— C'est beau, non ? dit Céline pour détendre l'atmosphère.

— Oui.

— Ça va mieux ?

Olivier sourit jaune.

— C'est absurde, je sais, mais… il y a quand même beaucoup de vide en dessous.

— Faux. Le vide, c'est au-dessus.

Il hocha la tête. C'était inutile. Aucun argument rationnel n'était à même de venir à bout de sa phobie.

— Et toi ? reprit Céline. Tu connais l'Afrique ?

— J'ai été au Nigeria, il y a dix ans. Sur une plateforme en mer. Mais le Nigeria et le Congo n'ont pas grand-chose à voir. Sauf que c'est un peu le Far West. Et toi, laisse-moi deviner. Tu en avais assez du Triangle d'or ?

— On peut dire ça comme ça. On peut dire aussi que je n'avais pas envie de passer à côté du projet du siècle.

— Rien que ça ?

— Je pense que le Carmin que nous connaissons est mort et enterré, répondit Céline en portant sa coupe de champagne à ses lèvres. Le groupe va devenir un des plus grands mondiaux. Et je n'ai pas envie de rater ça.

— Et tu n'as aucune appréhension ?

— Tu parles de Kessler ?

— Entre autres.

— Il est sorti sans escorte. Il a commis une erreur. Et puis c'était en RCA[1].

— Sur ce terrain-là, les deux pays se ressemblent beaucoup. Ce sont des poudrières.

— On est là pour trois mois, répondit Céline. Si on ne fait pas n'importe quoi, on ne devrait pas avoir de problème.

Les rayons du soleil dessinaient un halo sur sa chevelure de jais. Olivier se pencha de nouveau vers sa voisine.

— Tu penses vraiment que les Chinois ont besoin de nous ?

Céline se cala dans son fauteuil.

— Tu t'adresses à l'experte du continent asiatique ?

— Pas du tout, se défendit Olivier.

— Je ne suis pas chinoise, monsieur Martel. Mes parents ont quitté Saigon en 1975 sur un cargo pourri qui a sombré en mer de Chine et qui a été récupéré in extremis par un navire marchand français. Je suis vietnamienne, fille de boat people, et j'ai été élevée chez les bonnes sœurs dans le XIV^e^.

— Ce n'est pas ce que je voulais dire, objecta Olivier.

---

1. République centrafricaine.

— Les Viets haïssent les Chinois, dit-elle avec orgueil. Ils les trouvent arrogants et dominateurs. Et les Chinois pensent que nous sommes des sauvages indisciplinés. C'est une querelle millénaire. Pourtant, nos deux peuples sont très proches. Nous sommes voisins et nous nous connaissons très bien. Alors si tu veux mon avis, les Chinois se sont associés à Carmin pour une seule et unique raison : leur intérêt. Ils ont besoin de nous, sinon, ils ne l'auraient pas fait.

— Tu crois que Butard a raison ?

— La Chine est un empire. La domination est dans ses gènes. Quand ils sont arrivés en Afrique, ils se sont crus chez eux. Les Congolais ont mis du temps à réagir, mais ils ont fini par comprendre et ils les ont dégagés. Pour revenir au Katanga, ils sont obligés d'emprunter la petite porte.

— Et la petite porte, c'est nous.

— Absolument. Et toi, continua Céline, on dirait que tu regrettes déjà d'être là…

— Qu'est-ce qui te fait dire ça ? se défendit Olivier.

— Une impression.

Olivier regarda son verre.

— J'ai une petite fille de quatre ans. Elle me manque déjà. Tu as des enfants ?

— Non, répondit Céline avant de détourner le regard vers le hublot.

Olivier vida le reste de son champagne d'un coup sec et appuya sur le bouton d'appel. À l'hôtesse qui se penchait sur lui, il demanda s'il était prévu de traverser des zones de turbulences, ce à quoi elle répondit que la météo était pour l'instant parfaitement calme et qu'il n'avait aucun souci à se faire.

# 18

Pierre Lauzière s'aspergea le visage d'eau tiède, s'essuya avec un morceau de papier, puis s'observa avec minutie dans la grande glace qui recouvrait le mur. Sale gueule. Peau brûlée, cheveux trop longs, barbe de cinq jours. Il aurait donné cher pour une douche fraîche et un shampoing, mais Delmas lui avait demandé de le rejoindre dès son atterrissage à Orly. Il empoigna son rasoir électrique, le fit courir rapidement sur ses joues et reboutonna sa chemise. Puis il attrapa sa valise, se précipita hors des toilettes de l'aéroport, héla un taxi et fonça vers le XVe arrondissement.

Il ne s'était jamais rendu au bunker de Balard, cette sorte de Futuroscope qui hébergeait à présent le ministère de la Défense. Il avait quitté la maison en 2010, avant que le projet ne voie le jour, mais il en avait vu des photos sur Internet et ça lui avait suffi pour se faire une idée : une sombre bouse, c'était son avis. Doublée d'un gigantesque gâchis financier décrété par quelque ministre mégalomane habitué à faire mumuse avec l'argent du contribuable. Alors qu'il marchait le long des immenses losanges opaques du boulevard Victor, il se dit que cette fois-ci, la grande muette avait sniffé un rail de trop. À l'intérieur, ça sentait le neuf et le propre. On se serait cru dans un musée d'art moderne et, pour quiconque connaissait l'institution, c'était pour le moins trompeur.

Lauzière déclina son identité à l'entrée avant de passer sous un portique électronique. Il balada son regard sur les murs blancs, les arêtes tranchantes et les plafonds de verre pendant qu'un troufion l'inspectait avec son détecteur de métaux.

— Lauzière !

Un homme de grande taille, cheveux blancs coupés court, visage carré, se précipita sur lui, la main tendue.

— Mon général.

— Suivez-moi.

Dans l'ascenseur et les couloirs, ils n'échangèrent pas un mot. Juste quelques saluts aux officiers qu'ils croisèrent sur leur chemin. Au bout d'un corridor, Delmas fit entrer le colonel dans son bureau avant de soigneusement refermer la porte derrière lui.

— Asseyez-vous, je vous prie.

Le colonel prit place dans cette pièce qui ne ressemblait à rien de ce qu'il connaissait.

— Je vous remercie d'avoir fait vite.

— C'est toujours un plaisir. Et puis vous savez si bien trouver les mots, dit-il sans desserrer les dents.

— Croyez bien que ce n'est pas de gaieté de cœur.

— Comment se fait-il qu'Antioche resurgisse des profondeurs ? demanda Lauzière qui n'avait cessé de retourner cette question dans sa tête depuis son départ de Dar es Salam.

— Si je le savais, soupira le général.

Il tapota le cul d'un paquet de Gauloises rouges avant d'en proposer une à son invité.

— Cette opération a pourtant été soigneusement enterrée à l'époque, croyez-moi. Du beau travail, pour lequel on n'a pas regimbé à assurer le service après-vente. Nous avons essuyé une tentative d'intimidation il y a cinq ans, mais elle a été traitée de façon efficace.

— Alors que se passe-t-il aujourd'hui ?

— Nous avons appris que des éléments compromettants liés à l'opération Antioche se trouvent dans la nature quelque part en RDC. Des photos.

— Des photos ?

Le général Delmas fourra la main dans sa poche, en extirpa un trousseau de clés et ouvrit le caisson qui se trouvait sous son bureau. Il en sortit un dossier vert qu'il posa devant lui et en tira une planche-contact brillante et sombre, tachetée de petits rectangles clairs.

Lauzière l'observait en silence. Il aperçut trente clichés en format réduit sur lesquels on distinguait vaguement des hommes et de la végétation. Lorsqu'il se pencha, un frisson courut sur ses avant-bras. C'était au tour de Delmas de l'observer. Lauzière examina chaque cliché avec attention et le sixième sur la quatrième ligne produisit l'effet attendu. Il se figea. Soudain, tout se remit en place. Le coup de bigo sur l'*Indian Pearl*, le vol pour Paris, le rendez-vous au bunker.

— Vous étiez un peu plus jeune à l'époque, n'est-ce pas, dit Delmas.

— Comment est-ce possible ? bredouilla Lauzière.

— Quelqu'un a pris des photos, voilà tout, répondit le général en reculant sur son siège.

— Combien y en a-t-il en tout ?

— Trois cents. C'est du moins ce que prétend un certain Miwumbe. Selon lui, ceci est juste un échantillon pour prouver qu'il ne plaisante pas et nous avons pris le parti de le croire. De toute façon, nous n'avons pas le choix. Vous imaginez, en grand format dans *Paris Match*…

Lauzière était sonné.

— Qui est ce Miwumbe ?

— Inconnu au bataillon.

— Un Congolais ?

— Congolais, Rwandais, Burundais, allez savoir.

— Où se trouve-t-il ? Et combien veut-il ?

— C'est plus compliqué que cela. Primo, nous ignorons où il se trouve. Secundo, il ne nous a pas fait d'offre directement. Nous avons eu ces clichés par notre réseau.

— Qui ?

— C'est confidentiel. Et ça ne vous serait d'aucune utilité. Ce Miwumbe est peut-être manipulé à son insu.

— CIA ?

— C'est possible. Les Américains considèrent la zone des Grands Lacs comme leur chasse gardée et l'entrée de la France au Katanga avec un gros projet d'exploitation de minerai les contrarie sérieusement. Mais ça ne change rien. Que Miwumbe soit un électron libre, la marionnette de l'Oncle Sam, de Kabila ou de Kagame, l'équation pour nous est la même : il faut le retrouver et vite. Votre mission, colonel, consiste à mettre la main sur cette bombe en toute discrétion avant qu'elle nous pète à la gueule. Inutile de vous dire que nous agirons à l'insu du gouvernement congolais et donc que l'affaire est extrêmement délicate. Vous n'aurez pas d'ordre écrit et vous ne prendrez contact qu'avec moi. Cela vous va ?

— Quels sont les moyens ?

— Tout ce dont vous aurez besoin. Dans la limite du raisonnable, bien entendu. Vous avez quinze jours pour vous constituer une équipe et préparer les opérations. Deux ou trois hommes, pas plus. Discrétion oblige.

— Je peux les choisir ?

— Vous avez toute latitude. Vous vous rendrez à Goma, sur le lac Kivu, le point de départ de votre opération. Une maison à l'abri des regards est à votre disposition. Votre commando devra être opérationnel le 18 juillet. Vous recevrez vos premières instructions sur place. Et…

Delmas se pencha et fixa Lauzière du regard.

— Je suis le seul habilité à vous donner des ordres, colonel. Ni le général de Villiers ni même le président. Vous m'entendez, moi seul.

— C'est entendu, mon général.

Delmas resta un instant immobile. Puis il bascula dans son siège et son visage se décrispa.

— Je veux que vous sachiez une chose, Pierre. C'est moi qui vous ai choisi. Et pas uniquement parce que vous êtes sur une de ces photos. Je vous ai choisi parce que vous avez servi sous mes ordres et que je sais que vous êtes le meilleur pour cette mission.

Il leva la main.

— Je suis conscient de vous refiler un bâton merdeux et c'est pour ça que j'ai réclamé un gros chèque pour vos honoraires. Évidemment, si ça foire, l'État niera toute implication et votre initiative sera qualifiée d'aventure personnelle. Vous comprenez ce que je veux dire…

— Absolument.

Delmas tira une enveloppe kraft du tiroir de son bureau.

— Tenez. Une réservation au Méridien pour ce soir et votre billet d'avion.

— Merci, dit Lauzière en se levant.

Le général Delmas dévisagea encore une fois son subordonné. Il espérait avoir fait le bon choix. Cette opération était suivie de près en haut lieu et il avait mis sa tête sur le billot.

— Encore une chose, colonel. Nous ne sommes pas seuls sur l'affaire. Un fouille-merde du *Matin* répondant au nom de Raphaël Da Costa s'est mis en tête de secouer le cocotier.

— Ce nom ne me dit rien.

— Il a pourtant enquêté sur CMA en 2001, la filiale de Carmin en Afrique liée à l'opération Antioche. À l'époque, son enquête n'avait rien donné, mais il semblerait qu'il ait envie de refaire une partie.

— Vous voulez que je m'en occupe ? demanda Lauzière.

— Pas dans l'immédiat. Nous avons déjà fait une visite à son domicile et nous n'avons rien trouvé. Concentrez-vous sur votre mission. Mais je voulais que vous sachiez que nous ne serons peut-être pas les seuls à rechercher Miwumbe. Il faut frapper vite et fort. Je compte sur vous.

— N'ayez aucune crainte, mon général.

Delmas se leva pour raccompagner le colonel Lauzière à la porte. Et quand celui-ci s'éloigna dans le long couloir blanc et rectiligne, il ne put s'empêcher de l'observer comme un propriétaire observe le pur-sang qui va prendre la ligne de départ d'une course sur laquelle il a misé toute sa fortune.

## 19

Da Costa n'avait cessé de ruminer tout le week-end. Mettre de l'ordre dans le champ de bataille qu'était devenu son appartement lui avait laissé le loisir de réfléchir et sa conclusion était qu'il venait de mettre les deux pieds dans un sacré merdier. Plusieurs fois, il avait été tenté de suivre les conseils de Dorget. Ne rien faire. Laisser pisser. Revenir à ses petits papiers. Après tout, qu'y avait-il de honteux à cela ? Des industriels sans scrupules allaient encore une fois s'en mettre plein les poches en toute illégalité. Et alors ? Qu'est-ce qu'il y pouvait ? Il était tout seul contre une armée. Il leur suffisait de claquer des doigts pour que sa piaule explose comme une cocotte en papier. Que croyait-il ? Qu'il faisait le poids dans cette bataille ? Ne péchait-il pas plutôt par orgueil ? Sa hargne contre Carmin était-elle autre chose qu'une vulgaire histoire de revanche personnelle ? Un échec qu'il n'avait jamais surmonté et qui lui faisait perdre la raison. Il passa le week-end entier à hésiter. Et puis le lundi, il appela Jean-Michel Favereau.

Ils se donnèrent rendez-vous le lendemain au Bon Accueil, un restaurant sans prétention du

XIIIe arrondissement où le policier avait ses habitudes. On y servait une bonne cuisine familiale et puis il était à deux rues de son bureau, rue du Château-des-Rentiers, le siège de la brigade financière.

Raphaël arriva le premier et s'installa dans un coin de la salle, à l'abri des regards et de la chaleur. À la table d'à côté, deux femmes en robe légère sirotaient un verre de chardonnay en lâchant des éclats de rire tandis qu'un serveur en bras de chemise glissait entre les tables en fredonnant le menu du jour. Paris se préparait pour un bel été. Favereau poussa la porte du restaurant à 12 h 10.

— Désolé. Un rendez-vous de dernière minute, je n'ai pas pu faire mieux.

Raphaël se leva pour lui serrer chaleureusement la main.

— Aucun souci. Apéritif ? demanda-t-il en interpellant le serveur.

— Une bière.

— Et un Ricard pour moi.

Le garçon distribua les menus, recommanda l'escalope aux tagliatelles avant de s'éclipser en répétant la commande à haute voix. Raphaël n'avait pas revu Favereau depuis des années et celui-ci n'avait pas changé. Il avait peut-être perdu quelques cheveux, gagné quelques rides, mais il avait toujours cette même tête de moine soldat.

— Alors, monsieur Da Costa, quel bon vent vous amène ?

Raphaël sourit. Toujours cet humour pince-sans-rire…

— J'aurais beaucoup de choses à vous raconter, mais je vais aller droit au but. J'ai une information à partager avec vous.

— C'est gratuit ou ça va me coûter quelque chose ? Parce que je ne roule pas sur l'or en ce moment, plaisanta le policier.

— Totalement gratuit.

— Alors je suis tout ouïe.

Raphaël attendit que les deux apéritifs soient servis.

— J'ai assisté la semaine dernière à une conférence de presse pour le lancement en grande pompe d'un projet franco-chinois en Afrique. Kisanga. Vous en avez entendu parler ?

— Ça ne me dit rien.

— C'est une joint-venture entre Shanxi Mining et le groupe Carmin en RDC.

À ces mots, le visage de Favereau s'obscurcit.

— Dans les jours qui ont suivi, figurez-vous que j'ai été filé et que mon appartement a été fouillé de fond en comble. Dans les deux cas, j'ai la conviction intime que c'est Carmin qui en a donné l'ordre. Je me suis longuement demandé pourquoi et j'ai fini par conclure que l'affaire CMA avait certainement connu de nouveaux développements.

Jean-Michel Favereau avala une longue gorgée de bière sans quitter Raphaël des yeux.

— Je croyais que vous aviez refermé ce chapitre.

— Moi aussi… Mais il semblerait qu'il se soit rouvert tout seul.

— Je n'ai pas de conseil à vous donner. Mais pour ma part, ce dossier est classé.

Le garçon s'était planté devant leur table. Da Costa demanda un plat du jour et Favereau fit de même.

— Jean-Michel, je sais que vous n'avez pas un bon souvenir de CMA…

Favereau s'approcha du journaliste.

— Vous êtes loin du compte, Raphaël. J'ai failli tout perdre dans cette affaire. Tout. On ne met pas en cause des députés de la République, des secrétaires d'État ou des trésoriers de partis politiques impunément. Il faut être sacrément arrimé au sol. Et un flic ne doit sa puissance qu'aux hommes qui se trouvent derrière lui. Quand la flicaille le lâche, il n'est plus rien.

— Il en va de même pour les journalistes, répondit Da Costa. Nous savons vous et moi que les coupables n'ont pas payé pour leurs crimes et cette idée nous est insupportable. Pourtant, je ne vous demande pas de replonger. Je veux simplement savoir si vous avez la même intuition que moi. Si vous avez remarqué quelque chose récemment qui serait lié à CMA. C'est vous qui avez mené les investigations à l'époque. Si quelqu'un avait du nouveau sur le sujet, il se pourrait qu'il se tourne vers vous, n'est-ce pas ?

Favereau soupira en dépliant sa serviette blanche sur ses genoux. Le garçon venait de déposer devant eux deux escalopes milanaises fumantes.

— Même si le phénix renaissait de ses cendres, savez-vous combien nous avons de dossiers en attente à la Brigade ? Soixante-deux. Soixante-deux plaintes pour détournement, extorsion, corruption, faillite frauduleuse, trafic d'influence, blanchiment, j'en passe, qui attendent gentiment qu'un fonctionnaire de police puisse leur consacrer un peu de temps.

— Je ne vous demande pas de rouvrir le dossier CMA. Juste de me dire si…

— J'ai compris ce que vous me demandez. Et je vous réponds non. Je vais même être franc avec vous. Si j'avais des informations, je ne vous les donnerais pas.

Raphaël ne répondit pas et en profita pour avaler une pleine bouchée de tagliatelles dégoulinantes de crème fraîche.

— Je vais pourtant vous donner un conseil, Raphaël. Abandonnez cette affaire une bonne fois pour toutes. Vous pensez que vous avez payé cher et vous vous trompez. Vous avez eu une veine de cocu. À l'heure qu'il est, vous devriez croupir sous une dalle de marbre au Père-Lachaise. Et si vous replongez, c'est ce qui vous arrivera.

Raphaël porta à ses lèvres le verre de côtes-du-rhône bien frais que lui avait servi le policier. Il sourit intérieurement car il avait remarqué un petit décalage dans le phrasé de Favereau quand il avait juré qu'il n'avait aucune nouvelle piste. Un déphasage, comme au cinéma, quand la bande-son accuse un léger retard sur l'image, un retard presque imperceptible qui rend pourtant la scène artificielle et pour tout dire, pas crédible pour un sou. Favereau avait beau avoir trente ans de métier, son petit numéro n'était pas encore tout à fait au point. Il mentait. Et à sa manière, le flic avait répondu à sa question.

Ils finirent le repas en parlant du bon vieux temps, d'autres affaires. Favereau concéda que l'évasion fiscale des grands groupes atteignait des sommets, les Panama Papers avaient fait l'effet d'une bombe dans la fourmilière. Il restait selon lui encore trente à quarante paradis fiscaux actifs et opaques sur la planète et il gratifia même Raphaël d'une recommandation si un jour il avait un million de dollars à mettre au vert. « Saint-Kitts-et-Nevis. » Dans la mer des Caraïbes. Une forteresse. Le rêve des milliardaires. Des eaux turquoise, des maisons en bord de mer, des pontons privés et des banques parmi les plus discrètes du monde. Pendant que le flic décrivait ces paradis inaccessibles à tous les cons qui se faisaient plumer au tiers provisionnel, Raphaël sentit une force tranquille monter en lui. Il venait de prendre sa décision ou, plutôt, sa décision venait de le prendre et elle semblait bien décidée à ne pas le lâcher. Il partirait. Et ça ne serait ni pour Saint-Kitts ni pour Sao Tomé ou les îles Cook. Il partirait au Kivu.

# II

# KISANGA

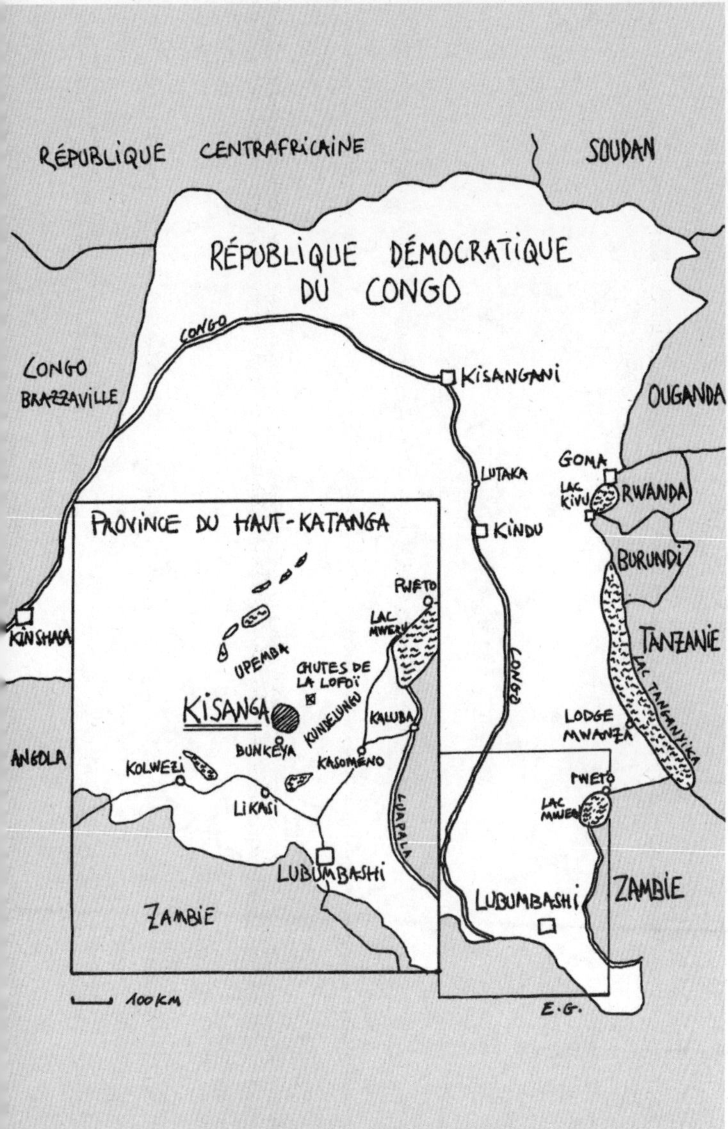

RÉPUBLIQUE CENTRAFRICAINE
SOUDAN
RÉPUBLIQUE DÉMOCRATIQUE
DU CONGO
CONGO
CONGO
BRAZZAVILLE
KISANGANI
OUGANDA
GOMA
LUTAKA
LAC
KIVU
RWANDA
KINDU
BURUNDI
PROVINCE DU HAUT-KATANGA
PWETO
LAC
MWERU
KINSHASA
TANZANIE
UPEMBA
CHUTES DE
LA LOFOÏ
CONGO
LAC TANGANYIKA
KISANGA
KUNDELUNGU
KALUBA
LODGE
MWANZA
BUNKEYA
ANGOLA
KOLWEZI
KASOMENO
PWETO
LAC
MWERU
LIKASI
LUAPALA
LUBUMBASHI
LUBUMBASHI
ZAMBIE
ZAMBIE
100KM
E.G.

1

Lubumbashi. Aéroport de la Loano.

Olivier ne put refréner une vive excitation en sortant de l'avion. Une sensation diffuse qu'il pensait avoir oubliée se rappela à lui instantanément. La chaleur infernale, la lumière aveuglante, le goudron qui fond sur la piste. L'Afrique.

Ils empruntèrent l'escalier en aluminium. Les marches résonnaient sous leurs pas. Devant lui, Céline trébucha avant de se faire rattraper par un Congolais en chemisette blanche qu'elle remercia d'un large sourire. Sur une trentaine de mètres s'alignait une rangée d'hélicoptères civils, toutes portes ouvertes. Plus loin, on apercevait deux jets briqués comme des sous neufs et de l'autre côté, au-delà d'une pelouse grillée par le soleil, un avion de ligne sud-africain garé au bout du taxiway.

Sur la piste, deux 4 × 4 Nissan, vitres teintées et portières barrées de l'inscription *Police*, se faisaient face. De chaque côté, six hommes en uniforme observaient le débarquement, mitraillette au poing.

Les voyageurs avancèrent au ralenti sous l'œil impassible des policiers. Olivier était en nage. Une femme en boubou marchait devant lui. Sur son cou dénudé, pas une seule goutte de sueur ne perlait. Une odeur âcre de brûlé couvrait les vapeurs de kérosène. La même qu'à Lagos au Nigeria, onze ans plus tôt. Du caoutchouc. On faisait brûler des pneus et de l'huile de vidange juste à côté de l'aéroport.

L'aérogare de la Loano, un bâtiment monotone percé de moucharabiehs en béton, était surmonté d'une immense affiche publicitaire montrant une jeune femme, tête penchée, la main sur l'oreille. Une inscription en lettres bleues sur fond orange clamait : *Congo. Mon Pays. Mon réseau.* L'équipe Carmin se rassembla derrière les portes vitrées. Chacun récupéra ses bagages et se présenta au contrôle. Speck passa le premier. L'officier de l'immigration, une femme d'une trentaine d'années au visage fermé, saisit son passeport, l'étudia avec attention, page après page. Entre les deux dernières, Speck glissa un billet de cent dollars. La femme continua son inspection comme si de rien n'était. Puis elle releva la tête, regarda à droite et à gauche, avant de poser un regard las sur le Français. Il s'approcha et murmura quelques mots en montrant discrètement ses quatre collaborateurs. La femme dodelina de la tête et, pendant qu'il parlait, le billet disparut du passeport. Puis, d'un mouvement impatient de la main, elle leur commanda d'avancer.

— Bienvenue en Afrique, dit Speck tandis qu'un groupe de chauffeurs de taxi se ruaient sur eux pour leur proposer leurs services.

Ils montèrent dans un minibus Toyota et empruntèrent une route fraîchement goudronnée reliant l'aéroport à la ville, bercés par un air de rumba qui passait à la radio.

— La route est neuve, dit Speck à l'adresse du chauffeur.

Celui-ci baissa le volume et jeta un coup d'œil dans le rétroviseur.

— C'est les Chinois qui l'ont construite. Elle est belle, mais ça ne durera pas, fit-il en pouffant d'un rire aigu.

Le chauffeur roula environ deux kilomètres sur l'avenue Kipopo avant de braquer pour se planter devant un poste de garde. Il échangea quelques mots avec un type dans sa guérite, la barrière se leva et ils empruntèrent à vitesse réduite une luxueuse allée bordée d'acacias et de palmiers serpentant au milieu d'un parc verdoyant. Ils débouchèrent sur un rond-point planté de trois énormes mégalithes. Le chauffeur fit le tour et se gara entre deux SUV, à l'ombre d'une demi-douzaine de palmiers.

L'hôtel Grand Karavia était un imposant bâtiment blanc élevé sur quatre étages. Un hôtel de luxe lambda pour hommes d'affaires pressés. Le chauffeur déposa les valises sur le trottoir et quatre chasseurs surgirent sous l'immense porche en béton.

Le hall était gigantesque, couvert de marbre blanc et dominé par deux lustres de cristal monumentaux. Le maréchal Mobutu y avait séjourné plusieurs fois pendant son règne et l'endroit avait conservé quelque chose de cette grandiloquence qu'il affectionnait. Huit défenses en ivoire ornaient le mur de gauche. En face, une immense fresque peinte à la gloire de la terre, des mines et du peuple congolais s'étalait sur une dizaine de mètres. Dans un coin du hall, Olivier remarqua un groupe de touristes en pantalons de toile, casquettes et chemises pastel plongés dans des prospectus. Ils semblaient attendre quelque chose avec une certaine impatience. Des Yankees, sans erreur possible.

Le responsable de l'hôtel, un Belge affable d'une quarantaine d'années, fit distribuer les numéros de chambre et emporter les bagages avant d'inviter ses clients à le suivre dans le jardin où ils étaient attendus. L'hôtel était construit au bord du lac Kipopo, situé au centre du golf de Lubumbashi, un terrain de soixante hectares en plein centre-ville. Les jardins s'abandonnaient mollement vers le lac dont on devinait les eaux grises par-delà les feuillages épais des palmiers, des acacias et des manguiers. Sous une tente chapiteau, près de la piscine, un groupe d'Asiatiques en costumes gris étaient installés autour d'un fastueux petit déjeuner.

— Nicolas ! s'exclama l'un d'eux en s'avançant vers Speck.

— Bonjour, Hiu. Merci d'être venus nous accueillir.

— Très heureux, continua le Chinois dans un large sourire.

Tous les hommes de la Shanxi Mining Company s'inclinèrent poliment. Zhang Hiu, le responsable chinois du programme et exact homologue de Speck, avait été envoyé sur place pour le même laps de temps et pour la même raison : mettre Kisanga sur les rails et préparer l'inauguration en grande pompe. Speck présenta ses collaborateurs. Quand vint le tour de

Céline Dao, dont il était évident qu'elle éveillait beaucoup de curiosité dans les rangs chinois, Zhang ne put dissimuler une certaine méfiance. Céline ne laissa rien transparaître en lui tendant la main.

À son tour, Zhang Hiu présenta son équipe. Jen Zhao, la quarantaine, le front dégarni, des sourcils presque absents, juriste. Liu Chen, le financier qui se distinguait par un visage empâté et une large paire de lunettes carrées à épaisse monture. Mo Zeqiang, enfin, trente-cinq ans environ, un physique de sportif, les cheveux en brosse, ingénieur de formation. On servit du café et l'on fit connaissance. Zhang et Speck s'étaient entendus pour constituer des binômes. Liu et Beysserias, Jen et Dao, Mo et Martel devaient travailler ensemble, chacun dans son domaine. C'était le sens de leur nouvelle coopération, mais aussi une nécessité pour Carmin qui revenait après de longues années d'absence sur un terrain que Shanxi connaissait de plus fraîche date.

— Vous avez fait bon voyage? demanda le voisin de Céline, un homme aux cheveux blonds et à l'accent québécois prononcé. Je suis Jacques Farrett, du cabinet Telson.

— Ah. C'est vous, les experts géologiques?

— C'est nous. Vous arrivez, nous partons. C'est bien dommage, car nous avons adoré travailler ici. Nous mettons la dernière touche au rapport. Il sera prêt vendredi. Et vous, combien de temps restez-vous?

— Trois mois. Peut-être plus.

— Fantastique. Vous allez voir, c'est le jardin d'Éden, ici. Vous serez traités comme des rois. J'ai travaillé un peu partout, au Brésil, au Pérou, en Australie, en Afrique du Sud… Mais c'est ici le meilleur plan. Vous aimez le golf ?

— Pas particulièrement, répondit Céline.

— Et vous ? demanda-t-il à l'adresse d'Olivier qui, après s'être présenté, avait rejoint la conversation.

— Je n'ai jamais essayé.

— Profitez-en pour faire vos premières balles. Il y a aussi un cercle hippique à Kabubamash, à quelques kilomètres. Si vous voulez faire un peu de tourisme, il y a les chutes de Lualaba, c'est à voir. Et si vous aimez les safaris, il vous suffit de prendre l'avion pour le parc de l'Upemba.

— Parlez-nous plutôt de Kisanga, rétorqua Céline.

Farrett fit de grands gestes de la main.

— Kisanga… Je vous l'ai dit, c'est le jardin d'Éden. Ce pays suinte le cuivre. La terre est rouge comme le sang. C'est le paradis pour des gens comme vous.

Leur première journée fut entièrement consacrée à l'installation, aux questions pratiques et logistiques, ainsi qu'à une rapide visite de la ville et des environs. Les vraies hostilités commenceraient le lendemain et la tâche promettait d'être énorme.

Vers 20 heures, lorsque Olivier monta dans sa chambre, il était exténué. Il allait se mettre sous sa douche quand le téléphone sonna.

— Monsieur Martel ? Un appel pour vous.

Au bout du fil, Isabelle prit quelques nouvelles avant de lui passer Sarah. Il resta dix minutes au téléphone, le cœur serré. Puis il sortit sur le balcon. L'air était chaud et la nuit déjà noire. Des bruissements, des plaintes étranges montaient de toutes parts. Alors il admit que ce pays était peut-être le jardin d'Éden. Peut-être suintait-il le cuivre. Peut-être allait-il leur donner la fortune. Mais ce soir, il n'avait au fond qu'un seul désir : serrer Sarah dans ses bras.

## 2

Céline Dao passa les trois premiers jours à étudier les rapports des deux banques qui avaient recommandé le meilleur schéma juridique et financier pour la joint-venture. Quelle société fallait-il créer ? Quelle serait sa structure, ses actifs, ses accords de coopération, son régime fiscal ? Les banques étaient payées à prix d'or pour accommoder les ingrédients de la cuisine juridico-financière, mais surtout pour mettre un chiffre en bas de la feuille. Si ce gisement recelait effectivement des réserves prodigieuses, combien valait-il exactement ? De ce chiffre découlait tout le reste et il était diablement compliqué à évaluer avec précision. Que les veines affleurent, qu'il n'y ait qu'à gratter le sol pour récolter le précieux minerai et ce chiffre s'envolerait. Que sa concentration soit médiocre, que le terrain rende l'exploitation difficile et sa valeur plongerait. Évidemment, avec des impacts en cascade sur la valeur et la rentabilité de l'action. Les banques avaient prévu de rendre leur verdict dans le courant du mois et la mission de Céline était de refaire les comptes pour qu'on ne se retrouve pas au milieu du gué avec une mauvaise surprise sur les bras.

La clé de voûte de l'estimation était le rapport Telson et son analyse géologique détaillée du gisement. On était le vendredi 1er juillet et les deux équipes avaient rendez-vous avec les consultants de Telson pour une présentation de leurs conclusions. Le Québécois avait réservé les deux suites royales du Karavia pendant un mois en guise de bureau et facturait 2 500 dollars sa journée, une pratique assez banale dans le milieu quand on est une référence et qu'on a été missionné par le big boss en personne. Pourtant, Farrett avait fait mauvaise impression à Olivier lors de leur premier échange. Le type était plutôt affable, mais quand Olivier l'avait interrogé un peu plus précisément sur le contenu de leur étude, il s'était perdu en conjectures et avait fini par botter en touche. Un doute s'était immiscé dans la tête de l'ingénieur qu'il espérait bien dissiper à l'issue de cette réunion.

À 9 h 45, ils entrèrent dans la salle de conférences du rez-de-chaussée de l'hôtel. Elle était baignée de soleil et donnait sur les pelouses et le lac. Les Chinois, arrivés en avance, se levèrent pour les saluer. On s'installa autour de la table qui faisait face à un grand écran. Le personnel de l'hôtel servit du café et des viennoiseries et à 10 heures, Farrett et ses collaborateurs firent leur entrée dans la salle.

Pendant une heure, les Canadiens martelèrent le même message sous toutes ses formes. Il pouvait se résumer en une phrase : Kisanga est un putain de filon. Ils agrémentèrent leur propos de moult graphiques, tableaux, photographies, analyses spectrographiques et vidéos prises d'avion. D'ailleurs, pendant toute la durée de l'exposé, les questions furent rares. Leur démonstration était inattaquable. Quand ils eurent terminé, ils distribuèrent deux copies reliées du rapport. Les Chinois qui visiblement attendaient ce moment avec impatience rangèrent leur exemplaire avant de prendre congé en remerciant chaleureusement pour ce travail remarquable.

Quand ils eurent quitté la salle, Olivier se tourna vers Céline Dao et Jérôme Beysserias. Leurs regards trahissaient un soupçon de scepticisme.

— Monsieur Farrett, je peux vous poser une question ? demanda Olivier.

— Je suis là pour ça.

— La plupart des relevés que vous avez présentés ont été effectués dans les zones B, E et F.

Telson avait découpé le gisement en six zones qu'il avait répertoriées de A à F, et chaque graphique, chaque tableau portait la référence de la zone qui avait servi d'échantillon. C'était une petite mention à peine visible, mais elle n'avait pas trompé la vigilance de Martel. Farrett posa ses deux poignets sur la table et expliqua qu'ils n'avaient pas présenté toutes les données à l'écran et que, s'il y avait une surreprésentation d'une ou de plusieurs zones dans leur exposé, il s'agissait d'une coïncidence. L'étude avait bien entendu été menée sur les six secteurs et les conclusions énoncées à l'instant étaient représentatives de la totalité des terrains.

— De combien pensez-vous que Kisanga peut faire monter le cours de Carmin ? demanda Beysserias.

Farrett sourit.

— Je ne suis pas devin. Mais à mon sens, si nous incluons tous les effets induits, directs et indirects, il faut tabler sur une croissance significative.

— Combien ? insista le jeune homme.

— C'est difficile à dire, peut-être 40 %, finit-il par lâcher.

Olivier se cala sur sa chaise. Un des sbires de Farrett s'invita immédiatement dans le débat.

— Rio Tinto a découvert un gisement deux fois plus petit il y a quatre ans au Pérou et sa cote a pris 11 %. Deux fois plus, ça fait 22. Et comme Rio Tinto fait deux fois la taille de Carmin, 40 % n'est pas impossible. Cela s'est déjà vu. Vous avez remarquablement joué. Et vos concurrents ne s'y sont pas trompés. Une mine comme Kisanga viendrait consolider un groupe comme Freeport, Rio ou Teck. Mais elle fera décoller Carmin.

Farrett lança un regard plein de reconnaissance à son jeune collaborateur.

— Vous êtes assis sur une fusée, conclut-il. Voilà la réalité.

## 3

Le lendemain du rapport Telson, Nicolas Speck avait réuni son équipe à l'aube pour donner ses premières consignes. Sans surprise, son message avait été de se mettre au boulot fissa. Il jouait son rôle de chef d'escadron à la perfection, mais derrière le ton martial, Olivier n'était pas le seul à avoir décelé un soupçon d'inquiétude. Il n'en avait d'ailleurs pas fait mystère. Le calendrier de l'opération était tenable si tout se déroulait comme prévu. Mais c'était l'Afrique et rien ne se passait jamais comme prévu. C'est pourquoi ils devaient tous redoubler de vigilance. Toute sortie de route pouvait être fatale. Ils devaient surveiller leurs arrières tout en gardant un œil sur les côtés.

Olivier avait pour objectif de démarrer l'exploitation, d'enclencher la machine, pour que ce foutu projet cesse d'être l'affaire du siècle sur le papier et devienne un chantier de sueur et de poussière qui produise enfin ses premiers sacs de minerai bleu. Et pour ça il y avait un tas de trucs à faire. Le plus pressant consistait à se procurer du matériel. Des pelles hydrauliques, des chargeurs, des dumpers, etc. Pour déterminer avec précision les machines dont il avait besoin, le jeune ingénieur devait faire une reconnaissance précise des lieux, mais dans un premier temps, il lui fallait juste un assortiment de base, un kit de démarrage en quelque sorte. Et étant donné le timing, il était exclu de commander ce matériel en Europe. Martel et Speck avaient fait leurs comptes comme on fait une liste de courses. Deux pelles Volvo 3367, trois bulls Caterpillar 1647 ou équivalent, et deux tombereaux de 20 tonnes. Tout de suite, disponible sur place, du matériel d'occasion s'il le fallait. Et pour cela, l'urgence était de rencontrer l'émissaire de l'assemblée provinciale chargé des mines, un certain Jean-Baptiste Ndengo. Ce type avait la main sur les derniers stocks de la Gécamines, l'entreprise d'État créée en 1966 par Mobutu, qui n'était plus aujourd'hui que l'ombre de ce qu'elle avait été dans les années 1980.

C'était la première tâche à laquelle Olivier s'était attelé avec Mo Zeqiang. Dès l'après-midi, ils avaient pris rendez-vous au palais du gouverneur. Mais Ndengo, bien qu'il ne soit qu'un sous-fifre au titre ronflant, n'avait pas trouvé une heure dans son agenda avant le mercredi suivant.

Le mercredi 6 juillet, Mo Zeqiang, l'oreille collée à son téléphone portable, passa au Karavia pour prendre Olivier. Au volant se trouvait un Congolais qu'Olivier rencontrait pour la première fois.

— Tuju Kolonga, dit Zeqiang. Notre fixeur.

Olivier tendit la main à Kolonga qui la serra à son tour, le visage impassible. Du poignet jusqu'au biceps, son bras était parcouru d'une longue cicatrice épaisse comme le doigt.

Les trois hommes montèrent à bord de la Toyota blanche et Kolonga fit sa marche arrière dans la cour de l'hôtel. Ils traversèrent la ville congestionnée par plusieurs kilomètres d'embouteillages pour arriver vingt minutes plus tard au palais du gouverneur, un bâtiment Arts déco à la façade ornée d'une inscription en latin. Devant la porte, un policier au béret noir, bâton de commandeur à la ceinture, les observait, caché derrière d'épaisses lunettes noires. Il était accompagné d'un type au crâne rasé, épais comme un buffle, portant une oreillette et un costume sombre. Immobile, les jambes légèrement écartées, il sortit un cigare de la poche intérieure de sa veste, le bloqua entre ses lèvres charnues, le caressa de la flamme de son briquet en métal, tira une grosse bouffée et cracha un épais nuage de fumée blanche.

Olivier, Tuju et Zeqiang montèrent les marches de l'escalier, mais le flic barrait l'entrée et ils durent le contourner en passant à travers le rideau de fumée. Ils atteignirent la porte quand le policier amorça sa descente sans se retourner.

— Police des mines. Inspecteur principal, chuchota Tuju Kolonga à l'intention d'Olivier.

Derrière les murs, tout n'était que lenteur. Le tumulte de la ville s'était évanoui. Les trois hommes se présentèrent à l'accueil avant de s'asseoir sur un banc dans l'immense hall carré qui ressemblait à une piscine sans eau. Au fond, deux escaliers s'envolaient vers le premier étage. À côté d'eux, un type d'une soixantaine d'années, rouge tomate, suait à grosses gouttes en s'épongeant le cou avec un mouchoir. Il était accompagné d'une superbe métisse au port dédaigneux, richement habillée et arborant ostensiblement un sac Vuitton à trois mille balles.

— Pute, murmura Tuju.

Un peu plus loin, une délégation chinoise de sept hommes en costume patientait sagement, attaché-case au pied. Olivier se retourna vers Zeqiang, mais celui-ci était plongé dans l'écran de son téléphone.

— Sunlun, dit Tuju. Ils construisent les routes partout au Katanga.

Près de l'escalier se trouvait un autre groupe, composite celui-là : des Blancs, des Congolais, des Indiens.

— Fausse ONG, chuchota Tuju. Mafia des Nations unies. Ils prennent l'argent de l'ONU. Et l'argent disparaît.

— Que font-ils ici ?

— Ils viennent donner sa part au gouverneur, dit le fixeur en souriant.

Une secrétaire, talons aiguilles et brushing en pièce montée, proposa à Zeqiang et à Olivier de la suivre jusqu'au bureau de l'émissaire. Jean-Baptiste Ndengo les invita à prendre place dans deux fauteuils en peau de zèbre. Derrière lui, une bibliothèque en bois précieux de kambala garnie d'ouvrages reliés en cuir, de sculptures, de trophées brillants comme de l'or. Sur les murs, les portraits du gouverneur Cyril Akolo et du président Kabila. Mo Zeqiang se courba devant l'émissaire qu'il remercia plusieurs fois de les avoir reçus avant de s'enfoncer dans son siège et de laisser la parole à Olivier.

— Je suis très heureux de vous rencontrer, monsieur Ndengo, commença-t-il.

— Ravi également, monsieur Martel. Très honoré. Le projet Kisanga nous tient à cœur. Le gouverneur et moi-même sommes très investis pour sa réussite.

— Nous ferons tout notre possible, monsieur Ndengo. Nous sommes arrivés à Lubumbashi la semaine dernière et déjà…

— Je sais, monsieur Martel. On m'a parlé de vous et de votre équipe.

Ndengo sourit.

— Que puis-je faire pour vous ?

Olivier expliqua qu'il était dans son intention de faire une reconnaissance du terrain, qu'il devrait se rendre compte de l'état des routes desservant les sites, qu'ils allaient certainement être amenés à se revoir, mais que pour l'instant, il avait une requête très concrète.

— Nous souhaitons commencer l'exploitation le plus rapidement possible et nous avons besoin de matériel. Nous sommes prêts à acheter à la Gécamines cinq ou six engins pour commencer.

Ndengo recula dans son fauteuil mais ne dit rien.

— Nous payons cash, ajouta l'ingénieur.

L'émissaire fronça les sourcils. Olivier ne parvenait pas à deviner ce qu'il pensait de sa proposition. Zeqiang, silencieux, n'était d'aucune aide. Il était comme extérieur à cette conversation. Enfin, Ndengo se détendit.

— Nous allons prendre rendez-vous. Je vais demander à ma secrétaire d'organiser cela.

## 4

Le bimoteur de la Congo Airways en provenance de Kinshasa, un bombardier Q400 acheté d'occasion à la Papouasie-Nouvelle-Guinée, émergea enfin de la brume avec une demi-heure de retard pour entamer son approche vers l'aéroport de Goma. Dans le hall, adossé à un poteau, Pierre Lauzière observait l'avion faire ses dernières manœuvres sur le tarmac. Les hélices tournaient encore à vive allure quand les premiers passagers apparurent sur la passerelle. Quelques minutes plus tard, un colosse au crâne rasé, chemisette et lunettes aviateur, passait le contrôle des passeports. Il portait une Samsonite grise comme s'il s'agissait d'un sac à main. Il repéra tout de suite son homme dans la foule.

— Sekuto ! s'exclama Lauzière en lui étreignant vigoureusement le biceps.

— Mon colonel. Ravi de vous revoir.

Ils se dirigèrent vers le taxi qui les attendait à l'extérieur.

— Je n'attendais plus que toi, dit Lauzière en lui ouvrant la porte arrière du véhicule, tandis que le taximan, un rasta maigrichon, s'escrimait pour hisser la valise dans le coffre.

— Je suis venu parce que c'est vous, mon colonel.

— Et moi, j'ai accepté ce job parce que je savais que je pouvais compter sur toi. Qu'est-ce que tu fabriques depuis 2013 ?

— Depuis 2013, patron, j'ai fait une promesse à Maïssa et j'ai tenu parole, dit-il le sourire aux lèvres.

— Et c'est quoi cette promesse ? La pêche et les parties de cartes ?

Sekuto hurla de rire et le taxi démarra.

— Combien sommes-nous ?

— Quatre avec toi. Les meilleurs. Nous allons faire du bon travail et tu pourras retourner caresser la petite chatte de Maïssa dans moins de deux mois.

Sekuto Tome avait servi sous les ordres de Pierre Lauzière au sein du 13e régiment de Dragons parachutistes des Forces spéciales françaises pendant l'opération Serval au Mali en 2013. Originaire d'Angola, il avait abandonné son métier de militaire mal payé pour celui, plus lucratif, de mercenaire en 1996, lorsque la DGSE recrutait au Congo-Brazzaville pour soutenir Sassou contre Lissouba, et au Zaïre pour tenter de maintenir Mobutu au pouvoir contre vents et marées. À cette époque, Lauzière intervenait déjà en Afrique et il avait été mis en relation avec cet agent dont la maîtrise et le sang-froid l'avaient impressionné. Tome avait été envoyé à Goma en 2000, où il avait obtenu la nationalité française et il était entré au 13e RDP, le régiment de Lauzière, une des unités d'élite les plus réputées de l'armée française.

En 2003, il était parti pour trois ans en Afghanistan. Puis le 13e avait servi au Tchad et en Libye au sein de la grande entreprise de déstabilisation de Kadhafi avant de participer à l'opération Serval, une guerre bien plus sale et éprouvante que ce qu'en avait rapporté le service de communication des armées. 2013 avait sonné l'heure de la retraite pour Tome et Lauzière qui étaient partis se mettre au vert, sans jamais se perdre complètement de vue, ni abandonner toute velléité de reprendre du service.

Le taxi s'arrêta devant une maison jaune. Lauzière fila un billet de cinquante dollars au rasta en mettant ostensiblement son doigt sur sa bouche. C'était un vaste pavillon sur deux étages, fonctionnel et passe-partout, ceinturé d'un mur en parpaings surmonté d'un fil barbelé à moitié défoncé et d'une antenne parabolique. Lauzière précéda Sekuto à l'intérieur de la bâtisse.

— John ! Marjan ! cria-t-il.

Un type très brun se leva doucement du canapé en velours où il regardait un téléfilm américain. Des lèvres fines, des yeux en amande, des épaules en acier.

— Marjan Kovacevic, énonça-t-il d'une voix monocorde en tendant la main à Tome sans quitter Lauzière des yeux, aussi prudent qu'un dompteur dans une cage de lions.

Lauzière réalisa qu'il avait oublié de mentionner ce petit détail qui ne semblait pas en être tout à fait un pour Kovacevic. Effectivement, il y avait un Noir dans le commando. Et pas caramel. Charbon charbonneux. Il fit les présentations.

— Sekuto a fait Serval.

La glace fut immédiatement brisée. Kovacevic et Tome avaient plusieurs points communs. Tous les deux avaient été recrutés par le service action de la DGSE. Pour le Kosovar, cela remontait à 1999, à Pristina, quand la DGSE donnait un coup de main discret aux rebelles nationalistes de l'UCK pour bouter les Serbes hors de leur territoire. Un merdier comme jamais, dans lequel les forces du renseignement français avaient bien failli se retrouver nez à nez avec les forces spéciales qui préparaient l'arrivée de la division Leclerc au Kosovo. Pendant les dix ans qui avaient suivi, Marjan avait partagé son temps entre les traques de terroristes, les assassinats politiques en ex-Yougoslavie, en Algérie et en Iraq et les raids anti-AQMI en Afrique subsaharienne, jusqu'en 2013 où il avait collaboré avec Lauzière sur l'opération Serval.

Les combats avaient été d'une rare violence. Les soldats français et leurs alliés tchadiens avaient dû affronter des djihadistes prêts à tout, préférant se faire sauter à la ceinture d'explosifs plutôt que de se faire prendre. Sur Serval, les soldats n'étaient pas là pour neutraliser, ils étaient là pour tuer. C'était leur métier, il est vrai, mais quand il s'agissait d'arroser à l'AK47 des bataillons d'enfants soldats drogués à la kétamine, Lauzière avait vu des légionnaires hésiter et tirer sciemment à côté. Marjan Kovacevic, jamais. S'il était programmé pour une mission, rien ne pouvait le détourner de son objectif. Il était spécial, Lauzière en convenait, mais s'il était de votre côté, c'était une assurance foutrement plus solide qu'un contrat à la Lloyd's.

Sekuto Tome serra la main de Kovacevic puis Lauzière fit signe à l'Angolais de le suivre. Ils poussèrent la porte donnant sur le petit jardin, à l'arrière de la maison, où se trouvait le quatrième homme de l'équipe, occupé à griller de la viande sur un lit de charbons ardents.

— Antilope leg au gombo. Succulent.

— John. Je te présente Sekuto.

— OK, répondit l'homme blond et frisé qui s'était levé et s'essuyait les mains sur son tablier.

John Hoare, dit Mad Joe, n'avait quant à lui jamais été soldat. Il était pilote acrobatique et en 1994, avant l'arrivée au pouvoir de Mandela, il avait passé quelques mois dans l'armée de l'air sud-africaine. John était d'origine irlandaise, mais avant toute chose, il était fait pour bosser à son compte. En 1998, il avait pris du service auprès de Laurent-Désiré Kabila, le père de l'actuel président de la RDC. Kabila, après avoir reçu le soutien des Rwandais pour chasser Mobutu et accéder au pouvoir, avait retourné sa veste sans aucune vergogne et s'était mis à armer les milices hutues qu'il avait combattues pour chasser les Tutsis qui l'avaient soutenu. *No comment*. Toujours est-il que John avait trouvé moyen de vendre ses services très cher au nouvel homme fort de Kinshasa en ravitaillant en armes et par avion les milices de l'extrême est du pays. Un job de fou qui lui avait valu son surnom de Mad Joe. Il avait en effet effectué, à bord de son Cessna et parfois d'un DC-3 ou d'un petit Antonov 26, plus de quatre cents vols de cinq heures au-dessus de l'immense forêt du pays avec une demi-tonne de cargaison à chaque fois. Après la mort de Kabila en 2001, il avait continué à rouler pour le fils, Joseph, contre les rebelles de Laurent Nkunda, et contre le mouvement tutsi M23 de Bosco Ntaganda, alias Terminator.

Mad Joe était un type haut en couleur auprès duquel on pouvait passer une bonne soirée attablé dans un *nganda*[1] en éclusant des bières. Mais avant tout, c'était un pragmatique, calculateur et toujours près de ses sous, bref, un Anglo-Saxon. Rien ne pouvait autant déclencher l'enthousiasme de Mad Joe pour aller se ruer sous une pluie de balles traçantes qu'un bon gros paquet de pognon *free of tax*. Et

1. Bar congolais.

comme il connaissait le merdier du Kivu comme personne, il valait son pesant d'or.

Après les présentations, Mad Joe insista pour qu'ils passent à table pendant que c'était chaud et les quatre hommes se régalèrent du barbecue d'antilope au gombo arrosé de Primus bien fraîches.

John grenouillait dans les environs de Goma depuis trois mois et il avait déjà glané quelques infos de première main dont il fit part aux autres pendant le repas. Le nom de Miwumbe ne lui était pas étranger. Un de ses contacts en ville en avait entendu parler. Apparemment, ce type était un sacré bavard qui se vantait d'avoir mis la main sur une mine d'or. C'était un combattant du FRC, un groupe armé régnant sur la région de Walikale. Lauzière était enchanté. À peine arrivé, il avait déjà un nom et une adresse. Sa mission commençait sur les chapeaux de roues.

Ils finirent leur déjeuner puis le colonel proposa un petit tour du propriétaire. C'est ainsi qu'il appelait la revue du matériel – mitraillettes, grenades, lance-roquettes, armes blanches, camouflage, etc. – qu'il s'était fait livrer au sous-sol de la maison et qu'ils manipulèrent comme des gamins dans un magasin de jouets. En les regardant faire, Lauzière savait qu'il avait toutes les cartes en main pour remplir son contrat vite fait, bien fait. Trouver ce putain de Miwumbe, lui faire passer l'envie de pisser sur le drapeau tricolore et puis rentrer à Dar es Salam avec un gros paquet de fraîche, le planquer sous son matelas et se la couler douce jusqu'aux calendes grecques.

# 5

Dans son bureau du trente-deuxième étage de la Heron Tower au 110 Bishopsgate, Edwin Prescott pouvait d'un coup d'œil embrasser tout le sud-est de Londres, de la station électrique de Battersea jusqu'à Canary Wharf. L'horizon, habituellement noyé dans le brouillard à partir de Tower Bridge, était ce jour-là repoussé si loin qu'on aurait presque pu apercevoir la mer. On était le vendredi 15 juillet. Prescott avait le sourire aux lèvres, et la sublime journée d'été qui s'annonçait n'y était pas pour grand-chose. Encore que. Peut-être s'agissait-il d'un signe. Il était en bras de chemise, à demi allongé dans son fauteuil de cuir, ses derbys rutilants posés sur son bureau et son casque téléphonique sur les oreilles.

— Un million de dollars, Richard. En deux semaines. Croyez-moi, c'est le jackpot. Et ce n'est pas fini !

Edwin, surexcité, tentait néanmoins de garder son calme au téléphone, car trop d'excitation rimait avec perte de contrôle, ce qui avait toujours la faculté d'indisposer les clients.

Fin juin, il avait misé dix millions de dollars sur Carmin, pour voir. Et ses pronostics s'étaient avérés parfaitement exacts. Les réserves en cuivre et en cobalt des mines de Kisanga avaient été publiées par le cabinet Telson au début du mois de juillet. La nouvelle avait fait l'effet d'une bombe dans le petit milieu de la prospection minière. La Bourse de Toronto s'était envolée et le titre de Carmin avait bondi de 10 % en deux semaines, dépassant allègrement ses prévisions les plus optimistes.

Dès qu'il avait flairé l'aubaine, Edwin en avait fait la publicité autour de lui. C'était un comportement hétérodoxe pour la plupart de ses confrères qui, quand ils tombaient sur un bon filon, préféraient le garder pour eux. Mais Edwin voyait les choses différemment. On vivait au siècle du temps réel. Les courbes des marchés étaient le produit de décisions prises à la microseconde par des ordinateurs dotés d'une puissance de calcul considérable et le moindre frémissement pouvait se transformer en déferlante en quelques minutes, en tsunami en quelques heures. Les écrans de Reuters et de Bloomberg qui clignotaient dans tous les coins les rendaient fous. Les traders étaient timbrés. Les choix rationnels avaient déserté les salles de marché depuis longtemps. La Bourse n'était rien d'autre qu'un grand tapis vert sur lequel on s'échangeait des milliards de jetons à la vitesse de la lumière. Une gigantesque partie de poker à dix mille joueurs au cours de laquelle on essayait de s'en fourrer le plus possible dans les poches avant que le château de cartes ne s'effondre pour de bon.

Edwin savait tout cela. Il savait aussi que les joueurs à cette table étaient devenus accros à une drogue nouvelle : le buzz. Pas le buzz frelaté des médias, le buzz d'un petit milieu exclusif, évoluant à l'abri des regards derrière les miroirs de quelques tours de Londres, de New York ou de Hong Kong. Un milieu où l'on émarge à un million de fixe annuel sans les primes, où tout le monde ou presque se connaît, s'épie, se court après, s'entre-dévorerait pour un tuyau, une confidence, une exclu. Le buzz. Lui, Edwin, avait compris qu'après avoir sauté sur une pépite, il avait tout intérêt à prendre un porte-voix et à le hurler à tue-tête. Sa méthode détonnait autant qu'elle intriguait. Mais force était de constater que, dans le cas de Kisanga, l'ancien gamin du East End avait vu juste.

— Je vous félicite, Edwin, répondit son interlocuteur avec un accent nasillard. Mais qu'est-ce qui me dit qu'il ne s'agit pas d'un feu de paille ? Vous avez fait un million de dollars. C'est bien. Mais qu'est-ce qui me dit que je peux en faire cent ?

— Cette mine n'est pas un feu de paille, Richard, répondit Prescott. Aujourd'hui, cette savane ressemble à n'importe quelle putain de savane d'Afrique. Mais quand l'exploitation débutera, vous verrez que le cuivre affleure, qu'il suinte, qu'il jaillit du sol. Ce que ne dit qu'en partie l'étude Telson, c'est que l'exploitation va être un jeu d'enfant et que le retour sur investissement atteindra des sommets jamais imaginés dans ce métier.

— Qu'est-ce qui vous fait croire ça, Edwin ?

— J'ai mes informations, Richard. Bientôt, elles seront publiques et il sera trop tard. Mais pour l'instant, je veux en faire profiter mes meilleurs clients.

Prescott laissa un blanc dans la conversation. L'Australien réfléchissait.

— Vous vous demandez si je débloque. Je le sais parce que je vous connais. Croyez-moi, tout ce que je veux dans cette affaire, c'est vous faire prendre un bain de pognon. À vous et à quelques-uns de mes meilleurs clients. Ne croyez pas que je fais cette proposition à n'importe qui.

— Combien ?

Edwin Prescott respira profondément. Un sourire barrait son visage. Par-delà la baie vitrée de son bureau, l'azur était aussi pur qu'au fin fond de l'Arizona.

— Cent millions. Pour ce que je vous propose, c'est un minimum.

— Que proposez-vous ?

— De vous faire une idée par vous-même. Je vous invite à vous rendre sur place, au Katanga. Trois jours au départ de Londres. Voyage en Gulfstream 500. *Full luxury accommodation* sur place. Et une petite surprise, que vous m'autorisez à ne pas vous dévoiler. Qu'en dites-vous, Richard ?

— Mmm. C'est tentant.

— Richard. Il faut me dire oui tout de suite. Vous voyez ce que je veux dire ?

— *Edwin ! You little bitch…*

— *Richard, come on… Are you in ?*

Les deux hommes s'agacèrent quelques instants au bout du fil, comme deux jeunes félins hésitant entre la caresse et le coup de patte.

— OK, Edwin. OK. Vous avez gagné.

— *Excellent, Richard !* hurla Edwin en bondissant de son fauteuil. Je vous laisse. Je dois organiser tout cela. Mettre le champagne au frais, réserver le cinq-étoiles. Je vous rappelle. Bonne journée, Richard.

— À bientôt, Edwin.

À peine avait-il raccroché que Leslie Carey entra dans son bureau, les yeux exorbités.

— Edwin, Miller a appris que tu avais réservé le Gulfstream de Fielding pour quatre jours. Apparemment, il en avait besoin pour un meeting à New York. Il a demandé que tu montes le voir. Je te préviens, il est d'une humeur de chien.

Calmement, sans un mot, Edwin Prescott se leva de son bureau. Il enfila sa veste et réajusta sa cravate, un sourire d'acier figé sur son visage. Il se sentait au-dessus de la mêlée, plus fort, respirant un air plus riche en oxygène. Il se sentait capable de soulever une foule, de terrasser n'importe quel ennemi. Rien ni personne n'avait de prise sur lui, il était invincible. Big Miller voulait lui parler ? *No Shit ?* Formidable ! *Fucking great !* Il n'aurait pas pu choisir un meilleur moment.

## 6

Nicolas Speck inséra trois enveloppes en papier kraft dans son cartable, tira la fermeture Éclair et sortit de sa chambre d'hôtel pour rejoindre Olivier Martel et Bruno Maldini dans la Toyota blanche garée sur le parking de l'hôtel. Il était 10 heures du matin et il faisait déjà une chaleur à crever.

— Mo Zeqiang n'est pas là ? demanda-t-il en claquant la portière.

— Non. Il avait d'autres engagements.

Speck haussa les épaules et fit signe à Tuju de démarrer.

— Les Chinois nous laissent faire. À la bonne heure. Le gouverneur Akolo sera là ?

— Jean-Baptiste Ndengo, son émissaire, me l'a assuré. Étant donné la nature de la discussion, je n'ai aucun doute.

— Vous le connaissez ? demanda Speck.

— Non.

— Eh bien, vous ne perdez pas grand-chose. C'est un apparatchik fourbe et corrompu, dénué de toute vision pour son pays, en dehors de ce qui peut servir son propre intérêt. Le type même de dirigeant dont ce pays crève depuis cinquante ans.

— C'est pourtant un ami d'Alain Butard, osa Martel.

— Alain fait tourner la boutique. Il a des amis dans tous les cloaques de la planète. Mais il n'est pas dupe. Lorsque Moïse Katumbi était gouverneur, Akolo était son émissaire et son ami. Mais lorsque le vent a tourné, il n'a pas hésité à aider le président Kabila à le chasser de son pays pour prendre sa place. Cependant vous avez raison, Martel. Butard et lui sont amis et pour l'instant, la balle est dans notre camp.

Passer du Golf au Mampala, deux quartiers de Lubumbashi éloignés d'à peine deux kilomètres, c'était comme changer de pays en quelques minutes. Le Golf était l'ancien quartier belge, semé de pavillons cossus aux pelouses grasses et aux larges avenues bordées de flamboyants aux fleurs orangées. Le Mampala était le quartier des ouvriers noirs, construit autour du complexe minier de la Gécamines. Un gigantesque terril au milieu de la ville, au pied duquel s'étendait une usine tentaculaire, dominée par une cheminée de briques de deux cents mètres de haut. À la grande époque, une foule laborieuse grouillait dans ces allées, extrayait le minerai, le lavait, le traitait à l'électrolyse pour recueillir les précieuses plaques roses et molles, dégoulinantes d'acide, pour lesquelles l'Occident montrait un insatiable appétit et que les Katangais soustrayaient à leur terre par dizaines de milliers de tonnes sans que jamais celle-ci semble s'épuiser.

Tuju emprunta le boulevard Kamanyola, dépassa le Jardin zoologique puis tourna à droite en direction du terril. Jean-Baptiste Ndengo leur avait donné rendez-vous au cœur de l'usine dont les deux tiers étaient à présent en friche. Ils roulèrent sur des pistes de terre rouge, bordées de somptueux manguiers, de clôtures bricolées avec des plaques de ferraille, de murs de béton défoncés, de pancartes publicitaires et de poteaux électriques dont certains étaient retenus par les fils qu'ils étaient censés porter. Ils croisèrent sur les bas-côtés beaucoup d'enfants, et quelques adultes portant des sacs en plastique, le dos courbé. Tuju roulait lentement. Un nuage de poussière se formait dans son sillage.

À l'entrée de l'usine, ils passèrent un contrôle d'identité sommaire. Tuju baissa sa vitre, échangea deux mots avec un gardien avant qu'on lui ouvre la barrière. Il suivit la piste qui longeait d'immenses bâtiments bleus, tourna à angle droit, traversa deux voies de chemin de fer posées sur des traverses métalliques et longea au ralenti les wagons de marchandises jusqu'à une esplanade où étaient garés quatre véhicules de marque allemande flambant neufs. Tuju coupa le moteur. Speck et son équipe sortirent de la Toyota.

La poussière leur collait aux mollets. Speck s'épousseta tandis que Martel et Maldini se protégeaient les yeux. Les portières des trois autres véhicules s'ouvrirent et Jean-Baptiste Ndengo, accompagné de six policiers en uniforme, s'avança à la rencontre des Français.

— Bonjour, monsieur Speck, comment allez-vous ?

Il lança un bref coup d'œil à la mallette que Speck serrait dans sa main gauche.

— Veuillez me suivre. Son Excellence est impatiente de vous rencontrer.

Le gouverneur Cyril Akolo était une montagne d'un mètre quatre-vingt-dix. Crâne rasé, visage épais, lèvres sombres, il portait un costume-cravate sur une chemise blanche et une fine paire de lunettes rectangulaires légèrement bleutées. Il avait surgi par la porte arrière d'une grosse BMW et dominait Speck d'une bonne tête.

— Votre Excellence.

— Bienvenue au Katanga, monsieur Speck.

Le petit groupe traversa la voie ferrée dans l'autre sens, à pied cette fois-ci, escorté par la demi-douzaine de policiers armés. Ils pénétrèrent dans un vaste hangar dont les toits étaient effondrés sur la moitié de sa superficie et dont la structure à nu lui donnait l'aspect d'un temple en ruine. Au centre du bâtiment, une demi-douzaine d'engins antédiluviens attendaient, immobiles et muets. Le gouverneur qui menait la procession fit un signe de la main et les six policiers bondirent à l'assaut des monstres.

— Alors, monsieur Speck, qu'en dites-vous ?

Cramponné à sa mallette, Speck affichait un visage de cire. Maldini feignait outrageusement la bonne humeur. Quant à Olivier, il était saisi d'effarement. Les six engins alignés devant eux semblaient avoir servi pour creuser le canal de Suez. Deux pelles mécaniques, deux bulls et deux camions rouillés, défoncés, usés jusqu'à la corde.

— Presque neufs, renchérit Akolo sur un ton jovial avant de faire un signe aux policiers qui s'étaient installés aux commandes.

Sans autre sommation, les six hommes s'activèrent derrière leurs tableaux de bord. Les moteurs catarrheux toussèrent dans un vacarme pitoyable, crachèrent leurs fumées noires, tremblèrent de toutes leurs tôles disjointes. On aurait dit des Cocottes-Minute prêtes à exploser. Par réflexe, Maldini recula d'un pas. Les engins s'ébrouèrent, les diesels claquèrent bruyamment avant de décliner lentement pour s'installer dans une sorte de grondement brouillon piqué de râles et de grincements. La fumée noire était partout, malodorante, saturée d'hydrocarbures. Martel et Maldini portèrent leur main au visage. Speck avait les larmes aux yeux. Les types en uniforme appuyaient de toutes leurs forces sur les pédales des engins.

Ce cirque infernal dura plusieurs minutes pendant lesquelles le gouverneur se tenait droit comme un I, imperturbable, ne montrant aucun signe de gêne au beau milieu des gaz d'échappement. Derrière lui,

Jean-Baptiste Ndengo tentait de faire bonne figure. Puis Akolo leva la main et les moteurs lâchèrent un dernier grésillement avant de hoqueter et de se taire enfin.

Speck épousseta son veston, Maldini toussa à s'en faire exploser les bronches. Alors que le nuage de poussière se dissipait lentement, Akolo tendit la main vers les vieilles bécanes poussives.

— Voici, monsieur Speck. Du matériel de première qualité. En parfait état. Qu'en dites-vous ?

Speck savait qu'il ne pouvait le contredire sans risquer la crise diplomatique.

— C'est exactement ce que nous cherchons, dit-il en arborant un large sourire.

Puis il s'approcha et abandonna sa mallette à Ndengo qui s'était avancé, la main tendue. Akolo, tout sourire, ne tarissait pas d'éloges sur ses vieilles guimbardes. Speck l'écoutait, placide, sans rien laisser transparaître de la puissante envie qu'il avait de se jeter à son cou et de l'étrangler.

— Votre Éminence, reprit Nicolas, je voudrais profiter de cette occasion pour vous dire que notre président, Alain Butard, et moi-même comptons sur vous pour l'inauguration du gisement de Kisanga, le 30 septembre prochain. Il y aura des invités prestigieux, mais cette cérémonie ne pourrait être une totale réussite sans votre présence.

Akolo sourit d'aise à ces mots. Au même moment, Ndengo murmura quelque chose à l'oreille du gouverneur qui redoubla d'amabilité.

— Avec plaisir. Je ne saurais refuser une invitation de mon ami Alain.

Puis, après quelques poignées de main vigoureuses, il fit signe que c'était le moment de partir et tout le monde regagna les véhicules climatisés. Les hommes de Speck ouvrirent les portes de leur Toyota tandis que les quatre véhicules démarraient dans un nuage de poussière.

— Je peux vous poser une question ? demanda Olivier à son supérieur.

— Je vais vous épargner cela, répondit Speck. Il y avait trois millions de dollars dans cette mallette.

— Quoi ? s'étrangla Olivier. Mais c'est le prix d'un matériel neuf. Celui-là ne vaut pas le dixième.

— Croyez-vous que je l'ignore ? Qui plus est, ce matériel était la propriété de l'entreprise d'État Gécamines. À mon tour de vous poser une question. Quelle part des trois millions finira dans les caisses de l'État ?

Olivier se tut. Dans le rétroviseur, Tuju les observait, silencieux. Lui connaissait sans doute la réponse, mais il se serait bien gardé de la donner. Il attendit que le dernier véhicule du convoi les dépasse pour démarrer, faire demi-tour et, lentement, prendre la direction de la sortie de l'usine.

## 7

Depuis l'aéroport, le taxi s'était frayé un chemin comme une anguille à travers la ville. Il avait avalé deux kilomètres à toute allure sur la Mtaa Wa Kanisa, une rue encombrée et surchauffée comme il en existe des dizaines à Goma et, par trois fois, Raphaël Da Costa avait cru sa dernière heure arrivée. Mais au dernier moment, le chauffeur déjouait le sort d'un coup de volant. Jusqu'à ce qu'il se retrouve coincé dans un bouchon monstre, incapable d'avancer ou de faire demi-tour dans cette rue qui descendait en pente vers le lac.

Les voitures étaient à l'arrêt et Raphaël sortit de la 504, son appareil photo en bandoulière. Il s'avança sur le bas-côté où des attroupements s'étaient formés. Des hurlements montaient de la plage en contrebas. Quinze ans qu'il n'avait pas remis les pieds dans ce pays et pourtant tous ces bruits, toutes ces odeurs se rappelaient à lui instantanément. Il suivit le mouvement. Une clameur monta de la foule. Soudain, il aperçut dans le ciel un ballon. Le public vibra. Sur la plage de sable volcanique couleur de suie, une trentaine de joueurs, la moitié en T-shirts, l'autre torse nu, se disputaient une partie de foot enflammée. Le public applaudissait, criait à tue-tête. Raphaël sortit son Nikon et mitrailla la scène. Le ballon virevoltait entre les jambes musclées, rebondissait dans la poussière, repartait dans l'autre sens. Raphaël mitraillait encore. Ces joueurs, leurs visages, cette foule… Sur les photos qui défilaient sur son écran, c'était saisissant. Des jeunes, des gamins, des enfants partout.

Vingt minutes plus tard, il claqua la porte du taxi, paya en dollars et sonna au numéro 517 de l'avenue de la Révolution, l'une des plus huppées de la ville et qui portait bien mal son nom. Le portail en fer grinça. Un majordome en habit blanc vint lui ouvrir. Le jardin était luxuriant, garni de massifs d'agapanthes et de bougainvillées, de cannas rouges et de bananiers aux feuilles déployées tels d'immenses cimeterres végétaux. Ils gravirent les marches menant à la bâtisse quand le maître de céans apparut sur le perron, les bras ouverts.

— Raphaël ! Quel plaisir de te revoir !

Francis Meerk était un entrepreneur belge, né à Liège un demi-siècle plus tôt. Il avait passé presque toute sa vie en Afrique et, comme beaucoup de Blancs qui se revendiquent plus africains que les Africains eux-mêmes, sa vie était un véritable roman. Son père avait été propriétaire d'une plantation de café à Matadi, dans le Bas-Congo, une affaire familiale bâtie à partir de rien dans les années 1930 et devenue florissante au fil des années. Pendant trente ans, ils avaient vécu comme des rois, mais dans les années 1960, peu avant l'indépendance, le père de Francis avait senti le vent tourner. Il avait confié la gérance de sa plantation à un Congolais, une combine qui lui coûtait 50 % des bénéfices mais lui permettait de sauver les meubles, du moins dans un premier temps. Mais la zaïrisation du pays par Mobutu distillait un tel poison anti-Blancs dans la population que Meerk fut contraint de partir. Il envoya sa famille à l'est, au Kivu, une province éloignée des troubles et du pouvoir central, et un matin de mai 1978, des rebelles armés de machettes prirent d'assaut sa plantation. Tous les Blancs furent massacrés. Quelques années plus tard, sa mère mourut d'une mauvaise fièvre et son frère décida de repartir à Bruxelles.

Mais Francis, lui, se sentait congolais et ne pouvait envisager de vivre ailleurs que sur la terre où il avait grandi. Il s'était lancé dans le commerce et avait plutôt bien réussi.

— Suis-moi, Raphaël.

La superbe maison coloniale s'élevait sur deux niveaux. Le rez-de-chaussée, occupé par un grand salon aux canapés en cuir de buffle, aux meubles flamands ouvragés et aux murs couverts de masques et de sagaies bantoues, donnait sur un jardin planté de fleurs tropicales, ceinturé d'un muret contre lequel venaient clapoter les eaux dormantes du lac Kivu. Meerk conduisit Da Costa jusqu'à un gazebo au toit de chaume.

— Tu veux boire quelque chose ?

— Avec plaisir. Une bière.

Meerk leva le bras et demanda deux Primus à son majordome. Au loin, posés sur le miroir immobile, des îlots noirs émergeaient de la brume. Si beaux et si calmes dans ce pays qui menaçait d'exploser à tout instant.

Le domestique revint avec deux bières fraîches et un bol de cacahuètes grillées. Une balafre défigurait son visage.

— Merci, Anselme, dit Meerk avant d'ajouter, une fois que l'homme se fut retiré : c'est un *Interahamwe*, un Hutu du Rwanda.

Raphaël porta la bière à ses lèvres sans rien dire. Francis alluma une cigarette.

— Que puis-je faire pour toi, Raphaël ?

— Carrot Mines Afrique s'est réveillée, dit le journaliste en reposant son verre sur la table en bois.

— CMA ? CMA n'existe plus depuis longtemps.

— Alors c'est son fantôme. Kisanga. Ça te dit quelque chose ?

— Oui. Le contrat minier… On en a pas mal parlé.

— C'est cela. Un contrat entre Carmin et Shanxi au Katanga. Je crois que Kisanga a réveillé CMA. Et je me disais que tu savais peut-être quelque chose…

Meerk avala à son tour une gorgée de bière.

— La dernière fois que j'ai travaillé pour CMA, c'était il y a quinze ans. Je transportais des cargaisons du Kivu au Burundi. Depuis, je n'en ai plus entendu parler.

— Aucun bruit, aucune rumeur ?

— Non, fit Meerk en hochant la tête.

Raphaël observait son hôte. Ce dernier semblait chercher quelque chose au fond de sa mémoire.

— Je ne sais rien de neuf sur CMA, mais… je sais que des mercenaires ont atterri à Goma, aujourd'hui.

— Des mercenaires ? fit Raphaël interloqué.

— Oui. Un Blanc et un Africain.

Un silence. Meerk fixait l'horizon.

— Je n'avais pas fait le lien mais maintenant que tu m'en parles… L'un d'eux n'est pas tout à fait un inconnu.

— Qui est-ce ?

— Pierre Lauzière, un ancien militaire français.

— Le nom ne me dit rien.

Meerk marqua une pause avant de continuer. Puis il avala lentement une nouvelle gorgée sans quitter son invité des yeux.

— Est-ce que le nom d'Antioche te dit quelque chose ?

— Bien sûr, dit le journaliste en haussant les sourcils. C'est une opération humanitaire menée par la France à la fin des années 1990.

— Exact. Mais pas uniquement.

— Que veux-tu dire ?

Meerk laissa son regard flâner sur les eaux dormantes du lac.

— Raphaël, ça fait combien de temps qu'on se connaît ?

— Quinze ans.

— J'ai toujours eu de la sympathie pour toi, continua Meerk. Mais j'ai toujours gardé à l'esprit que tu étais un journaliste et que ce que je te confiais pouvait se retrouver dans le journal. C'est pourquoi il y a certains sujets que je me suis toujours refusé à évoquer avec toi. J'espère que tu le comprends.

— Je comprends, répondit Raphaël, curieux de ce qui allait suivre.

— Antioche fait partie de ces sujets. Certaines de mes relations professionnelles étaient directement impliquées dans cette affaire.

— Quelle affaire ?

— L'opération humanitaire n'était que la partie émergée de l'iceberg. Antioche cachait une autre mission, secrète celle-là. Si je t'en parle, c'est parce que je pense que les mercenaires qui viennent de débarquer à Goma sont là pour ça.

— Quelle était cette mission ?

Meerk hésita un instant.

— Sécuriser CMA. Sur l'extraction et sur le transport de minerai. À l'époque, cette région était un véritable coupe-gorge, rappelle-toi. Kabila avait détrôné Mobutu et pris le pouvoir grâce aux Tutsis rwandais qu'il renvoyait chez eux comme des malpropres. Il y avait l'armée rwandaise, celles du Burundi et de l'Ouganda, les forces du FDLR et les milices maï-maï.

— Je me souviens, dit Raphaël. C'était en 2001.

— Officiellement, il y avait un embargo sur le tantale. La France s'interdisait d'exploiter ou d'importer ce minerai, mais officieusement, CMA continuait d'extraire du coltan dans ces montagnes.

— Dans la plus totale impunité, précisa Da Costa. Je sais, j'ai enquêté là-dessus, j'ai écrit des papiers…

— Et tu avais raison. Moi, je le voyais, parce que je travaillais pour eux, dit Meerk. Mais ce que je voyais aussi et que toi, tu ne savais pas, c'est que l'opération Antioche protégeait CMA dans la pétaudière qu'était devenue la région.

— L'État français aidait Carmin à contourner son propre embargo ? s'étonna Raphaël.

Meerk s'était allongé dans son fauteuil rayé bleu et blanc. Une brise douce et tiède caressait les roseaux plantés au bout de la propriété.

— L'époque était folle, reprit-il. Tout le monde était dingue de coltan. Les gouvernements auraient fait n'importe quoi pour quelques tonnes.

Meerk alluma une nouvelle cigarette et inspira une grande bouffée, le regard perdu vers l'horizon brumeux. Il garda longtemps le silence avant de parler, comme s'il hésitait encore. Puis il vida son sac et Raphaël le laissa parler sans jamais l'interrompre.

Au Kivu, Meerk avait toujours été aux premières loges. Dans le commerce du bois, du bétail, de l'or ou des diamants. Il s'était constitué un solide réseau parmi les factions armées, ce dédale inextricable de groupuscules paramilitaires tantôt officiels, tantôt rebelles, alliés ou sécessionnistes, mais toujours ultra-violents et tous affublés de sigles compliqués, qu'il s'agisse de l'AFDL[1] de Kabila, de l'Armée nationale congolaise ou ANC, des FARDC, les Forces armées de la RDC, du MLC, le Mouvement de libération du Congo sous influence ougandaise, du RCD, le Rassemblement congolais pour la démocratie, lui-même atomisé en une cinquantaine de branches toutes plus ou moins autonomes, etc. Qu'il s'agisse des Hema ou des Lendu, des Maï-Maï, ces combattants nationalistes redoutés dans tout l'est du pays pour leur âpreté au combat, des Tutsis *banyamulenge* ou encore des milices hutues *interahamwe*, dont était issu Anselme, son taiseux majordome.

Avant tout, Meerk était un Congolais. Il parlait le lingala et le swahili couramment et savait reconnaître un Tutsi d'un Hutu au premier coup d'œil. Pour cette raison, il n'avait eu aucun mal à s'imposer comme un interlocuteur indispensable auprès des étrangers souhaitant faire des affaires dans ce pays. La bulle technologique qui avait euphorisé l'Occident dans les années 2000 avait également embrasé l'Afrique dont le sous-sol renfermait les métaux rares et précieux – germanium, tantale, cassitérite, cobalt – indispensables au développement de l'électronique

1. Alliance des forces démocratiques pour la libération du Congo : alliance soutenue par le Rwanda et l'Ouganda, qui évinça Mobutu et porta Kabila au pouvoir.

mobile, des écrans à cristaux liquides, des batteries au lithium, etc. Et parmi eux, un sable noir souvent radioactif excitait toutes les convoitises, justifiait tous les risques : le coltan dont on extrait le tantale, un supraconducteur ultraléger, indispensable à la miniaturisation des circuits électroniques utilisés dans les téléphones portables, les consoles de jeux, l'électronique embarquée, mais aussi dans la composition de certains alliages utilisés dans la fabrication de véhicules militaires terrestres, marins et spatiaux, de moteurs de fusées, d'ogives de missiles, de radars et de satellites.

Les années 2000 avaient été une folie, car l'appétit soudain et insatiable pour ces métaux s'était conjugué à une période de guerre et de génocides sans précédent dans la principale région productrice du monde. Si toutes les factions armées présentes dans le carnet d'adresses de Francis s'entre-déchiraient à la kalachnikov et à la machette, tuaient des hommes, violaient des femmes, transformaient des enfants en machines de guerre à l'âge où on apprend à lire et à écrire, si toutes ces factions pullulaient et se reproduisaient comme vermine, c'est parce que, au-delà de leurs inclinaisons politiques obscures et capricieuses, elles étaient toutes hantées par cette même soif dévorante de l'or, du diamant, du coltan et du dollar US.

En mai 2000, lors de la guerre de six jours opposant le Rwanda à l'Ouganda, à Kisangani, en plein territoire congolais, un coup d'arrêt avait été donné à la production minière. La force d'interposition des Nations unies était impuissante et les pays occidentaux avaient pris peur. Fin mai, Sony était en rupture de stock de tantale, incapable de lancer sa PlayStation 2. Meerk se souviendrait toujours de ce mini-sommet du G7 qui s'était tenu chez lui, dans sa villa, un soir de juin. Les P-DG des plus grandes firmes technologiques mondiales, Sony, Nokia, IBM, Intel, Ericsson, et des généraux d'armée de plusieurs pays s'étaient invités pour un séminaire de crise organisé chez lui. Il les avait reçus pour une garden-party à laquelle il avait associé quelques personnalités influentes de la région.

— Ils étaient tous là, Raphaël. Sur cette pelouse. Dangwild, Peterson, Sanake, Pritchard, Faivre, tous. Assoiffés de coltan, mais aussi d'or et de diamant si l'occasion se présentait. Ils étaient prêts à tout pour faire redémarrer la production. Le prix n'entrait même pas en ligne de compte. On ne parlait même pas d'argent. C'était fou.

— Faivre ? L'ancien P-DG de Carmin ?

— Oui. Il était très emmerdé. Il voyait tout le pognon qui allait ruisseler, sans qu'il puisse prendre sa part à cause de l'embargo. Les Américains et les Australiens n'avaient pas ce problème et ils allaient tout rafler. Il le voyait et ça le rendait malade.

— Et ça lui a coûté son poste, dit Raphaël. C'est à ce moment-là qu'il a été remplacé par Alain Butard. Que sais-tu de plus sur Antioche ?

— Rien. Je connaissais les chefs de guerre qui trempaient dans l'affaire, car l'armée avait pactisé avec certains pour avoir la paix. Mais j'ai vite vu que la situation était explosive. Les alliés d'hier étaient en train de s'entre-déchirer. Kabila était paralysé. Des factions nouvelles se créaient chaque jour. C'était le bordel. Même moi, je ne savais plus à qui me fier. Du coup, j'ai décidé de me retirer du jeu.

— Sage décision.

— Je connais ce pays. Si tu tiens à la vie, il faut parfois savoir laisser tomber.

Raphaël soupira en avalant la fin de sa Primus.

— Donc, selon toi, les mercenaires qui ont atterri à Goma reviennent à cause d'Antioche ?

— C'est possible.

— Supposons que quelqu'un menace de révéler la vérité, réfléchit Raphaël à voix haute. Cela provoquerait un scandale qui rejaillirait sur Carmin et mettrait sans doute en péril le rapprochement avec les Chinois, dit-il en interrogeant Francis Meerk du regard.

— Ça tient la route.

— Cette gorge profonde aurait peut-être intérêt à ce que Carmin échoue au Katanga. De telle sorte que l'État aurait intérêt à son tour à étouffer la vérité pour protéger Kisanga.

Meerk opina. Anselme se présenta, le visage grave, pour leur proposer un autre rafraîchissement, mais les deux hommes déclinèrent.

— Si je veux en savoir plus, à qui me conseilles-tu de parler ? demanda Raphaël.

— Il n'y a plus aucune trace de CMA dans la région. Tout a été effacé, brûlé, oublié. Pour ce qui est d'Antioche, l'opération est restée ultra-secrète. Ce que je sais, je ne le tiens de personne. Je l'ai vu de mes yeux, ici même.

Meerk marqua une pause.

— J'ai peut-être un nom pour toi, mais c'est sans garantie. Un certain Kiffo Mulele. Un ancien conducteur de camions, très actif dans le trafic de métaux à l'époque. Il a travaillé pour moi. Il s'est reconverti depuis, je te donnerai son adresse. Mais pour l'instant, tu as sans doute faim et ce soir, tu es mon invité. Anselme est un excellent cuisinier.

## 8

Les quelques éléments en leur possession avaient permis à Lauzière et son équipe de dresser un premier portrait-robot de Miwumbe. Selon les renseignements de Mad Joe, c'était un combattant du FLC, le Front de libération du Congo, une faction implantée à Walikale et dirigée par le commandant Faustin Iseidi. Assurément, un fort en gueule, un franc-tireur, un type qui n'hésitait pas à se vanter devant n'importe qui de posséder des informations susceptibles de faire trembler le gouvernement français et le tribunal de La Haye.

À l'évidence, il n'avait pas l'habitude de manipuler des informations aussi sensibles. Il était sans doute tombé dessus par hasard et se faisait des idées sur ses capacités. En résumé, Miwumbe était un sous-fifre. Iseidi était-il dans le coup ? Impossible de le savoir à moins d'aller sur place se faire sa propre opinion.

Dès qu'ils étaient parvenus à cette conclusion, Lauzière et ses hommes n'avaient pas perdu de temps. En quelques jours, ils s'étaient réparti les tâches : logistique, reconnaissance, obtention des laissez-passer indispensables pour franchir les innombrables check-points fleurissant au hasard des pistes de la région, sans oublier le plus important : le scénario. Impensable de débarquer à quatre à l'aveuglette en pleine jungle équatoriale. Alors, ils avaient pris rendez-vous.

Walikale était un village situé en pleine forêt, sur la Lowa, un des affluents du fleuve Congo, à une centaine de kilomètres à l'ouest de Goma. Une bijouterie à ciel ouvert, où l'or, la cassitérite, la bauxite et la tourmaline étaient disponibles à foison à qui voulait prendre le temps de se pencher pour gratter le sol ou passer au tamis les eaux de la rivière. Officiellement, le FLC y avait pris position pour défendre le territoire face aux ennemis jurés du MLR[1], mais en réalité, l'ambition d'Iseidi et de ses hommes était de contrôler l'extraction de ces minerais précieux, une stratégie calquée sur celle de dizaines d'officines paramilitaires prospérant au Kivu, maintes fois dénoncée par l'ONU, les rapports des ONG et par le pouvoir de Kinshasa, qui en sous-main se réservait une part non négligeable du gâteau.

Le scénario était le suivant : John, un homme d'affaires canadien, représentait la société minière Randall, propriétaire d'une mine d'or à Mweso. Malheureusement, il était confronté aux salauds du MLR qui régnaient en maîtres sur le district. Alors le deal était simple. Si le FLC acceptait de les protéger,

1. Mouvement pour la libération du Rwanda.

Randall s'engageait à financer des armes à hauteur d'un million de dollars et à partager les produits de la concession. De tels marchés étaient monnaie courante dans la région et le FLC avait mordu à l'hameçon. John avait proposé de venir les rencontrer dans leur fief pour conclure l'affaire. Il avait également prévu d'apporter avec lui un échantillon des armes qu'il leur fournirait.

Le vendredi 22 juillet à 6 heures du matin, les trois hommes de Lauzière se levèrent en vitesse et revêtirent leurs déguisements de cadres en goguette, pantalons de toile, chemisettes Tommy Hilfiger et lunettes de soleil Hugo Boss. Dans le rôle du chef, John s'était affublé d'un costume de lin qui le serrait un peu aux épaules mais lui donnait la tête de l'emploi.

À 7 heures, ils levèrent le camp, chargèrent le matériel dans le coffre du 4 × 4 et filèrent sur la piste 529 pour Walikale. Sekuto prit le volant. Ils roulèrent pendant dix kilomètres sur une route asphaltée qui s'arrêta net pour laisser place à une saignée de terre s'enfonçant dans la forêt. Sekuto marqua un temps d'arrêt, passa la première et s'engagea lentement sur la piste. Puis ils pénétrèrent ce vortex insondable s'étalant sur deux mille kilomètres, du golfe de Guinée jusqu'au lac Kivu, un océan de végétation que Mad Joe avait traversé maintes fois dans son avion, comme Lindbergh l'Atlantique.

Au bout d'une heure, ils atteignirent un barrage tenu par les forces armées congolaises. John présenta ses papiers tamponnés de frais et ils passèrent sans encombre sous l'œil méfiant des militaires. Au second check-point, trente kilomètres plus loin, les papiers s'étaient dévalués et ils durent lâcher quelques cartouches de cigarettes. Au suivant, il fallut ajouter deux grosses poignées de dollars.

Ils roulèrent toute la journée, bivouaquèrent sur le bord de la piste et repartirent le lendemain à l'aube alors que le brouillard avait tout englouti autour d'eux. À plus de cent kilomètres de leur point de départ, c'étaient à présent des murailles de végétation qui s'élevaient jusqu'au ciel et, partout, le silence, l'humidité, des cris étranges.

Les téléphones portables ne captaient plus rien depuis longtemps. Ici, l'homme n'avait plus ses repères. Il n'était que quantité négligeable dans un monde qui le dépassait et qu'il n'avait jamais réussi à domestiquer. En fin de matinée, quelques plantations de bananiers annoncèrent Walikale.

Sekuto se gara sur le côté dans un virage à l'abri des regards. Ils débarquèrent les trois caisses en bois contenant le matériel de combat. Marjan et Sekuto se cachèrent dans les herbes hautes tandis que les deux autres reprenaient la route. Le plan de Lauzière était simple. Il ne savait pas exactement combien de soldats le FLC comptait, au minimum une vingtaine, peut-être beaucoup plus. Il était parti du principe que ces types étaient des chiens fous incontrôlables et qu'il était exclu de débarquer à quatre au milieu de leur village. Il fallait les entraîner à l'extérieur, leur tendre une embuscade et compenser l'effet de nombre par l'effet de surprise. Un plan aussi simple dans son énoncé que délicat dans son exécution, mais le seul à peu près valable auquel il avait abouti.

Comme prévu, trois kilomètres plus loin, Lauzière et John étaient arrêtés par les combattants du FLC qui les escortèrent jusqu'à leur campement. Ils traversèrent un village composé d'une multitude de cases en torchis construites à flanc de collines. Sur leur passage, une grappe d'enfants se pressèrent autour de la Nissan, palpant la carrosserie et détalant comme des lapins lorsque John se mit à klaxonner.

Ils dépassèrent le village, traversèrent la rivière Lowa où une multitude de creuseurs, courbés dans l'eau, étaient surveillés par des hommes en armes. La route devint boueuse et pentue. Ils la gravirent jusqu'à un col débouchant sur des collines enchevêtrées, des volcans ténébreux crachant des panaches de fumée blanche, une immensité verte et houleuse se déroulant jusqu'à l'horizon… En contrebas, quelques cases et une poignée de soldats, le camp du FLC. Escortés par quatre types, kalachnikov en bandoulière, John et Lauzière rejoignirent la case du chef.

Nonchalamment assis sur un canapé de velours vert, Faustin Iseidi proposa deux fauteuils à ses hôtes avant de faire signe à ses hommes de prendre place derrière lui.

Le début de l'entretien prit la forme d'un long monologue au cours duquel le commandant expliqua à quel point il était révolté par l'ingérence des puissances étrangères dans son pays, comment l'or du Kivu allait briller à l'étranger quand les populations de cette province étaient parmi les plus pauvres de la République, comment il en allait de même du pétrole, des minerais, du bois de Mayumbe qui transite par le fleuve, des diamants du Kasaï vendus aux enchères à des sociétés fictives aux mains des juifs et de Kabila. Il s'emporta contre la Gécamines, la société minière nationale, qui n'existait plus depuis qu'elle avait été morcelée en de multiples sociétés-écrans appartenant à des étrangers et des oligarques du pouvoir. Puis il termina par son couplet favori, un violent réquisitoire contre les Banyarwandas[1] qui tuaient, violaient, affamaient les Congolais et se comportaient en vainqueurs sur une terre conquise.

Le monologue dura près d'une heure et pendant tout ce temps, Lauzière et Mad Joe l'écoutèrent sans broncher. Une fois qu'il eut terminé, Iseidi leur donna la parole et John réexpliqua comment la société Randall voulait exploiter une mine d'or à Mweso, qu'ils avaient besoin de protection et qu'ils étaient prêts à lui céder la moitié des profits et à le fournir en matériel de guerre. En gage de leur sérieux, John remit à Iseidi une lettre sur papier à en-tête, signée par le pseudo-président de Randall. Le chef l'examina avant de la faire passer à ses hommes.

— Mister Iseidi, dit Mad Joe, vous ne nous avez pas demandé comment nous avons eu l'idée de vous contacter.

Iseidi le considéra d'un air surpris. Il hésita avant de répondre.

1. Tutsis du Kivu parlant le rwandais et considérés par les autres ethnies de la région comme des étrangers.

— Comment avez-vous eu cette bonne idée ?

Mad Joe sourit. Lauzière qui était resté très silencieux esquissa un rictus poli.

— Nous avons entendu parler de vous par un de vos hommes, un certain Miwumbe. Nous aimerions le remercier.

Instantanément, le colonel se leva du canapé, tandis que deux canons de kalachnikovs se plantaient dans les omoplates des deux Blancs. Iseidi semblait subitement devenu fou. Il hurla en swahili. Les jeunes soldats semblaient survoltés par les cris de leur chef. Mad Joe tenta de calmer le jeu. Il parlait leur langue et c'était un atout de taille.

— Miwumbe est un traître ! clama Iseidi. C'est lui qui vous envoie ?

— Non. Non ! se défendit John. J'ai une connaissance à Goma qui l'a rencontré. Il a parlé de vous, du FLC. Nous sommes là pour affaires. Je croyais qu'il était des vôtres. Nous voulions simplement le remercier. Ce n'est pas grave. Oublions cela, s'il vous plaît !

Le chef les considéra avec une sorte d'immense mépris. Il fit un signe de la main et les kalachnikovs reculèrent.

— Miwumbe est un menteur et un voleur qui mériterait que je lui arrache la peau avec mes ongles.

— Mais, s'étonna John en prenant un air de premier communiant, qu'a-t-il fait de si terrible ?

— Il m'a volé un… un album photo.

Ils avaient mis dans le mille.

— Un album photo ? reprit Mad Joe. Ce n'est pas très grave. Je suis sûr que…

— Vous ne savez pas de quoi vous parlez ! hurla Iseidi. Cet album est important pour moi.

— Je vois. Ce sont vos photos ? tenta John.

Iseidi se raidit. Lauzière serra les accoudoirs de son fauteuil. John allait trop loin. L'autre allait flairer l'embrouille. Ils n'étaient pas armés et quatre hommes les gardaient en joue.

— Ce sont en effet mes photos, assena-t-il en essayant de garder son calme. Je les ai prises moi-même il y a quinze ans et elles ont beaucoup de valeur à mes yeux.

John s'excusa d'avoir digressé et redit à quel point il était ravi de faire affaire avec le chef du FLC. Après une heure de palabres où il s'efforça de donner de multiples détails sur leur exploitation et leur métier de chercheur d'or, il leur proposa de les accompagner en amont du village pour voir l'échantillon du matériel que Randall offrait en échange de leur coopération.

La Nissan ouvrit la voie, suivie par le pick-up d'Iseidi garni de six porte-flingues d'à peine vingt ans. Cinq kilomètres plus loin, Lauzière se gara et tout alla très vite. Ils avaient laissé les caisses d'armes bien en évidence, mais vides, sur le bord de la route et les hommes d'Iseidi sautèrent du coffre.

En quelques secondes, ils furent noyés sous la mitraille. Surgis des hautes herbes, fusil automatique à la main, Sekuto et Marjan arrosaient copieusement le pick-up et ses occupants. Les soldats n'eurent même pas le temps de répliquer qu'ils s'écroulèrent à terre, en sang. Dès les premiers coups de feu, Faustin Iseidi s'était planqué sous le tableau de bord et braillait comme un putois.

Lauzière fit signe de cesser les tirs et s'avança vers le 4 × 4 criblé de balles. Il arracha la portière. À l'intérieur, Iseidi, recroquevillé, tremblant, se tenait la jambe. Son pantalon était maculé d'une large tache sombre au niveau du genou. Il leva des yeux haineux vers Lauzière qui l'empoigna par le col.

— Nous cherchons Miwumbe. Où se trouve-t-il ?

Iseidi secoua la tête, prétendant ne pas comprendre. Lauzière le gifla violemment, pointa son flingue sur sa cuisse et, sans autre sommation, appuya sur la détente. La balle déchiqueta la jambe du Congolais qui hurla de douleur. Le colonel remonta le canon brûlant de son pistolet sur la poitrine de sa victime.

— Je ne sais pas ! éructa Iseidi. Miwumbe est un voleur. Un voleur !

Suivirent des tonnes d'insultes en swahili.

— T'égosille pas. Je comprends rien. Pourquoi a-t-il volé tes photos ?

— Il voulait les vendre, répondit Iseidi.

— À qui ?

— N'importe qui. Celui qui donnera l'argent.

Lauzière enfonça le doigt dans la plaie du Congolais qui se contorsionna sur son siège. Dehors, Marjan s'impatientait.

— Colonel. Il faut faire vite. Ils ont entendu les coups de feu et ils vont rappliquer.

— Tu entends, salopard, ordonna Lauzière. Qui va-t-il contacter ? Donne-moi un nom. À qui vendez-vous votre or et vos diamants ?

— Issam Chamoun, un Libanais. Il habite Kisangani. Il est très riche.

Lauzière relâcha la pression. Iseidi détourna la tête. Marjan se tenait à côté du véhicule, tendu comme un arc. Lauzière fit signe à ses hommes de se replier vers la Nissan.

— C'est bien toi qui as pris ces photos? demanda-t-il d'un air las.

Iseidi hocha la tête.

Alors Lauzière pointa son pistolet sur la tête d'Iseidi. Une lueur d'effroi passa dans les yeux du Congolais.

— De la part de mon gouvernement.

Puis Lauzière pressa la détente et se replia à toute allure vers le 4 × 4 qui démarra en trombe sur la terre humide.

## 9

Martel et Zeqiang s'étaient entendus pour faire ensemble la reconnaissance des mines de Kisanga qu'ils avaient maintes fois observées sur des cartes et des photos satellites. Vu du ciel, l'endroit ressemblait à une sorte de figue oblongue et, si l'on avait pu voir le sous-sol en transparence, on aurait sans doute aperçu comme des taches de rousseur sur une peau ambrée, car le gisement était constitué d'une multitude de veines, éparpillées sur un territoire grand comme un département français. Cela n'allait pas sans poser quelques problèmes d'exploitation et Olivier voulait parcourir ce coin de brousse pour s'en rendre compte par lui-même.

Les deux hommes s'étaient donné rendez-vous avenue Mama Yemo, près du quartier général de Shanxi Mining et d'un marché grouillant de monde. Olivier était arrivé à l'heure au rendez-vous mais Tuju avait une heure de retard en raison d'un problème de moteur, ce qui, il fallait s'y faire ici, signifiait presque arriver en avance.

À 11 heures, ils quittaient Lubumbashi et franchissaient le portique blanc qui enjambe la nationale à la sortie de la ville et souhaite *Kwa Heri*[1] au voyageur. Ils devaient rejoindre la petite ville de Bunkeya, à deux cents kilomètres au nord, un trajet pouvant prendre deux jours par temps sec et quinze si la route était mauvaise. Après plusieurs jours d'orage, Tuju était inquiet. Pour l'instant, sur la route fraîchement goudronnée par Sunlun, ils mangeaient leur pain blanc. À l'arrière, Mo Zeqiang avait ouvert la fenêtre et regardait à l'extérieur. Olivier aussi regardait par la fenêtre, les panneaux publicitaires de plus en plus épars, les marcheurs le long de la route. Bientôt, il ne subsista que le ruban d'asphalte, un fil électrique et la brousse à perte de vue. Ils restèrent ainsi pendant un long moment à ne rien dire, bercés par le ronronnement du moteur et la monotonie du paysage, une savane plate piquée d'acacias isolés et tordus par le vent.

— Tuju ? demanda Olivier. Depuis combien de temps es-tu fixeur ?

---

1. Au revoir, en swahili.

— Un an.

— Et avant ?

Tuju attendit quelques instants avant de répondre.

— Pas intéressant.

Olivier était intrigué par le fixeur. Depuis qu'il l'avait rencontré, celui-ci lui avait toujours donné l'impression, même s'il parlait peu, d'avoir une opinion sur beaucoup de sujets, et une opinion qui valait souvent d'être entendue. Tuju s'approcha d'un poids lourd, mit son clignotant et le dépassa en faisant ronfler son moteur.

— Au Congo, on peut avoir plusieurs vies, dit Tuju. Moi, j'en ai déjà eu deux. Aujourd'hui, c'est ma troisième.

— Ta troisième vie ?

— Oui, répondit Tuju, le sourire aux lèvres. La première a commencé dans le ventre de ma mère. Elle est morte quand j'avais cinq ans. Mon père s'est remarié. Avec sa nouvelle femme, ils ont eu un nouvel enfant. Mais le bébé est mort à la naissance, alors la nouvelle femme de mon père m'a accusé d'être un sorcier et d'avoir jeté un sort sur son enfant. Elle a monté la tête à mon père et il m'a chassé.

— Ton père t'a chassé de chez toi ?

— Oui. Et je suis devenu un *shégué*[1], un enfant des rues, un moins-que-rien. Je dormais sur le trottoir. Je mendiais. Je rendais de petits services. Je volais aussi pour manger et pour acheter du chanvre. J'étais sale et malade. J'avais les dents noires et on me traitait

1. Gamin des rues.

comme un chien. Quand tu n'as plus de famille dans ce pays, tu n'es plus rien.

Tuju marqua une pause. Olivier se taisait.

— Puis la guerre est arrivée, continua-t-il. Les Tutsis rwandais voulaient chasser les Hutus réfugiés au Congo. Alors ils nous ont envahis. J'avais seize ans et je suis devenu un combattant.

— De quel côté étais-tu ?

— Je suis un Congolais, dit fièrement Tuju. Je me suis battu avec les Congolais.

Tuju mit la radio. Le rythme chaloupé de la rumba de Koffi Olomidé filtra à travers les haut-parleurs. Soudain, sur la droite, à une vingtaine de mètres de la route, un troupeau d'antilopes jaillit des herbes hautes. Elles accompagnèrent la voiture sur quelques centaines de mètres, bondissant avec grâce, avant de disparaître comme elles étaient apparues.

— Et d'où te vient cette cicatrice ? demanda Olivier.

— Une balle. Elle est entrée dans ma main et elle est ressortie par le bras.

Alors Tuju déroula son histoire, une histoire qui n'avait cessé d'être tragique depuis son enfance. Il parla de sa famille et de son peuple. Tuju était un Hunde, une population bantoue dont le nom signifiait « les gens des montagnes aux rivières torrentueuses ». Les Hunde vivaient à l'est du Congo depuis toujours. Les Banyarwandas étaient leurs voisins au même titre que les Bahira, les Banyanga ou les Bahavu pour n'en citer que quelques-uns. Mais dans les années 1990, les Banyarwandas avaient persécuté les Hunde pour s'approprier leurs terres. Le village de Tuju avait été incendié. Sa mère avait été violée et tuée et son père avait émigré à Bukavu avec ses quatre enfants. Aussi, quand quelques années plus tard, les Rwandais avaient envahi l'est du Congo, Tuju avait combattu pour la libération de son pays.

— Je me suis battu contre l'envahisseur. Ils avaient des fusils et nous, des machettes. Mais on gagnait toujours. À cinq contre cent, on gagnait. Car nous étions invincibles. Protégés par l'eau sacrée. Les balles ricochaient sur notre peau sans jamais la transpercer.

Tuju expliqua combien cette guerre avait été cruelle et meurtrière. Les Rwandais recrutaient de force les enfants congolais qu'ils droguaient et armaient avant de les lancer sur leurs ennemis. Plusieurs fois, Tuju s'était retrouvé face à ces *kadogos*, ces gamins fanatisés qui tuaient sans haine et sans colère des civils ou des militaires, ne reculant devant rien, aucune menace, aucun obstacle. Les Rwandais qui les avaient volés à leurs familles et endoctrinés leur avaient promis des voitures de luxe après la victoire, des villas comme à Hollywood, des harems entiers. Et surtout qu'ils retourneraient dans leurs familles en héros. Tout un brouet de promesses invraisemblables propres à frapper leur imagination.

Tuju en avait vu fondre sur lui, des gamins en bottes de caoutchouc, perdus dans leurs uniformes trop grands, les yeux révulsés, serrant leurs kalachnikovs trop lourdes, ivres de sang et aveuglés par ce lavage de cerveau. Tuju en avait combattu et Tuju en avait tué. Parce qu'au combat, on ne réfléchit pas.

On tue pour vivre. On tue pour lancer des avertissements à l'ennemi.

— C'était la fin de ma deuxième vie, dit Tuju, alors que Mo Zeqiang s'était assoupi sur la banquette arrière. Trois mois plus tard, je suis descendu à Lubumbashi pour chercher du travail. Du boulot, il y en a si tu es malin. Moi, je suis un combattant et j'en ai fait mille.

— Mille boulots ? s'étonna Olivier.

— Au moins ! J'ai été bûcheron, aide-maçon, manutentionnaire, plombier de rue, convoyeur, cordonnier, coiffeur d'occasion, charbonnier, tailleur de pierre, musicien, barman, chariot-man, cireur de chaussures, commissionnaire, contracteur, vidangeur, receveur de taxibus…

— Tu te moques de moi.

— Pas du tout, répondit le fixeur en gardant tout son sérieux. Je te parle de ma troisième vie, Olivier Martel, et une vie c'est long.

Trois heures plus tard, ils entrèrent à Likasi, une ville minière qui avait eu son heure de gloire pendant la première moitié du XX<sup>e</sup> siècle et dont les habitants se débrouillaient aujourd'hui comme ils pouvaient pour survivre. Tuju proposa de s'arrêter pour manger.

Autant Lubumbashi était survoltée, autant Likasi était tranquille. L'avenue de la Mine, au macadam lézardé et grevé de cratères bruns, était bordée de bâtiments de plain-pied en béton ocre, gris perle ou bleu cobalt. Il était 14 heures et le soleil écrasait tout. Réfugiés sous les porches, assis sur des chaises de fortune, sirotant un verre, des hommes discutaient par groupes de cinq ou six. La Toyota avança à faible allure dans la rue poussiéreuse puis s'arrêta devant un ancien immeuble colonial d'un étage. Sur la façade, deux enseignes peintes aux couleurs de la Banque internationale pour l'Afrique au Congo et de Western Union. Tuju arrêta le moteur et ouvrit la portière sous l'œil attentif des habitants. Il avait repéré un petit étal en bord de rue, tenu par une femme assise sur une chaise en plastique, sous un parasol à fleurs. À ses pieds, deux glacières rouges, et devant elle, quelques pains de manioc, des citrons et une marmite fumante. Tuju s'approcha et commanda trois rations de poulet frit à l'huile de palme et du *chikwangue*, une bouillie de manioc enveloppée dans des feuilles de bananier. Il ajouta trois sodas tièdes et revint vers la voiture.

Ils s'arrêtèrent à l'extérieur de la ville, à l'ombre d'un papayer. Zeqiang qui avait retrouvé un peu de réseau parlait à toute allure dans son téléphone et semblait de très mauvaise humeur. Après avoir raccroché, il n'arrêtait pas de demander combien d'heures de route il restait avant Bunkeya, mais Tuju demeurait évasif. Entre deux heures et deux jours, dit-il, ce qui eut le don de mettre le Chinois hors de lui. Les trois hommes avalèrent leur déjeuner avant de repartir.

Vingt kilomètres plus loin, ils quittaient la nationale pour emprunter la piste menant aux plateaux de Kundelungu. Le panorama était à couper le souffle. Une débauche de couleurs. À perte de vue, des buissons touffus et gras, des arbres au feuillage dense surgissant inopinément au bord de la piste, ce serpent rouge et glaiseux qui zigzaguait en direction des montagnes se dressant à l'horizon dans une brume bleutée. Ils ne croisèrent personne pendant des kilomètres. La terre était de plus en plus glissante et Tuju de plus en plus crispé.

Il s'arrêta dans un virage pour examiner les ornières creusées dans la piste. Olivier sauta du véhicule avec lui.

— *Matata*, dit Tuju d'un air résigné.

— Des camions.

— Ils sont beaucoup trop chargés. Les pneus sont lisses.

La Toyota repartit à faible allure sur un terrain de plus en plus accidenté et quelques kilomètres plus tard, l'intuition de Tuju était confirmée. Un camion surmonté d'une montagne de marchandises recouvertes de bâches vertes et bleues était à l'arrêt, enfoncé dans la boue jusqu'aux essieux. La route était creusée d'une mare dans laquelle un éclaireur pataugeait jusqu'aux cuisses. Les bords n'étaient plus qu'un amas d'argile glissant comme une patinoire. Le passage était étroit et la Toyota n'avait aucun moyen de contourner l'obstacle. Massés sur les accotements, une trentaine de voyageurs que le chauffeur du camion avait fait descendre observaient les manœuvres pour dégager les roues.

— On n'ira pas plus loin aujourd'hui, dit Tuju.

— Ce n'est pas possible, dit Mo Zeqiang. Il faut trouver un moyen.

Tuju haussa les épaules et les trois hommes sortirent du véhicule. Olivier escalada la paroi de terre pour constater à quel point la situation était critique. Tuju descendit dans la mare d'un pas lent pour aller parlementer avec le chauffeur. Après cinq minutes, il revint vers Olivier et Zeqiang.

— Ils sont là depuis deux jours. Ils vont nous aider à couper des arbres pour faire passer la Toyota. Quand nous serons de l'autre côté, nous les tirerons avec un câble.

— Combien de temps cela va-t-il nous prendre ? demanda Olivier.

— Une journée, peut-être deux, répondit Tuju. Il y a un village à côté. Ils nous invitent à manger et dormir ce soir.

À ces mots, Mo Zeqiang se prit la tête entre les mains. Il tenta de téléphoner mais cette fois, il n'y avait plus de réseau. Olivier se résigna et proposa d'aider à couper les arbres. Tuju traduisit en swahili et un groupe de trois hommes hilares en T-shirt vert et jaune lui firent signe de les suivre. Ils fumaient une herbe très odorante et en proposèrent à Olivier qui n'osa pas refuser. Puis ils lui confièrent une machette et s'enfoncèrent dans les fourrés.

## 10

À la mi-journée, ils avaient enfin réussi à passer la Toyota de l'autre côté de la mare de boue. Ils avaient attaché un câble à l'arrière du 4 × 4 et glissé des branchages sous les roues du camion, un

Mercedes affichant sept cent mille kilomètres au compteur, aux pneus lisses comme de la peau de phoque. Tout le monde s'y était mis, chauffeurs, passagers, pieds nus dans l'eau brune, tirant et poussant, tandis que la Toyota forçait sur le câble en crachant une épaisse fumée blanche. Mais le camion refusa obstinément de bouger et, à la nuit tombée, il n'avait pas progressé d'un centimètre. Le propriétaire du véhicule, un type de Kolwezi qui faisait la navette sur les routes boueuses du Katanga, une des régions les plus fréquentées et les plus mal entretenues du pays, prenait la chose avec philosophie. On avait fait ce qu'on pouvait. On verrait demain. Zeqiang avait suggéré de reprendre la route, ce à quoi Tuju s'était violemment opposé. Ici, c'était l'Afrique et la solidarité n'était pas négociable. Olivier avait tranché : ils resteraient sur place pour la nuit.

Ils marchèrent jusqu'au village voisin et arrivèrent à la nuit tombée au beau milieu d'une grande liesse. Dans l'obscurité, à la lumière des lampes à huile, on percevait les vibrations des corps sur ces rythmes envoûtants de rumba et de soukous. Des foyers rouges des barbecues s'échappait un appétissant fumet de viande de chèvre et de maïs grillé. On les accueillit avec prévenance et courtoisie. Le village était en deuil et l'on danserait toute la nuit en l'honneur du défunt.

Le lendemain, leurs efforts furent enfin récompensés. Ils dégagèrent le camion avant la fin de la matinée et quittèrent les lieux peu après pour atteindre le gisement de Kisanga en milieu d'après-midi sous un soleil brûlant. Mo, qui s'était enfilé la veille des litres de lutuku, un infâme tord-boyaux local, avait une migraine carabinée et gémissait sur la banquette arrière. Olivier, à l'avant, scrutait la carte. Peu avant Bunkeya, ils quittèrent la piste et grimpèrent sur un chemin accidenté. Les failles se trouvaient sur un plateau, des milliers d'hectares de savane pelée par le vent où vivaient quantité d'antilopes, de guépards et de potamochères. La Toyota était bringuebalée dans tous les sens. Elle montait sur les buttes de terre, dérapait, louvoyait entre les obstacles, se jetait dans des trous. Après un quart d'heure à ce régime, ils dévalèrent un chemin et Tuju coupa le contact.

Olivier descendit de voiture, suivi par Zeqiang qui cherchait de l'air en titubant. La main sur la portière, il était bouche bée. Il avait entendu parler de ce phénomène avec tant de superlatifs qu'il avait finalement cru à une sorte de mythe. Mais c'était tel qu'on le racontait. Inouï. Une étrangeté que l'esprit humain n'aurait jamais pu concevoir mais que la nature, si libre et si espiègle, n'avait pas hésité à planter là, au milieu de la savane d'Afrique.

Une vague de six mètres en pleine brousse. Un mur bleu translucide, semblable par la couleur aux blocs de glace millénaires de l'Antarctique. Intact, par quarante degrés à l'ombre. La veine de malachite qui se découvrait devant lui faisait trois fois sa hauteur et se déroulait sur plus de cent mètres. D'un bleu émeraude pur et profond, elle ressemblait à une vague prête à éclater, menaçante, dure comme du marbre, inoffensive. Une vague d'oxyde de cuivre en pleine savane.

Olivier s'approcha de la paroi minérale, l'effleura du bout des doigts. Elle était douce, polie par le temps. Des tonnes et des tonnes de minerai d'une pureté inouïe. Il était incompréhensible qu'il n'ait pas été découvert plus tôt. Cette vague était peut-être sacrée et jusque-là le secret en avait été bien gardé. Il caressa de nouveau la pierre, en palpa le relief. Elle dégageait une odeur aigre et piquante. Il repéra un petit éboulis sur le côté, qu'il emprunta en essayant de ne pas trébucher. La faille était imposante et il fut pris de vertige en grimpant au sommet. En contrebas, Tuju, adossé à l'aile de la Toyota, fixait l'horizon. Zeqiang, assis par terre, observait le Français d'un air préoccupé. Décidément, ce dernier n'arrivait pas à le cerner. Il semblait ne rien connaître, ni ne s'intéresser à rien. Olivier se demanda pourquoi il devait s'encombrer de ce type. Il soupira, en baladant son regard à 360 degrés autour de lui.

Des immenses plateaux d'altitude couverts de *miombo*[1] et semés de lacs d'inondation se déroulaient à perte de vue. À une quarantaine de kilomètres à l'ouest commençait le grand parc de l'Upemba et à l'est, celui de Kundelungu. Au loin, dans une étendue d'un vert soutenu, coincée entre deux prairies plus claires aux reflets rosés, quelques points noirs avançaient lentement en file indienne. Des zèbres ou une harde de buffles. Dans un rayon plus restreint,

1. Savane boisée du centre de l'Afrique.

Olivier devinait d'autres failles, plus petites et plus dissimulées. Il embrassait d'un seul coup d'œil ce qui serait le périmètre des futures mines. Il était gigantesque, sans commune mesure avec ce qu'il avait connu au Brésil ou même en Australie. Il resta quelques instants à s'imprégner de la beauté des lieux, de cette terre vierge et préservée, et ne put s'empêcher de penser qu'elle méritait sans doute qu'on la laisse en paix, habitée pour toujours par le vent et les bêtes sauvages. Mais il le savait. Pour cela, il était déjà trop tard.

## 11

Great Abaco. Deux cent cinquante kilomètres à l'est de Palm Beach. Archipel des Bahamas.

Les quinze mètres effilés du *Virgin Falcon* reposaient sur l'eau turquoise et transparente d'une petite anse de sable blanc, à l'abri des alizés. Sur le pont arrière, un homme aux traits fins, la cinquantaine, chevelure poivre et sel et teint mat, donnait des ordres au téléphone en faisant tourner un glaçon dans son verre à cocktail. Sur le pont avant, deux créatures aux seins nus et aux jambes interminables prenaient un bain de soleil sous l'œil jaloux d'un jeune éphèbe aux cheveux blonds occupé à bidouiller un gadget électronique au poste de pilotage.

— Alors, vous avez trouvé la perle rare ?

L'homme était en conversation avec un agent immobilier de Miami qu'il avait chargé de trouver une maison pour un client, quelques semaines auparavant.

— Je crois bien que oui. Écoutez plutôt. La villa est un peu en retrait de la ville, mais pas isolée. 280 mètres carrés habitables sur un hectare de terrain arboré. Un grand séjour panoramique avec cuisine équipée donnant sur une vaste terrasse surplombant l'océan, quatre grandes chambres avec salles de bains privées autour d'un patio central, un bureaubibliothèque, un home cinema de vingt-cinq places, un garage pour trois voitures, et bien entendu une plage privée avec ponton. Qu'en dites-vous ?

— Combien ?

— Trois millions et demi. C'est très raisonnable.

— Vous m'envoyez les photos ?

— Elles sont déjà dans votre boîte mail. Prenez le temps de les regarder, mais je vous en prie, dites-moi vite si vous êtes intéressé. Dès que je le mettrai sur le marché, ce petit bijou partira en une semaine.

— Attendez un instant.

L'homme coinça le combiné de son téléphone satellite contre son torse et siffla sans bouger de son fauteuil.

— *June ! My computer.*

Sans attendre, une des deux filles à la peau cuivrée se leva de son transat avec nonchalance. Arrivée au niveau de la barre, elle effleura le dos musclé du skipper, avant de descendre à la cabine en roulant des hanches comme une panthère.

— *June, hurry up !*

La jeune femme remonta de la cabine avec un MacBook sous le bras qu'elle déposa sur la table en teck devant le quinquagénaire qui en profita pour lui taper sur la croupe, avant que, sans un mot ni un regard, elle s'éloigne flegmatiquement vers la proue du bateau.

— Ça y est. Je viens de voir votre mail. Attendez, je clique dessus.

Du bout des doigts, l'homme fit défiler les photos de la villa en dodelinant de la tête. Elle était fantastique. Exactement ce qu'il cherchait. Le prix était un peu élevé, surtout quand il serait majoré de sa commission de 12%, mais ça rentrait dans le budget.

— OK. Je la prends.

— Vous êtes sûr ? Vous ne voulez pas en parler à votre client d'abord ?

L'homme consulta sa montre.

— Il est minuit à Paris et mon client est en train de dormir à l'heure qu'il est. Je sais exactement ce qu'il cherche. Je la prends.

— OK. Deal.

L'homme posa son combiné sur la table en teck et regarda une nouvelle fois les photos. Pas mal, pour une retraite dorée. Il ouvrit la calculette dans un coin de son écran et multiplia 3,5 par 12% ; 420 000 dollars. Il sourit et transféra le mail en prenant soin d'effacer l'adresse de l'agent de Miami. Il ajouta un petit commentaire passionné sur cette trouvaille unique, à deux pas de la plage, etc., puis il sélectionna le nom du destinataire dans son carnet d'adresses. Butard A. Et il cliqua sur « Envoyer ».

# 12

Raphaël remonta la Mta Waa Ubifnasi, une rue dépourvue de trottoirs où la terre noire était partout, sous les roues des camions et des mobylettes, ramassée en mottes épaisses empêchant les piétons de circuler, et même en suspension, une poussière fine qui vous piquait les yeux. Sur les côtés, des maisons de briques aux toits pentus, des terrains vagues et des bâtiments à moitié finis. Il tenait à la main la carte que lui avait confiée Francis Meerk. *Kiffo Mulele, 174 Mta Waa Ubifnasi.* Mais il avait beau chercher, il n'y avait aucun numéro sur aucune porte et il était incapable de savoir s'il marchait dans le bon sens. Il avança ainsi une bonne demi-heure sous le regard intrigué des passants et finit par se trouver nez à nez avec une sorte de hangar en moellons sur lequel, à côté d'un imposant *174* peint à la main – l'unique numéro de la rue –, une pancarte annonçait : *Notre-Dame de la Révélation.* Une musique entraînante s'échappait de l'intérieur, accompagnée d'un chant en lingala qui disait : « Je lève mes yeux vers les montagnes. »

Raphaël poussa la porte. L'église était bondée. Trois cents personnes au bas mot, hommes et femmes de tous âges, tous debout les paumes ouvertes, la plupart les yeux fermés, se balançant doucement en remuant les lèvres. Au fond, un orchestre avec batterie, piano et guitare électrique jouait une mélodie reprise par un chœur de femmes en habits blancs. Devant les fidèles recueillis, dont certains levaient les mains au-dessus de leur tête avec la musique qui redoublait de force, se tenait un homme de forte corpulence en costume jaune et cravate noire. Il tenait un micro et fermait lui aussi les yeux. Raphaël s'immisça dans la foule. Il était le seul Blanc, pourtant personne ne remarqua sa présence. Au-devant, une femme s'évanouit et dut être menée à l'extérieur pour reprendre ses esprits. Les chants durèrent de longues minutes jusqu'à l'accord final, qui déclencha des cris et des applaudissements. Alors, les yeux du prédicateur s'allumèrent.

— Salomon avait la sagesse ! dit-il en prenant la foule à témoin. Car il avait la puissance spirituelle.

Il s'exprimait en français et un jeune homme en costume gris traduisait ses propos en lingala.

— Mais pour asseoir son pouvoir, continua-t-il le doigt levé, il devait avoir la puissance financière. Si tu as la puissance spirituelle et qu'il te manque la puissance financière, tu seras détruit.

S'ensuivit un court prêche à l'issue duquel il lança un vibrant appel aux fidèles qui avaient la possibilité de donner cent dollars pour la reconstruction de l'église. Devant l'estrade, un homme tenait un sac en toile et promettait le pardon de Dieu à la hauteur du sacrifice consenti. Quelques fidèles se pressèrent pour mettre un billet dans le sac, après quoi, il leur posait les mains sur le front.

À la fin de la quête ou ce que Raphaël croyait être la fin, le prédicateur appela les dons de cinq à cinquante dollars et une foule plus nombreuse s'avança devant l'estrade pour donner son obole en échange de laquelle ils bénéficièrent eux aussi d'une imposition des mains exécutée cependant de façon plus expéditive.

— Allons-y ! Jusqu'à quatre mille francs, trois mille, deux mille et je m'arrête à cinq cents francs. Avancez, vous aussi. Avancez…

La procession continua dans une ferveur brûlante, puis les chants et la musique se muèrent en rumba et les fidèles se levèrent et dansèrent ensemble. Le prédicateur s'assit sur un trône doré tandis que tous, les jeunes en particulier, chantaient et dansaient avec tant de sourires et tant de joie qu'on se sentait une irrésistible envie de se joindre à eux.

Raphaël demeura en retrait pendant toute la fin de l'office, puis la foule se dispersa lentement. Il montra sa carte à plusieurs fidèles en demandant : Kiffo Mulele ? Kiffo Mulele ? Une femme en robe rouge lui montra du doigt le prédicateur assis sur son trône.

Avant même qu'il ne soit suffisamment près pour une audience, deux hommes lui demandèrent de les suivre dans une baraque en bois située derrière l'église où ils l'installèrent sur une chaise sans lui adresser la parole. Après quelques minutes, celui qu'il attendait se présenta à lui. Il avait gardé son costume, mais l'exaltation qui l'habitait pendant son prêche avait totalement déserté son visage. Il semblait lessivé, comme un acteur après un spectacle. Ses yeux étaient sévères.

— Qui es-tu et que veux-tu ? demanda-t-il.

— Je m'appelle Raphaël Da Costa. Je suis journaliste. Je viens de la part de Francis Meerk. C'est lui qui m'a donné votre adresse.

À ces mots, le prédicateur se détendit.

— Tu es un ami de Francis ?
— Oui.
— Et tu vas écrire dans ton journal ?
— Oui. C'est mon métier.
— Dis-moi ce qui t'amène.
— Francis m'a dit que vous aviez conduit des camions autrefois, c'est bien cela ?
— C'était il y a longtemps. Maintenant, je suis au service du Seigneur.
— J'enquête sur les activités de Carmin au Kivu en 2001 et sur l'opération Antioche. Vous y avez participé, n'est-ce pas ?

À ces mots, les hommes de main de Mulele s'approchèrent de Raphaël. L'un d'eux le prit par le bras sans ménagement. Un autre fouilla ses poches. Tétanisé, il répéta qu'il n'était que journaliste mais les autres ne l'écoutaient pas. Ils s'invectivaient, semblaient de méchante humeur et Raphaël ne comprenait rien. Soudain, Mulele leva le bras et les types se turent.

— Tu n'es pas le seul à t'intéresser à Antioche. C'est pourquoi mes amis sont un peu nerveux.

Le prédicateur demanda qu'on leur serve de la bière.

— J'ai travaillé pour Francis pendant des années. Nous l'appelions le Congolais blanc. J'ai conduit des camions et j'ai vu les militaires d'Antioche.

Raphaël but une gorgée. Mulele inclina la tête à droite puis à gauche. Il semblait chercher un angle d'attaque.

— Antioche est le péché des Blancs, reprit-il d'une voix solennelle. Iseidi, le chef du FLC, a été le témoin de ce péché et il a gardé la trace de ce que ses yeux ont vu.

Raphaël le dévisagea, interloqué.

— Des photos ?

Le prédicateur opina.

— Des photos, oui… Les preuves de ce qui s'est passé. La Bible, continua-t-il sur un ton emphatique, dit que « si tu passes dans la vigne de ton prochain, tu pourras manger du raisin à ton gré, jusqu'à satiété, mais que tu n'en mettras pas dans ton panier. Si tu traverses les moissons de ton prochain, tu pourras arracher des épis avec la main, mais tu ne porteras pas la faucille sur la moisson de ton prochain[1] ». Mais le Blanc, lui, a mis la vigne dans son panier. Et il a porté la faucille sur notre moisson. Il s'appelait Léopold[2]. Son règne a duré cent ans et l'indépendance n'a rien changé. Hier c'était l'ivoire et le caoutchouc, aujourd'hui c'est le cuivre, l'uranium, l'or et les diamants. Et à chaque fois, le sang du *ndombe* a coulé. Le sang des Balemba, des Bayeke, des Balunda et de beaucoup d'autres. Pour construire *Bwana Changa-Changa*[3], l'homme blanc a plongé son frère dans la misère. Il l'a fait dormir par terre, mordre par les serpents. Il l'a fait marcher dans les collines, chercher dans les buissons, soulever les pierres avec ses mains. Puis il l'a volé et ne lui a laissé que la souffrance et les larmes. Alors, un jour, l'homme noir a désiré les richesses de la terre et il a

1. Deutéronome 23 : 25-26.

2. Léopold Ier, roi des Belges et premier colonisateur du Congo.

3. Surnom africain de l'Union minière.

chassé l'homme blanc. Il a planté son couteau dans le cœur de son frère. Et le frère de son frère l'a tué à son tour. Et le frère du frère de son frère s'est vengé. Et ce pays a saigné et continuera de saigner pendant des années par la faute du *mundele.*

L'homme reprit sa respiration.

— Moi, je conduisais des camions. Je n'étais rien. Mais mes yeux ont vu Antioche comme je te vois, comme on voit parfois l'Histoire de son propre pays se construire devant nos yeux.

— Qui s'intéresse à Antioche aujourd'hui ?

— Tout le monde.

Il fit signe à Raphaël de boire encore puis déplia sa colonne vertébrale en se grattant le cou.

— C'est du moins ce que prétend Miwumbe, un soldat d'Iseidi. C'est lui qui a les photos. Et il a l'intention de les vendre. Cher. Très cher, même.

Kiffo Mulele fit signe à Raphaël de se lever. L'entretien était terminé. Et avant que le journaliste sorte de la pièce, il s'adressa à lui une dernière fois.

— Dans ton journal, quand tu parleras d'Antioche, n'oublie pas ce que je t'ai dit. N'oublie pas l'histoire des *ndombe* et des *mundele.*

## 13

Olivier, Tuju et Zeqiang passèrent la nuit dans une petite auberge de Bunkeya, un bâtiment de plain-pied au toit de tôle mi-hôtel, mi-épicerie. Après le repérage de la veille, le programme était de visiter deux autres sites du périmètre de Kisanga. Olivier avait étudié à nouveau la carte avec attention et marqué les trois emplacements d'une croix bleue. Puis il avait confronté son plan à une carte topographique de la région et s'était aperçu que les trois croix étaient situées sur une même ligne de fracture transversale et devaient par conséquent présenter les mêmes caractéristiques géologiques. En clair, l'excursion du jour telle qu'elle était prévue ne leur apprendrait rien de plus que la veille. Alors il avait tracé d'autres croix sur la carte et choisi deux sites situés sur un terrain différent qui leur donneraient un aperçu plus représentatif de la composition des sols.

Après le petit déjeuner sur la terrasse de l'hôtel, Martel exposa fièrement son plan à Mo Zeqiang, mais contre toute attente, celui-ci désapprouva fermement ce changement d'itinéraire. Olivier exposa ses arguments, lui montra que les deux emplacements qu'il avait sélectionnés étaient bien plus intéressants et qu'ils ne leur prendraient pas plus de temps à visiter. Mais Mo Zeqiang ne voulut rien entendre et, sans apporter de raison valable, opposa un veto ferme et définitif à la proposition du Français.

À bout d'arguments, Olivier finit par s'incliner et proposer à Zeqiang de se mettre en route sans tarder. Le Chinois se leva et se retira dans sa chambre pour se préparer. Un peu en retrait, sirotant sa tasse de café, Tuju avait suivi leur conversation d'une oreille discrète. À peine Zeqiang fut-il sorti de la salle qu'Olivier se pencha à l'oreille du fixeur pour lui demander de monter dans le 4 × 4. Tuju obtempéra et Olivier fila à son tour pour grimper dans le véhicule qui démarra en trombe. Quand Mo Zeqiang sortit de sa chambre, la Toyota était déjà en chemin vers les villages de Kasulo et Sandala.

Après quelques minutes, alors que les deux hommes souriaient comme deux gamins qui auraient commis une bêtise, Olivier demanda à Tuju :

— Combien de temps vas-tu rester fixeur ?

— Assez de temps pour que mes poches soient pleines.

— Et après ?

— Après je partirai.

— Où iras-tu ?

— À Kalehe, au bord du lac Kivu. C'est mon village. Là où il y a les plus belles femmes du Congo. Comme ça…

Tuju décrivit une courbe énorme.

— Je prendrai trois femmes. Les plus belles.

Olivier sourit en hochant la tête ; il ne croyait pas un mot de ce que lui disait Tuju.

— Pourquoi as-tu quitté le Kivu ?

Tuju serra le cuir de son volant et attendit un moment avant de répondre.

— J'ai tout perdu là-bas. Mes parents, mes frères, mes sœurs, mes oncles et tantes, et je suis devenu soldat. Milicien maï-maï.

Il hocha la tête en direction d'Olivier pour appuyer son propos.

— J'ai combattu pendant trois ans et je me suis perdu moi-même. Alors, avec trois amis : Wange, Makiadi et Lema, je suis parti. Vers le sud, au Katanga.

— Ils étaient maï-maï eux aussi ?

— Oui. Les meilleurs combattants d'Afrique. Quand une balle entre dans la peau d'un homme, elle le dévore de l'intérieur comme un fruit sucré. Mais quand elle entre dans la peau d'un Maï-Maï, elle ressort aussitôt, car notre chair est amère.

Il ne souriait plus. Olivier s'en voulut d'avoir posé ces questions. Mais Tuju, lui, voulait parler, même si ces souvenirs étaient douloureux.

— Nous étions de bons soldats, nous connaissions la Bible, nous étions du côté de Dieu et Dieu nous a abandonnés.

En disant ces mots, ses yeux se troublèrent. Des images de cauchemar lui revenaient à l'esprit, aussi claires et distinctes que si la scène s'était passée la veille.

— Mon commandant s'appelait Merunga. Nous combattions les Rwandais dans la forêt. Un jour, après des combats très durs, nous avons fait cinq prisonniers. Cinq gamins. Cinq otages capturés au combat que notre chef a fait avancer devant lui. Le plus jeune, il l'a agenouillé par terre. L'enfant pleurnichait. Il était pitoyable. Ce n'était qu'un petit arraché au sein de sa mère, jeté de force dans un uniforme trop grand pour lui et dans une guerre qu'il n'aurait jamais dû faire. Merunga lui a fait allonger les bras sur un tronc d'arbre puis il a pris sa machette coupante comme un miroir. Il l'a levée dans le ciel et il a tranché les deux bras du gamin d'un seul coup. Ce hurlement dans la forêt, Olivier Martel, dit Tuju d'une voix tremblante, ce hurlement, je m'en souviendrai toute ma vie. Les mains ont bondi devant mes pieds et elles ont continué à bouger alors que le commandant s'acharnait sur le *kabogo*, sabrant son corps jusqu'à ce qu'il ne soit plus qu'un amas de chairs sanguinolentes. Alors, il a appelé le deuxième qui se débattait comme un petit animal. Nous, nous étions là pour l'empêcher de partir. Nous l'avons assis par terre et Merunga lui a réservé le même sort. Et puis le troisième, et le quatrième…

Les mots ne sortaient plus que par bribes des lèvres frémissantes de Tuju.

— Nous avions l'obligation, les combattants comme les prisonniers, de tout regarder jusqu'à la fin. Quand ce fut le tour du dernier *kabogo*, l'enfant se vidait de ses larmes. Il hurlait. Voulait revoir sa maman. Le commandant Merunga a pointé vers lui sa machette brillante et dégoulinante de sang et lui a commandé de rentrer chez lui pour raconter ce qu'on faisait aux ennemis du Congo. L'enfant a disparu dans la forêt. Alors, nous avons compris que Dieu nous avait abandonnés. Et le lendemain, Wange, Makiadi, Lema et moi, nous avons fui à notre tour. Eux se sont arrêtés à Kasomeno, le village de Lema. Moi, je suis descendu à Lubumbashi, pour trouver du travail. Et c'est comme ça que je suis devenu katangais.

Au bout d'une heure de route, Tuju et Olivier atteignirent la première étape de leur périple. Un bout de terrain situé en haut d'une colline, à trente kilomètres de Bunkeya. La terre y était sèche. Le sommet couvert d'une sorte de lande vert-de-gris. Sous certains angles, à condition de faire abstraction de la chaleur, on se serait crus en Irlande. À plusieurs endroits, le terrain était criblé de larges trous peu profonds.

— Ils ont creusé des galeries… pensa Olivier. Et ils ont abandonné.

Il s'accroupit, ramassa quelques poignées de terre qu'il contempla avant de les renifler puis renouvela son geste à divers endroits, en hauteur, dans le creux des failles, vers les coteaux de l'ouest et du sud. Au bout d'une heure d'arpentage, Olivier revint à la voiture et ils quittèrent les lieux.

— Alors ? Tu as vu ce que tu voulais voir, Olivier Martel ?

L'ingénieur hocha la tête, pensif, en regardant par la fenêtre. L'étape suivante se trouvait non loin de Sandala, un village niché au fond d'un vallon au creux duquel serpentait un ruisseau d'eau argileuse. Tout autour, des collines verdoyantes, des champs de terre brune striés de plans de légumes bien alignés donnaient à cet endroit un faux air de campagne toscane. Au milieu du tableau s'élevait une colline pelée en son sommet qu'ils rejoignirent par un chemin de terre escarpé. Contrairement aux deux premières visites, les voies d'accès de cette mine étaient boueuses. Ils croisèrent un homme allant pieds nus et portant un énorme sac de toile sur son dos. Puis un autre et encore un.

— Creuseurs, dit Tuju.

La mine de Sandala faisait partie des concessions promises à Kisanga par le gouverneur de la province, alors qu'elle était encore en activité. La Toyota progressait à faible allure vers le sommet de la colline.

Les regards se retournaient sur leur passage. Çà et là, ils croisaient de petits stands, une table et un parasol, proposant quelques fruits, des cigarettes à l'unité. Un *Kadhafi*[1] en casquette blanche se tenait debout le long de la route, deux bidons jaunes à ses pieds. Tuju gara le 4 × 4 en haut de la route, à côté d'un camion hors d'âge. Le conducteur était un type rondouillard qui attendait au cul de son dinosaure que des gamins lui apportent leurs sacs remplis de gravats. À la vue des deux intrus, les creuseurs eurent un mouvement de recul, mais Tuju leur parla et ils se détendirent tout en restant sur leurs gardes.

— Que se passe-t-il ? demanda Olivier.

— Ils croyaient qu'on était du gouvernement. Je leur ai dit « Français ».

Ils avancèrent sur le chemin de terre qu'empruntaient les creuseurs, sac sur le dos. C'était une petite pente bordée d'arbustes derrière laquelle on percevait une rumeur. Des hommes, des coups de pelle. Au bout du chemin, ils débouchèrent sur un cratère. La mine était là, à ciel ouvert.

La colline effondrée sur elle-même était retournée toutes tripes à l'air, en blocs, en poudre et en monceaux de terre jaune, rouge ou noire. Une ruche grouillait dans ses entrailles, pénétrait sa chair grâce à une multitude de galeries dont sortait à dos d'hommes et d'enfants un flot ininterrompu de sacs en toile de cinquante kilos.

Olivier et Tuju descendirent dans le cratère. Les creuseurs, munis de pioches, de binettes ou

---

1. Surnom des vendeurs d'essence à la sauvette.

simplement à mains nues, raclaient les sédiments pour les détacher. Dans un trou d'environ six mètres, un groupe d'ouvriers, torse nu, s'escrimaient contre une paroi friable. Plus loin, c'était un homme en T-shirt sans manches qui surveillait une série de sacs posés à l'entrée d'une galerie. Quelques minutes plus tard, deux enfants sortaient du trou, pieds et mains nus, couverts de poussière, hissant leurs charges sur leur dos, grimaçant dans l'effort. Combien étaient-ils ? Cent ? Mille ? Impossible à dire, car on ne voyait pas ceux qui travaillaient sous terre.

Olivier le savait, ce chantier ressemblait à peu de chose près à ce que devait être l'exploitation minière dans ce pays au début du XXe siècle. Les casques coloniaux et les chicottes avaient été remplacés par les bérets verts et les kalachnikovs. Mais au fond, rien n'avait changé. Comme si un siècle de colonisation, quarante ans d'indépendance et vingt ans de guerre civile avaient ramené tout le monde au point de départ. Hommes, femmes et enfants d'un pays richissime pataugeant dans la boue pour survivre, se bousillant les bronches, se brisant les os pour un dollar par jour. Et l'indifférence de tous pour ces damnés n'avait d'égal que l'insatiable appétit de l'industrie pour la poudre qu'ils portaient dans leurs sacs. Il n'y avait guère besoin d'explication. En attendant de la livrer à Kisanga, cette mine avait été laissée aux creuseurs par le gouvernement qui prélevait au passage une taxe astronomique sur les sacs achetés un dollar au cul du camion et revendus cinquante aux Chinois d'Addis-Abeba et de Dar es Salam.

Ils rebroussèrent chemin. Tuju demanda au chauffeur s'ils pouvaient jeter un œil sur le contenu des sacs. Il accepta contre un billet de vingt dollars. Olivier monta dans la benne, plongea la main dans un des sacs en toile et en tira une poignée de terre qu'il examina avec attention. Le chauffeur et Tuju le regardaient. Il creusa des sillons avec son doigt, renouvela l'opération dans plusieurs sacs. Au bout d'un quart d'heure, il descendit du camion et s'adressa au chauffeur.

— Depuis combien de temps cette mine est-elle exploitée ?

Tuju traduisit et le chauffeur répondit.

— *Esali ba mbula.*

— Depuis toujours, dit Tuju à Olivier qui hocha la tête.

— C'est bien ce que je pensais, dit-il en époussetant sa chemise. Elle est totalement épuisée.

## 14

La pluie battante mitraillait la tôle de la camionnette. De grosses gouttes, lourdes comme des billes de verre. Sur le siège conducteur, Mad Joe regardait sa montre en tapotant des doigts sur le volant. À côté de lui, Lauzière ne bougeait pas, les yeux rivés sur la maison d'en face, une demeure cossue retranchée derrière un portail en acier hérissé de barbelés. À l'arrière, pressés d'en finir, Marjan et Sekuto attendaient le signal.

Les quatre hommes avaient rejoint Kisangani dix jours plus tôt. Dix jours de traque, de planque et d'infinies précautions. Kisangani, ex-Stanleyville, un port sur le fleuve Congo, des grues en pleine jungle, à cinq cents kilomètres en ligne droite depuis Goma. Une sorte de Far West africain, plaque tournante pour l'exportation des minerais rares et des pierres précieuses.

Après Walikale, Lauzière avait fait son rapport au général Delmas. Il lui avait confirmé l'existence du dossier Antioche et appris que Faustin Iseidi conservait les photos depuis des années dans un coffre-fort qu'il avait vu de ses yeux. Après avoir lui-même participé à l'opération Antioche, le chef du FLC avait voulu se constituer une sorte d'assurance-vie contre un retour de manivelle orchestré par le tribunal de La Haye. Comme il l'avait expliqué, Iseidi n'était plus un problème, mais Miwumbe, le voleur du dossier, courait toujours avec l'intention de le vendre au plus offrant. Ils avaient récupéré le nom d'un certain Issam Chamoun, un négociant libanais, et c'était leur meilleure piste. Delmas avait alors donné son accord pour une petite visite chez Chamoun.

Les mercenaires avaient donc embarqué à bord d'un Cessna pour Kisangani. Sur place, il avait fallu faire vite pour les repérages, les filatures, l'achat de quelques tuyaux précieux, et au bout de dix jours, ils avaient localisé la maison d'Issam Chamoun. Le Libanais était dans le commerce des gemmes. Il trafiquait avec la Belgique et les Pays-Bas, Dubaï, l'Arabie, la Russie et la Chine. Il avait le bras long, un carnet d'adresses épais comme le bottin et habitait dans un quartier tranquille où les hommes de Lauzière avaient repéré ses allées et venues. Ils décidèrent d'intervenir tôt le matin, avant 8 h 30, le moment où le portail s'entrouvrait pour laisser passer la toujours impeccable Lexus RX450 grise de l'homme d'affaires.

La pluie redoubla d'intensité. La camionnette de livraison était couverte d'un voile blanc.

— Merde. On n'y voit plus rien.

Lauzière frappa la cloison avant de s'extirper du véhicule, suivi par John, Marjan et Sekuto qui sortirent par l'arrière, mitraillette au poing. Le portail était toujours fermé. La rue était déserte. Ils la traversèrent en évitant les ornières que la pluie avait creusées dans le sol. Sekuto mit deux balles dans la serrure du portail qui explosa. Un boy maigrichon se précipita en levant les bras. Sans hésiter, un poignard luisant à la main, Marjan bondit sur le pauvre homme qui s'écroula comme une poupée de chiffon.

— Là. Et toi, par là.

Les hommes se répartirent dans la cour. La maison, une construction moderne sur deux étages, était protégée par un mur d'enceinte de deux mètres cinquante. Ils le longèrent, passèrent sous un porche. La Lexus était là. Bonne pioche. Ils passèrent de l'autre côté. À l'abri des regards, dans un écrin de verdure parsemé de fleurs de bougainvillées et de cannas, une piscine émeraude hurlait sous la cataracte de pluie.

Marjan était resté derrière au cas où. Sekuto se posta devant la porte. Les deux autres tenaient leurs armes près de leur corps. Il tourna la poignée. La porte était ouverte. Ils montèrent l'escalier de pierre, sans faire de bruit. On percevait de petits couinements sourds, semblables à ceux des loirs dans une charpente. Sekuto s'essuya le front dégoulinant. Lauzière et John le suivaient. Ils arrivèrent en haut des marches. Sekuto mit un doigt sur ses lèvres et désigna une porte d'où s'échappaient les cris.

Ils se postèrent chacun d'un côté et l'Angolais donna un grand coup de pied. Il y eut un courant d'air et des piaillements stridents. Deux adolescentes bondirent du lit en criant, nues comme des vers. Au milieu du matelas, un homme d'une cinquantaine d'années tirait sur ses draps, surpris et paniqué. Les deux filles se plaquèrent au mur et Mad Joe les pointa avec son fusil en leur faisant signe de se taire.

— Issam Chamoun ? demanda Lauzière. Ne bougez pas.

— Qu'est-ce que vous me voulez ? Qui êtes-vous ? Des Français ? Je vais me plaindre à l'ambassadeur…

Il n'eut pas le temps de finir sa phrase. Le colonel lui décocha une gifle monumentale qui le renversa sur le lit.

— Ta gueule. On est ici incognito. L'ambassade, on connaît pas. Et on n'est pas là pour faire la causette. Où se trouve le dossier Antioche ?

Chamoun blêmit. Terrorisé.

— Je ne l'ai pas. Je vous jure !

Deuxième baffe. Coup de crosse dans le ventre. Chamoun se plia en deux. Son gros corps de baleineau adipeux était pris de spasmes.

— Tu l'as acheté à Miwumbe. C'est lui qui nous l'a dit. On vient de la place de la Concorde pour le chercher, alors tu vois, on est motivés et je te promets qu'on va le récupérer.

— Je ne l'ai pas. JE NE L'AI PAS. Je ne l'ai jamais acheté à Miwumbe. Vous mentez !

— Tu traites Miwumbe de menteur ? hurla Lauzière.

— Oui. De menteur. De fou. Ce type est fou à lier. Dingue, je vous dis !

— Il ne t'a pas vendu de photos ?

— Non ! Il en voulait un million de dollars. Un million de dollars pour des photos !

— Tu les as vues ?

— Oui.

— Prouve-le.

— C'était... Des centaines de photos. Avec les dates sur les pellicules. Des soldats. La preuve que l'armée française se trouvait au Kivu en 2001, mais pas au bon endroit.

— Où est Miwumbe ?

— Comment voulez-vous que je le sache ?

Sur un geste de Lauzière, Sekuto frappa les jambes du Libanais avec la crosse de son fusil. L'autre hurla en se débattant avec ses draps.

— Je te le demanderai pas trois fois. Où se trouve Miwumbe ?

— À Lutaka. C'est un comptoir de contrebande à deux cents kilomètres en amont du fleuve. Il m'a dit que si je changeais d'avis, je pourrais le trouver là-bas.

Lauzière vissa ses yeux dans ceux de Chamoun pour tenter de se faire une idée de sa sincérité. Il lui demanda une description physique de Miwumbe, combien d'hommes, quel matériel. Chamoun lui donna tout sans sourciller, l'implorant en échange de lui laisser la vie sauve. S'il n'avait tenu qu'à lui, Lauzière aurait accepté, mais Chamoun était un homme puissant. Il connaissait du monde, il avait des appuis, sans doute même dans les milieux diplomatiques et militaires français. En un mot, il représentait un risque et Lauzière n'était autorisé à prendre aucun risque. Alors, lorsqu'il en eut terminé, le colonel fit un signe à Sekuto qui pointa son arme sur le Libanais. Celui-ci se ratatina contre le mur, le visage déformé par la terreur. Puis il y eut un clic et son crâne éclata sur les murs blancs, éclaboussant de sang les deux adolescentes recroquevillées dans un coin de la pièce.

## 15

— Alors ? Bien installée ?

Céline Dao leva les yeux de son ordinateur portable et aperçut Olivier appuyé contre le chambranle de la porte, les cheveux en bataille, les manches de chemise retroussées et le visage marqué par le soleil.

— Salut ! Tu viens d'arriver ?

— À l'instant. On a mis deux jours pour revenir de Kisanga. Deux jours pour cent cinquante kilomètres. Je ne te fais pas de dessin. Et vous ? Les nouveaux locaux? dit-il en jetant un coup d'œil panoramique sur les murs blancs du bureau.

Céline recula sur son siège.

— Pas mal, non? Mis à part la connexion Internet pourrie. Ça fait une demi-heure que j'attends un mail qui n'arrive pas. Et la clim qui ne marche pas, mais le réparateur doit passer un jour. C'est ce qu'il a dit mot pour mot. « Je vais passer un jour », dit-elle en haussant les sourcils.

Olivier sourit. Il était heureux de la revoir.

— Il y a du café? demanda-t-il.

— Oui, il est excellent. Suis-moi.

L'équipe avait emménagé trois jours auparavant dans ces nouveaux locaux fraîchement rénovés sur l'avenue Munua, à deux kilomètres de l'hôtel. C'était moins glamour que de travailler face à la piscine du Karavia, mais plus pratique et moins onéreux. Le bâtiment, très quelconque, était encadré par le Casino sur la gauche et une église catholique en forme de gâteau d'anniversaire sur la droite. Au rez-de-chaussée se trouvaient les garages et au premier un plateau divisé en une dizaine de bureaux que s'étaient répartis les membres de l'équipe. À l'arrière, une grande cuisine avec évier et machine à laver. Céline ouvrit la porte du frigo pour en faire admirer l'intérieur à Olivier.

— Boissons fraîches, lait, fruits, café. C'est moi qui ai fait les courses.

— Juste un café, merci.

Céline leur servit deux tasses et s'approcha d'Olivier qui s'était posté à la fenêtre et observait l'arrière-cour de l'immeuble.

— Alors, ton voyage ?

— Passionnant, dit-il en souriant à sa collègue. Ce pays est prodigieux.

Il lui parla des paysages qu'ils avaient traversés, de la forêt, de la savane, des collines immenses et vierges. Il lui parla des villageois qui les avaient invités à manger et à danser toute la nuit. Il parla de Kisanga, de la vague bleue en pleine savane, de Kasulo et des creuseurs miséreux de Sandala, des vingt kilomètres de routes qu'il faudrait remblayer avant de faire passer le moindre camion entre Likasi et Bunkeya. Puis il prit un air plus grave.

— Kisanga est plus complexe qu'il n'y paraît. Il y a à boire et à manger. Je dois en parler à Speck. Tu l'as vu ?

— Il est au téléphone dans son bureau. Que veux-tu dire ?

Olivier baissa la voix.

— On nous a présenté le gisement comme une grosse pomme pleine de cuivre, mais la réalité, c'est que la pomme a été bouffée par les vers à plusieurs endroits. Et ce qui m'étonne, c'est que je n'en ai vu aucune mention dans le rapport Telson.

Céline sirotait son café sans le quitter des yeux.

— Tu penses que le rapport Telson serait biaisé ?

Olivier soupira.

— Je l'ai emporté pendant mon voyage, avec les plans et les relevés topographiques. Je l'ai relu en détail et il est truffé d'approximations. Certains impacts sont sous-évalués, d'autres carrément passés sous silence. Leurs analyses géologiques sont partielles et leurs conclusions extrapolées. J'ai visité les concessions, Céline. J'ai pris la terre entre mes doigts. J'y ai passé le temps qu'il fallait. Et j'ai comparé avec ce qui était écrit dans le rapport : ce document n'est pas fiable.

Céline était décontenancée.

— Telson est un cabinet réputé dans le monde entier, objecta-t-elle. Ils travaillent avec nous depuis dix ans et nous n'avons jamais eu à nous en plaindre.

— Je sais : ça ne colle pas. Mais ça ne change rien aux faits. Ce document est un gruyère qui semble animé d'une volonté obsessionnelle d'embellir la mariée.

Elle haussa les épaules.

— Si tu penses ce que tu dis, tu dois en parler à Nicolas sans tarder. En même temps, tu dois être conscient que ce n'est pas du tout ce qu'il attend de nous. Ce qu'il veut, c'est que nous mettions en route Kisanga, pas que nous remettions en cause le rapport Telson.

— Je fais mon boulot, s'insurgea Olivier.

— Je sais, mais je te préviens qu'il risque de mal réagir. Vu de son fauteuil, l'intérêt de Carmin, c'est de mettre ce chantier sur des rails, pas de le remettre en cause. Et remettre en cause Telson, c'est remettre en cause Kisanga.

— Je suis le seul d'entre nous à être allé sur place. Si tout le monde s'en fout, je n'y peux rien…

— Ne le prends pas mal. Je dis ça pour toi. Kisanga est devenu un enjeu politique. Tu as entendu Butard et Meyrieux : le grand projet qui transformera Carmin pour vingt ans… Ils l'ont claironné à la Terre entière. Que valent tes réserves, face à ça ?

Pas grand-chose, je te le dis comme je le pense. Pire, je crois que ça peut se retourner contre toi.

— Ça serait un comble.

— Je me trompe peut-être. Mais si tu racontes à Speck ce que tu viens de me dire, tu lui apporteras une mauvaise nouvelle. Et rappelle-toi ce que les Grecs faisaient aux porteurs de mauvaises nouvelles.

Olivier regarda Céline, ne sachant quoi répondre. La jeune femme avait bénéficié d'une ascension fulgurante chez Carmin. Elle avait navigué dans les arcanes du pouvoir, vu les fauves à leur besogne, subi leurs coups de sang, deviné leurs coups bas. Son avis comptait et il ne savait plus trop quoi penser. Elle s'approcha, lui prit la main. Olivier était décontenancé, autant par son geste que par ses paroles. Profitant de son trouble, elle se hissa sur la pointe des pieds et l'embrassa sur la joue. Il sentit son parfum l'envelopper. Floral, épicé, teinté d'une pointe mordante de gingembre.

— Mon e-mail doit être arrivé.

Elle reposa sa tasse dans l'évier avant de s'éclipser.

Olivier resta plusieurs minutes dans la cuisine, seul, à peser le pour et le contre. Il n'eut pas besoin de réfléchir très longtemps. Elle avait certainement raison. Dire la vérité revenait à prendre un risque personnel. Simplement, voilà. Cacher la poussière sous le tapis, ce n'était pas sa manière de faire. Il avait sans doute tort, mais c'était ainsi.

Il entra dans le vaste bureau d'angle qui donnait sur l'église blanche. Speck, qui finissait sa conversation au téléphone, lui fit signe de s'asseoir.

— Bonjour, Nicolas, dit-il lorsque Speck eut raccroché. Je suis arrivé ce matin de Bunkeya et je dois vous dire quelque chose.

— Moi aussi, rétorqua Speck sur un ton glacial. Je viens de raccrocher d'avec Zhang Hiu à l'instant. Et si vous pensez que nous nous sommes tapés sur le ventre comme de vieux copains de régiment, je peux vous dire que vous vous trompez.

Speck annonça la couleur d'entrée de jeu.

— Figurez-vous, reprit Nicolas, qu'il vient de me passer un savon monumental. Il a menacé de se plaindre auprès de Wao Jun et d'Alain Butard, et je n'ai rien pu faire d'autre que de m'aplatir comme une merde. Savez-vous pourquoi, Martel?

Le vieux contenait sa rage, mais Olivier voyait les éclairs au fond de ses yeux.

— Mo Zeqiang? susurra Olivier.

— Qu'est-ce qui vous a pris, bordel, de le planter de la sorte pour vous faire une petite virée en solo?

— Je vais vous expliq…

— Je me fous de vos explications, Martel. Laissez-moi vous rappeler une chose. Nous représentons l'avant-garde d'une coopération entre deux groupes internationaux qui n'ont jamais travaillé ensemble et qui le font pour la première fois en dépit de leur méfiance réciproque. Tout cela sous l'œil attentif de leurs gouvernements respectifs, car derrière ce partenariat il y a la promesse d'autres coopérations en Afrique, dans les mines, les transports, le maritime, le génie civil, le pétrole, le bois, l'agriculture, les télécoms… Ignorez-vous que nos faits et gestes sont observés à la loupe par l'Élysée et Matignon?

Faut-il que je vous fasse un putain de dessin ? Martel !

Speck avait bondi de son siège et menaçait le jeune ingénieur de l'index.

— Vous aviez la lourde tâche de faire nos premiers pas dans la brousse avec nos nouveaux amis et vous les humiliez avec une désinvolture inacceptable. Au nom d'une lubie que je ne m'explique pas, vous mettez en péril le travail que nous avons patiemment mené depuis des mois. Est-ce que vous vous rendez compte ?

— Je suis désolé, vraiment.

— Vous êtes désolé, vraiment ? Vous vous foutez de ma gueule en plus ?

— Nicolas, j'ai eu tort. Je le reconnais. Laissez-moi vous expliquer. Je vous en prie, donnez-moi juste un instant. Ce n'était pas une lubie. Je n'ai rien contre Mo Zeqiang. J'ai agi dans l'intérêt de Carmin. Accordez-moi une minute.

— Vous avez trente secondes.

Olivier tenta de remettre de l'ordre dans son esprit et débita ses arguments aussi vite qu'il le pouvait.

— Après avoir visité le site de Bunkeya, qui est exceptionnel, j'ai réalisé que nous allions inspecter deux autres sites localisés sur la même faille sur lesquels j'étais sûr que nous n'apprendrions rien de plus. Alors j'ai proposé à Mo Zeqiang d'adapter notre programme. Je lui ai indiqué deux autres secteurs qui me semblaient plus pertinents, mais il s'y est opposé. Sans raison valable. Simplement parce que ce n'était pas prévu. Alors j'ai imaginé qu'on nous cachait peut-être quelque chose et j'ai voulu en avoir le cœur net. Je suis parti. Je n'aurais pas dû, vous avez raison. Mais il se trouve que j'ai découvert deux mines de mauvaise qualité. Elles sont répertoriées sur le gisement de Kisanga comme des sites lambda et je n'arrive pas à me convaincre qu'il s'agisse d'un hasard.

Les yeux de Speck étaient noirs et sévères, mais les rides de son front s'étaient légèrement atténuées.

— Votre job, Martel, n'est pas de jouer au détective privé. Qu'il y ait des qualités diverses dans les mines de Kisanga est tout à fait normal. Citez-moi un gisement dans le monde où ce n'est pas le cas. Ce travail a été fait. Nous avons un rapport circonstancié sur le sujet.

— Justement, je…

— Taisez-vous. Le sujet est clos. Si vous ne voulez pas reprendre l'avion pour Paris demain, vous devez me promettre de vous en tenir à votre job. Dans deux mois, tout le gratin ministériel congolais, chinois et français se retrouvera ici pour couper les rubans, siphonner des caisses de champagne et signer des accords commerciaux. Votre boulot consiste à faire en sorte que le jour J, des monstres de métal fouillent les entrailles de ce bon Dieu de sous-sol et en retirent des pelletées de minerai bleu. C'est tout ce que j'attends de vous. Est-ce clair ?

— C'est clair.

— Je veux en outre que vous repreniez votre collaboration avec Mo Zeqiang. Vous irez lui présenter vos excuses et vous l'associerez comme il se doit à vos travaux. Sommes-nous d'accord ?

— D'accord.

Speck marqua une pause avant de s'affaler dans son fauteuil et de passer la paume de sa main sur sa barbe de trois jours.

— Je n'ignore pas que vous avez été chaudement recommandé par le directeur de cabinet de Géraldine Fischer, mais soyons clair, je m'en moque éperdument. Si je dois vous renvoyer à Paris avec un coup de pied au cul, je le ferai sans hésiter. Je ne vous donnerai pas de seconde chance, Martel. À la prochaine sortie de route, vous rentrez. Ne vous trompez pas sur mes intentions.

Olivier se leva sans rien dire et sortit du bureau.

Speck se retourna vers la baie vitrée qui donnait sur l'avenue Munua et tourna d'un cran l'intensité de son climatiseur. Juste en face de son bureau, un portique publicitaire enjambait l'avenue. Sur l'affiche aux couleurs de Rawbank, un Congolais en costume et cravate, au front très noir et aux dents très blanches, semblait le regarder.

## 16

Olivier lança ses bras en avant et son corps bascula dans le vide. Les rayons du soleil lui brûlaient les épaules et le dos. La fraîcheur de l'eau l'enveloppa d'un coup. Des microbulles couraient sur sa peau, ses cheveux, entre ses doigts. Il déplia ses membres et resta en apnée un long moment, avant d'appuyer sur ses jambes et de remonter à la surface. Il emplit ses poumons d'air, replongea vers le fond. Un acouphène lui chatouilla le tympan. Il traversa plusieurs fois la piscine dans un silence total, remonta brutalement et nagea quelques brasses vers le petit bain. De la main, il ramena ses cheveux ruisselants en arrière et se dirigea vers l'échelle en aluminium. Il était 5 heures, presque 6, la plus belle heure de la journée. Le soleil rougissait à l'horizon et à quelques centaines de mètres, le lac Kipopo exsudait ses volutes brumeuses. Tout près, les branches d'un manguier planté sur les pelouses du Karavia dessinaient des ombres chinoises sur la pelouse. Olivier attrapa une serviette blanche en coton frappée du logo de l'hôtel. Les jardins étaient déserts. Il ferma les yeux. Il avait rêvé de ce bain depuis sept jours.

Alors, après s'être séché dans l'air brûlant du soir, il remonta dans sa chambre, enfila une chemise de lin et un bermuda, s'assit dans le fauteuil en osier sur son balcon et attrapa son téléphone. Depuis son départ pour Bunkeya, il n'avait pas téléphoné à Isabelle et leur dernier coup de fil remontait maintenant à dix jours. Il refusait de se l'avouer totalement, mais la vérité était qu'il avait procrastiné. Leur dernier échange s'était révélé franchement déprimant. Ils s'étaient raconté des banalités, ce qu'ils avaient fait de leur journée, les gens qu'ils avaient rencontrés, les dernières sorties de Sarah à l'école, les choses qu'on se dit au téléphone, sauf que leur dialogue était dépourvu de ces petits détails, ces digressions, ces sous-entendus, ces plaisanteries qui font le sel des conversations du quotidien. En raccrochant, il avait eu l'impression d'avoir pris autant de plaisir que s'il avait lu une liste de courses. Cependant, il brûlait d'envie de parler à Sarah.

— Allô ?

— Sarah ? C'est papa.

— Papa !!

Une bouffée de bonheur l'envahit. Elle commença par se plaindre de son absence, répéta à quel point elle voulait le voir, l'embrasser, jouer à cache-cache dans le noir et puis très vite, elle enchaîna avec enthousiasme sur ce qui lui était arrivé le jour même à l'école, à la cantine, à son cours de musique. Cette petite voix… Elle jubilait à cause du dessert au chocolat et se renfrognait à cause d'une remarque injuste de sa maîtresse. Olivier la laissa parler sans l'interrompre. Le timbre de sa voix malicieuse montant dans les aigus lui serrait le cœur. Il avait à peine besoin de la relancer pour que le monologue reparte de plus belle jusqu'à ce qu'elle lui fasse part d'un détail qui l'intrigua.

— J'ai une nouvelle copine. Elle s'appelle Béatrice. Elle a des cheveux noirs très longs. C'est ma baby-sitter.

— Elle est nouvelle ?

— Oui et elle est très gentille.

— Tu l'as vue quand ?

— Hier et… euh… (À l'évidence, elle comptait sur ses doigts.) Quatre fois.

— Quatre ? s'étonna Olivier. Tu es sûre ?

— Oui. Voilà maman.

Olivier était perplexe. Isabelle, qui était plutôt casanière, avait appelé quatre fois la baby-sitter dans la même semaine.

— Allô, Isa ?

— C'est moi, comment vas-tu ?

— Ça va. Je reviens d'un voyage d'une semaine en pleine brousse. Je ne pouvais pas appeler plus tôt…

— Ce n'est pas grave.

Elle avait dit cela avec un certain détachement. Olivier en éprouva une légère contrariété.

— On a passé deux jours dans un village à tenter de désembourber un camion. Sans outils, quasiment à mains nues, le système D. L'Afrique, je te jure, c'est vraiment une autre planète.

Olivier faisait un effort surhumain pour parler comme si de rien n'était. Mais sa conversation lui semblait vide, nulle, sans intérêt. Il continua sur ce registre pendant plusieurs minutes avant qu'Isabelle lui emboîte le pas sur les péripéties de Sarah à l'école, les travaux du voisin qui avaient commencé et qui faisaient un bruit infernal toute la journée. Rien en revanche sur Béatrice, sur ses escapades nocturnes, de sorte qu'après un instant d'hésitation, il se jeta à l'eau.

— Sarah m'a parlé de Béatrice.

— Béatrice ?

— La baby-sitter.

— Ah… Oui. Béatrice. Très gentille. Elle est venue hier pour la garder.

— Hier et plusieurs autres fois. C'est ce qu'elle m'a dit.

Il y eut un court blanc dans la conversation, mais il sembla à Olivier qu'il durait des heures. Il sentit ses muscles se contracter et eut un mouvement de recul dans son fauteuil en osier.

— En effet, reprit Isabelle d'un air glacial.

— Tu es sortie ?

— Je suis allée voir une copine.

— Quatre fois de suite dans la semaine ?

— Oui. Quatre fois de suite. C'est un interrogatoire ?

— Non. Simple curiosité.

— Eh bien, oui. Je suis allée voir une copine quatre fois de suite cette semaine et j'ai appelé Béatrice la baby-sitter pour garder Sarah. Voilà.

Devant le calme d'Isabelle, Olivier n'en était que plus intrigué. Il tapotait de la main sur son fauteuil. Un silence s'installa.

— Tu veux que je te dise pourquoi, c'est ça ?

— Oui. En fait, j'aimerais bien savoir.

Ça, c'était vraiment une réplique nulle, pensa-t-il.

— Eh bien, je vais te le dire. Je suis allée voir Léa, une copine du boulot. Le week-end dernier, elle a laissé ses trois mômes chez sa mère pour repeindre son appartement avec son mec. Ils avaient tout préparé, acheté des kilos de peinture chez Casto. Ils s'y sont mis, tout le samedi. Et puis le dimanche matin, alors qu'elle était debout sur son escabeau, son mec s'est planté devant elle et lui a avoué qu'il avait une autre femme dans sa vie. Que ça faisait six mois que ça durait, qu'il ne savait pas comment lui dire, qu'il était désolé, mais qu'il ne pouvait pas vivre dans le mensonge plus longtemps. Et il s'est barré. Il a tout laissé en plan et il s'est tiré sans même nettoyer ses pinceaux. Alors elle m'a appelée et je suis allée la voir. Quatre fois cette semaine. Pour l'aider à finir la deuxième couche.

Dans son fauteuil, Olivier était pétrifié, incapable d'articuler un son.

— Évidemment, reprit Isabelle, on a aussi un peu picolé et parlé des hommes, de leur façon toute personnelle de voir le monde tourner autour de leur petite personne. Mais ça, si tu veux bien, je préfère ne pas en parler au téléphone.

## 17

Pendant son séjour à Goma, Raphaël avait élu domicile dans un hôtel miteux du centre-ville, un bouge infesté de cafards gros comme le doigt, aux cloisons fines comme du papier et où l'eau ne coulait des robinets de la salle de bains qu'un jour sur deux. L'emplacement était central, mais sa chambre lui foutait le bourdon. Allongé sur le matelas aux ressorts saillants, il était absorbé par le spectacle fascinant d'une araignée se régalant d'un énorme taon qui s'était pris dans sa toile. Pendant que l'insecte dévorait sa proie, il refaisait le point pour la énième fois et la conclusion lui apparaissait de plus en plus limpide. En dépit du fait qu'il avait maintenant la certitude que CMA avait été épaulée par une opération militaire illégale nommée Antioche, qu'un certain Miwumbe avait les preuves de ce scandale et qu'il essayait de les vendre au plus offrant, il était contraint de constater qu'il n'avait pas progressé d'un pouce dans la récupération d'indices, de témoignages ou d'adresses qui lui auraient permis de le prouver. Au moment même où il s'apercevait que son affaire était un scandale d'État, son enquête s'enlisait dans des sables mouvants.

Raphaël avait pourtant tout tenté pour retrouver Miwumbe. Il avait établi des contacts avec d'anciens soldats, des mercenaires, des trafiquants ayant fricoté avec lui. Il avait interrogé les contacts que lui avait donnés Meerk et les contacts de ses contacts, mais son investigation n'avait rien donné. Il avait continué d'envoyer ses notes de frais au *Matin*, en pipeautant sur l'avancée de son papier, mais la réalité, c'est qu'il arrivait au bout du temps qui lui était imparti.

La journée de ce mardi 3 août avait été étouffante. À la nuit tombée, Raphaël s'était rendu au Tennis, un bar du centre-ville, jouxtant un court en bitume défoncé par les racines et envahi par les herbes sur lequel aucune balle en caoutchouc n'avait dû rebondir depuis l'indépendance. Il aimait sortir le soir quand la chaleur et le brouhaha de la ville s'estompaient et qu'à la faveur de l'obscurité, il finissait par avoir la même couleur de peau que tout le monde.

Le Tennis était un *nganda* à la mode en dépit de son aspect défraîchi, quinze mètres carrés où tout Goma semblait s'être donné rendez-vous. Tout Goma ? Tout le pays, oui ! Et l'Afrique entière par-dessus le marché. Un bar où les Congolais se retrouvaient pour palabrer pendant des heures. De politique, de musique, d'amour et de poésie, mais surtout, avant toute chose, de football. En particulier en ce moment, alors que l'équipe nationale faisait un parcours inattendu et plus qu'honorable dans la Coupe d'Afrique des Nations.

Raphaël entra dans la petite salle du bar bondée et bruyante. Toute la faune de Goma était là. Des jeunes, des vieux, étudiants, fonctionnaires, mécanos, gigolos, creuseurs, lutteurs du quotidien, petits chefs kalachnikeurs et prostituées notoires, musiciens des rues, vantards et supporters. Il y faisait chaud et l'air était sombre et enfumé, déchiré par endroits par la lumière crue des néons. La soukous qui s'échappait des haut-parleurs d'un énorme ghetto blaster Sharp juché sur un frigo rongé par la rouille faisait vibrer les corps. Il dut jouer des coudes pour atteindre le comptoir et commander sa Skol à une serveuse aux yeux en amande et combinaison rouge moulante.

Soudain, une voix cria : « Naaaajiiiii !!! » Et une clameur monta. Le volume du ghetto blaster augmenta subitement et dès les premières notes de la chanson de Pepe Kalle, la salle entière se mit à onduler. Dans l'obscurité, les cuisses, les bras, les hanches se frottaient, les mains se cherchaient et les bouches se rapprochaient. Raphaël sentit une main qui lui caressait le bas des reins. Il eut à peine le temps d'apercevoir une silhouette et deux grands yeux verts qu'elle disparut.

Raphaël sortit à l'extérieur retrouver un peu de fraîcheur. Sur ce qui avait été autrefois le terrain de tennis, on avait installé des tables et des chaises en plastique dépareillées où les clients formaient de petits groupes et discutaient ainsi toute la nuit autour de cadavres de bouteilles de bière.

Il se faufila entre les tables, jusqu'à une chaise libre qu'il emprunta pour s'asseoir. Il était 19 heures. Dorget était sûrement encore à la rédaction.

— Allô.
— Philippe ? C'est Raphaël.
— Raphaël ! Merde alors. Ça fait huit jours que tu nous laisses sans nouvelles. D'où m'appelles-tu ? Une boîte de nuit ?
— Un *nganda*. Le repos du guerrier. Je n'ai pas arrêté de bosser cette semaine, mon vieux.
— Et alors ? Qu'est-ce que ça donne ?
— J'ai une piste. Ou plutôt, j'avais une piste. Prometteuse. Un soldat du Front de libération du Congo qui détiendrait les preuves que CMA était couverte par l'armée française. Tu imagines ?
— Excellent, s'enthousiasma Dorget. Tu l'as vu ?
— Non, je sais qu'il existe mais je n'ai aucune adresse, aucun renseignement. Rien de rien. Je suis à sec.
À la table à côté de lui, dans un rire franc et communicatif, un jeune homme exhibait ses deux impeccables rangées de dents blanches. Tous ceux qui étaient attablés avec lui semblaient boire ses paroles. Ses bras décrivaient des cercles, ses mimiques étaient celles d'un acteur de théâtre. Raphaël tendit l'oreille. Quelques mots de français mêlés au swahili lui permettaient de saisir de quoi il retournait. En l'occurrence, il suffisait de voir les mouvements du bassin et des bras pour comprendre que le sujet brûlant était le foot. Le jeune homme était convaincu que le Congo remporterait la coupe. Il riait aux éclats et les autres riaient avec lui en levant leurs bouteilles de bière.
— CMA remonte à 2001, reprit Raphaël. Pour nous, c'était hier. Ici, c'est la préhistoire.

— Comment ça ? demanda Dorget.

— Parce qu'ils ont tous moins de vingt ans. Il n'y a que des gamins, partout, dans tout le pays. Je suis presque un vieillard, ici.

— Au moins, les vieillards y sont respectés, plaisanta Dorget.

— Oui. Mais qui les écoute ? Surtout un vieux Blanc comme moi…

— Faut te détendre, Raph !

Da Costa avala une grande gorgée de Skol tiède.

— Tu avais raison, Phil. L'affaire CMA est terminée. Je vais rentrer.

Dorget soupira. Il avait beau être à dix mille kilomètres, il connaissait tellement bien Raphaël qu'il avait l'impression de le voir comme s'il était assis en face de lui.

— Tu veux revenir ? C'est toi qui choisis. Mais sache une chose. Je t'ai dissuadé de partir et tu es parti quand même parce que c'était plus fort que toi. Parce que tu ne supportes plus celui que tu es devenu, le journaliste de second plan, la gloire déchue qui ne doit qu'à ses relations de ne pas avoir été foutue à la porte. Tu as choisi de partir pour mettre un terme à cette affaire qui te ronge depuis des années. Tu as décidé de jouer le tout pour le tout et d'affronter ton fantôme en face. C'est ton choix et je le respecte.

— Où veux-tu en venir ?

— Tu es mon ami. Je ne t'ai jamais voulu que du bien. Mais si tu abandonnes, tu trouveras une lettre de licenciement sur ton bureau à ton retour… Pas pour te punir, Raph. Pour éviter que ce métier ne te détruise complètement. Parce que je sais que si tu reviens sur un échec, tu n'arriveras pas à te relever. Et je n'ai pas envie de te voir sombrer dans la picole ou dans la dope. C'est ce qui est arrivé à mon frère et je ne le souhaite à personne. Je te virerai pour que tu changes de métier, que tu te tires dans le Morvan ou en Dordogne, où tu voudras, et que tu changes de vie une bonne fois pour toutes…

Le journaliste se taisait. Il savait qu'à travers les mots de Dorget, la vérité s'imposait à lui sans ménagement.

— Raph, reviens si tu veux. Mais réfléchis bien. Et s'il te reste encore un petit doute, va jusqu'au bout. Peu importe le temps que ça prendra.

Raphaël ne répondit pas.

— Tu es sûr d'avoir activé toutes tes pistes ?

— J'ai vu beaucoup de monde ici. Le temps a passé comme un rouleau compresseur sur cette histoire. J'ai l'impression qu'il n'y a plus que nous que ça intéresse.

— Ce Miwumbe dont tu parles, il est pourtant bien quelque part.

— Une aiguille dans une botte de foin. Et je ne vais pas passer six mois à le chercher.

— Et à Paris ? Le flic de la brigade financière qui avait travaillé sur l'affaire à l'époque ?

— Jean-Michel Favereau ? Il m'a gentiment envoyé sur les roses il y a un mois quand je lui ai demandé son aide.

— Je ne sais pas quoi te dire. Juste ceci : accroche-toi. Car une fois que tu auras lâché prise, ça sera pour de bon.

Raphaël promit d'essayer une dernière fois. Puis il avala d'un trait la fin de sa bière, retourna au bar pour en commander une nouvelle et surtout se mettre en quête de la créature aux yeux verts et à la peau caramel dont il avait entrevu le sourire. Demain, il appellerait Favereau, mais ce soir, il brûlait de retrouver celle qui lui avait mis une main au cul.

## 18

— Favereau, j'écoute !

Au bout du fil, le flic avait une voix peu amène. Raphaël était assis en caleçon sur son lit inconfortable, encore sonné par la nuit qu'il venait de passer. La veille, dès qu'elle l'avait aperçu près du bar, la belle avait pris les devants. Raphaël avait beau ne pas être dupe, il s'était laissé faire. Il lui avait payé à boire et elle ne l'avait pas lâché. Ils étaient sortis, avaient mangé quelques brochettes et une portion de riz fumé, puis elle s'était jetée à son cou, l'avait embrassé comme si sa vie en dépendait – ce qui d'ailleurs n'était peut-être pas tout à fait faux. Il l'avait ramenée à son hôtel et ils avaient baisé comme des affamés. Là encore, c'est elle qui avait mené la danse… Au petit matin, il lui avait donné quelques billets pour la forme et elle avait déguerpi comme une anguille.

— C'est Da Costa à l'appareil. Écoutez, je ne vais pas y aller par quatre chemins. J'ai progressé sur CMA mais je suis bloqué.

— Qu'est-ce que vous voulez ?

— C'est comme à la messe, Jean-Michel. On donne ce qu'on peut.

Raphaël vida son sac sans prendre de gants. Meerk, Antioche, Miwumbe, le dossier perdu et la merde dans laquelle il se trouvait. Favereau joua sa partition de tête de mule à la perfection et entonna son laïus : CMA était une affaire ancienne et il avait des dizaines d'autres casseroles sur le feu. Délits d'initiés, abus de biens sociaux, escroqueries à la pelle, abus de faiblesse, emplois fictifs, délits de corruption sur marchés publics, sans compter les fraudes fiscales, délits de presse, injures publiques, violations de secret professionnel… Rien que des dossiers sensibles. Rien que des VIP. Des bâtons merdeux.

Raphaël rebondit à ce moment-là.

— La dernière fois qu'on s'est vus, j'ai compris que vous aviez du nouveau, mais que vous ne vouliez pas relancer l'affaire pour autant. Ce que je vous demande, c'est simplement de me donner cette piste. Si je peux m'en servir, je le ferai, sinon, je refermerai définitivement cette enquête et vous n'entendrez plus jamais parler de moi.

Favereau marqua une légère pause avant de répondre.

— Vous êtes une teigne, Raphaël. Et je ne peux vous cacher que c'est ce qui vous rend sympathique à mes yeux. Je vais vous filer mon tuyau si vous me promettez de me rayer de votre carnet d'adresses.

— C'est comme si c'était fait, répliqua Da Costa.

— Bien. Il y a huit mois environ, j'ai été contacté par un collaborateur de Carmin qui savait que j'avais enquêté sur CMA à l'époque. Je ne l'ai eu qu'une seule fois au téléphone. Il avait travaillé pour CMA jusqu'en 2001, jusqu'à ce que la filiale plie les gaules et quitte le Kivu. Mais il savait très bien que l'activité sur place avait continué clandestinement, avec une équipe et des modalités différentes. Il venait d'apprendre ce que «modalités différentes» voulait dire. C'étaient ses termes. Il avait fait une petite enquête et était allé voir sa direction pour leur mettre la pression. Il voulait conclure un marché. Son enquête, ses preuves, contre un amendement des conditions de travail sur les mines de Carmin dans le monde entier.

— Qu'y avait-il dans son dossier?

— Je ne sais pas. Je n'ai pas eu le temps de le savoir. Il m'appelait depuis la République centrafricaine où il était en mission et nous avions convenu de nous rencontrer. Mais il a été assassiné. Par des terroristes.

— Des terroristes?

— C'est la version officielle. Vous êtes libre de la croire ou pas.

— Comment s'appelait-il?

— Michel Kessler, lâcha Favereau.

— Il ne vous a rien dit d'autre?

— Je l'ai eu une fois au téléphone et je vous ai tout dit de notre entretien. Sur le coup, je n'ai pas estimé nécessaire d'aller plus loin. Le principal témoin avait disparu. Ça n'aurait rimé à rien.

Le journaliste sentit la rage monter en lui. Cette rage qui, il y a des années, lui avait servi de vocation et qu'il éprouvait à chaque fois devant l'exorbitant pouvoir des puissants sur les faibles, devant l'injustice que subissaient les uns et l'impunité dont jouissaient les autres. Kessler avait donc découvert une saloperie sur CMA et Carmin l'avait fait éliminer. C'était aussi simple et dégueulasse que cela. Ces gens vivaient dans une jungle où seul le rapport de force a valeur de loi. Les enfoirés.

Raphaël remercia Favereau et lui promit de ne le recontacter que pour lui proposer de trinquer au champagne millésimé s'il réussissait à démerder cette affaire.

Assis sur son lit, il raccrocha et ferma les yeux, le visage chauffé par les rayons de soleil qui traversaient la fenêtre de sa chambre. On était le 3 août. Carmin devait être en pleins préparatifs pour le lancement de Kisanga. Selon toute probabilité, ils avaient dû monter une petite antenne dans la capitale du Katanga. Il attrapa sa montre sur sa table de nuit. 9 heures, il avait le temps de faire ses valises et de se rendre à l'aéroport.

## 19

Lutaka était un ancien comptoir de commerce sur le fleuve Congo entre Kindu et Kisangani. Construit par les Belges dans les années 1930 en plein milieu de la forêt, il était devenu une place stratégique pour le commerce des bois précieux. Ici, à l'époque, les eaux du fleuve frémissaient et les berges débordaient d'animation quand des dizaines de vapeurs se bousculaient pour charger les essences de mukulungu, d'iroko ou de mubangu noir. Après l'indépendance, les Belges étaient partis et l'activité du comptoir avait lentement décliné jusqu'à s'arrêter totalement à la fin des années 1970. Aujourd'hui, Lutaka ressemblait à un village abandonné.

Depuis l'onde dormante du fleuve, on apercevait, posée au ras de l'eau, entourée de roseaux et dominée par deux palmiers qui donnaient une idée de sa splendeur passée, une église massive en pierre blanche, avec ogives néogothiques et contreforts, coiffée d'un toit de tôle ocre bouffé par la rouille. Insolite dans l'immensité de ce pays grand comme un continent, elle était là, immobile au bord du puissant Congo, brave et fragile à la fois, envahie par la végétation, témoin silencieux d'un passé oublié. Tout près s'élevait une grande bâtisse coloniale aux murs balafrés de fissures qui servait jadis de magasin. Une vingtaine de cases multicolores étaient desservies par un chemin de terre qui descendait vers un ponton où étaient amarrées une poignée de pirogues et d'embarcations à moteur.

L'avion de Ze Hong s'était posé à Kindu vers 9 heures du matin. Ils avaient mis à peine deux heures pour relier la côte tanzanienne du centre du continent, un voyage qui aurait pris des jours, voire des semaines, par la route. À peine avaient-ils atterri que lui et ses hommes avaient sauté dans un hors-bord en direction de Lutaka à quatre-vingts kilomètres de là. Ze Hong n'avait aucune intention de s'éterniser. Les transactions importantes devaient se conclure rapidement et il comptait bien plier cette affaire en une heure de temps.

Ils s'installèrent dans le bateau et le Chinois fourra une liasse de billets rouges entre les mains du propriétaire qui, une fois arrivé sur place, avait dû les attendre, moteur allumé, prêt à repartir dans l'autre sens. La course était royalement payée, alors le capitaine largua les amarres sans discuter et quitta Kindu pour s'enfoncer dans la jungle en un jaillissement d'écume.

Peu avant la courbure du dernier bras de fleuve, le moteur ralentit et le toit rouillé de l'église émergea à travers les arbres. Le hors-bord s'approcha doucement des pontons où il fut accueilli par un chapelet d'hommes en armes et treillis de combat. Ze Hong les salua, comme il en avait l'habitude. Mais cette fois-ci, les Congolais semblaient nerveux. Ils conservaient une distance, comme s'ils n'avaient pas confiance. Les Chinois furent escortés jusqu'à la maison coloniale aux murs boursouflés d'humidité dont ils poussèrent la porte en bois vermoulu. À l'intérieur, les boiseries étaient défoncées, les papiers peints arrachés. Ze Hong portait la valise. On le fit entrer ainsi que ses hommes dans un salon pourvu de deux canapés hors d'âge. Le maître des lieux y était confortablement assis dans la posture d'un Che Guevara d'Afrique, pantalon de treillis, veste kaki et casquette de l'armée. Il avait les jambes croisées et un épais cigare entre les dents.

Miwumbe soignait minutieusement sa mise en scène lors de ses rendez-vous.

— Monsieur Ze, très heureux de vous revoir. Asseyez-vous.

Ze Hong prit place et posa sa valise à côté de lui. Ses sbires étaient demeurés en retrait, à quelques pas des soldats congolais. Les deux hommes s'étaient rencontrés à Goma, un an auparavant. Miwumbe qui détournait une partie de l'or de Walikale à son profit en avait écoulé quelques poignées auprès de cet intermédiaire dont on disait qu'il avait des contacts très haut placés. Ils s'étaient revus plusieurs fois pour des deals de quelques milliers de dollars jusqu'à ce que Miwumbe informe Ze Hong qu'il était en possession d'un tout autre trésor qui pouvait néanmoins l'intéresser au plus haut point.

— Je vais être franc avec vous, monsieur Ze, commença Miwumbe. Je pensais que ce moment ne viendrait jamais. J'avais déjà prévu de me tourner vers d'autres acheteurs.

— Je vous ai toujours dit que mon client était intéressé. Mais il faut le comprendre. Deux millions, c'est une somme.

— Le prix du retour de la Chine au Congo. Pour un grand pays comme le vôtre, ce n'est pas très cher…

Miwumbe fit un signe de la main et un de ses hommes s'éclipsa quelques instants dans une pièce attenante avant de revenir avec un carton sous le bras. Ze Hong esquissa un demi-sourire. La tension était toujours palpable chez les soldats qui tenaient fermement une mitraillette contre leur poitrine. La décontraction surjouée de Miwumbe trahissait le même sentiment de malaise.

— Puis-je voir ? demanda Ze Hong.

Miwumbe opina du chef et tendit la boîte au Chinois qui l'ouvrit avec précaution. À l'intérieur se trouvaient des dizaines de tirages photographiques en noir et blanc. Il saisit un paquet qu'il fit défiler entre ses doigts avant de le remettre en place et d'en prendre un deuxième, puis un troisième et un quatrième. Pendant qu'il vérifiait les photos, tous autour de lui étaient silencieux. Quand il eut terminé, il replaça soigneusement le couvercle sur la boîte.

— C'est parfait.

Il tendit la valise à Miwumbe qui la posa sur ses genoux. C'était une sorte de grand attaché-case fermé par deux serrures sur le bord supérieur. Il les fit claquer avec les pouces et ouvrit la valise bourrée à craquer de liasses de billets de cinquante dollars.

— Deux millions, dit Ze Hong. Vous pouvez compter.

Miwumbe regarda Ze. Il avait enfin réussi son coup. Les risques insensés qu'il avait pris depuis des mois avaient fini par payer. Un profond et exaltant sentiment de puissance monta en lui. Il le ressentit dans tous ses membres et ses hommes le perçurent également. La tension que les Congolais avaient éprouvée en début d'entretien venait subitement de se relâcher. Ze Hong et ses hommes fixaient Miwumbe dans un état d'extrême concentration. C'est au moment où ce dernier baissait de nouveau les yeux sur le contenu de la valise que les six hommes de Ze bondirent sur les soldats, qui s'effondrèrent sans un bruit, un poignard enfoncé jusqu'à la garde, qui dans la gorge, qui dans l'abdomen.

Quelle fut la dernière vision de Miwumbe, alors que sa garde rapprochée était massacrée sous ses yeux ? Alors qu'il tenait enfin entre ses mains le trésor que toute une vie n'aurait pas suffi à amasser ? Difficile de le dire tant ce dernier instant fut bref. Il leva les yeux que l'effarement n'avait pas eu le temps de gagner. À peine un début de surprise, peut-être. Un vague étonnement. Une sensation de tiédeur humide sur son torse palpitant. Le sang s'échappant à gros bouillons par sa gorge ouverte.

## 20

La puéricultrice en blouse blanche devait avoir vingt-cinq ans tout au plus. Les cheveux mi-longs coiffés en arrière, les doigts fins, les lèvres pulpeuses maquillées pour l'occasion. Il émanait d'elle une sensualité innocente, mal apprêtée. Quand elle s'agenouilla, Meyrieux ne put s'empêcher de plonger le regard dans son décolleté où il cueillit un morceau d'étoffe en dentelle blanche enveloppant deux seins merveilleusement bombés. Sa gorge s'assécha. La jeune femme lui tendit deux petits sacs bleu électrique. Son sourire pâlit instantanément. Impossible de se dérober à ces ridicules sur-chaussures en peau de couille. Il recouvrit ses Weston et se composa un visage de circonstance quand la directrice de la crèche l'invita à le suivre.

La visite dura vingt minutes, une éternité. Meyrieux avait les gamins en horreur, ces chiards qui passaient la moitié de leur temps à geindre et l'autre à bouffer-chier-dormir. Mais comme toujours, il fit le job avec talent. Avec force sourires et attentions, il fit risette au bébé coin-coin et mimi au zizi pan-pan. Au cameraman qui l'accompagnait, il laissait toujours le temps de prendre sa place, de choisir son angle. Sa seule exigence était qu'il le cadre au-dessus des genoux. Il connaissait la musique : les vidéos se retrouvaient en moins de deux sur les réseaux sociaux et il n'en fallait pas plus pour passer pour un péquenot. Au sixième gouzi-gouzi, une saleté de petit sumo de deux ans, horrible et affreux avec des bourrelets partout, cracha une cuillerée de soupe sur sa chemise double fil. La petite puéricultrice horrifiée se précipita sur lui avec une serviette. Meyrieux faisait le bonhomme, clamant que ce n'était pas grave, mais intérieurement il bouillonnait, à deux doigts d'exiger réparation séance tenante à la soubrette aux gros seins. C'est au moment de serrer la main de la directrice, en l'assurant de toute son admiration pour son excellent travail et de son engagement personnel pour l'embauche de trois puéricultrices supplémentaires, que son téléphone sonna dans sa poche.

— Je vous prie de m'excuser. Un appel urgent.

Il s'extirpa de la meute et sortit sur le parking.

— Monsieur le ministre ?

— Butard. Quoi que vous ayez à me dire, je vous remercie de votre appel.

— Comment se passe la campagne ?

— Excellent. Enfin, je crois. Ils ont des attentes, j'ai des propositions. Mais ce n'est pas de tout repos, je peux vous le dire. Le terrain, quelle chiotte ! Heureusement que ce n'est pas tous les ans.

— Nous nous sommes parlé il y a un peu plus d'un mois, monsieur le ministre, et je venais vous apporter quelques nouvelles.

— Allez-y.

— Eh bien, nos partenaires chinois sont un peu nerveux en ce moment.

— Nerveux ?

— Quelques petits ajustements, rien de bien alarmant. Cela dit, c'est pour cela que je vous appelle. Je me suis dit : n'y a-t-il pas autre chose ? Ai-je toutes les données du problème ? Je suis un peu méfiant de nature, vous savez… Je voulais savoir s'il y avait du nouveau sur Antioche.

— Vous venez au rapport, c'est cela ?

— Je ne me permettrais pas.

— J'espère bien… Eh bien, nous sommes en bonne voie.

— Vous avez localisé Miwumbe ?

— Pas tout à fait, mais nous sommes sur sa trace. Nous resserrons le filet et je vous garantis que le poisson se trouve à l'intérieur.

— Nous signons le pacte d'actionnaires définitif dans deux mois, monsieur le ministre. C'est dans très peu de temps. Ne pensez-vous pas que nous devrions temporiser ? Le temps de la signature ?

Meyrieux se passa une main dans les cheveux en jetant un regard vers le petit comité qui stationnait devant l'entrée de la crèche et l'observait de loin.

— Écoutez, Alain, nous avons envoyé une équipe de professionnels sur le terrain. Nous nous occupons du sujet, je ne peux pas mieux dire. Ces choses ne se font pas en un claquement de doigts. Nous progressons et nous allons mettre la main sur ce foutu Miwumbe. Vous avez ma parole. En attendant, dorlotez vos Chinois. Je ne vous fais pas de dessin.

— Non, monsieur le ministre. C'est très clair.

— À la bonne heure. Détendez-vous, mon vieux. Vous êtes crispé. C'est le mois d'août. Prenez quelques jours sur la Côte d'Azur. Saint-Trop, Porquerolles… Ça vous fera du bien.

— Merci, monsieur le ministre.

— À bientôt, Alain.

Butard jeta de toutes ses forces le combiné du téléphone qui s'écrasa contre le mur de béton. Il posa ses deux mains sur son bureau puis attrapa son portable.

— Allô, Speck ?

— Alain ? Vous avez l'air contrarié.

— Ces connards de politiciens vont me rendre dingue… Écoutez, j'ai eu un coup de fil d'Anthony Miller, le P-DG de Fielding Capital, vous savez, le hedge fund qui a fait flamber les mines brésiliennes l'année dernière.

— Je me souviens.

— Ils sont chaud bouillants sur Carmin. Si notre titre est en train de caracoler en Bourse, c'est en partie grâce à eux. Un de leurs traders, un certain Edwin

Prescott, a organisé un voyage à Lubumbashi avec quelques-uns de ses meilleurs clients. Ils seront sur place dans deux semaines jour pour jour. Je vous préviens, c'est du super VIP. Voyage en jet privé et tout le tralala. Je ferai le déplacement. Je veux être là pour les accueillir. De votre côté, réservez cinq suites au Karavia. Le top du top, je compte sur vous. Ces gus viennent avec un carnet de chèques d'un milliard de livres.

— Ah, tout de même…

— Le soufflet est en train de gonfler. Je compte sur vous plus que je ne l'ai jamais fait auparavant.

— Aucun problème. Ne vous inquiétez pas.

— Si vous avez besoin de quoi que ce soit, n'hésitez pas. Vingt-quatre heures sur vingt-quatre, sept jours sur sept.

— Bien sûr.

— Merci, Nicolas. À bientôt.

## 21

Cela faisait cinq semaines qu'ils étaient arrivés à Lubumbashi. Cinq petites semaines qui avaient filé comme du sable entre les doigts. Le mois d'août était déjà un peu entamé et toute l'équipe travaillait d'arrache-pied car le compte à rebours s'égrenait, imperturbable, et la tâche était encore immense avant la fin septembre. Depuis quelques jours, Olivier Martel avait l'impression de faire du surplace. Il avait passé son temps à harceler Jean-Baptiste Ndengo, l'émissaire du gouverneur, et le directeur de Sunlun, la boîte chinoise qui avait raflé 80 % des contrats de travaux publics au Katanga, pour qu'ils effectuent les réparations d'urgence sur la route reliant Likasi à Bunkeya. La piste était dans un état de total abandon depuis des décennies et les pluies du printemps avaient creusé de véritables piscines dans la chaussée. À certains endroits, la route s'arrêtait, comme si elle était traversée par une rivière. Impossible d'envisager le transport d'engins dont le poids avoisinait les vingt tonnes sur une piste pareille. Alors chaque jour, Olivier rappelait Ndengo, le secrétaire aux transports et les cadres de Sunlun qui n'en avaient visiblement rien à foutre. Il avait l'impression de répéter la même chose sur tous les tons : il n'était pas question de refaire la route pour le mois de septembre, mais de combler les piscines avec du remblai, des tonnes de cailloux qui permettraient au moins aux camions de passer. Dix fois par jour, il leur répétait : « Du remblai, juste du remblai ! » Un vrai perroquet. Mais rien n'y faisait. Le mammouth n'avait apparemment pas encore décidé de bouger.

De leur côté, Céline Dao et son binôme de Shanxi avançaient sur le ficelage du contrat, le fameux pavé qui devait être signé le jour de l'inauguration. Céline avait donné une version de travail à Olivier, un document de cent quatre-vingt-dix pages, écrit tout petit et en anglais, rébarbatif à souhait. Il avait sélectionné les passages qui l'intéressaient et se les était avalés par petites doses, pas plus d'une heure par jour. Il avait fini par comprendre quelques circonvolutions juridiques de l'accord entre Carmin et Shanxi. Les deux sociétés montaient une structure commune, nommée KMC pour Kisanga Mining Company, qui était détenue à 50/50. Tous les investissements, tous les actifs, tous les contrats, les brevets appartenaient à parts égales aux Français et aux Chinois. L'État congolais ne détenait aucune part dans la société, mais se rémunérait assez grassement sur la redevance des concessions.

De tout le galimatias de dispositions, de clauses et d'articles que contenait ce projet, Olivier avait noté un dispositif de répartition nominative des actifs de Kisanga Mining entre Carmin et Shanxi. En clair, les deux actionnaires avaient décidé de faire la liste de tout ce que la joint-venture possédait, puis ils avaient mis une croix en face de chaque ligne. Tel item pour Carmin, tel autre pour Shanxi. Des concessions aux ordinateurs, des bulldozers au mobilier de bureau. Un travail de fourmi, qui ne servirait que dans le cas d'une rupture de contrat anticipée ou à l'expiration normale de la joint-venture, prévue pour dans trente ans. C'était une disposition très prévoyante et Olivier ne pouvait s'empêcher de penser qu'elle simplifierait un nombre incalculable de divorces si elle était imposée dans les contrats de mariage.

Ce mercredi, la clim ronflait dans les bureaux de l'avenue Munua. À tout hasard, Olivier poussa la porte du bureau de Céline, mais son siège était vide et son ordinateur portable n'était pas à sa place. Il jeta alors un coup d'œil dans le grand bureau qui jouxtait le sien. Près de la fenêtre, Beysserias était penché sur son écran, le front plissé, un casque vissé sur les oreilles. À l'autre bout du couloir, Maldini poussait des hurlements dans son téléphone. Ce type ne savait pas travailler dans le silence. La télé locale était invitée à couvrir l'inauguration et Bruno s'efforçait de rendre cette couverture la plus large et la plus bienveillante possible. Une grande partie de son job consistait en une offensive de charme auprès des médias locaux et en un intense lobbying auprès des acteurs politiques et économiques de la région, un travail de corps à corps où la cassette secrète de Speck était toujours utile pour mettre un peu d'huile dans les rouages.

Olivier regarda sa montre. Il était 10 h 30. Il tenta d'appeler Tuju, mais celui-ci ne répondait pas. Par la fenêtre, il aperçut la Toyota, garée. Il entra dans la cuisine pour se servir un café qu'il but à petites gorgées. Au bout de vingt minutes, Tuju manquant toujours à l'appel, il attrapa le double des clés du 4 × 4 et sortit par l'escalier. Olivier n'avait jamais conduit à Lubumbashi, mais il était désormais familier du style acrobatique des automobilistes katangais. Au volant, il fallait rester sur ses gardes et ne rien tenter, à moins d'être parfaitement maître de la situation. À ceci près, le trajet ne lui inspirait aucune crainte même s'il était conscient que c'était à peu près ce qu'avait dû se dire Michel Kessler le jour où il avait décidé de prendre sa Land Rover sans son fixeur.

Il se gara à proximité du palais du gouverneur une demi-heure plus tard et monta les marches quatre à quatre, sa serviette sous le bras, sous la chaleur écrasante du soleil de midi.

Il attendit de longues minutes dans le hall qui avait l'avantage d'être aussi frais que le British Museum un jour de canicule, avant d'être invité à rejoindre le bureau de l'émissaire du gouverneur. Toujours affable, Jean-Baptiste Ndengo l'invita à s'asseoir confortablement.

— Alors, monsieur Martel, quand prendrez-vous livraison de nos machines ?

— Dès que la route de Bunkeya aura été remblayée.

— Mais c'est comme si c'était fait, assura Ndengo.

— Je n'en doute pas. D'ailleurs, je ne viens pas vous voir pour ça.

Ndengo fit une moue étonnée.

— Je voudrais consulter le cadastre minier.

— Le cadastre ? s'étonna Ndengo. Vous avez déjà tous les plans. Il vous manque quelque chose ?

— Les permis d'exploitation. Sauf erreur, ils ne sont pas tous accordés.

Ndengo se figea un court instant comme s'il avait subi un bref arrêt sur image.

— C'est tout à fait normal. Il y a un délai administratif. Il faut le temps de traiter les dossiers. Notre administration n'est pas pléthorique.

— Dix ont été accordés, continua Olivier. Comme il y en a trente, cela veut dire qu'il en reste vingt à traiter.

— Absolument, monsieur Martel. Il faut être patient.

— Je comprends, répondit Olivier. Je voudrais simplement consulter le registre afin d'être prêt le moment venu. Nous avons prévu d'acheter d'autres machines et il faut que nous anticipions un peu. Ce sont tout de même de grosses sommes.

Ndengo se caressait le menton en observant son interlocuteur pendant qu'il parlait. Jusqu'ici, il avait considéré le jeune ingénieur comme un sous-fifre et, pour la première fois, il se demanda s'il n'avait pas commis une erreur de jugement. Pour qui travaillait ce Martel ? Faisait-il preuve de zèle ? Que savait-il exactement ? Ndengo avait peut-être plusieurs interrogations sans réponse mais il avait une certitude : ce type avait une idée derrière la tête et il était grand temps d'en aviser le gouverneur.

— Je comprends très bien, reprit l'émissaire. Il va falloir que j'en parle au chef de division des mines. Vous aurez une réponse d'ici une semaine.

— J'oubliais, répliqua Olivier en déposant sur le bureau de son hôte une enveloppe kraft. J'imagine qu'il y a des frais de consultation. Bien sûr, nous sommes prêts à les couvrir.

Décidément, songea Ndengo, il avait sous-estimé ce jeune Martel. Il se leva pour le raccompagner et lui assura qu'il appellerait le chef de division sans délai et plaiderait sa cause pour une entrevue au plus tôt. Olivier le remercia et sortit.

Il prit son temps, marcha à pas lents sur la coursive, descendit l'escalier de pierre d'un train de sénateur puis s'installa sur un banc dans le hall d'accueil. Cinq minutes plus tard, un claquement de talons retentit comme une mitraillette sur le marbre blanc.

— Monsieur le chef de division des mines va vous recevoir, dit la secrétaire de Ndengo essoufflée.

En guise de chef de division, Olivier fut reçu par un employé au fichier administratif qui l'installa dans une petite salle aveugle du deuxième étage. Il demanda les documents relatifs à Kisanga et se retrouva avec une pile de paperasses sur son bureau. Il se mit au travail sans perdre une seconde, sortit de sa mallette le projet de contrat ainsi qu'une carte de la région et se mit à lire et à prendre des notes sous l'œil indifférent de l'employé. Il y avait là, tout mélangé, le code minier ancienne et nouvelle version, les comptes rendus de plusieurs séminaires consacrés à l'exploitation minière artisanale et industrielle – deux cents pages chacun –, les arrêtés successifs depuis le début des années 2000, des directives relatives aux zones d'exploitation, à la commercialisation et à la transformation des produits miniers, des cartes avec des références impossibles à retrouver. Le tout dépourvu de table des matières ou d'index, à tel point que l'entreprise ressemblait à s'y méprendre au déplacement d'une montagne avec une petite cuillère.

Trois heures plus tard, il avait pourtant noirci plusieurs pages et regroupé l'essentiel des informations qui l'intéressaient dans un tableau récapitulatif dans lequel il avait posé de petits signes cabalistiques en face de chaque ligne. Puis il avait dessiné un plan du gisement, colorié les parcelles de Shanxi en bleu et celles de Carmin en rouge. L'employé qui le chaperonnait avait cessé de l'observer depuis longtemps. Olivier avait vérifié plusieurs fois son tableau et son schéma, et le machin tombait juste. Si ce qu'il imaginait était avéré, il venait de mettre le doigt sur un gigantesque merdier.

Il reposa son crayon, recula comme un peintre qui regarderait un tableau en cours d'achèvement. Sous les couleurs, la réalité ne prenait pas de gants. Kisanga avait la forme d'une étoile bleue sur un lit de sable rouge.

## 22

À Kisangani, Chamoun avait révélé un morceau de choix au colonel Lauzière : Miwumbe se cachait dans un petit village nommé Lutaka, en amont du fleuve Congo. Le plan était de débarquer sur la pointe des pieds et de le cueillir par surprise. Avec un peu de chance, ils pourraient plier l'affaire sans même un coup de feu. Mais il faut croire que la providence s'amuse à nous mettre des bâtons dans les roues, car, au moment de partir, les quatre mercenaires constatèrent qu'ils s'étaient fait voler l'hélice de leur Cessna. Une pratique commune pour ne pas dire courante dans tous les aéroports du pays et il n'y avait rien d'autre à faire que de commander une pièce de rechange et de patienter. Comme il était inconcevable de rester plantés là à attendre le déluge, le colonel décida que John resterait à Kisangani tandis que les trois autres rejoindraient Lutaka par le fleuve. Deux cents kilomètres qui leur prendraient plus d'une semaine.

Le 2 août, Lauzière, Sekuto et Marjan embarquèrent à bord du *Dieu est vivant*, une barge de commerce de quarante mètres poussée par une motrice diesel fumante qui faisait la liaison entre Kindu et Kisangani. Une fois les marchandises chargées, il restait toujours un peu de place et le capitaine prenait volontiers quelques passagers pour rentabiliser le trajet. Huit jours, c'était le tarif. Huit jours monotones où les heures n'en finiraient pas de s'égrener au son du ronronnement du moteur diesel dans l'épais silence de la forêt. Huit jours à ronger leur frein en espérant que Miwumbe ne se soit pas fait la malle entre-temps. Ils embarquèrent en début de matinée avec tout leur barda soigneusement emballé dans des sacs en toile et la barge leva l'ancre vers midi sous un soleil de plomb.

Ils voyagèrent avec une dizaine de familles installées comme elles pouvaient, sous des toiles de tentes tendues entre des piquets. Des femmes, des hommes et des enfants qui, pour passer le temps, discutaient, jouaient, dormaient ou fumaient en regardant défiler la jungle, épluchaient les légumes ou préparaient la viande dans des fait-tout et des bassines en plastique. Çà et là, entre les ballots de toile, des poules et des chèvres se promenaient en liberté. Certaines ne verraient pas la fin du voyage, comme le suggérait la délicieuse odeur de brochettes qui s'échappait du brasero crépitant au milieu du bateau.

Tous les deux jours, la barge était abordée par des pêcheurs en pirogue qui venaient vendre quelques alestes et tilapias. Pour tromper l'ennui, Sekuto se postait à l'avant avec une gaule en bambou et sondait le fond pour le capitaine. Contre toute attente,

Marjan était devenu l'ami des enfants. Il jouait volontiers avec eux et eux en retour lui avaient appris quelques mots de lingala, *Mbote nayo, Tikala malamu, Kenda, Keba Na Yo*[1], qu'il tentait de répéter avec son accent balkanique qui les faisait hurler de rire. À la tombée de la nuit, quand le soleil orangé s'abîmait dans les nuages, que les rives alentour se revêtaient d'un voile noir et mystérieux, que les bruits se perdaient en murmures, que l'eau du fleuve, criblée de branchages à la dérive, s'assoupissait, entaillée par la seule étrave du navire, pendant un instant fugace, Lauzière se prenait à espérer que ce voyage ne s'arrêtât jamais, qu'ils demeurent ainsi pour toujours entre eau et forêt, au milieu de ces hommes qui vivaient chaque jour comme s'il était le dernier.

Le huitième jour, ils atteignirent Lutaka.

La barge sonna trois coups de corne pour s'annoncer et au détour du premier virage, ils aperçurent le toit de la maison coloniale posée sur l'eau. À peine débarqués, Lauzière et ses hommes se mirent à couvert. Le village était désert et ce n'était jamais une bonne nouvelle. Ils déballèrent leurs armes au milieu des roseaux et le colonel fit signe à Marjan de contourner le bâtiment par la droite, tandis que Sekuto resterait caché avec mission de le couvrir. Marjan détala le long du fleuve. Sekuto s'allongea dans l'herbe et Lauzière s'avança, flingue à la main, courbé comme un bossu sur le chemin remontant vers la maison blanche. Le silence était total. Une

1. Bonjour ; au revoir ; va-t'en ; fais attention à toi.

pintade croisa son chemin à toute allure en caquetant. Toujours rien en vue. Marjan n'avait pas réapparu et Sekuto n'avait pas bougé.

Lauzière se précipita contre le mur du bâtiment, le longea vers la porte, constata qu'elle était entrouverte et se glissa à l'intérieur. Là, il ne put refréner un mouvement de recul. Un effluve putride, une odeur de charogne lui sauta à la gorge à lui faire perdre l'équilibre. Un jet de bile lui brûla l'œsophage et il mit la main à la bouche. De l'autre, il serrait la crosse de son arme, car dans ce silence de mort, il percevait un chuintement continu, semblable à un bruit de scie. Il venait de derrière la cloison. Il attrapa son fusil à deux mains et avança avec une extrême prudence, les yeux rivés sur la porte.

Soudain, dans l'embrasure, il aperçut un pelage aux reflets jaune d'or. Au même moment, une dizaine d'appels rauques à glacer le sang résonnèrent dans la pièce, suivis par un rugissement. La bête se retourna et Lauzière se retrouva nez à nez avec un léopard mâle de soixante kilos, les babines recouvertes de sang. Le colonel jeta un œil de côté. Ce salaud était en train de bouffer un cadavre. Cette putain de pièce était remplie de cadavres. Une vision d'horreur. Le militaire leva son fusil, mais le léopard réagit plus vite que lui. Il fit un bond de trois mètres dans la direction opposée et disparut à travers une fenêtre cassée. Lauzière était tétanisé. Sa vie venait de se jouer à pile ou face en une demi-seconde, car si le félin avait décidé de sauter dans sa direction, il n'aurait eu aucune chance.

Il s'approcha de la fenêtre et appela ses hommes. Autour de lui, c'était un carnage. Sept hommes assassinés à l'arme blanche, dont trois étaient à moitié dévorés. Sekuto passa une tête à l'intérieur sans retenir une grimace de dégoût.

— Colonel ! Venez voir ce que j'ai trouvé, cria Marjan depuis l'extérieur.

Lauzière et Sekuto sortirent de la maison. Au bout du canon de Marjan se trouvait une vieille femme, recroquevillée et tremblante. Lauzière interrogea Sekuto du regard et l'Angolais s'approcha de la femme.

— Demande-lui si l'un de ces cadavres s'appelle Miwumbe.

Sekuto traduisit comme il put à la femme qui lui répondit dans un lamento étranglé.

— Elle dit que oui. Miwumbe était son fils. Elle dit que ce sont des Chinois qui les ont tués.

— Des Chinois ? Quels Chinois ? Demande-lui si elle les connaît.

Sekuto traduisit à la vieille femme qui s'efforçait de répondre, des larmes plein les yeux.

— Oui. Elle les a déjà vus. Ils sont venus plusieurs fois acheter de l'or à Miwumbe.

Et cette fois-ci, ils sont venus pour acheter autre chose, pensa Lauzière.

— Demande-lui quand ils sont venus. Dis-lui que nous sommes des amis de son fils, que nous allons creuser des tombes et que si elle sait quelque chose qui nous permette de les retrouver, nous irons le venger.

Sekuto lui répéta le message tout entier. Elle acquiesça et parla avant de filer vers sa case.

— Ils sont venus il y a six jours. Depuis, tout le monde est parti. Les villageois ont eu peur et n'ont même pas pris le temps d'enterrer les cadavres. Elle est restée pour son fils, mais n'a pas la force de creuser la tombe et elle n'a rien pu faire contre les animaux sauvages.

Au milieu du village désert, les trois mercenaires se tenaient sur le qui-vive. Ils avaient bien fait le compte. Sans ce problème d'hélice, ils seraient arrivés les premiers. Lauzière alla chercher son sac, extirpa le téléphone satellite et composa le numéro du général Delmas.

— Lauzière ?

— Mon général. Nous sommes à Lutaka, sur le fleuve Congo. Miwumbe est mort. Je l'ai vu de mes yeux. Assassiné par des Chinois. En revanche, aucune trace d'Antioche.

— Des Chinois ? s'exclama le général. Si vous dites vrai, nous sommes à deux doigts de la crise diplomatique.

— Quels sont vos ordres ?

Dans son bureau du XVe arrondissement, Delmas réfléchissait. Depuis son fauteuil, il contempla le bouchon inextricable qui s'était formé sur le périphérique au niveau de la porte de Versailles. Il n'avait aucune illusion sur la suite que prendraient les événements : une fois que Meyrieux serait mis au courant que des Chinois étaient dans le coup, il paniquerait et demanderait immédiatement de mettre un terme à l'opération. Le ministre était une grande gueule, il n'avait pas son pareil pour parader sur les plateaux de télé, mais Delmas savait qu'il était avant tout un animal politique, un type qui avait fait l'intégralité de sa carrière en passant à travers les gouttes grâce à une maîtrise absolue des techniques de l'esquive et une absence totale de courage face à l'adversité. En un mot, Meyrieux était une tourterelle : une voix enchanteresse et deux noisettes dans le pantalon. Dès lors, la question était la suivante : fallait-il l'informer ? Car après tout, qui savait que Miwumbe était mort ? Qui savait que ses meurtriers étaient chinois ? Et qui savait que des mercenaires se trouvaient à Lutaka en ce moment même ?

— Mon général ?

Pendant que Delmas faisait ses calculs, la vieille femme était revenue vers Sekuto en claudiquant. Elle lui tendit un bout de carton rouge. C'était une carte de visite qu'elle avait trouvée dans les affaires de son fils. Sekuto la tendit au colonel.

— Je vous écoute, Lauzière.

— Nous avons les coordonnées du Chinois. Un certain Ze Hong. Directeur d'une boîte d'import-export à Dar es Salam. Apparemment, il était en affaire avec Miwumbe depuis un moment.

— Félicitations, répondit Delmas. Maintenant, écoutez-moi bien. Je vais vous donner la version officielle. Vous n'avez pas trouvé Miwumbe. Vous êtes toujours à sa recherche. Et vos déductions habiles vous mènent dans un endroit que vous connaissez bien : Dar es Salam. Est-ce clair ?

— Tout à fait clair.

— Bonne chance, Lauzière.

— Merci, mon général.

## 23

— *Motu Bataka*[1]*!* murmura le vieil homme de ménage à la réceptionniste de l'hôtel Karavia.

Les trois derniers clients d'Amostov Tours titubaient aux bras de deux employés de l'hôtel qui tentaient de les raccompagner jusqu'à leur bus climatisé. Le gérant s'était déplacé en personne pour leur souhaiter bon retour, main tendue, sourire figé de rigueur. Un des deux types cracha un peu de bile avant de s'essuyer avec le revers de la manche. Enfin, la porte en verre teinté se referma sur l'habitacle.

Le vieil homme n'en revenait pas. En quinze ans de service, il n'avait jamais vu cela. Il n'avait pas fallu plus d'une semaine à ce bataillon de touristes de Saint-Pétersbourg pour mettre l'hôtel à sac. Ils avaient descendu dix hectolitres de vodka, gâché des tombereaux de nourriture, pissé sur les moquettes, dans la piscine et les parterres de fleurs, tenté de violer trois femmes de chambre, gueulé à tue-tête dans les couloirs jusqu'à 5 heures du matin, vomi dans les lavabos, insulté le personnel dont lui-même.

— *Motu Bataka!* murmura-t-il de nouveau en empoignant son balai et son seau, alors que le directeur, claquant des mains, le visage fermé, pressait tout le monde de reprendre le travail.

La réceptionniste qui s'était tassée derrière son guichet leva les yeux et aperçut un homme blanc

1. Chiens fous !

d'une cinquantaine d'années. Il avait le crâne rasé et une mine fatiguée. Il portait une chemise kaki, un sac de toile en bandoulière et de grandes lunettes fumées sur le nez.

— Bonjour, je voudrais une chambre, dit-il d'une voix douce.

— Pour combien de nuits ?

— Je ne sais pas encore. Une, pour commencer.

La jeune femme se plongea dans son planning, tourna quelques pages et lui proposa la chambre 25 au premier étage. 95 euros, petit déjeuner compris.

— Votre nom ?

— Da Costa. Raphaël.

Pendant qu'elle inscrivait la réservation sur son registre en examinant son passeport, Raphaël observa le vaste hall de marbre, les gigantesques fresques naïves qui ornaient les murs. Il n'avait pas les moyens de rester ici plus de deux jours, mais ça lui ferait du bien après les cafards de Goma.

— Vous avez beaucoup d'étrangers ici, j'imagine.

— Beaucoup, oui.

— Des Français ?

— Oui, répondit la jeune femme. Des Français. Ils sont arrivés fin juin.

— Autre chose, dit Raphaël. Je voudrais découvrir un peu la ville et les environs. Pourriez-vous m'appeler un taxi ?

— Bien sûr. Je vous demande un instant.

Elle décrocha son téléphone, dit quelques mots en swahili et raccrocha.

Une heure plus tard, Raphaël descendit dans le hall où un Congolais plutôt râblé l'attendait, assis sur une banquette. Raphaël se présenta comme un journaliste économique qui écrivait un papier sur l'eldorado minier du Katanga et le questionna sans détour sur l'entreprise française qui venait d'arriver à Lubumbashi quelques semaines auparavant. Le chauffeur de taxi ne connaissait pas Carmin mais il connaissait quelqu'un qui travaillait pour les Français en tant que chauffeur privé. Raphaël demanda s'il pouvait le rencontrer. L'homme, qui avait son téléphone avec lui, l'appela dans la foulée. Tuju Kolonga était libre pour la matinée et ils se donnèrent rendez-vous au Mont-Fleuri, un bar du centre-ville.

Le premier contact de Raphaël Da Costa avec Tuju Kolonga avait été aussi simple que cela.

Le Mont-Fleuri se trouvait à Makutano, le quartier des affaires, des administrations, de la télévision et des grandes compagnies internationales, sur une place, au pied d'un grand bâtiment blanc aux balcons rouge brique. Le taxi s'arrêta entre deux immenses palmiers plantés sur la chaussée. Le chauffeur repéra Tuju et le présenta à son client avant de prendre congé et de remercier Raphaël pour le pourboire royal qu'il venait de lui filer.

Le café était bondé et Raphaël proposa de traverser la rue pour se poser un peu plus loin. Ils entrèrent dans le square d'en face et s'assirent à des tables de fortune installées sous des parasols. Un havre de paix au milieu de la ville grouillante et poussiéreuse. Un jeune garçon en tongs qui vendait des rafraîchissements dans une glacière leur tendit deux Primus glacées contre deux dollars. Ils prirent leur temps. L'amertume de la bière leur emplit la bouche. Pour la première fois depuis deux semaines, Raphaël avait le sentiment de tenir une piste.

Il demanda à Tuju s'il accepterait de répondre à quelques questions qui l'aideraient pour son article sur les mines du Katanga. Le fixeur haussa les épaules et Raphaël le bombarda de questions. Tuju lui exposa ce qu'il avait compris. Les Français faisaient des affaires avec les Chinois, lesquels étaient là depuis longtemps. Ils connaissaient bien le pays, mais c'étaient des bandits. Ils avaient beaucoup d'ennemis au Katanga. Avant, c'est-à-dire avant que Moïse Katumbi ne les foute dehors avec un coup de pied au cul, les Chinois entraient dans le pays avec des visas de touristes pour faire creuser les Congolais en les payant un dollar par jour. Puis ils les payaient avec des investissements ne valant que le quart de ce que leur rapportaient les minerais congolais. Comme dit un proverbe bantou, ils préparaient l'éléphant africain avec ses eaux. La nuit, ils transportaient les minerais en dehors du pays, sans rien payer. Du vol. Ni plus ni moins. C'est pour cela que les Congolais détestaient les Chinois. Ils avaient de l'argent mais ils leur avaient toujours manqué de respect.

— Certains ont des magasins interdits aux Noirs, ici au Congo, précisa Tuju.

Voilà pourquoi Moïse Katumbi les avait bannis. Ils étaient partis. Puis ils étaient revenus avec les Français.

— Les Français sont les amis du Congo, affirma-t-il. Pas comme les Belges.

— Qui avez-vous rencontré chez Carmin? demanda Da Costa.

— Olivier Martel.

Da Costa se versa une rasade de bière dans le gosier. Un enfant qui déambulait dans le square, un sac en plastique blanc à la main, s'arrêta devant eux et les invita à lui acheter des beignets. Tuju voulut le chasser, mais Raphaël lui prit un beau beignet à la banane gorgé d'huile. Le garçon le remercia comme un prince et Raphaël mordit dedans à pleines dents. Il était sucré et délicieux.

— Tuju, j'aurais besoin pour mon article de rencontrer cet Olivier Martel. Vous pouvez organiser cela?

## 24

À force de les tanner et grâce à l'aide de Mo Zeqiang, qui pour une fois s'était rendu utile, Sunlun avait fini par envoyer les premiers camions remplis de caillasse sur la route de Bunkeya. D'après Olivier, il faudrait environ deux cent cinquante camions remplis à ras bord et si on gardait le rythme, le remblai pourrait être terminé début septembre. Il faudrait ensuite compter une semaine pour acheminer les machines, une autre pour les mettre en service et on aurait à la mi-septembre une mine, peut-être deux, en état de commencer à produire. Dès qu'il entrevit cette perspective prometteuse,

Olivier appela Speck. Les avertissements de Céline étaient encore présents à son esprit, c'est pourquoi il avait résolu d'attendre le bon moment pour parler à son patron. Et le bon moment pour une mauvaise nouvelle, c'est quand il y en a aussi une bonne à partager.

Speck l'accueillit dans le bureau d'angle attenant à la grande salle de réunion dont la porte était restée entrouverte. Habituellement, quand Olivier entrait chez son patron, celui-ci était en train de lire un dossier, de passer un coup de fil. Mais ce jour-là, Nicolas se tenait droit derrière son bureau, comme s'il était entièrement dévoué à cet entretien.

Comme prévu, Olivier commença par les bonnes nouvelles. Les machines avaient été révisées, Sunlun avait commencé son bal des tombereaux et la route serait praticable d'ici dix jours. Quant à lui, il avait réussi à recruter une vingtaine de contremaîtres, des anciens de la Gécamines qui seraient parfaits pour encadrer le personnel sur les nouveaux chantiers. En somme, tous les indicateurs étaient au vert.

Olivier laissa à Speck le temps d'apprécier avant de lui balancer son post-scriptum.

— Par ailleurs, Nicolas, nous avons un problème concernant nos concessions.

Speck fronça les sourcils et jeta un coup d'œil vers la salle de réunion où quelqu'un était en train de téléphoner à voix basse.

— Un problème ? Quel problème ?

— Sur l'ensemble des concessions de Kisanga, Carmin possède les moins bonnes, tandis que Shanxi s'est arrogé les meilleures.

Speck s'écrasa dans son fauteuil. Il fit une moue comme si Olivier parlait serbo-croate.

— Que voulez-vous dire ? Nous avons une société commune.

— Vous avez raison, mais le contrat prévoit une clause de répartition des actifs. Chaque mine est attribuée nominativement, soit à Carmin, soit à Shanxi. Cela n'a aucune espèce d'importance aujourd'hui, mais le jour où la société commune sera dissoute, chaque actionnaire repartira avec ses propres concessions. Et il se trouve que les nôtres sont les moins abondantes. Certaines d'entre elles sont probablement déjà quasi épuisées.

Speck écoutait Martel sans mot dire, incrédule, comme si un camion venait de déverser une tonne de gravats dans son bureau sans prévenir.

— Olivier, nous allons vérifier ces soupçons. Quant à vous, votre mission s'arrête aujourd'hui. Je vous prie de regagner l'hôtel. Je vous ferai réserver un avion.

— Pardon ?

— Vous pouvez disposer.

— Parce que j'ai découvert que nous sommes en train de nous faire rouler par les Chinois ?

Speck se dressa derrière son bureau, rouge de colère. Ses tempes palpitaient. Olivier le défiait du regard.

C'est à ce moment-là que la porte attenante s'entrouvrit et qu'une silhouette parut.

— Nicolas, laissez-nous, je vous prie.

Speck sortit du bureau en déplaçant une masse d'air considérable. Il claqua la porte derrière lui et

Olivier sentit un frisson lui parcourir l'échine. Face à lui, deux yeux bleus perçants l'observaient. Une chevelure blanche, des mains de pianiste, une chemise en lin. Alain Butard s'installa dans le fauteuil de Speck. Olivier n'avait pas été mis dans la confidence du voyage du big boss. Celui-ci avait dû passer un coup de fil dans la salle de réunion et il ne faisait aucun doute qu'il avait tout entendu de leur altercation.

— J'irai lui parler, ne vous en faites pas.

— J'aurais peut-être dû m'y prendre autrement, dit Olivier.

— Vous avez très bien fait, fit Butard d'un air songeur. Vous croyez vraiment que Shanxi essaie de nous doubler ?

— Il faut être prudent. Après tout, ce ne sont que des conjectures. Mais je crois que c'est une possibilité.

— Mmm. Vous avez raison. Il faut être vigilant. Et très prudent.

Il regarda par la fenêtre un court instant.

— Aucune information ne doit filtrer pour le moment. Je suis venu à Lubumbashi pour accueillir de gros investisseurs et ce qu'ils doivent voir ici, c'est une horloge suisse, vous me suivez ?

— Tout à fait.

— Parfait. Pour autant, si vous avez d'autres soupçons, je vous prie de m'en informer directement. Si, comme vous le dites, nous nous sommes fait rouler, les coupables peuvent être n'importe où et les complices aussi. Je peux compter sur vous ?

— Bien sûr.

— Parfait, dit Butard en se levant.

Il s'avança vers Olivier et lui serra chaleureusement la main.

— Vous avez de l'initiative, monsieur Martel. Et vous savez prendre des risques. Ne vous en blâmez pas. Il faut parfois savoir suivre ses intuitions. Maintenant, retournez à votre travail. Je m'occupe de Nicolas. Nous dirons que je vous ai fait la morale et que vous allez rentrer dans le rang bien gentiment. La suite se passe entre vous et moi.

## 25

Olivier dévala l'escalier et s'engouffra dans la Toyota où Tuju l'attendait en écoutant la radio.

— J'ai faim. On va chez Munzimi ?

— J'ai une meilleure idée, répondit le fixeur. La Bodeguita.

C'était un bar d'expats d'assez mauvais goût, mais les grillades y étaient excellentes. Olivier acquiesça et Tuju démarra.

— Je n'ai pas eu de nouvelles de toi pendant deux jours, que s'est-il passé ?

— J'étais malade. La fièvre.

Olivier observa Tuju tandis que celui-ci scrutait la route. Il se foutait de lui, mais il n'avait aucunement envie de se lancer dans une discussion stérile. Soudain, l'immense clameur d'une foule en liesse s'éleva dans l'habitacle.

— Qu'est-ce qu'il se passe ? demanda Olivier.

— Ghana, Afrique du Sud, expliqua Tuju. 2-1 pour le Ghana. Ils viennent de marquer. Quinze minutes avant la fin.

La demi-finale de la Coupe d'Afrique des Nations battait son plein. La République démocratique du Congo, même si elle n'était pas favorite, était encore en lice et les matches tenaient en haleine tout le pays.

— C'est bon pour nous, commenta Tuju. L'Afrique du Sud, ils sont très bons.

Ils se garèrent quelques minutes plus tard et empruntèrent un escalier menant à une terrasse en bois bordant une piscine agrémentée de deux baobabs nains. Sur le côté, un bar immense débordait de bouteilles en tout genre. Les clients, des Occidentaux, des Asiatiques et quelques Congolais, tous élégamment habillés, sirotaient des cocktails juchés sur des tabourets hauts. Des serveurs en chemise blanche et nœud papillon zigzaguaient entre les tables, des assiettes de poissons grillés à la main. Sans hésitation, Tuju conduisit Olivier jusqu'au fond de la salle vers une table déjà occupée. Un type au crâne rasé se leva et lui tendit la main.

— Enchanté, monsieur Martel. Je suis Raphaël Da Costa.

Quelque peu interloqué, Olivier le salua en lançant un regard noir à Tuju qui s'était éloigné discrètement vers le bar.

— Je suis très heureux de vous rencontrer. C'est votre fixeur, M. Kolonga, qui a organisé notre rendez-vous. J'espère que vous ne lui en voudrez pas. Je suis journaliste au *Matin* et je m'intéresse de près au groupe Carmin. Vous prenez quelque chose ? Je vous invite, si vous le permettez.

Olivier prit place en face de Raphaël.

— Quel genre de journaliste êtes-vous, monsieur Da Costa ? Vous n'avez pas l'air de tenir la rubrique économique.

Raphaël sourit.

— Je suis journaliste d'investigation et j'enquête sur une affaire impliquant votre société.

Olivier aurait volontiers étripé Tuju s'il avait été à portée de main, mais le Congolais était fort prudemment resté au bar.

— Et en quoi puis-je vous être utile ?

— Êtes-vous au courant de l'affaire CMA ?

— Ça me dit vaguement quelque chose, répondit Olivier en faisant signe au serveur.

Ils commandèrent du poulet grillé au maïs et Raphaël choisit une bouteille de vin sud-africain.

— Cela remonte aux années 2000. J'ai travaillé dessus pendant des années et pour tout vous dire je n'ai jamais réussi à établir toute la vérité.

— De quel type d'affaire parlez-vous ? dit Martel.

— Corruption. Rétrocommissions au profit de responsables politiques. Financement de campagnes électorales. Notre enquête a failli faire éclater un énorme scandale. Le dossier était suivi par un type très bien, un flic de la brigade financière, Jean-Michel Favereau. Mais les réseaux, les appuis politiques et l'omertà de tout un milieu ont eu raison de nous. L'un comme l'autre, nous avons payé cher notre acharnement. Mais… je ne suis pas venu ici pour vous raconter ma vie, monsieur Martel. Si j'ai fait dix mille kilomètres depuis Paris, c'est parce que des éléments nouveaux sont apparus. Il m'en manque encore quelques-uns, mais je suis tout près d'aboutir.

Olivier observait Raphaël sans rien dire.

— À l'époque, ce pays était à feu et à sang, en pleine guerre civile. On parlait de seconde guerre du Congo. Arrêtez-moi si vous connaissez tout cela par cœur…

Mais Olivier lui fit signe de continuer et Raphaël expliqua que, de 1998 à 2002, les conflits avaient impliqué neuf pays africains de la zone des Grands Lacs et une trentaine de groupes armés, engendré des milliers de morts et de viols, répandu la famine, la maladie et l'exode. Les rapports des ONG estimaient le nombre de morts à cinq millions. Tout était parti du génocide tutsi de 1994 au Rwanda et de la fuite des Hutus vers le Zaïre[1]. Face à l'afflux de réfugiés, l'équilibre fragile de la région avait été bouleversé et la vengeance avait succédé aux massacres. Les victimes tutsies étaient devenues les persécuteurs et les milices de tous bords avaient fleuri comme sur un tas de fumier. L'Ouganda, le Burundi, le Rwanda et la Zambie étaient tous entrés dans la danse pour pousser leurs pions sur fond de colonialisme larvé des Occidentaux.

Raphaël s'interrompit un instant pour laisser la place au serveur qui déposa un plat fumant sur la table. Quand il se fut éloigné, il reprit :

— Cette petite explication géopolitique vous convient-elle, monsieur Martel ?

---

1. Ancien nom de la République démocratique du Congo.

— Que voulez-vous dire ?

— Que tout ce que je viens de vous expliquer n'est pas la vérité, mais plutôt notre façon de l'interpréter, de la regarder à travers nos propres lunettes, à notre propre avantage. Car il y en a peut-être une autre.

— Je vous écoute, dit Olivier en mordant dans sa cuisse de poulet.

— Cette guerre dure depuis vingt-deux ans. Les antagonismes ethniques de populations qui ont vécu en paix côte à côte pendant des siècles ne suffisent pas à expliquer la longévité de ce conflit. Ce qui fait perdre la tête à tout le monde, c'est la richesse inouïe de ce pays. Et cette richesse, pour l'essentiel, vous êtes bien placé pour le savoir, se trouve sous terre.

Olivier acquiesça.

— Et Carmin dans tout cela ? demanda-t-il.

— Carmin était aux premières loges à l'époque et l'est à nouveau aujourd'hui. Souvenez-vous. En 2000, sous l'effet du boom des technologies, le cours du coltan est passé de 20 à 250 dollars la livre en une année. La panique s'est emparée des industriels de l'électronique et de la défense et par conséquent des gouvernements occidentaux. Les Français venaient de merdouiller au Rwanda. Après l'opération Turquoise[1], ils ne rêvaient que d'une chose, quitter ce nid de guêpes le plus vite possible. Et c'est ce qu'ils ont fait. L'armée, les entreprises, les ressortissants français, tout le monde dans le charter. Sauf qu'il

1. Opération de l'armée française visant à sécuriser les Hutus à la suite de l'invasion du Rwanda par les Tutsis exilés en Ouganda.

y avait le coltan. Des millions de dollars pour certains, un approvisionnement stratégique pour d'autres. Alors tout en quittant l'Afrique, Carmin y a conservé sa filiale africaine, avec la bénédiction de Matignon.

— CMA ? interrogea Olivier.

— En effet. En 2001, la filiale africaine de Carmin extrayait du coltan dans les montagnes du Nord-Kivu pour l'expédier en Europe et dans le monde entier, alors même que l'État français décrétait un embargo sur les exportations de minerais depuis la RDC. Pour pouvoir accomplir ce tour de passe-passe, CMA a payé un secrétaire d'État et graissé la patte de plusieurs responsables politiques. Ça, c'est l'affaire ancienne. Mais ce que j'ai découvert pas plus tard que le mois dernier, c'est que l'État français ne s'est pas contenté de fermer les yeux. Il a aidé CMA dans son activité illégale en la faisant protéger par des militaires qui étaient sur place pour une opération humanitaire, l'opération Antioche. Vous comprenez ?

Raphaël lécha la crème dans laquelle baignait son pilon de poulet.

— Antioche, ce n'est ni plus ni moins qu'une mission criminelle dissimulée sous une mission humanitaire. Ce sont des faits d'une gravité considérable, malheureusement il me manque des preuves.

Olivier haussa les épaules.

— Vous êtes en train de me dire que vous n'avez aucune preuve de ce que vous avancez ?

— Les preuves existent. Les activités de CMA et des militaires d'Antioche à l'époque ont été photographiées. Plusieurs centaines de photos. Ce dossier existe et il se trouve ici, au Congo.

— Où ?

— C'est ce que j'ignore. Et c'est pour cela que j'ai besoin de vous.

— De moi ? Pourquoi moi ?

— Parce que vous croyez que la recherche du profit ne peut pas se faire au détriment de toute notion d'éthique.

— Qu'est-ce qui vous fait penser cela ?

— Rien. Je tente ma chance, c'est tout.

Olivier fixa Raphaël avec sévérité. Il n'aimait pas cette sorte de désinvolture dont faisait preuve le journaliste.

— En 2000, je passais mon bac. Je ne suis au courant de rien de ce que vous racontez. Je ne le mets pas en doute, mais vous me dites que vous avez travaillé pendant des années sur le sujet. Comment pourrais-je vous être d'une quelconque utilité ?

— Connaissez-vous un certain Michel Kessler ?

Olivier sursauta et manqua d'avaler de travers.

— Qu'est-ce que vous racontez ? Michel est décédé. Qu'est-ce que vous lui voulez ?

— Kessler savait des choses sur CMA. Le connaissiez-vous ?

— Je le connaissais. Comme beaucoup de monde dans la boîte. Pas plus que les autres. Celle qui le connaissait le mieux s'appelle Géraldine Fischer. Pourquoi n'allez-vous pas lui demander directement ? Vous perdez votre temps avec moi.

Subitement, Olivier n'avait plus faim. Il posa ses couverts dans son assiette et jeta un coup d'œil autour de lui. Cette conversation lui déplaisait. Ce Raphaël Da Costa – s'il s'appelait bien ainsi, car il n'avait aucune preuve de son identité – l'avait invité à déjeuner pour lui parler d'un crime commis par son employeur quinze ans auparavant et dont il ignorait tout, une enquête au point mort que lui seul avait le pouvoir de relancer… Ce type avait du talent, il était bien renseigné et savait emballer son histoire, mais si on prenait un peu de recul, on pouvait aussi y lire un autre scénario. Kisanga n'était pas encore lancé et Olivier savait que leurs concurrents ne reculeraient devant rien pour les faire trébucher. Au moment même où il avait aperçu Da Costa, il avait été saisi par ce doute. Était-il attiré dans un piège grossier ? Tuju l'avait amené ici contre un bakchich, c'était évident. Cette histoire alambiquée ne faisait que renforcer ses soupçons.

— Vous avez votre carte de presse ? demanda-t-il sèchement.

Raphaël, tressaillit, chercha dans ses poches.

— C'est stupide… Mais vous avez ma parole. Je suis journaliste et tout ce que je vous ai dit est la stricte vérité.

Olivier le regarda avec gravité en avalant une dernière gorgée de vin.

— Je travaille pour Carmin depuis dix ans, monsieur Da Costa, et je n'ai jamais entendu parler des faits que vous rapportez. Ni officiellement ni à la machine à café. Rien. Ce que je peux vous dire en revanche, c'est que beaucoup de monde nous envie le projet Kisanga et beaucoup aimeraient nous voir échouer.

— Si vous sous-entendez que je suis payé par…

— Je ne sous-entends rien. J'essaie de comprendre. Vous avez beaucoup d'hypothèses et peu de preuves.

— Justement, c'est ce que je recherche.

— C'est un peu facile et pour tout dire un peu gros. J'ai appris ici à ne me fier à personne, ni à ceux que je côtoie au quotidien, ni a fortiori à un inconnu qui a fait dix mille kilomètres pour me voir, mais qui ne peut pas justifier de son identité.

— Je vous parle de crimes dont…

— Vous parlez, monsieur Da Costa. Vous parlez beaucoup. Et pendant ce temps, l'heure tourne et j'ai du travail.

Olivier s'essuya la bouche, vida son verre d'un trait, se leva de sa chaise en faisant un signe de la main à Tuju et quitta la table sans se retourner.

## 26

Vendredi 19 août. 19 h 37.

Après 8 h 44 de vol sans escale, le Gulfstream 500 de Fielding Capital atterrit sur la piste de l'aéroport de la Loano. À l'extérieur, le thermomètre marquait 34 °C. Une canicule s'était abattue sur le sud du pays depuis près d'une semaine et à la nuit tombée, le bitume rayonnait encore comme une plaque chauffante. Le jet se contorsionna en faisant rugir ses deux moteurs Pratt & Whitney. C'était la première fois qu'Edwin Prescott utilisait l'avion de la compagnie pour balader ses clients. Il ne pouvait s'empêcher d'y voir le signe tangible du franchissement d'une étape décisive dans sa carrière.

Miller l'avait houspillé pour la forme. Edwin lui avait raconté ce qu'il avait en tête avec cette foutue compagnie minière en Afrique et le boss avait été séduit par son culot. Miller mettait toujours en garde ses ouailles contre leurs velléités de se comporter comme des têtes brûlées, mais au fond il aimait ça, les jeunes loups qui n'avaient pas peur de mettre leurs couilles sur la table. Ça lui rappelait sa jeunesse. Le vieux lui avait confié le Gulfstream comme on file les clés de la décapotable à un ado, à contrecœur et avec une immense fierté cachée. Ce soir, alors que ses invités s'apprêtaient à fouler le tarmac de l'aéroport de Lubumbashi, Edwin songea que, s'il n'était pas encore *partner* de Fielding Capital, personne ne pouvait nier qu'il commençait à en avoir tous les attributs. Et pour tout dire, si son opération réussissait, il ne voyait pas comment Miller pourrait lui refuser un fauteuil au douzième étage lors de la prochaine séance de promotion.

Devant l'aérogare, flanqué d'un fonctionnaire de police acheté mille dollars pour éviter toute tracasserie administrative, Alain Butard s'épongeait le front quand il aperçut enfin Prescott, ses six invités et leurs trois assistants qui déambulaient sur la piste. Le P-DG de Carmin attendait du VIP ; il allait être servi.

Prescott avait convié les représentants de six des plus grands fonds d'investissement de la City et de Wall Street. Six cavaliers de l'Apocalypse, capables à eux seuls d'engager des bras de fer financiers avec un tiers des pays du globe. La crème de la crème. Tony Lennox, d'AmericanTrade ; Salomon Delwyn, de Future Advisor ; Jake Curtis, de Waterfront ; Cecil Fraser, de Lead Capital ; Tariq Gunmar, d'Abu Dhabi Ventures ; et Richard Mulronney, de Mulronney & Partners. Six types qui ne s'intéressaient à rien au-dessous de dix millions et qu'il avait convaincus avec son téléphone et son bagou de vendeur à la sauvette de venir faire un safari au pays du pognon facile.

— Mister Prescott ? Alain Butard. Enchanté.

Prescott fit les présentations et le P-DG de Carmin conduisit ses invités vers la limousine blanche qu'il leur avait réservée. C'était un honneur et un plaisir, avait-il insisté plusieurs fois de façon discrète, mais explicite, de recevoir ceux qui, avant tous les autres, avaient cru à son projet. Il leur en était sincèrement reconnaissant. Prescott et ses clients n'eurent d'ailleurs aucun mal à s'en convaincre quand ils débarquèrent au Karavia.

Butard leur avait réservé les plus belles suites de l'hôtel : lit king size, bureau en acajou, draperies de soie fine aux fenêtres et double vue sur le terrain de golf et le lac Kipopo. Pour fêter dignement leur arrivée, le P-DG de Carmin avait fait venir sur place le chef d'un grand restaurant parisien avec toute sa panoplie et deux aides-cuistots. Bien entendu, toute l'équipe Carmin était sur le pont, le petit doigt sur la couture du pantalon, et Zhang Hiu avait eu l'amabilité de se joindre à eux.

Le dîner fut donné aux chandelles, dans la grande salle ouverte sur les jardins illuminés. Butard voulait frapper fort et c'était magnifique. Le chef se surpassa. Langoustine pochée au lait de coco, poulet de Bresse braisé sur fondant de potiron, plateau de fromages d'Androuet, forêt-noire décorée à la feuille d'or, le tout arrosé de sancerre, de Smith Haut-Lafitte et de Drappier millésimé. Prescott et ses clients étaient mis en condition. Il n'y avait plus qu'à les cueillir.

Le lendemain matin, la réunion de travail était prévue à 9 heures dans la salle de conférences. Butard, Speck et Maldini avaient défini eux-mêmes l'ordre du jour. Le boss ouvrirait le bal. Maldini projetterait le film que son équipe venait de terminer : une bombe, digne d'une production hollywoodienne. Paysages à couper le souffle, vues d'avion étourdissantes, sublimes couleurs rouges, ocre, vertes et bleues. Les figurants souriaient comme si le minerai jaillissait du sol par capillarité, si riche, si facile à ramasser qu'il donnait envie de tout plaquer pour se ruer au Katanga. Là-dessus, Butard ferait une introduction lyrique où il serait question d'un trésor fabuleux enfoui depuis des millénaires : le trésor de Kisanga dont ils avaient enfin trouvé la clé. Quand les clients de Prescott commenceraient à saliver, Speck entrerait en scène dans le rôle de Kurtz[1], le dur à cuire, l'ex-militaire, le mâle avec du poil au torse qui jetterait sur la table une grosse pépite de minerai de cuivre aux reflets rouges et bleus. C'était l'idée de Maldini et Butard la trouvait excellente.

1. Héros du roman de Joseph Conrad, *Au cœur des ténèbres*, qui prend place sur le fleuve Congo.

Speck leur expliquerait alors comment on faisait pour remonter l'or bleu depuis les entrailles de la Terre dans un pays infesté de fainéants et de voleurs. Il leur présenterait Olivier, l'Indiana Jones de service, celui auquel ils avaient tous, un jour ou l'autre, eu envie de ressembler et qui leur expliquerait comment on sécurisait l'affaire, comment on n'hésitait pas à faire le sale boulot pour que des veinards comme eux puissent s'en mettre plein les poches. Il fallait qu'ils comprennent bien qu'ils avaient une veine de cocu, que Carmin s'occupait de tout et que grâce aux Frenchies, tout allait bien se passer. À ce stade, normalement, ils étaient accros. Alors on envoyait les pépètes. Céline Dao et Beysserias faisaient un exposé juridico-financier avec plein de courbes et de graphiques : la preuve par neuf que Kisanga était la poule aux œufs d'or. CQFD.

Reposés et détendus après une bonne nuit de sommeil réparateur, Prescott et ses invités s'installèrent confortablement dans les fauteuils en cuir. Des majordomes distribuèrent des cafés, des fruits et des viennoiseries. Butard prit place au bout de la table, esquissant un large sourire, et Maldini appuya sur le bouton « Play ».

Les clients de Prescott écoutèrent religieusement, posèrent des questions, prirent des notes, si bien que la réunion se prolongea. À la fin de la matinée, on était en bras de chemise. L'ambiance feutrée était devenue électrique. Les Angliches posaient question sur question, ne se laissaient pas embobiner, creusaient, retournaient les arguments, passaient du coq à l'âne, s'arrêtaient pour réfléchir, parlaient à voix basse, repartaient de plus belle. Tous les membres de l'équipe Carmin furent mis à contribution. Intérieurement, Butard exultait. Les types mordaient à l'hameçon. Au bout de trois heures, ils l'avaient bien en travers de la gorge, piqué dans la chair vive. Ils avaient beau essayer de bouger dans tous les sens pour le faire tomber, le petit bout de métal tenait bon. Speck et son équipe avaient fait un excellent boulot. C'est dans de telles circonstances qu'on avait l'occasion de s'en rendre compte. Après trois heures et demie de discussions intenses, Butard invita tout son petit monde à se diriger vers la terrasse où une collation les attendait.

— Tu les as impressionnés, dit Olivier à Céline.

— Il faut croire que le travail finit par payer, répondit-elle en souriant.

Après un exposé très argumenté, Céline s'était en effet retrouvée assaillie par une pluie de questions techniques sur les liens entre la JV et les maisons mères et surtout sur la nature des contrats miniers passés avec l'État. Le gouvernement de la RDC en avait redéfini des dizaines de façon unilatérale en 2008, ce qui avait laissé de très mauvais souvenirs aux compagnies étrangères. Les conditions s'étaient quelque peu assouplies depuis, ce qui n'empêchait pas une certaine méfiance des investisseurs. Céline avait anticipé leurs interrogations, si bien qu'elle avait répondu de manière précise et sereine. Après le numéro de bateleurs de Butard et de Speck, les exposés de Dao et de Beysserias avaient singulièrement élevé le débat et fait très bonne impression sur les clients de Prescott.

— *Excellent!* glissa Tony Lennox à Céline, lui posant la main sur le bras avant de se diriger vers le buffet où Butard lui servit une flûte de champagne.

— Céline, chuchota Olivier en prenant garde à ce que personne autour d'eux ne les entende. Je peux te parler?

— Qu'y a-t-il?

— Tu as entendu parler d'Antioche?

— Non. C'est quoi?

— Hier, j'ai été contacté par un journaliste du *Matin*. Un type un peu has-been. Il était invité au cocktail du palais de Chaillot en juin, j'ai vérifié. Il m'a parlé de CMA, notre ancienne filiale en Afrique. Selon lui, elle aurait fait de l'extraction illégale en période d'embargo. Ça te dit quelque chose?

— De l'extraction illégale? Non, ça ne me dit rien. Qu'est-ce qu'il te voulait?

— Ce n'était pas très clair. C'est pour ça que je me suis méfié. Il prétendait mener une enquête. Il m'a parlé d'une opération militaire qui aurait couvert l'activité illégale de cette filiale. Et puis il a fini par me parler de Kessler.

Céline grimaça comme si son petit-four était ammoniaqué.

— Il disait avoir besoin de moi parce qu'il lui manquait des témoins de l'intérieur.

— Tu as refusé, j'espère?

— Bien sûr, dit Olivier en haussant les épaules.

— Tu sais…

Céline s'interrompit et ils sourirent tous les deux, car leurs mains s'étaient dirigées vers le même canapé au poisson et graines de sésame.

— Il y a quelques années, j'ai travaillé sur un dossier de fusion avec Kromin. Les chantiers du Kazakhstan. Tu te souviens ?

— Je me souviens, répondit Olivier en mordant dans son canapé.

— C'était très chaud, très politique, très confidentiel. Eh bien, j'ai été abordée comme toi par un soi-disant journaliste.

— Sans blague ?

— Je te jure. Un Anglais. Un très beau mec, sportif, la trentaine, le look baroudeur. Il prétendait faire un papier pour *National Geographic*. En fait, il était payé par Kromin pour nous espionner pendant les négos.

— Non… Tu t'en es rendu compte tout de suite ?

— Oui. Mais pas lui. Il m'a un peu sous-estimée. J'ai vite compris que son objectif, c'était la confidence sur l'oreiller.

— Et alors ?

— On a coupé la poire en deux. Il a eu l'oreiller, mais pas la confidence.

Olivier sourit en portant sa coupe de champagne à ses lèvres.

Prescott était aux anges. Son plan fonctionnait à merveille. Heureusement, les Frenchies s'étaient montrés à la hauteur, ce qui n'était pas gagné d'avance, et il voyait bien dans l'attitude fébrile de ses clients qu'ils commençaient à se poser les bonnes questions. Pour autant, il ne fallait rien brusquer. Le mieux à faire à présent était de laisser reposer. La finance, c'était aussi simple – et parfois aussi compliqué – que la bonne pâtisserie. Dans cette affaire, ils avaient touillé la pâte à toute berzingue et maintenant, elle était belle et onctueuse. Mais il était exclu de la mettre au four tout de suite. C'était l'erreur de débutant. Il fallait laisser reposer. Le temps que ça gonfle. Que les six cavaliers gambergent, qu'ils échangent, un peu, pas trop. Parce qu'on avait beau être confrères et faire parti du même règne animal, à l'heure H, on devenait concurrents.

Edwin avait une carte en main pour faire gonfler le gâteau. C'était le moment de l'abattre.

— Alain, fit Edwin. J'ai promis une petite surprise à mes invités. Nous allons passer deux jours dans un lodge sur le lac Tanganyika.

— Fantastique ! dit Butard. Le lac est sublime, surtout en cette saison.

Speck opina et les yeux des convives s'allumèrent. Tanganyika : un nom mythique.

— Je me disais que nous pourrions joindre l'utile à l'agréable, continua Prescott. Nous nous y rendrons en hélicoptère et nous pourrons au passage survoler le territoire de Kisanga.

— Excellente idée, s'enthousiasma Butard.

— Vous êtes bien sûr invité.

Butard arbora un sourire contrit.

— Malheureusement, je dois absolument rentrer à Paris demain. Mais…

Il leva la main vers Olivier et Céline qui, l'apercevant, rejoignirent le petit groupe.

— Olivier Martel et Céline Dao peuvent vous accompagner si vous le souhaitez.

# 27

Dar es Salam, Tanzanie. Samedi 20 août.

Accoudé à la rambarde du balcon, le regard perdu au loin, Marjan tirait sur sa Camel sans filtre en se laissant caresser par la brise qui remontait de l'océan. Il commençait à comprendre pourquoi Lauzière avait décidé de prendre sa retraite ici. Ce qu'il ne comprenait pas en revanche, c'était la raison qui l'avait poussé à choisir ce quartier. Le colonel avait les moyens. Il pouvait se payer une villa à l'extérieur de la ville et au lieu de ça, il s'était installé dans le centre, dans une rue qui grouillait de monde avec des bagnoles partout, un bordel sans nom. Ça gueulait toute la sainte journée juste en bas de chez lui. Ça faisait une semaine que ça durait et ça rendait Marjan dingue. Il écrasa sa cigarette et rentra à l'intérieur.

— Je vais faire un tour.

— Sois de retour dans une heure, ordonna Lauzière. On mange et on décolle à midi.

Le Bosniaque enfila son blouson et sortit de l'appartement. Mad Joe était à la cuisine en train de découper les pattes d'un poulet de deux kilos. Ils planquaient chez le colonel depuis huit jours, occupés à reconnaître le terrain, noter les horaires, pister les trajets des uns et des autres. Une semaine à tourner autour de ce Ze Hong comme des rapaces au-dessus de leur proie. Le Chinois dirigeait une entreprise d'import-export nommée Togao Lines. Il commerçait avec tous les pays de la région pour le compte de clients asiatiques. Togao Lines possédait sa propre flotte et ses bureaux se trouvaient sur le port. Ze Hong avait la bougeotte. Il passait son temps en déplacements, mais ce samedi, il était à Dar es Salam et Lauzière avait décidé qu'ils passeraient à l'action. Quant à Mad Joe, il avait décrété qu'on n'attaquerait pas le ventre vide.

— J'espère que cette fois sera la bonne, dit l'Irlandais. Qu'on mettra enfin la main sur ces putains de photos…

Lauzière acquiesça en silence quand la sonnette de la porte d'entrée retentit. Instantanément, les deux hommes se jetèrent sur leurs pistolets. Lauzière alla ouvrir. C'était Sekuto. L'Angolais revenait du marché avec deux paniers pleins à ras bord. Huile de palme, avocats, papayes, bananes, mangues, piment rouge, curry, pili-pili. Et deux packs de Skol. Mad Joe s'avança vers lui avec gourmandise et l'aida à embarquer les victuailles dans la cuisine.

— J'ai croisé Marjan. Il n'avait pas l'air de bonne humeur.

— Il est sorti prendre l'air, dit Lauzière. Il a besoin de se concentrer.

À 11 h 30, Lauzière et ses hommes se régalaient du succulent tagine de poulet que leur avait cuisiné John. Ils étaient calmes, presque recueillis. Puis midi sonna et ils descendirent l'escalier, souples et ardents, unis comme les doigts de la main, prêts à livrer bataille aux ennemis de la République.

Lauzière avait emprunté une camionnette de chantier à un de ses amis. Évidemment, une opération à Dar es Salam présentait de nombreux avantages. Le colonel connaissait la ville comme sa poche, il avait un réseau d'indics, de trafiquants, de fonctionnaires, de garagistes sur lesquels il pouvait compter. Il avait ainsi soigneusement préparé le terrain et aurait pu conduire le véhicule vers le port de commerce les yeux fermés. Il traversa le centre-ville. Des immeubles en verre, des bagnoles rutilantes. On était loin de l'Afrique crève-la-faim. Dar es Salam était, avec Addis-Abeba, une des principales portes de sortie vers l'Asie et ça sentait le fric à tous les coins de rue. Il tourna à gauche sur Sokoine Drive et suivit la mer jusqu'à Bandari Street. Puis il emprunta le rond-point et longea le terminal pétrolier. Il roula à faible allure sur la Nelson Mandela Road. Les bureaux de Togao Lines étaient situés sur le quai numéro 10, darse ouest, à côté d'un immense parking à conteneurs qui s'étendait sur un kilomètre jusqu'au fond des docks. Il passa devant sans s'arrêter et continua jusqu'au bout du port pour reprendre le chemin en sens inverse. Puis il se gara au milieu de la forêt de tôles multicolores. Le camion orange vif passerait inaperçu.

Les hommes sautèrent par le hayon ouvert, en tenue de chantier, casque jaune et gilet fluo. Trois Blancs et un Noir, bâtis comme des armoires. Ils étaient dans leur élément. Sur le quai, un groupe de dockers s'activaient à décharger le *Polaris Leader*, un cargo de trois cents mètres en provenance de Singapour. Ils allongèrent le pas jusqu'à l'entrepôt arborant en façade un gigantesque numéro 10. Les bureaux de la Togao Lines se trouvaient au second étage. Le bâtiment était protégé par quatre doubles portes grillagées et un escalier en béton. Ils l'empruntèrent en file indienne, armes à la main. Lauzière savait que ça pouvait barder et que l'erreur n'était pas de mise.

Dès qu'ils furent à l'intérieur, tout alla très vite. Lauzière, Marjan et Sekuto arrivèrent au deuxième. Mad Joe était resté en bas pour guetter, faisant mine de griller une clope sur le quai. Le colonel avait le plan des lieux en tête. À droite. Tout droit. Au fond. Quatrième bureau. Ils coururent à pas de loup dans le couloir. Première porte à gauche. Personne. Seconde porte. Ouverte. Lauzière passa la tête. Il y avait un type au téléphone.

Quand ce dernier le vit, il sursauta puis se leva en protestant. Le colonel pointa son arme sur lui, un Beretta 9 mm avec silencieux. Un canon de quarante centimètres, un truc impressionnant. Le Chinois, un gros type de quatre-vingt-quinze kilos, était paralysé. Le colonel s'approcha pour lui montrer la carte de Ze Hong, mais il n'eut pas le temps d'entamer la discussion. Le gros prit peur et commença à hurler. Le premier son resta coincé dans sa gorge. Avec un réflexe de félin, Lauzière lui logea immédiatement une balle en plein front. Le type fut stoppé net, la bouche ouverte, un trou noir entre les yeux. Il tomba en arrière, renversa une table et la lampe qui était posée dessus. Il y eut un fracas de verre brisé. Les autres allaient rappliquer. Au même moment, un homme surgit dans le couloir au niveau du troisième bureau. Marjan tira sans sommation. Le coup de feu était silencieux, mais le type s'écroula en râlant et on entendit ses cris dans tout l'étage.

Lauzière bondit dans le couloir à son tour. Les flingues avaient commencé à rugir. C'étaient les Chinois qui répliquaient. Ils canardaient à l'aveugle en gueulant Dieu sait quoi. À plat ventre, Sekuto tirait en direction de la seconde porte. Marjan avança jusqu'au deuxième bureau qu'il arrosa au pistolet-mitrailleur.

Profitant du feu nourri du Bosniaque, Lauzière et Sekuto se précipitèrent vers le premier bureau, donnèrent un coup dans la porte et gueulèrent trois fois le nom de Ze Hong. Quatre types pointèrent leurs flingues dans leur direction sans tirer, comme s'ils étaient frappés de stupeur.

— Ze Hong ! hurla Lauzière qui les tenait lui aussi en joue.

Un des hommes tira. Le colonel eut un mouvement de recul. Sekuto répliqua et le tireur fut propulsé en arrière. Lauzière grimaçait. La balle lui avait déchiré le deltoïde et son épaule pissait le sang. Les deux autres répliquèrent en tirant dans toutes les directions, hurlant de leurs voix nasillardes. Marjan les avaient rejoints et ripostait avec Sekuto. Ça défouraillait de partout. Réfugiés derrière leurs tables, les Chinois gueulaient comme des putois. Lauzière commanda le cessez-le-feu. Ça puait le sang et la poudre. Les types gémissaient. Un carnage.

— Ze Hong ! hurla de nouveau Lauzière.

Un homme se leva, tremblant, les bras en l'air et gueula :

— *Don't shoot ! Don't shoot !*

Un autre type se leva. Ils n'étaient plus que deux. Marjan et Sekuto firent deux pas dans le bureau. Au moment où ils étaient à découvert, un des deux pointa son flingue et tira sur Marjan qui prit la balle en pleine figure et rua en arrière. Sekuto répliqua et tua le tireur. Ze Hong, toujours debout, les yeux exorbités, les mains en avant, hurlait, mais Lauzière ne comprenait rien. À ses pieds, le Bosniaque se tordait de douleur. Il bondit vers Ze Hong, son poignard à la main. L'autre recula.

— Les photos ! Où sont les photos ?

Le Chinois secoua la tête comme s'il ne comprenait pas. Mais ses yeux le trahissaient. Ce salaud savait très bien de quoi il retournait. Lauzière enjamba une table. La lame acérée brillait entre ses mains. Ze Hong comprit que ce type était prêt à tout. Il recula d'un pas. Lauzière passa de l'autre côté. Ze Hong recula de nouveau vers la fenêtre. Au troisième pas du colonel, dans un ultime tour de reins, Ze Hong se projeta en arrière. Lauzière fondit sur lui, mais dans un fracas de vitre cassée, le Chinois avait déjà basculé dans le vide.

## 28

Prescott avait donné rendez-vous à ses hôtes à 10 heures dans le hall. D'humeur joviale, Lennox, en jean et casquette blanche des Bulls de Chicago, plaisantait avec ce cul pincé de Salomon Delwyn, en blazer chicos très Nouvelle-Angleterre. Curtis et Fraser semblaient se lancer des défis et comparer leurs performances à la course à pied, tandis que Gunmar, affublé d'une horrible tenue de sport noire, devisait avec Mulronney. Prescott était aux petits soins. Quand tout le monde fut prêt, il battit le rappel vers les minibus qui les attendaient à l'extérieur. Les assistants chargèrent les bagages dans un second taxi et les Mercedes quittèrent le Karavia pour l'aéroport de la Loano.

Les deux véhicules roulèrent en file indienne jusque sur le tarmac où ils s'arrêtèrent au pied d'un Cessna Caravan vert et blanc garé en bout de piste. Olivier jeta un coup d'œil par la fenêtre et blêmit. Prescott, lui, était tout sourire. Son numéro de tour operator se déroulait à merveille.

— Edwin, fit Olivier. Nous allons embarquer là-dedans ? Je croyais qu'on prenait un hélico.

— Korongo Airlines… Changement de dernière minute. L'hélicoptère est en panne. Ils ont proposé cet avion. Nous aurons plus de place.

Olivier, la gorge sèche, ne parvint pas à articuler de réponse.

Ils s'installèrent dans la cabine du Caravan. Le pilote, un Sud-Africain hirsute qui parlait avec une patate brûlante dans la bouche, répondait au nom de Martin. C'était un type d'une cinquantaine d'années qui avait roulé sa bosse dans les ciels mouvementés de l'Afrique centrale. Il semblait ravi de transporter une cargaison de British et d'Américains auxquels il expliqua le programme, dans son anglais nasillard et incompréhensible. Ils allaient remonter vers le nord pour survoler le parc naturel de Kundelungu et les chutes de la Lofoï. Un chouette coin, précisa-t-il.

— Quand je vous le dirai, dit Martin, il faudra regarder par la fenêtre. Ça vaut vraiment le coup et je vous conseille de prendre des photos pour les montrer à votre petite amie à votre retour, ajouta-t-il en arrachant quelques sourires polis. Ensuite, on partira vers l'ouest. Survol de Kisanga. C'est ça, *chief* ?

Prescott fit oui de la tête.

— OK. On tourne une petite demi-heure, et ensuite, on file nord-est. Deux cent cinquante miles au-dessus de la savane. On survole le lac Mweru et on arrive sur le Tanganyika. Les conditions de vol sont plutôt bonnes, mais ça peut changer. *We'll see*. En tout et pour tout, on en a pour deux heures de vol. *OK, fellows ? Let's go.*

Le coucou s'arracha du sol en frémissant comme une feuille au vent. Olivier ferma les yeux et s'agrippa à son siège. Céline était assise à côté de lui, au quatrième rang. Par le hublot, elle regardait la ville de Lubumbashi s'éloigner puis rétrécir jusqu'à ne devenir qu'une tache ocre dans l'immensité. Le ciel était immaculé et les rayons du soleil se réfléchissaient sur les ailes en aluminium. En bas, à perte de vue, du vert. Partout, des arbres, de l'herbe, des massifs, des bois, des plaines, des forêts. Et puis, presque invisibles, aussi minces que des fils de coton, les pistes de latérite qui s'enfonçaient dans la matrice comme des veinules dans un vortex inextricable.

Le Cessna atteignit vite son régime de croisière. On volait à basse altitude, à quelque mille cinq cents pieds, ce qui donnait tout loisir aux passagers d'observer le paysage. Ce pays était immense et désert. Les villes et les villages n'étaient que des îlots perdus sur l'océan émeraude. Ils survolèrent bientôt la forêt du parc de Kundelungu, opaque, serrée, ridée par le relief de la cime des arbres, quand soudain, une détonation les fit sursauter. Prescott se retourna vers l'arrière de l'appareil, une bouteille à la main.

— Champagne ?

Ils trinquèrent plusieurs fois.

— *It's a beautiful day, Edwin, don't you think ?* fit Lennox, tout sourire.

— *Oh yeah, Tony. A beautiful fucking day !*

La voix nasillarde de Martin résonna dans les haut-parleurs.

— *OK, fellows. Prepare your cameras. The Lofoï falls. On your right.*

Les passagers se tournèrent vers la droite de l'appareil. En contrebas, sur plusieurs centaines de mètres, la forêt qui s'était littéralement effondrée sur elle-même avait créé dans la roche une faille verticale de la hauteur d'un gratte-ciel. Elle était entièrement recouverte de végétation et aurait été invisible à l'œil nu si un puissant bras de fleuve n'en avait surgi à l'horizontale, se brisant dans le vide et formant une épaisse colonne d'eau fumeuse qui s'écrasait deux cents mètres plus bas dans un fracas dantesque. Le Cessna longea la faille. Tous étaient médusés par ce spectacle grandiose, donné depuis la nuit des temps en pleine forêt à cinquante kilomètres du premier village des hommes. Prescott fit sauter le bouchon d'une nouvelle bouteille de champagne qu'il versa dans les coupes de ses invités en la soulevant pour ménager l'effet d'une mini-cascade pétillante. *So clever.*

Martin tira alors violemment sur le manche et le Caravan s'inclina à trente degrés sur bâbord avant de mettre le cap à l'ouest. Un quart d'heure plus tard, ils quittaient la forêt pour survoler les plaines de Kisanga. Prescott pria Olivier de les rejoindre pour leur raconter la belle histoire qui les rassemblait tous ici. Le jeune homme déploya un effort surhumain en s'avançant jusqu'au premier rang. Alors que Martin effectuait un vol rapproché permettant aux passagers d'apercevoir les failles, les mines et les différentes nuances du terrain, Olivier raconta l'histoire du minerai bleu et rouge qui sommeillait ici depuis des millénaires, n'attendant que les pelles et les pioches providentielles de Kisanga Mining Company pour jaillir enfin des entrailles de la Terre. Les invités jetèrent quelques coups d'œil polis par la fenêtre. Tony Lennox se pencha par-dessus l'épaule de son voisin.

— On ne voit pas grand-chose, *my friend*, dit-il à Martel. De toute façon, on vous croit. C'est votre boulot. C'est vous l'expert, *right ?*

Mulronney et Gunmar acquiescèrent. Il y eut quelques sourires d'approbation et tous revinrent à des conversations plus sérieuses : les incertitudes sur l'orientation des taux de la FED et la plongée des cours de l'or depuis deux mois.

Alors Prescott remercia Olivier avant de l'inviter à regagner sa place.

## 29

Avant de prendre son avion, Alain Butard prit son petit déjeuner avec Speck au Karavia. L'occasion d'un dernier briefing entre le jus d'ananas et la tartine au miel. Son conseiller spécial l'avait vu tout de suite, à la gourmandise avec laquelle il goûtait son pain beurré : son patron était enchanté des deux jours passés au Katanga. Speck n'était pas pour rien dans cette réussite. Il avait démontré qu'il avait la situation bien en main : Maldini avait fait des prouesses, Dao et Beysserias avaient ferraillé comme deux fines lames et ce petit con de Martel qu'il n'arrivait décidément pas à sentir avait tout de même fait le job. Pourtant, s'il n'avait écouté que son instinct, il aurait viré l'ingénieur séance tenante. Mais Butard avait écarté l'idée. Dans deux mois, Speck ferait ce qu'il voudrait, mais pour l'heure, le boss voulait le moins de vagues possible. Selon lui, Martel était un non-événement. Tout ce qui comptait à ses yeux, c'étaient les points qu'ils avaient marqués auprès des investisseurs de Prescott. Ces types étaient assis sur un tas d'or et ils avaient le pouvoir de propager ou d'éteindre le feu qu'Edwin avait allumé. Or ce feu était en train de prendre au-delà même de ses espérances.

Speck se levait de table quand un serveur se pressa devant eux, légèrement paniqué. Zhang Hiu les demandait dans le hall.

Quand le patron de Carmin parut, l'homologue de Speck se précipita sur lui. Affolé et courbé en signe de respect pour un plus gradé que lui, il vociférait ses griefs dans un sabir incompréhensible, mais le ton ne laissait aucune place à l'ambiguïté. Zhang Hiu se faisait le porte-parole de son patron. Celui-ci exigeait une conversation téléphonique immédiate. La requête ne tolérait aucun délai. Il fallait l'appeler tout de suite. Ici, à l'hôtel. Le Chinois s'étranglait d'émotion en parlant. Dans un mouvement de recul, Butard échangea un regard avec son conseiller spécial qui semblait aussi perplexe que lui. Alors il demanda qu'on fasse patienter son taxi et qu'on les mène à la salle de conférences.

Butard, Speck et Zhang s'assirent en cercle autour du gigantesque écran plat accroché au mur. Le patron de Carmin, qui n'avait pris qu'une marge de quarante minutes avant son vol, montrait déjà quelques signes d'impatience. Speck observait Zhang. Il avait les traits tirés et ne cessait de s'éponger le front. Il blêmit quand le logo de Skype s'afficha en gros sur le mur et que le visage du président de Shanxi envahit l'écran. Impassible, inexpressif, totalement lisse. Ça non plus, ce n'était pas bon signe. Zhang Hiu initia la conversation en chinois avant de se tourner vers Butard.

— Monsieur Butard, le président Wao veut vous parler d'une très regrettable nouvelle qui lui est parvenue de Dar es Salam, en Tanzanie.

Butard regarda Speck, incrédule, avant de saluer son homologue et de l'inviter à parler. Les traits du vieux singe se contractèrent. Des rides se creusèrent sur son front. Ses pommettes se rétrécirent, découvrant une rangée de dents jaunes élimées.

— Alain, commença Wao, j'apprends qu'un de nos ressortissants, un jeune homme du nom de Ze Hong, a été tué hier au port de Dar es Salam.

— J'en suis désolé, répliqua Butard.

— Il a été abattu dans son bureau avec toute son équipe par des militaires français.

— Je… Je ne suis pas au courant.

— Nous étions partenaire de Ze Hong et cette nouvelle nous attriste particulièrement. Les autorités chinoises ont ouvert une enquête et si elle montre que Carmin est mêlé de près ou de loin à ces assassinats…

— Vous plaisantez, Jun. Qu'est-ce que vous insinuez ?

— Les agresseurs parlaient français. Nous avons des témoins.

— Je vous jure, Jun…

— Jurer ne sert à rien !

Butard s'agrippa à son siège. Cette fois-ci, Wao Jun poussait le bouchon trop loin.

— Jun, je ne veux pas vous manquer de respect, mais des hommes armés qui parlent français, il y en a beaucoup en Afrique. Et des pays en conflit larvé avec la Chine, ça ne manque pas non plus : la Tanzanie, l'Éthiopie, le Kenya, la Zambie, le Congo. Excusez-moi, mais vous vous êtes fait des ennemis partout. Vos méthodes sont telles que les populations qui vous ont accueillis à bras ouverts vous ont presque toutes rejetés. Souvenez-vous, en 2008, en Guinée équatoriale, deux Chinois tués par des travailleurs qui protestaient contre leurs conditions de travail. En 2012, un autre de vos compatriotes, le directeur d'une mine dans le sud de la Zambie, assassiné par deux mineurs. En 2014, à Madagascar, deux Chinois tués et neuf autres blessés lors d'affrontements entre les employés d'une usine sucrière et son gérant chinois. La liste est longue. Vous le savez comme moi, le ressentiment contre votre pays existe partout sur ce continent. Que des hommes armés s'attaquent à vos intérêts, je le regrette sincèrement, Jun, mais vous devez admettre que cela peut venir de pas mal d'endroits. Vous n'êtes pas toujours les bienvenus ici. Et c'est pour cette raison que nous collaborons.

Dans la salle, Speck jubilait. Ça, c'était bien envoyé. Et au demeurant parfaitement vrai. Sur l'écran à cristaux liquides, le visage de Wao Jun était redevenu impassible.

— Notre collaboration, cher Alain, est fondée sur la confiance et le respect de nos engagements. Nous avions un accord sur les modalités de partage de Kisanga. Dois-je vous en rappeler les termes ?

— Aucunement. Je les ai très bien à l'esprit.

— Alors comment se fait-il qu'un de vos employés, un certain Olivier Martel, étudie à la loupe la répartition de nos concessions ?

Butard sentit le sol se dérober sous ses pieds. Comment le vieux singe savait-il ? Martel, ce petit con, jouait-il un double jeu ? D'un seul coup, les aiguilles de ses altimètres s'étaient mises à s'affoler.

— Alain, continua Wao Jun, n'oubliez pas que si nous gardons profil bas, nous n'en avons pas moins des yeux pour voir et des oreilles pour entendre.

Butard était coincé. Donner raison à Wao revenait à avouer sa duplicité, et prétexter son ignorance à se déconsidérer en admettant son manque d'autorité sur ses propres troupes. Il était au fond d'une impasse et le vieux le tenait entre ses griffes.

— Je compte bien, reprit Wao Jun, que tout se passe comme nous l'avions prévu. Si j'apprends que vous êtes en train de torpiller nos accords ou que vous êtes mêlés de près ou de loin à cette tuerie à Dar es Salam, je mettrai un terme à notre collaboration au Congo et je larguerai la bombe que vous savez.

Butard sentit que l'édifice qu'il avait construit tanguait comme un château de cartes dans une brise d'automne.

— Sachez que j'ai été particulièrement affecté par ce drame, reprit le Chinois.

— Je comprends, répondit Butard d'un air contrit.

— Non, vous ne comprenez pas. Ze Hong était mon fils adoptif.

## 30

Les deux Land Rover Defender se garèrent dans la cour du lodge Mwanza un peu après midi. Cinq adolescents montèrent sur les toits pour attraper les bagages tandis que Prescott et ses invités se dirigeaient vers la réception. L'hôtel était constitué d'un assortiment de bungalows de tailles différentes, aux toits de chaume suffisamment épais pour supporter les orages tropicaux. Ils étaient construits sur pilotis et les cloisons étaient constituées de simples tentures de toile. On y accédait par un escalier de bois et chacun était muni d'un porche ombragé abritant des fauteuils en osier. Ils étaient ainsi savamment éparpillés sur un terrain arboré qui descendait mollement vers une plage de sable fin donnant sur le lac.

Olivier et Céline reçurent comme les autres les clés de leur paillote. Si Carmin avait mis les bouchées doubles au Karavia, Fielding Capital n'avait pas lésiné non plus au lodge Mwanza. La chambre de Céline avait un parquet en bois exotique brillant comme un miroir. Au centre trônait un lit immense garni de draps blancs sur lequel étaient disposés une couverture et six coussins couleur tabac ornés de motifs africains. Au plafond, les pales d'un ventilateur tournaient sans bruit. Dans un coin, une chaise en osier tressé. Enfin, au fond de la case, derrière une tenture en toile légère, une salle de bains dans le plus pur style colonial. L'endroit ressemblait à s'y méprendre à un décor de cinéma. Un rêve d'Afrique pour voyageur occidental fortuné. Céline jeta son sac à terre et poussa la toile pour se rafraîchir, après quoi elle s'allongea sur le lit.

Le déjeuner fut donné au gazebo. C'était un simple abri au toit de chaume, élevé sur une terrasse grande comme un demi-terrain de tennis, elle-même construite sur pilotis et posée sur l'eau.

On y accédait de la plage par un ponton de bois. Aucun mur, aucune entrave. Depuis la table dressée pour le déjeuner, les clients jouissaient d'une vue panoramique sur le lac. L'effet était saisissant. Vers 13 heures, il faisait une chaleur écrasante, mais à l'ombre du gazebo et à la faveur d'une brise légère courant à la surface de l'eau, les hôtes se régalèrent de tilapia grillé et le chardonnay sud-africain coula à flots. Prescott était comme un poisson dans l'eau, souriant, plaisantant. Ses invités passaient un excellent moment et c'était pour l'heure tout ce qui importait.

Après le déjeuner, quand les convives se retirèrent dans leurs chambres, Céline proposa à Olivier de l'accompagner pour quelques brasses. Dix minutes plus tard, ils se retrouvèrent au bout du ponton. Le silence était total. Le lac se déployait à perte de vue. En plissant les yeux, on pouvait discerner à l'horizon une nuance de bleu légèrement plus foncée que le ciel. Sur la rive opposée, la Tanzanie, éloignée à cet endroit d'à peine soixante kilomètres.

À leur droite, à quelques encablures, une langue de terre formait une petite baie où un champ de roseaux prospérait, les pieds dans l'eau. De l'autre côté, à gauche de la plage, quelques pêcheurs avaient amarré leurs bateaux dans une crique. Des barques à l'ancienne, propulsées à la rame et munies d'un taud en tôle ondulée.

Soudain, un oiseau longiligne prit son envol depuis le marais. Ils le regardèrent raser les flots, aussi fin et précis qu'un trait de fusain sur du papier vélin.

Sous leurs pieds, l'eau transparente grouillait d'une multitude de poissons couleur d'orage, des tout petits qui tenaient dans la main, jusqu'à des spécimens longs comme le bras. Le Tanganyika était réputé pour être très poissonneux, et les pêcheurs n'avaient qu'à jeter leurs filets depuis la grève.

— Pourquoi es-tu ici ? demanda Olivier à la jeune femme, le regard perdu à l'horizon.

— Comme toi. Pour me faire un paquet de fric et partir aux Bahamas.

— Sérieusement…

Céline le regarda longuement, avant de détourner le regard vers le lac.

— C'est drôle cette manière que tu as de poser aux autres les questions que tu n'oses pas te poser à toi-même.

— Tu te trompes, répondit Olivier.

— Je ne pense pas, mais je vais te répondre. Je crois que nous jouons ici notre rôle. Selon nos propres règles qui ne sont pas si mauvaises que ça. Nous exploitons les richesses de ce pays, sans le piller pour autant. Nous payons des taxes, nous donnons du travail aux gens, nous respectons une charte éthique. Beaucoup de nos concurrents ne s'embarrassent pas de tels scrupules.

— Tu penses à Shanxi ?

— Entre autres. Et toi, pourquoi es-tu là ?

— Moi ? Pour les mêmes raisons, je crois. Du moins je l'espère… En fait, tu as raison. Je ne sais plus trop…

Céline dénoua la ceinture de son peignoir et plongea la tête la première. Elle fit trente mètres de brasse coulée avant de ressortir et de crawler vers le large. C'était une très bonne nageuse et elle s'éloignait à toute allure dans l'eau miroitante. Olivier enleva son T-shirt et plongea à son tour. L'eau du lac était exquise. Il suivit Céline et ils nagèrent ainsi une demi-heure sans s'arrêter. Seuls dans le silence et le rythme régulier du battement de leurs bras à la surface de l'eau. Céline cessa de nager à un mile de la plage. Le lac qui peut descendre à mille quatre cents mètres en son milieu était noir. L'eau, toujours tiède en surface, était déjà plus fraîche en profondeur.

— Attends ! fit Olivier avant de la rejoindre.

Elle cria. Il fut saisi de stupeur, mais le cri se transforma en rire. Personne ne pouvait les entendre et Olivier, hilare, l'imita. Ils riaient au milieu de l'immensité. Elle plongea. Olivier plongea à son tour et ressortit de l'eau tout près d'elle. Il ne l'avait jamais vue ainsi. Si peu apprêtée. Si heureuse pour si peu. Il poussa sur ses bras et lui toucha l'épaule. Il pensait qu'elle fuirait comme une anguille, mais elle n'en fit rien. Elle le regardait, les cheveux plaqués en arrière, le visage dégoulinant. Magnifique. Alors il passa un bras autour de sa taille et l'embrassa à pleine bouche en la serrant contre lui. Elle se laissa faire, lui caressa la joue, l'embrassa à son tour avant de le repousser en l'éclaboussant. Il détourna la tête, se frotta les yeux, et quand il voulut la regarder de nouveau, elle avait disparu. Il chercha autour de lui, et au bout de trente secondes, elle réapparut, quarante mètres plus loin, nageant en direction de la plage. Il la suivit sans intention de la rattraper. Elle atteignit le ponton la première, se hissa sur l'échelle et s'enveloppa dans son peignoir. Quand il sortit de l'eau, la plage était vide.

Olivier retourna dans sa chambre. La chaleur était écrasante et il s'affala sur son lit, torse nu, les bras en croix, les yeux fixés sur les pales du ventilateur qui tournaient à vitesse constante dans un bourdonnement léger. Puis il ferma les yeux et plongea dans un sommeil profond. Une heure plus tard, peut-être plus, il fut réveillé par le craquement d'une latte de parquet. Il releva sa tête engourdie et l'aperçut, au pied du lit. Elle s'était introduite dans sa chambre sur la pointe des pieds. Elle portait une chemise blanche échancrée sur les cuisses. Ses cheveux dénoués tombaient sur ses épaules. Olivier était interdit. Il pensait avoir commis un impair tout à l'heure dans le lac. Mais elle l'avait rejoint. Il l'avait désirée depuis le premier rendez-vous dans le bureau de Butard à Paris, quand il avait débarqué en nage dans le couloir du septième étage. Ce jour-là, il s'en souvenait encore, elle portait une veste blanche, un chemisier bouton-d'or en soie et un collier d'argent. Pendant le rendez-vous, il avait fait un effort pour regarder dans la direction opposée. Mais il n'avait pu éviter ni ses mains ni ses épaules. Depuis ce jour, il avait réussi à la tenir à une distance respectable de ses pensées, mais le lodge Mwanza avait tout fait voler en éclats. Elle dénoua un lacet en coton. Sa chemise s'entrouvrit. Elle fit un pas vers lui, seins dévoilés, s'agenouilla au bord de son lit, se coula contre son corps, frôlant son torse du bout des doigts. Elle déposa un baiser dans son cou, approcha ses lèvres de sa bouche. Olivier était terrassé, cloué sur son lit, brûlant. Alors sans rien dire, elle écarta le drap et le rejoignit.

Le lendemain matin, au petit déjeuner, Prescott, plus empressé que jamais, commençait à engranger le fruit de ses efforts. Lors du dîner de la veille, Fraser et Lennox avaient promis de prendre chacun 80 millions de dollars d'actions Carmin. Delwyn n'avait pas donné de chiffre, mais à ce qu'il avait laissé entendre, il achèterait une part égale. Gunmar n'avait encore rien annoncé et Edwin savait qu'il ne fallait surtout pas lui forcer la main. Il y viendrait, à son rythme, et quand il sortirait un chiffre, ce serait un montant ferme, au dollar près.

Au milieu du petit déjeuner, ce dernier lui donna raison. Prescott était en train de se servir une assiette de salade de mangue et de papaye en racontant l'histoire d'un trader qui s'était fait refiler des junk bonds de Lehman Brothers pendant la crise de 2008 et qui avait cru jusqu'au bout qu'il allait se refaire. La fin était désopilante et fut couronnée d'une salve d'applaudissements. Mais la plus belle des récompenses lui fut octroyée par Tariq Gunmar qui se pencha vers son oreille et lâcha à travers sa moustache grisonnante : « 60 millions. »

Edwin lui sourit d'un air serein, tandis qu'à toute allure il refaisait ses comptes dans sa tête. Gunmar, Delwyn, Fraser et Lennox : 300 millions de dollars à eux quatre. C'était bien, mais pas encore au niveau de ses ambitions. Il lui restait deux clients à convaincre. 100 millions chacun. 500 briques au total. Du jamais vu, mais faisable.

Le déjeuner s'était poursuivi pendant deux heures. Après les investissements dans les matières premières, la conversation avait bifurqué vers les élections à venir en RDC, élections pour lesquelles on parlait de plus en plus d'un possible retour de Moïse Katumbi, le très populaire ex-gouverneur du Katanga exilé de force par le président Kabila. Il était 10 heures du matin et le soleil commençait à taper à la verticale. L'eau du lac était d'huile, les animaux semblaient endormis, les roseaux immobiles, le silence total. Le lodge Mwanza ressemblait à s'y méprendre à une petite portion du jardin d'Éden. Soudain, un des adolescents du lodge vint au-devant de Prescott et lui murmura quelque chose à l'oreille. Edwin renvoya le jeune homme qui décampa à toute allure, avant de se lever en tapant sur les bords de son verre avec sa cuillère.

— *Dear friends*, je vous ai toujours considérés comme les meilleurs dans votre métier, ce qui veut dire pour moi qu'aucune audace ni aucun territoire ne vous est interdit.

Au moment où il parlait, trois pick-up Nissan se garaient sur la plage. Une dizaine d'hommes débarquèrent trois colis apparemment très lourds, enveloppés dans des toiles de coton. Edwin poursuivit.

— Ceci, mes amis, est ma façon de vous le dire et de vous remercier.

Il leva la main et les toiles disparurent, dévoilant trois jet-skis Kawasaki 310 noirs aux liserés vert fluo et aux chromes rutilants sous le soleil. Tonnerre d'applaudissements. Les invités de Prescott n'étaient plus que des gamins excités devant des joujoux flambant neufs au bord de ce lac turquoise et vierge. À cet instant, Edwin sut qu'il avait presque remporté la partie. Mais Jake Curtis s'approcha de lui avec un air ennuyé.

— Edwin, j'ai parlé à mes associés hier par téléphone et il ne nous semble pas prioritaire d'investir dans ce projet.

Edwin sentit le couperet lui tomber sur le crâne. Curtis expliqua qu'ils avaient déjà beaucoup investi dans le secteur, que ce n'était pas leur priorité, qu'il en était désolé. Edwin l'aurait bien étranglé sur place. Zéro. Pas un fucking dollar. Bâtard. Mais Edwin était un professionnel, un professionnel qui venait de se faire flinguer en plein vol, mais un professionnel tout de même.

— Ne vous inquiétez pas, dit-il à Curtis. Je vous en prie, joignez-vous aux autres pour un tour de jet-ski.

Soudain, un son de guitare électrique rageur envahit la plage. Les trois machines semblables à des vaisseaux spatiaux bardés de cuir, de plastiques brillants et de couleurs tapageuses, étaient munies d'un système audio qui pouvait à coup sûr porter à des kilomètres à la ronde. Les assistants de Prescott mirent les machines à l'eau. Lennox, Fraser et Mulronney furent les premiers à enfourcher les destriers flottants. Essayant de faire bonne figure, Edwin les regardait avec un sourire forcé. Les moteurs rugirent. Les trois cavaliers étaient hilares. Fraser poussa le volume de sa radio au maximum, tourna la manette d'accélérateur et le jet quitta la plage dans un tourbillon d'écume et de vapeur d'essence.

Au même instant, un essaim de hérons prit son envol depuis le marécage. Les invités de Prescott hurlèrent de joie. Le spectacle était exceptionnel. Après Fraser, ce fut au tour de Lennox de se lancer à toute allure à l'assaut du lac, droit devant lui. Edwin levait le bras pour les encourager quand le vieux Mulronney lui fit signe. À califourchon sur sa machine, comme un vieux motard sur sa Harley, il se familiarisait avec les commandes et ses yeux pétillaient de joie. Edwin se rapprocha, l'eau jusqu'aux mollets.

— *Edwin, come here boy!*

Mulronney se courbait sur sa monture, comme pour se préparer à une chevauchée fantastique.

— Edwin ! Votre idée est fabuleuse.

Edwin hocha la tête en souriant. Richard était tellement heureux que cela faisait plaisir à voir.

— J'achète pour 200 millions. *You're a winner, my boy!* Et nous allons gagner ensemble !

Et dans un tonnerre assourdissant, il détala à pleine vitesse sur les eaux placides du lac Tanganyika.

## 31

Le général Delmas posa un pied sur le tapis de gravier et poussa sur ses mains pour s'extraire des sièges moelleux de la 508. Il réajusta sa cravate. L'air était délicieusement doux. Une légère brise soufflait sur les bords de Seine. Les derniers touristes flânaient devant les palais de la République. L'été était fini et il n'avait même pas réussi à passer une semaine complète en famille à Noirmoutier. Tout ça pour des dossiers merdiques qu'il ne pouvait déléguer à personne et dont le seul bénéfice consistait à se faire souffler dans les bronches par un ministre d'État. Il fit un signe de tête et la Peugeot s'éloigna.

Quand il entra dans le bureau de Meyrieux, celui-ci, debout près de la porte-fenêtre donnant sur le jardin, tentait de mettre fin à une conversation téléphonique visiblement désagréable. Les drapeaux français et européen flanquaient la fenêtre, illuminés par le soleil de midi qui se réfléchissait sur le parquet ciré en point de Hongrie. Delmas s'assit dans l'un des deux fauteuils réservés aux visiteurs et observa le ministre.

L'image était belle et forte. Elle aurait mérité d'être immortalisée par un photographe de renom. Il l'aurait sous-titrée : *l'irrésistible ascension.*

— Eh bien, dites-leur que toutes les factures sont chez l'expert-comptable, s'emporta Meyrieux. Oui ! Allez-y ! On s'en fout, tout est légal. C'est cela. À bientôt.

Le ministre se fit craquer les phalanges des deux mains.

— Les pisse-copies de province, fit-il, dédaigneux, à Delmas qui lui sourit d'un air entendu. Toute l'année, ils sont sur les terrains de boules et les maisons de retraite, alors vous pensez, la campagne électorale, ça leur donne des ailes. Ils m'accusent de dépenses somptuaires. Non, mais franchement, c'est à se la prendre et se la mordre.

— Ils sont peut-être manipulés ? tenta le général.

— Pfff… Même pas. Ce sont d'authentiques troudcs. Ma cote de popularité est en train de monter, ils ont envie de se payer un ministre. Faut pas chercher plus loin…

Meyrieux s'assit derrière son bureau.

— Bon, dites-moi, général. Qu'est-ce que c'est que vous fabriquez avec Antioche ?

Delmas croisa les mains.

— Nous avons progressé. Mais c'est un peu plus compliqué que prévu. Une chasse au trésor sur un territoire grand comme l'Europe.

— Une chasse au trésor ? Vous vous foutez de moi ! Je viens de recevoir une protestation de l'ambassadeur de Chine. Il y a eu une tuerie sur le port de Dar es Salam et ils nous soupçonnent d'être dans le coup. On est à deux doigts de la crise diplomatique. J'ai eu Butard au téléphone. Il ne comprend rien. Il s'est fait passer un savon par Wao Jun et il veut des explications. C'est pas une chasse au trésor, c'est le bordel !

— Laissez-moi vous expliquer…

— Répondez d'abord à ma question : la tuerie de Dar, c'est nous ?

Delmas se raidit sur son siège. D'un coup, son visage perdit ses couleurs. Le ministre avait sa réponse.

— Nom de Dieu de merde… Mais qu'est-ce qui vous a pris ? J'espère que vous avez une explication en béton.

— Mes hommes ont retrouvé la piste d'Antioche, monsieur le ministre. Miwumbe a vendu le dossier à un Libanais de Kisangani, un certain Issam Chamoun, un trafiquant d'or et de diamants qui sévit dans le nord du Congo. Nous l'avons retrouvé mais trop tard. Il avait lui-même revendu le dossier à un armateur tanzanien, la société Togao Lines. Mes hommes se sont rendus sur place, mais quand ils sont arrivés, ils ont découvert que la boîte était tenue par des Asiatiques. Il y a eu échange de coups de feu. Le chef, un certain Ze Hong, est mort en tentant de fuir. Voilà toute l'histoire. Par ailleurs, mes services ont établi que la Togao Lines était liée à Shanxi.

Meyrieux se laissa aller dans son fauteuil, accablé. À quelques semaines des élections, cette affaire était en train de prendre des proportions… Le parti était en mauvaise posture. L'extrême droite donnait des coups de boutoir dans la forteresse. Si ce scandale éclatait au grand jour, il lui en coûterait au bas mot cinq points au premier tour de scrutin.

— Quelle chierie ! reprit Meyrieux. À l'heure qu'il est, je vous fiche mon billet que le dossier se trouve bien au chaud dans un coffre à Lubumbashi, Shanghai ou Genève. Un coffre dont Wao Jun a la clé.

Meyrieux se leva et se mit à faire les cent pas entre le fauteuil et la porte-fenêtre.

— J'ai toujours su que Kisanga était un attrape-cons et qu'on avait mis le doigt dans un engrenage pourri.

— Nous n'avions pas vraiment le choix, monsieur le ministre. Antioche se trouvait aux mains de Miwumbe, un fou incontrôlable.

— Quoi qu'il en soit, nous voilà fixés. Les Chinois détiennent cette bombe et ils espèrent que nous nous tiendrons à carreau. Mais une fois l'accalmie venue, nous le rendront-ils ou le conserveront-ils comme moyen de pression ? Il était convenu que…

— Peu importe ce qui était convenu !

— Nous n'étions pas censés partir à la recherche de Miwumbe. Vu de leur fenêtre, c'est nous qui avons rompu le contrat.

Delmas acquiesça. Meyrieux n'était pas sans défaut, mais sur le plan de l'analyse stratégique, il n'était pas loin d'être le meilleur de sa catégorie.

— Si vous étiez à leur place, général, et que des salauds aient essayé de vous doubler, est-ce que vous tiendriez parole ?

— Certainement pas.

— Moi non plus, concéda Meyrieux.

— Que recommandez-vous ? Je ne peux tout de même pas envoyer des Alphas à Shanghai ? Quant à la Suisse, si vous me permettez…

— Vous êtes au Congo. Commencez par là. Si Antioche s'y trouve et que l'on peut faire confiance à vos barbouzes, nous avons une chance de mettre la main dessus. Mais vous n'avez pas droit à l'erreur. Ils vont être sur leurs gardes.

Meyrieux soupira.

— Dites-moi franchement. Vous vous sentez d'attaque ?

— Parfaitement, répondit Delmas.

— Il ne s'agit plus d'aller chatouiller les guérilleros et les trafiquants libanais, mais de chercher ce dossier au fond des poches de nos amis chinois. Et je n'ai pas envie de jouer nos relations diplomatiques sur un coup de dés.

— J'en suis parfaitement conscient. Nous mènerons une intervention adaptée. C'est moi-même qui donnerai les ordres et l'échec n'est pas une option.

— Je suis heureux de vous l'entendre dire, dit Meyrieux en se calant contre le dossier de son fauteuil. C'est pareil pour vous : l'échec n'est pas une option. Vous merdez, vous sautez.

## 32

Une fenêtre claqua et Speck entra dans la salle de réunion d'un pas pressé. L'air chaud tourbillonnait autour de lui. Toute l'équipe l'attendait en sirotant une tasse de café. Il s'assit en bout de table et lâcha la nouvelle. Il venait d'avoir le ministère. Meyrieux ferait le déplacement. Speck distribuait des regards survoltés à chacun. On était le 5. L'inauguration était pour dans quinze jours et leur petite cérémonie serait suivie avec attention, y compris depuis Matignon. Il posa ses deux bras sur la table, dardant un regard méfiant sur Olivier, et donna la parole à Maldini qui se leva pour commenter la diapo projetée au mur.

— Comme l'a dit Nicolas, nous sommes à J – 15. L'inauguration est prévue pour le mardi 20 septembre, ce qui nous laisse peu de temps pour fignoler les détails et corriger le tir en cas de problème. Vous le savez, nous avons prévu de faire de cette inauguration un véritable événement.

Maldini fit apparaître la diapo d'un nouveau-né dans une robe blanche.

— Je dirais même un baptême, dit-il fier de son effet.

Olivier, Jérôme et Céline sourirent. Nicolas Speck haussa les sourcils.

— Ce baptême sera une grande fête. Toute la famille sera là. Elle vient parfois de très loin et nous allons le faire savoir.

Il bascula sur une nouvelle diapo qui égrenait une liste de noms. Tout était préparé dans les moindres détails. Ils commenceraient à accueillir les invités le 19. Wao Jun avait prévu de se déplacer depuis Shanghai avec cinq membres de son comité de direction. Ils seraient récupérés à l'aéroport par Zhang Hiu et emmenés en voiture jusqu'à l'hôtel. Tous les invités seraient logés au Karavia. Carmin avait réservé la moitié de l'hôtel pendant cinq jours. Parmi les VIP, outre Meyrieux et Dominique Sakumba, le ministre des Mines de la RDC, ils comptaient sur la présence du ministre de l'Industrie, monsieur Matusiba, et du ministre des Infrastructures, monsieur Bulumbi. Ces derniers n'avaient pas encore confirmé, mais c'était l'affaire de quelques jours. Il y aurait bien entendu le gouverneur Cyril Akolo, l'émissaire Jean-Baptiste Ndengo et huit membres de leur administration.

Enfin, plusieurs organes de presse étaient conviés : *Libre Afrique, La Flamme du Congo, La Cité africaine*, et deux chaînes de télévision : RTNC1 et Mapendo, une télé locale. On comptait également sur un journaliste de RFI et un autre de la BBC.

— Combien de personnes en tout ? demanda Speck.

— Avec nous, cinquante-deux.

Maldini montra le planning de la journée du 20 septembre. Tout ce petit monde était attendu à l'aéroport à 10 heures pour embarquer dans trois hélicoptères Puma. Direction Kisanga.

L'inauguration aurait lieu sur la mine numéro 4. Une équipe de cinquante mineurs les attendait sur place. Le clou du spectacle.

Bruno montra le prototype de combinaison rouge et blanche aux couleurs de Carmin et Shanxi, barrée d'un KISANGA en lettres capitales vertes.

Maldini insista auprès d'Olivier. Il était décisif qu'ils soient bien briefés et bien préparés pour la caméra. Ensuite, la cérémonie suivrait un protocole très strict. On commencerait par une brève visite du site et une revue du matériel, puis on enchaînerait avec les discours. Sakumba et Meyrieux, dans cet ordre, suivis par les présidents Wao Jun et Alain Butard. Ensuite, quatre mineurs partiraient extraire quatre pépites de minerai qu'ils reviendraient offrir aux officiels. Enfin, ce serait la séquence signature : le pacte d'actionnaires final signé par Wao Jun et Alain Butard et le contrat minier accordé par l'État à Kisanga Mining Company signé par Dominique Sakumba et remis aux deux présidents. Il resterait alors une demi-heure pour les interviews. Un buffet serait servi sous une tente légère. Tout compris, la cérémonie durerait trois heures maximum. Les hélicos devraient repartir à 13 h 30 pour déposer tout le monde à

Lubumbashi à 14 heures. Les invités rejoindraient alors leur hôtel et n'auraient plus qu'à se préparer pour le match.

Car le 20 septembre promettait d'être un jour de liesse dans tout le pays. Bruno termina sa présentation par une photo plein écran de Ley Matampi, le gardien de but du TP Mazembe[1], les deux bras tendus dans une détente horizontale impressionnante.

— La finale de la Coupe d'Afrique des Nations, dit Bruno. Cinq cents millions de téléspectateurs et elle se jouera ici, au Katanga.

— J'ai une question, intervint Speck. La finale représente-t-elle un risque pour nous ?

Maldini sourit.

— J'y vois plutôt une opportunité. Soyons lucides : Sakumba, Matusiba et Bulumbi ne viennent pas de Kinshasa uniquement pour nos beaux yeux.

— J'entends bien, mais le match peut-il perturber le déroulement de la journée ? insista Nicolas.

— Je ne crois pas. La finale est prévue à 17 heures et nous aurons tout terminé à 14. Il y a aussi une deuxième raison, mais celle-là reste entre nous : la RDC ne sera pas qualifiée.

— Elle n'est pas encore éliminée, objecta Olivier. Elle joue ce soir contre le Ghana.

— Excuse-moi, mais les Congolais ont eu beaucoup de chance. Contre le Ghana, ils vont se faire exécuter. Quoi qu'il en soit, nous avons bien sûr réservé cinquante places pour nos invités au stade du TP Mazembe.

1. Club de foot de Lubumbashi.

Speck soupira d'aise.

— Merci Bruno, excellent travail. Des questions ?

Personne ne moufta.

— Céline, Jérôme. Nos amis de Shanxi sont-ils bien alignés sur le pacte d'actionnaires ?

— Tout à fait, répondit Céline. Nous n'en sommes plus qu'aux corrections de virgules.

— Olivier. Quel est le statut de la mine numéro 4 ?

— Les machines partent cette semaine. Les ouvriers sont recrutés. Tout est sous contrôle.

— Bien, conclut Speck. Nous referons le point tous les deux jours jusqu'au 20 septembre. Au moindre grain de sable dans la mécanique, je veux un rapport sur mon bureau dans l'heure. Vous pouvez disposer.

## 33

Le soir, toute l'équipe se retrouva pour dîner dans un restaurant pour expatriés du quartier du Golf. On commanda des grillades aux bananes plantain, du ragoût de chèvre aux épinards et du vin français. Maldini, heureux comme un diable, ne cessa de faire le pitre pendant tout le repas tandis que Beysserias parlait déjà de son prochain job au Chili. Placé à côté de Céline, Oliver n'oublia ses doutes qu'un court instant. Il était certain d'avoir vu juste pour ce qui était des concessions et du tour d'enfoiré que leur avait réservé Shanxi. Mais il était également convaincu de ne pas avoir été au bout des choses. Une clé de voûte manquait à son édifice et il avait beau la chercher, elle se dérobait à son obstination.

Plus que d'habitude, il y avait ce soir-là une sorte de vibration dans l'air. Le patron avait laissé la télé allumée pour le match et soudain, il y eut un souffle, puis une effervescence et enfin des cris de joie. Tout le monde s'agglutina autour du poste de télévision, tandis qu'au loin, mêlés à la rumeur de la ville, on entendait crépiter les pétards et les coups de klaxon. Le Congo venait de battre le Ghana en quart de finale.

Le lendemain, Olivier se leva en sursaut à 7 heures, l'esprit clair comme un ciel après un violent orage. Il prit son petit déjeuner en quatrième vitesse et se précipita au bureau avant tout le monde. Il plongea immédiatement dans les notes prises au palais du gouverneur, les examina en détail, inscrivit des croix de couleur sur son tableau. Puis, il le considéra dans son ensemble et en éprouva une intense fébrilité. Si ce n'était pas à coup sûr la clé de voûte qu'il cherchait, ça y ressemblait tout de même bigrement.

À 8 heures, alors que les bureaux de Carmin étaient encore vides, il composa le numéro que le journaliste du *Matin* lui avait laissé.

Pour leur second rendez-vous, Martel et Da Costa prévoyèrent de se retrouver chez Mukubwa, un café populaire où les vieux Lushois viennent déguster un *sombé*[1] en se laissant bercer par les tubes indémodables de Franco ou Tabu Ley Rochereau.

Olivier appela Tuju pour lui demander de venir le chercher. Une intuition lui soufflait de ne plus sortir sans son fixeur.

Quand ils débarquèrent dans la grande salle du café, Raphaël était déjà attablé et dévorait avec appétit son petit déjeuner.

— Quel plaisir de vous revoir, monsieur Martel. Je vous en prie, asseyez-vous.

Ils se serrèrent la main. Raphaël proposa à Olivier et Tuju de l'accompagner et ils prirent chacun une grande tasse de café que Tuju partit boire au comptoir.

— Vraiment très heureux, continua le journaliste.

— Je vous prie de m'excuser pour la dernière fois, dit Olivier. J'étais un peu farouche. J'ai réfléchi depuis, et j'ai du nouveau.

Raphaël mordit à belles dents dans un morceau de pain.

— Depuis que je suis ici, je n'ai cessé d'avoir des soupçons sur le projet pour lequel je travaille. Nos partenaires jouent un rôle ambigu, les terrains ne sont pas conformes à ce qu'on imaginait, l'administration tient un double langage. Alors j'ai décidé d'aller vérifier par moi-même. Je suis allé au cadastre et j'ai étudié les contrats en détail. J'ai découvert que les parcelles de Carmin sont de bien moindre qualité que celles de Shanxi alors que nous

1. Plat traditionnel congolais réalisé à base de feuilles de manioc.

sommes à 50/50. Les experts n'y ont vu que du feu et j'ai donc soupçonné Shanxi de manipuler tout le monde. C'était assez troublant, mais tout à fait possible. Les enjeux sont considérables… Cependant, quelque chose m'avait échappé et je viens de mettre le doigt dessus.

— De quoi s'agit-il ? demanda Raphaël.

— Des permis, répondit Olivier avec une voix victorieuse. Des permis miniers.

Il détailla son raisonnement concernant ces fameux permis dont une partie seulement avaient été accordés à ce jour et Raphaël ne l'interrompit pas. Puis, quand il eut terminé, il ne put s'empêcher de lui demander :

— C'est à cause de ces permis que vous êtes venu me voir ?

Olivier détourna la tête. Raphaël remarqua sa nervosité.

— Non. Les permis m'ont fait prendre conscience que dans le combat entre le mensonge et la vérité, le mensonge est bien mieux armé que son adversaire. Si elle veut triompher, la vérité a besoin qu'on l'aide. C'est pour ça que je suis là.

Raphaël gratifia Olivier d'un large sourire. C'était exactement ce qu'il pensait lui aussi et il aurait pu le dire avec les mêmes mots.

— Je connaissais Michel Kessler. C'est lui qui m'a recruté chez Carmin et je l'appréciais. Je veux savoir ce qui lui est arrivé.

Olivier considéra Raphaël. Les rôles venaient de s'inverser.

— Que savez-vous sur lui ?

— Peu de chose, malheureusement, répondit le journaliste. Sauf que sa mort n'est pas accidentelle. Peu de temps avant de disparaître, il a contacté Jean-Michel Favereau, le flic chargé du dossier CMA en 2001. Il lui a dit qu'il avait des preuves à charge contre Carmin et qu'il voulait le voir. Malheureusement, il n'en a pas eu le temps car il est mort deux semaines plus tard en Centrafrique. Si nous pouvions retrouver ces preuves, monsieur Martel, nous établirions la vérité sur toute l'affaire.

Un verrou venait subitement de sauter à l'intérieur du crâne d'Olivier. Car la vérité, c'est qu'il n'avait jamais cru à l'embuscade terroriste. Jamais. Cette histoire était absurde. Michel était un professionnel hors pair, rompu à tous les terrains du globe. S'il avait décidé de sortir sans escorte, c'est qu'il n'y avait aucun danger. Et s'il était tombé aussi facilement dans un traquenard, c'est parce qu'il connaissait son assassin et n'avait aucune raison de s'en méfier. Mais les terroristes, non. Ça n'avait aucun sens.

— Si vous voulez m'aider, enchaîna Da Costa, nous devons agir vite. Ceux qui tirent les ficelles ont sans doute un coup d'avance sur nous.

Olivier ne put s'empêcher de voir se dessiner le visage de Speck, ce vieux lion qui ne cessait, depuis leur échange avec Butard, de l'observer avec des éclairs dans les yeux.

— Parlez-moi de Kessler, continua Raphaël. Pourquoi faisait-il ce métier ?

— Par goût de l'aventure et du jeu. Il voyageait beaucoup. Il a passé toute sa carrière sur les cinq continents. Dans ce boulot, il y a de l'imprévu, il faut réagir, improviser. Il aimait ça.

— Avait-il des doutes sur la nature de son job ? Sur Carmin ?

— Il était assez amer. Quand vous connaissez la réalité du terrain et que vous comparez la vie des types sur les exploitations au discours lisse sur le papier glacé des rapports annuels, ça fait froid dans le dos.

— Il vous en avait parlé ?

— Non. C'était un peu notre parrain dans la boîte. À moi et à ceux qu'il a recrutés. Je crois qu'il hésitait à s'épancher avec nous.

— Et le fardeau a fini par peser un peu trop lourd, ajouta Raphaël.

— Et vous, qu'avez-vous appris sur Carmin ?

Raphaël raconta toute l'histoire. CMA, l'enquête avec Favereau, les soupçons de corruption, le nom du secrétaire d'État qui avait touché des bakchichs, les pressions contre son journal, sa mise au placard, sa traversée du désert. Jusqu'au lancement de Kisanga qui avait réveillé toute l'affaire.

— Kessler n'est pas le seul à avoir rassemblé des preuves sur CMA, ajouta le journaliste. Un soldat qui a participé à Antioche à l'époque a constitué lui aussi un dossier à charge. Des centaines de photos qui se promènent dans la nature et que la République tente par tous les moyens de retrouver. Ne nous leurrons pas. De gré ou de force, ils y parviendront. Le dossier de Kessler est peut-être notre unique chance. Il a dû le mettre à l'abri quelque part. Peut-être en a-t-il fait une copie et l'a-t-il confiée à quelqu'un ?

— Peut-être est-ce tout le contraire, rétorqua Olivier.

— Que voulez-vous dire ?

— On fait des copies et on met les choses à l'abri quand on se sait en danger. Mais s'il n'a pas senti de danger, il n'a peut-être pris aucune précaution particulière.

— Il l'aurait gardé sur son ordinateur ? dit Raphaël.

— C'est une possibilité. Mais…

Olivier se gratta la tempe en grimaçant.

— Son compte informatique a été effacé. C'est ce qu'ils font dès que quelqu'un quitte l'entreprise.

Il réfléchit encore, tapota la table en bois de l'index.

— Mais bien sûr ! Barbiche…

Pendant qu'Olivier lui exposait son idée, Raphaël en cherchait une pour inciter Dorget à prolonger son séjour. Car après les encouragements à persévérer, ce dernier avait certainement fait ses comptes. Raphaël avait coûté deux mois de notes de frais et n'avait pas rapporté un seul feuillet. Le journal ne pouvait pas se payer ce luxe très longtemps. Dorget avait besoin d'un motif, sinon, il lui couperait les vivres.

La solution lui était apparue en observant Tuju qui regardait les infos sur Nyota TV, avec les autres clients du café. Le foot, bien sûr. On ne parlait que de ça.

Il rentra à pied à l'hôtel Bellevue, monta dans sa chambre et composa le numéro du journal. Raphaël fit sa proposition. Dorget accepta immédiatement.

C'était une excellente idée ! Raphaël raccrocha, satisfait. Il venait de s'offrir quinze jours de sursis. Et il héritait d'un nouveau titre : correspondant sportif du *Matin* pour la finale de la Coupe d'Afrique des Nations.

## 34

Le portail s'entrouvrit et la Nissan gris perle s'engouffra dans l'allée en latérite. Quatre hommes en armes surgirent de nulle part, mitraillette au poing, encerclant le véhicule aux vitres teintées qui effectua un quart de tour avant de couper son moteur. Le lieu de rendez-vous était une ancienne villa du quartier de Kampemba construite par un négociant belge dans les années 1930 sur le modèle d'une maison de campagne flamande.

La porte s'entrouvrit et un homme en blouson de cuir en sortit sous le regard nerveux des quatre gardes armés aux yeux exorbités. Il émanait de lui une autorité naturelle. Il plongea la main dans sa poche et en tira un morceau de feutre qu'il déplia soigneusement avant de le poser sur sa tête. Cinq petites étoiles brillèrent alors à sa tempe gauche et les quatre soldats se mirent immédiatement au garde-à-vous. Un homme descendit du perron pour accueillir le visiteur.

— Bonjour, mon général.

— Bonjour, Lauzière, dit Delmas.

Le colonel invita le général à le suivre à l'intérieur de la villa où il lui tardait de lui présenter ses hommes, Sekuto Tome, John Hoare et Marjan Kovacevic, les mercenaires dont Delmas avait entendu parler sans jamais les avoir rencontrés. Quand il s'agissait des qualités militaires de ses hommes, le général se fiait toujours à sa première impression et ces trois-là le rassurèrent immédiatement. Lauzière l'invita à s'asseoir et John lui proposa une bouteille de bière. Sur la grande table en bois sombre, le colonel ouvrit un dossier qui contenait des photographies de rues, de bâtiments, des croquis et des cartes annotées au stylo-bille. Delmas observa les planches l'une après l'autre.

— Ici, ce sont les logements, et là, les bureaux.

Au milieu se trouvait un bâtiment gris. Le QG de Shanxi. Des bureaux, des logements, une cuisine, un entrepôt, des parkings. Ils vivaient pratiquement en autarcie. Lauzière étala d'autres clichés sur la table.

Le deuxième étage était fermé par une porte blindée. C'était l'endroit le plus sécurisé. Aux alentours, il y avait des boutiques, une boîte de transport qui garait ses camions dans un terrain vague, des immeubles d'habitation pourris. Le quartier était promis à la démolition depuis des années. De l'autre côté de la rue, un petit immeuble avec escalier extérieur. On accédait au toit assez facilement d'où l'on bénéficiait d'une vue plongeante sur tous les bâtiments.

Lauzière montra les clichés pris depuis les rues, sous divers angles, à différents moments de la journée. Sur les plans, il avait noté les distances, les zones de circulation, les angles morts, les positions de repli. Puis, sur un cahier, les routines, les horaires, les effectifs probables par bâtiment.

— Bon boulot, Pierre. Il vous reste encore dix jours pour continuer les repérages.

Le général s'était déplacé en personne pour revoir le plan de l'attaque prévue pour le 20 septembre, le jour de la finale au stade Mazembe. Il y aurait foule dans les rues. Une confusion propice. Delmas avait ses entrées chez Carmin et il savait que le 20 était également le jour choisi pour l'inauguration de Kisanga. Il connaissait le déroulé de la journée. Tout le monde se tirait en hélico à 10 h 30 et le QG de Shanxi serait quasi vide pendant trois heures. C'est à ce moment-là qu'ils passeraient à l'action.

Le général se leva, se dirigea vers la fenêtre et observa les gardes armés qui bavardaient entre eux.

— Et eux, ils viennent d'où ?

— Ex-soldats congolais.

— Ils ont l'air complètement cuits. Ils savent pourquoi ils sont là ?

— J'ai parlé d'une mission de sécurité. Mais j'ai surtout aligné un bon paquet de dollars en échange de leur discrétion.

— Ne me foutez pas un seul de ces gus à l'intérieur du périmètre. Ils doivent être à l'extérieur. Il faut qu'on les voie. Quand ça pétera, il y aura forcément des témoins.

— Bien, mon général.

— Je récapitule. Vous intervenez le 20 à 11 heures. Vous serez en position dès l'aube. À l'heure dite, vos soldats se placeront autour du bâtiment pour vous couvrir. Vous, vous irez poser la charge de plastique contre la porte blindée. Vous apporterez avec vous un pot de peinture blanche et vous me barbouillerez les murs avec ceci.

Il prit un stylo et inscrivit sur une feuille : *Intje Kichina.*

— Ça veut dire « Les Chinois dehors » en swahili. Ensuite, et seulement ensuite, vous faites sauter le merdier. Vous vous introduisez dans les bureaux et vous trouvez ce putain de dossier. Vous avez deux heures pour agir. Je vous fais confiance pour évaluer la situation dans le feu de l'action. Encore une fois, toutes les forces de police seront mobilisées autour du stade et avec un peu de chance votre feu d'artifice passera inaperçu. Dernier point, c'est moi, et moi seul, qui donnerai l'ordre de lancer l'assaut. Des questions ?

— Aucune. C'est tout à fait clair.

— Encore une chose. Si vous vous retrouvez nez à nez avec des Chinetoques, n'oubliez pas que le lendemain dans la presse, tout devra accréditer la thèse d'un attentat des milices nationalistes. Alors, faites-moi un truc réaliste. Il vous reste dix jours pour ajuster le tir.

Le général expliqua qu'il piloterait les opérations depuis Paris. Il avait apporté du matériel de communication satellite sécurisé et il indiqua à Lauzière qu'ils seraient en liaison permanente, vingt-quatre heures sur vingt-quatre.

— J'aurai beau être à 14 000 bornes, je serai à côté de vous et je vous entendrai vous masturber.

— Merci, mon général.

## 35

Quand Martel appela le service informatique, rue Spontini, une voix nasillarde décrocha. L'ingénieur expliqua qu'il voulait parler à un homme brun, plutôt enveloppé, portant des lunettes et une petite barbiche. La voix nasillarde pigea tout de suite.

— Kélian ? Il est occupé. Je peux vous aider ?

Olivier refusa poliment, bafouillant quelques explications vaseuses et qu'il préférait attendre. Il sentit une certaine réticence au bout du fil, puis on lui demanda de patienter. Il dut subir une musique d'attente interprétée par un crincrin électronique insupportable jusqu'à ce que Barbiche se décide enfin à prendre le combiné.

— Bonjour.

— Kélian ?

— C'est moi.

— Nous nous sommes rencontrés à la clinique micro il y a deux mois environ, j'avais cassé mon ordinateur, vous vous souvenez ?

— C'est-à-dire... Je vois des micros cassés tous les jours.

— Oui, bien sûr. Mais moi je ne vous ai pas oublié, car vous m'aviez dit que vous faisiez des sauvegardes automatiques, vous vous souvenez ?

— Peut-être.

— Je vous ai demandé ce qui se passait si la sauvegarde disparaissait et vous m'avez dit que vous faisiez une seconde sauvegarde sur bande, vous vous souvenez ?

— Peut-être bien. En tout cas, c'est vrai, on fait une seconde sauvegarde. Qu'on n'utilise jamais d'ailleurs.

— Bien. Écoutez-moi. Je vous appelle de Lubumbashi. Vous avez entendu parler de Kisanga, notre partenariat au Congo avec la Chine ?

Kélian angoissa. On lui posait rarement ce genre de questions.

— Kisanga, oui, oui…

— Je travaille avec le président Butard, reprit Olivier. Nous sommes en train de finaliser un contrat de la plus haute importance et nous avons absolument besoin d'une information que nous ne retrouvons nulle part. Je ne vous cache pas que la situation est critique. Je compte sur vous pour garder toute discrétion à ce sujet.

— Oui… bien sûr.

— Voilà, nous pensons que cette information pourrait se trouver dans l'ordinateur de Michel Kessler. Je vous dis tout de suite : il a quitté la société il y a trois mois. Mais comme vous m'avez expliqué que vous conservez une sauvegarde de chaque compte sur bande, j'ai dit à Alain que vous auriez peut-être la solution à notre problème.

En disant ces mots, Olivier se demanda s'il ne poussait pas le bouchon un peu loin. Mais Kélian réagit comme il l'avait prévu.

— On va voir ça, lâcha-t-il.

— C'est top secret, Kélian. Je suis obligé de vous demander de garder cela pour vous.

— Pas de problème.

L'informaticien réfléchissait à voix haute.

— S'il a quitté la société, son compte a été effacé avec toutes ses données. Du coup, il faut aller voir la sauvegarde sur bande.

— Vous conservez les bandes combien de temps ?

— Douze mois. Ça devrait être bon. Il faut que je regarde...

— Parfait. Combien de temps ça prendra ?

— Le temps de le faire. Une heure maxi.

— Alors, je vous rappelle dans une heure ?

— OK. Mais d'abord, il faut m'envoyer un mail de confirmation de votre demande. C'est pour notre suivi interne.

— Bien sûr.

— Il doit être approuvé par votre responsable hiérarchique. Parce que ça concerne une sauvegarde sur bande.

Olivier eut une seconde d'hésitation avant de répondre.

— Il est en réunion actuellement, mais je fais tout pour obtenir ce mail. Vous pouvez faire la recherche en parallèle ?

— Bien sûr, pas de problème. À tout à l'heure.

Olivier raccrocha, la respiration courte. Il avait une heure pour trouver une solution. Par la fenêtre, il regarda le flot incessant des 4 × 4 descendant l'avenue Munua, des minibus bondés, des mobylettes étouffant dans la poussière sous le soleil brûlant.

L'immense portique publicitaire enjambant l'avenue était entièrement occupé par un visage en gros plan, hilare, en sueur, avalant goulûment le contenu d'une canette de Fanta perlée de gouttelettes d'eau glacée. L'affiche donnait une furieuse envie de boire, surtout par cette chaleur. Olivier avait le ventre noué.

Une heure plus tard, il rappela Kélian.

— Vous avez trouvé ?

— Oui, répondit l'informaticien. J'ai constitué une archive… Il faudra faire le tri parce qu'on sauvegarde tout sans faire de détail. Ça me donne un fichier compressé de 497 Mo. Vous voulez que je vous l'envoie comme ça, ou bien que je fasse une recherche par mots-clés ?

— Comme ça. Ne vous inquiétez pas. C'est très bien comme ça. Vraiment, il est possible que vous nous ôtiez une grosse épine du pied. Si c'est le cas, le président le saura, vous avez ma parole.

— Merci. Donc je vous l'envoie tel quel. Par File Transfer.

— Parfait, Kélian, merci. Je vous donne mon mail.

Olivier épelait son adresse électronique quand l'autre l'interrompit.

— Vous m'avez envoyé l'autorisation ? Je dois la recevoir avant de procéder au transfert.

— Oui, bien sûr. Je viens de vous l'envoyer par mail.

— Merci. Je vérifie.

Kélian quitta un moment le téléphone pour rafraîchir sa messagerie. Il cliqua sur la petite enveloppe et un e-mail apparut. Il contenait une pièce jointe. Un courrier à l'en-tête de Carmin autorisant la remise de l'archive de Michel Kessler à Olivier Martel. Le document dactylographié était signé de la main de Nicolas Speck. À la vérité, Kélian ne connaissait pas la signature de Speck, mais le document avait l'air parfaitement en règle.

— C'est bon, je vous remercie. Je vous l'envoie tout de suite.

— Merci, Kélian. Je vous souhaite une bonne journée.

Au moment précis où il raccrochait, Nicolas Speck entra en trombe dans le bureau d'Olivier. Celui-ci sursauta, ferma la fenêtre ouverte à l'écran et se mit à taper fébrilement sur son clavier.

— Bonjour, Nicolas, dit-il d'un air faussement dégagé.

— Je vous dérange ?

— Pas du tout.

Mais tout dans son attitude trahissait le contraire.

— Je regardais le match. Côte d'Ivoire-Algérie. Les Ivoiriens mènent par 2 à 0. Vous imaginez, la finale ? Côte d'Ivoire-RDC, ici, à Lubumbashi…

Speck soupira.

— Ça serait un sacré bordel.

## 36

— Quand nous rejoins-tu ?

Dans le grand vestibule de l'appartement de l'avenue Niel, Sylvie Butard se tenait droite, mains sur les hanches, valise au pied. Dans sa veste de lin, avec le rayon de soleil qui s'accrochait à sa chevelure brune, elle était resplendissante, sexy comme au premier jour. À ses côtés, leurs deux filles de seize et dix-huit ans attendaient elles aussi, portable à la main, à moitié réjouies de partir. Alain Butard les prit dans ses bras et les couvrit de baisers.

— D'ici deux semaines. Promis. Vous allez être très bien, vous verrez. La villa est spacieuse et elle donne sur la mer. Il fait un temps sublime à Miami en ce moment.

Puis il caressa la joue de sa femme avant de se pencher dans son cou pour garder l'odeur de son parfum.

— Mon contact sur place s'occupera très bien de toi et des filles. Je lui ai donné toutes les instructions. Tu n'as aucun souci à te faire.

Les filles embrassèrent leur père une dernière fois avant de saisir leurs valises et de disparaître. Butard se précipita au balcon pour leur faire signe de la main. Elles montaient tout juste dans le taxi quand son téléphone sonna.

— Alain, c'est Nicolas. Excusez-moi de vous déranger un samedi.

— Ne vous en faites pas. Je disais au revoir à Sylvie et aux filles.

— Elles s'en vont ?

— Elles prennent un vol pour Miami. Qu'aviez-vous à me dire ?

Speck se leva pour vérifier que personne ne l'écoutait dans le couloir et reprit le combiné à voix basse.

— Nous avons un problème. J'ai reçu un appel du service informatique du siège. Une demande d'extraction de données leur a été transmise hier. Elle concerne une sauvegarde de l'ordinateur de Michel Kessler.

Butard se figea au téléphone et s'assit lentement sur le canapé du salon.

— La demande émane d'Olivier Martel. Il a transmis par mail un courrier signé de ma main autorisant cette extraction. Bien entendu, c'est un faux. Vous voyez le tableau.

— Le service informatique a transféré quelque chose ?

— Non. Le responsable a eu un doute et il a voulu vérifier. Martel n'a rien reçu.

— Détruisez cette sauvegarde.

— C'est déjà fait. Autre chose. Raphaël Da Costa est à Lubumbashi.

— Je suis au courant, dit Butard.

— Il a vu Martel. Aux dernières nouvelles, il aurait dégotté une accréditation de journaliste sportif pour la finale de la Coupe d'Afrique de football.

— Qu'est-ce que c'est que ce micmac ? grommela Butard.

— J'ai peur que l'initiative de Martel au sujet des données de Kessler ne soit liée à Da Costa. Ça ne peut pas être une totale coïncidence.

— Vous avez raison. Martel se doute de quelque chose ?

— Il attend les fichiers. Il va bientôt trouver ça suspect.

— Faites prétexter un empêchement par le service informatique : des problèmes techniques, une corruption de fichier, n'importe quoi. Essayez de gagner du temps sans que Martel se méfie. Ensuite, essayez de voir ce qui se trouve sur l'ordinateur de Martel. Attention ! Nous sommes à une semaine de l'inauguration et je ne veux pas de vagues. Il faut avant tout savoir ce que ce petit con a entre les mains.

— Je m'en charge.

Speck allait raccrocher quand son patron l'arrêta.

— Nicolas, je… je voulais m'excuser. J'ai négligé ce Martel. J'aurais dû vous écouter. Nous allons mettre ce connard hors d'état de nuire.

# III

# ANTIOCHE

## 1

Lundi 19 septembre. Aéroport de la Loano Lubumbashi.

Zhang Hiu était arrivé deux heures en avance. Une vraie boule de nerfs. Depuis trois jours, le trafic aérien était perturbé dans toute la province du Haut-Katanga. À la dernière minute, certains jets privés s'étaient vu refuser l'atterrissage et Zhang voulait absolument éviter ce genre de déconvenue. Il avait fait confirmer l'autorisation par le cabinet du gouverneur, mais une volte-face pouvait survenir à tout moment et il ne serait définitivement rassuré que lorsque l'appareil toucherait enfin le sol africain. Wao Jun était un homme de l'ombre. Il ne cultivait aucune passion pour les cérémonies ou les conférences de presse auxquelles il préférait toujours déléguer un de ses nombreux directeurs. Un voyage de quatorze heures depuis Shanghai témoignait de son intérêt pour Kisanga et Zhang savait qu'une bonne partie du succès de cette visite reposait sur ses épaules.

Le Bombardier 7000 atterrit à 11 h 34. Quelques minutes plus tard, la frêle silhouette du vieil homme à la chevelure noire de jais et aux fines lunettes serties d'or avançait sur la piste, entourée de deux gardes du corps au gabarit monumental et de quatre membres de son staff personnel. Zhang, les mains le long du corps, se tenait à l'entrée du terminal, accompagné de Liu Chen et de Jen Zhao. À l'arrivée du président, les trois hommes s'inclinèrent respectueusement.

— Bonjour, Zhang.

— Monsieur le président, avez-vous fait un agréable voyage ?

— Oui. Je vous remercie. Un peu long, mais confortable.

— Permettez-moi de vous accompagner à notre voiture. Liu et Jen vont s'occuper du reste.

Liu Chen et Jen Zhao se précipitèrent vers les membres du staff pour les détails pratiques. Partout dans l'aéroport, des hommes en armes scrutaient les faits et gestes des voyageurs et les deux chiens de garde du président étaient en état d'alerte maximum.

— Que se passe-t-il ?

— Un dispositif de sécurité exceptionnel, pour le match de football de demain. La République du Congo est qualifiée pour la finale de la Coupe d'Afrique. Ils ont battu le Gabon la semaine dernière et ils rencontreront les Ivoiriens, la meilleure équipe du continent. Il leur faudra beaucoup de chance.

— La chance se provoque, répliqua Wao Jun dans un demi-sourire.

— Les autorités attendent beaucoup d'agitation. Mais il y a une autre raison au déploiement des militaires, ajouta Zhang en regardant autour de lui pour se prémunir des oreilles indiscrètes. Le gouvernement craint le retour de Moïse Katumbi.

Le visage de Wao Jun s'assombrit. Il avait rencontré personnellement Katumbi en 2008, au moment où Shanxi avait obtenu un des nouveaux contrats miniers concédés par le gouvernement. À l'époque, il était gouverneur du Katanga. Wao Jun se souvenait d'un homme jeune, entreprenant, fortuné. Un homme du pays qui incarnait une nouvelle génération de dirigeants africains, ouverts sur le monde, polyglottes, doués en affaires.

Au début, les deux hommes s'étaient bien entendus. Ils avaient signé un contrat et quelques mois plus tard, les premiers semi-remorques emplis à ras bord de minerai de cuivre passaient la frontière zambienne en direction de Dar es Salam et de Shanghai.

Après trois ans de collaboration, le Congolais était devenu plus gourmand et plus revêche. Face aux réticences de Shanxi, il avait prétendu que les Chinois ne respectaient pas la législation, qu'ils payaient mal, qu'ils lésinaient sur les équipements de sécurité et passaient des camions en contrebande pour éviter les taxes. Wao avait fait le gros dos. Après la lune de miel, l'amertume n'avait cessé de croître entre les deux hommes et, en 2012, Katumbi avait fermé les mines et reconduit les cadres de Shanxi à la frontière. Cette année-là, les cours du cuivre étaient au plus bas et cette éviction manu militari, bien que déplaisante sur le plan de l'amour-propre, était un moindre mal sur le plan économique, et le gouvernement chinois n'avait émis que des protestations de pure forme.

Mais l'Histoire est facétieuse. Après avoir expulsé les Chinois, Katumbi avait été congédié à son tour par le président Kabila. Sa popularité croissante dans sa province et dans tout le pays ainsi que la perspective d'élections prochaines n'avaient pas laissé le choix au maître de Kinshasa. Moïse, comme tous les Katangais l'appelaient avec affection, s'était officiellement déclaré candidat à la présidence de la République. Conscient du danger, le pouvoir en place l'accusa de détournement de fonds et le condamna à trois ans de prison par contumace dans un procès fantoche. Sa seule issue : l'exil. Depuis douze mois, il résidait entre Bruxelles et Paris, comme un lion en cage, brûlant de revenir au Congo pour affronter le président dans les urnes.

La ferveur populaire ne s'était pas tarie. La communauté internationale lui avait apporté son soutien. L'opposition se tenait prête. Mais Katumbi hésitait à revenir, sachant que Kabila n'aurait aucun scrupule à l'arrêter dès qu'il poserait le pied sur sa terre natale.

— Je croyais qu'il avait jeté l'éponge, dit Wao Jun.

— Il a juré que si le Congo se qualifiait pour la finale, il reviendrait soutenir son équipe. Vous savez qu'il a continué de financer le TP Mazembe depuis l'étranger. Les Lushois lui sont totalement acquis. C'est un dieu vivant ici.

Zhang Hiu ouvrit la porte de la Mercedes noire garée à l'entrée de l'aéroport. Le président s'installa à l'arrière. Zhang referma la porte en douceur avant de faire le tour pour s'asseoir à côté de lui.

— Ce défi au pouvoir est très habile de sa part, reprit le président. Il sait que cette finale peut déclencher un mouvement considérable. Combien y a-t-il de joueurs katangais dans l'équipe nationale ?

— Les trois meilleurs, ceux qui ont marqué contre le Gabon et le Ghana sont tous issus du TP Mazembe.

— Le Congo en finale, c'est déjà une victoire pour Katumbi. Mais s'ils gagnent…

— C'est le scénario que redoute Kabila. Il sait que le pays pourrait s'embraser comme un feu de paille et trouver la force de le renverser.

Le chauffeur démarra en silence et la berline noire quitta l'aéroport.

— J'ai autre chose à vous annoncer, monsieur le président. Une mauvaise nouvelle, j'en ai peur.

Wao Jun se tourna vers son subordonné, le regard froid, comme s'il devinait parfaitement ce qu'il allait dire.

— L'assassinat de Ze Hong a bien été perpétré par un commando français. Quatre militaires très entraînés. Sans doute des mercenaires. Les Français sont à la recherche du dossier Antioche et selon nos informations, ils sont certainement ici, à Lubumbashi. Ils ont effectué plusieurs repérages près de notre QG. Nous pensons qu'ils pourraient planifier une opération armée.

— Contre nous ? Ce serait une folie.

— Ce sont des mercenaires. L'armée française niera toute implication. Ils ont certainement pris leurs précautions.

La Mercedes filait sur la quatre-voies en direction du centre-ville. À travers les vitres teintées défilaient des kilomètres de buissons brûlés, de bancs de sable et de panneaux publicitaires dépourvus d'affiches dont la moitié était grignotée par la rouille. Partout, on croisait des vendeurs à la sauvette, des cyclistes, des femmes en boubou, droites comme des I, portant de gros paniers sur leurs têtes. Wao Jun observait le paysage, rongé par la chaleur et la culpabilité. Jamais ceux qui l'entouraient n'avaient osé le dire, ni même le penser, mais le Singe n'avait besoin de personne pour voir la réalité en face. Ze Hong était mort par sa faute et jamais il ne se le pardonnerait. Après de longues minutes de silence, il se tourna vers Zhang.

— Si Katumbi vient à Lubumbashi, je souhaiterais le rencontrer.

— Bien sûr, monsieur.

Le même jour, un peu après 17 heures, le Boeing 727 de la Kenyan Airlines atterrissait sur le tarmac de la Loano. Un tapis rouge fut déployé à la hâte par une poignée de soldats qui se mirent au garde-à-vous dans une haie d'honneur minimaliste. Pas de fanfare, pas de Balubas en costume traditionnel, le comité d'accueil pour un ministre des Affaires étrangères français était des plus spartiates.

La liesse qui commençait à monter dans toute la capitale katangaise avait obligé le gouverneur Akolo à demeurer en son palais où il surveillait la situation comme le lait sur le feu. Il avait donc missionné un de ses adjoints pour accueillir François-Xavier de

Meyrieux et Alain Butard, également présent, savait que cette entorse au protocole mettrait le ministre dans une colère noire. L'avion s'immobilisa, la porte s'entrouvrit et déjà, la silhouette à la toison argentée dévalait à toute allure l'escalier de métal.

## 2

À la veille de l'inauguration de Kisanga, Speck et son équipe se donnèrent rendez-vous en fin de journée à leur QG pour une répétition générale. Maldini avait fait du bon boulot. Tous les paramètres avaient été vérifiés et revérifiés plusieurs fois : les invitations, les dépliants promotionnels, les discours, la musique, le buffet, la sécurité. En d'autres circonstances, Speck aurait dormi sur ses deux oreilles, mais la ville était en ébullition et une sortie de route de dernière minute était toujours possible. Il redoutait surtout un contrordre pour l'autorisation de décollage des hélicoptères qui devaient emmener les invités sur le gisement le lendemain matin.

Il passait en revue le planning des opérations quand une déflagration retentit à l'extérieur. Maldini se précipita à la fenêtre. Une clameur s'éleva de la rue.

— Des pétards.

L'avenue Munua était envahie par des dizaines d'individus en route vers le centre-ville, chantant et criant à tue-tête. Dans le brouhaha, on percevait des bruits de tambours et quelques trompettes de fortune qui poussaient des brames assourdissants. Certains étaient torse nu, d'autres portaient le maillot bleu ciel rayé rouge aux couleurs du pays, d'autres encore des casquettes ou des bandanas. Çà et là, quelques drapeaux de la RDC s'agitaient dans la foule. Tous sautaient, dansaient, se tenaient par les épaules, couraient sur la chaussée et les trottoirs. Les voitures prises dans ce flot étaient à l'arrêt. Le cortège enflait à vue d'œil. Un vacarme incroyable, une allégresse collective. Sur le côté, quelques-uns s'arrêtaient pour téléphoner avec de grands gestes. Puis ils replongeaient dans la rivière humaine qui grossissait en s'écoulant vers la ville.

— Allô ! Monsieur Ndengo. Je vous écoute.

Nicolas Speck se liquéfia.

— Ce n'est pas possible !

Maldini serra les dents. Les hélicos étaient cloués au sol.

— Combien de temps ? demanda Speck.

À l'autre bout du fil, Ndengo parlait de repousser l'inauguration de trois jours.

— Nous avons de fortes présomptions que Moïse Katumbi soit en ville demain pour le match, et le gouverneur Akolo se doit à tout prix d'être sur place.

— Monsieur l'émissaire, nous avons un invité de marque, un ministre d'État. Son emploi du temps est très chargé. Comment voulez-vous que nous le retenions trois jours au Katanga ?

— Vous devez trouver une solution. Je suis désolé, mais le gouverneur est en relation permanente avec le président Kabila. Vous devez comprendre que notre proposition n'est pas négociable. Bien entendu, il est hors de question que cette inauguration se tienne sans le gouverneur Akolo.

Speck fulminait. Meyrieux allait les incendier. Sans compter Wao Jun et tous les journalistes qui déclareraient forfait. Leur petite surprise-partie était en train de voler en éclats.

— Que se passe-t-il ? demanda Maldini.

— C'est la merde. On annule tout et on active le plan B.

Dao, Martel et Beysserias furent libérés séance tenante. Speck leur conseilla de s'octroyer une bonne nuit de sommeil. Dès le lendemain matin, il voulait tout le monde sur le pont à l'aube. Il faudrait tout refaire et vite. Le staff se dispersa quand le téléphone de Martel vibra dans sa poche.

— Olivier ? C'est Raphaël. Avez-vous reçu la sauvegarde de l'ordinateur de Kessler ?

— Non, chuchota Martel en se mettant un peu à l'écart. J'ai appelé mon contact plusieurs fois mais je n'ai pas réussi à le joindre.

— Il n'est pas là ?

— A priori, si. Un de ses collègues m'a confirmé qu'il l'avait vu. J'ai laissé trois messages mais je n'ai eu aucune réponse. Ce n'est pas normal.

— Ils sont au courant, assena le journaliste. Votre contact a dû alerter sa hiérarchie. Ils vous ont démasqué…

Da Costa hésita à finir sa phrase et Martel prit la pleine mesure de la situation.

— Olivier, vous êtes en danger.

## 3

Depuis le balcon de la suite 432, on percevait au loin une rumeur sourde et entêtante où crépitaient de temps à autre des coups de feu. Une brise chaude s'immisçait à l'intérieur à travers les voilages blancs. Serré dans son peignoir de bain, pieds nus sur la moquette épaisse, les cheveux humides, François-Xavier de Meyrieux arpentait sa chambre de long en large, son précieux portable collé à l'oreille.

— Qu'est-ce que tu veux que je fasse, Georges ? hurlait-il. Je suis bloqué. Pendant trois jours !

— Et moi, François, je n'ai pas de solution.

Georges était le directeur de campagne de Meyrieux. Son homme de confiance, stratège et ami de toujours. Un essaim de conseillers bardés de diplômes avaient beau papillonner en permanence autour du ministre, pour les grandes décisions, Meyrieux n'écoutait que Georges.

Le premier tour des municipales était pour dans deux semaines et la lutte promettait d'être plus serrée que prévu. Malheureusement, la diplomatie internationale s'en était mêlée et avait propulsé le candidat à des milliers de kilomètres au moment le plus inopportun. Son concurrent à la mairie s'était engouffré dans la brèche. Georges et Meyrieux avaient répondu par l'offensive : la carrure nationale et internationale du ministre lui conférait une hauteur de vue qui faisait cruellement défaut à son challenger, etc., etc. Néanmoins, tous deux le savaient très bien, cet éloignement du terrain dans la dernière ligne droite était une calamité.

Une heure plus tôt, Alain Butard lui avait appris la mauvaise nouvelle. En raison de possibles troubles à l'ordre public, l'inauguration de Kisanga devait être repoussée au 23 septembre. Meyrieux était parti dans une colère épouvantable dont Butard avait fait les frais avec un certain stoïcisme étant donné qu'il n'y était pour rien. Dans la foulée, il avait appelé Sakumba qui lui avait expliqué combien le gouvernement de Kinshasa était survolté. Le président Kabila était fou de rage à l'idée du retour de l'exilé et le report n'était malheureusement pas négociable. Quand il avait raccroché, le ministre s'était retrouvé seul avec son problème, sans l'ombre d'une solution. Il avait bien pensé mettre les voiles, laisser ce connard d'Akolo en plan avec sa coupe de foot à la con et prendre un avion fissa pour la Mayenne, où les vraies gens l'attendaient de pied ferme pour discuter des prix historiquement bas du kilo de cochon et de la nécessaire réfection des préaux d'école. Mais Matignon et l'Élysée comptaient sur lui et puis il n'était pas exclu qu'on l'accuse de désertion à des fins électorales. Il ne pouvait prendre ce risque. Plus il retournait le problème, plus il devait admettre qu'il était bel et bien bloqué à dix mille kilomètres de son terrain de campagne, sans autre possibilité que d'attendre le coup de sifflet final.

— Je ne sais pas, Georges. Je ne sais pas, lâcha Meyrieux avant de s'affaler dans le canapé.

— Tu veux qu'on annule le meeting? Je peux encore le faire. Pour les visites à la ferme et à l'école, on peut reprogrammer.

Meyrieux soupira, le regard dans le vide.

— Est-ce que Billon peut me remplacer? Au moins pour les visites.

— Les électeurs veulent serrer la main du futur maire, pas celle d'un adjoint. En plus, l'autre con se jetterait dessus en clamant que c'est la preuve que tu ne seras jamais là. Non. Il vaut mieux annuler pour contrainte diplomatique majeure et rattraper le coup en fin de semaine. Par contre, il faut absolument que tu sois présent vendredi.

— OK, Georges. On fait comme ça.

— François, il y a autre chose… Des bruits sur Facebook…

Georges hésita un instant.

— Eh bien? Qu'est-ce qu'ils disent, ces bruits?

— C'est cette jeune femme, une certaine Karine. Elle était hôtesse au palais de Chaillot, le jour de la conférence de presse de Carmin, en juin dernier. Elle dit que tu l'aurais entraînée aux toilettes des hommes et que tu l'aurais forcée…

— Non, mais c'est à se taper la tête contre les murs! Georges, c'est un traquenard. Un coup bas. Il faut démentir. Faire un communiqué. Quelque chose.

— Ses posts ont déjà été repris à droite à gauche. Il y a des tonnes de réactions… C'est vraiment la merde.

— En pleine campagne. Ben voyons. C'est une manœuvre politicienne. Il faut contre-attaquer, mon vieux.

— On peut aussi faire le dos rond. Ne pas lui donner trop d'importance.

— Que dalle. On me diffame, je réplique. Merde !

— Comme tu veux. On dit quoi ?

— On dit que je ne connais absolument pas cette jeune femme. Que je ne l'ai jamais rencontrée, que tout cela n'est qu'un tissu de mensonges et que je vais porter plainte pour diffamation. Tu me torches un communiqué dans ce sens et tu appelles mon avocat. Dans trois jours, je grimpe dans l'avion et je fonce chez lui dès mon arrivée à Paris. On va la démonter cette connasse.

Meyrieux lâcha son téléphone sur la moquette, s'essuya l'entrejambe avec un pan de son peignoir et se servit un verre de whisky quand on frappa à la porte. Il avala une rasade cul sec avant d'aller ouvrir. Dans l'embrasure, une ombre l'attendait.

Elle s'avança à l'intérieur de la chambre, referma prestement la porte. Meyrieux était sans voix, frappé d'effarement. Vêtue d'une tunique soyeuse et ample, elle le fixait, droit dans les yeux. Sa chevelure formait un halo cotonneux au-dessus de ses épaules. Ses lèvres étaient enflées et pourpres. Dans la lumière tamisée de la chambre, la peau de la jeune femme avait la couleur du cuivre, ses yeux celle de l'eau vive.

La tunique tomba à terre et le cœur de Meyrieux cessa de battre. Cette nudité parfaite. Ce ventre, si bien dessiné, cette toison noire et profonde qui débordait légèrement sur ses cuisses et dans laquelle il aurait voulu s'abîmer sans aucune forme de préliminaires. Elle fit un pas vers lui et sans le lâcher du regard, dénoua le nœud de son peignoir. Meyrieux, aphone, tétanisé par le désir, ne se contrôlait plus. C'était inouï, il ne perdait jamais ses moyens à ce point devant une femme. Elle plongea lentement la main vers son bas-ventre, le laissant s'engourdir, s'habituer au manque d'air, puis, d'un coup sec, lui empoigna la queue à pleine main.

## 4

Mardi 20 septembre.

Sa mallette souple coincée sous le bras, Olivier était monté à l'arrière de la Toyota. Il avait mal dormi. Le stress des derniers jours lui avait creusé les joues. Son téléphone vibra.

— C'est Raphaël. Toujours aucune nouvelle de Kessler ?

— Aucune.

— Où êtes-vous ?

— Je suis en voiture avec Tuju. Nous nous dirigeons vers l'avenue Mama Yemo.

— Les bureaux de Shanxi ?

— Oui. Zeqiang a égaré sa copie du rapport Telson et son boss la lui demande pour demain matin. Je fais juste un saut avec mon exemplaire pour qu'il en fasse une copie.

— Bel esprit d'équipe !

— Mo est un petit soldat. Mais sur le fond je n'ai rien contre lui.

La Toyota s'arrêta à un feu rouge. À l'extérieur, deux *shégués* couverts de terre se battaient sous les yeux amusés des passants. L'un d'eux avait la tête en sang tandis que l'autre, le plus grand, refermait son poing sur une sorte d'outil aux reflets blancs. Olivier voulut baisser sa fenêtre, mais la Toyota redémarra.

— Olivier, reprit Raphaël. Il y a eu une fusillade à Dar es Salam le mois dernier. Une boîte chinoise, la Togao Lines, attaquée par des mercenaires français. Je déteste les coïncidences, mais il est possible que Shanxi ait mis la main sur le dossier Antioche. Si c'est le cas, celui-ci pourrait se trouver à Lubumbashi.

— Vous ne voulez tout de même pas que j'aille le leur demander ?

— Ce dossier est la clé d'une affaire d'État. Michel Kessler a été assassiné à cause de lui. Je ne vous dis qu'une chose : soyez vigilant et ouvrez les yeux.

— Entendu.

— Je serai au match ce soir. Je dois interviewer Moïse Katumbi. J'ai rendez-vous dans la loge VIP à 20 h 15. Je devrais en avoir pour un quart d'heure. Demain, je rentre à Paris. Le premier vol pour Kinshasa est à 8 heures. Vous pouvez le prendre avec moi si vous voulez.

— Merci. Je vais y réfléchir.

Tuju longea le jardin zoologique et tourna à gauche sur la chaussée Laurent-Désiré Kabila. Les bureaux de Shanxi se trouvaient à cinq cents mètres sur la droite. Il passa la barrière de sécurité et se gara dans la cour de l'immeuble. Olivier avait convenu avec Zeqiang qu'il l'appellerait dès qu'il serait arrivé.

— Je devrais en avoir pour un quart d'heure, dit-il en claquant la portière.

— Je t'attends ici, répondit Tuju.

Martel poussa la double porte du rez-de-chaussée au moment où Zeqiang descendait les dernières marches pour l'accueillir. Le Chinois lui serra chaleureusement la main avant de l'inviter à le suivre au premier étage. Il monta les escaliers quatre à quatre, un rythme qu'Olivier ne lui connaissait pas, puis ils débarquèrent dans un grand open space désert et slalomèrent entre les tables pour atteindre le bureau du chef situé au fond de la salle.

— Ici, nous serons tranquilles, murmura Zeqiang en refermant la porte sur eux.

— Il n'y a personne. Où sont les autres ?

— Au stade Mazembe. Visite des locaux du club. Ils seront de retour dans une demi-heure.

— Voici le rapport, dit Olivier en tirant de la mallette un document relié sous une couverture bleue.

— Merci infiniment, répondit Zeqiang.

— Comment diable avez-vous fait pour perdre le vôtre ?

Secouant la tête comme s'il venait d'avaler un morceau de piment, le Chinois montra le coffre-fort adossé au mur derrière le bureau de Zhang Hiu.

— Je ne l'avais pas mis au coffre. C'est une erreur regrettable. Cette fois-ci, je n'oublierai pas…

Il brandit une clé en laiton, s'empara du cahier bleu et pria Olivier de l'attendre pendant qu'il s'absentait à la photocopieuse. Olivier se retrouva seul. Sur le bureau en bois ciré, parmi les dossiers, les stylos, les vide-poches divers, se trouvait une photo de famille sagement inclinée dans un cadre en bois laqué. Zhang Hiu, l'air martial, entouré d'une femme souriante en tunique chamarrée et de deux bambins aux cheveux noirs, raides comme des piquets. Il contempla quelques instants la photo puis son regard glissa vers le sous-main de cuir où Mo avait déposé la clé en laiton. Par la porte entrouverte, il entendait le ronronnement de la photocopieuse. Le document faisait soixante pages et Zeqiang les photocopiait une par une.

La gorge d'Olivier se noua. La clé était sur le bureau, offerte. Il songea à Raphaël qui lui aurait dit de se jeter dessus. Mais quelque chose l'en empêchait. Quatre pages. Il s'aperçut qu'il comptait les pages photocopiées. Il faisait le calcul sans s'en rendre compte. Quatre sur soixante. Il avait le temps. Il pouvait prendre cette clé et tenter sa chance. Son rythme cardiaque s'accéléra. Il jeta un œil vers la porte et allongea le bras vers le sous-main. Puis il se leva sans faire de bruit et se précipita vers le coffre. Ses mains tremblaient. Il enfonça la clé dans la serrure, tourna à droite. Le mécanisme résista, il tourna dans l'autre sens. Il y eut un cliquetis huileux et la serrure céda.

Olivier tourna le volant chromé et l'énorme porte de métal pivota vers lui. Sa gorge était sèche. La photocopieuse continuait son ronronnement régulier. Il tira sur le deuxième pan de la porte. Il pesait une tonne. À l'intérieur, empilés sur trois étagères, se trouvaient des dossiers et une boîte à chaussures. Il prit la boîte, en ôta le couvercle. Elle contenait des liasses de billets. Des dollars. Il la referma et saisit le premier dossier. Le titre était en chinois. Il le feuilleta. Tout était en chinois. Il le posa par terre et saisit le second. En anglais, celui-ci : *Mianame Mine Agreement*, un contrat minier. Il le posa également et passa au suivant. Des contrats, encore des contrats. Ses mains étaient moites. Combien de temps lui restait-il ? Il feuilleta tous les dossiers. De plus en plus vite, sans pour autant céder à la panique. Mais il ne trouva aucun indice. Ni Antioche ni CMA. Il eut subitement conscience de l'absurdité de la scène car les papiers s'accumulaient sur le sol et il ne savait même pas ce qu'il cherchait.

Soudain la photocopieuse se tut. À genoux, des chemises cartonnées éparpillées autour de lui, Olivier paniqua. Il les attrapa à toute allure, les empila les unes sur les autres pour les replacer sur les étagères, mais dans sa précipitation, il était incapable de les remettre exactement dans le même ordre. Il jura entre ses dents. Il avait pourtant fait attention, mais c'était trop tard. Il remplit la première étagère, puis la deuxième. Il ne respirait plus. Son dos était chaud et poisseux. Zeqiang allait débarquer d'une seconde à l'autre et il n'aurait jamais fini. Il scrutait la porte du bureau en même temps qu'il bourrait le coffre de dossiers quand soudain, la photocopieuse reprit son bourdonnement. Il restait cinq dossiers à terre. Il en fit une pile et les remit en place. Bilan : zéro. Il n'avait rien trouvé.

Il tapota sur la tranche des documents pour leur redonner un semblant d'ordre et tira sur la porte en fonte, quand soudain, sur la seconde étagère, il aperçut une petite boîte en carton noir de la taille d'un étui à stylo. Il s'en empara. C'était bien un étui à stylo qu'il n'avait pas remarqué bien qu'il fût posé devant ses yeux. Il fit coulisser le couvercle, découvrit une garniture de mousse noire. Au milieu, dans la cannelure, se trouvait une clé USB. Il la prit entre ses doigts. Sur la tranche, à l'encre indélébile, était inscrit un seul mot : *Antioche.*

## 5

Le matin du match, Raphaël avait été appelé par un certain Jean-François Akimbe, membre des 100 %, la garde rapprochée de Moïse Katumbi. Celui-ci lui avait demandé de se tenir prêt. Il l'appellerait le soir même, une heure avant l'interview. Vingt minutes en tête à tête avec Moïse, un privilège qui ne serait accordé à aucun autre journaliste occidental. Raphaël avait remercié plusieurs fois et proposé de lui lire les questions à l'avance, ce qu'Akimbe avait refusé. Moïse n'avait pas peur de la presse et Raphaël était libre de mener les choses comme il l'entendait.

En raccrochant, Raphaël songea que ce match était décidément un don du ciel. Non seulement il lui avait permis de prolonger son séjour et peut-être de gagner les précieux indices qui lui manquaient, mais en plus il se réservait le droit de poser une question indiscrète à celui qui deviendrait peut-être un jour le maître du pays. Il était près du but. Il le sentait.

Il n'avait aucune preuve, aucun élément tangible et pourtant il n'avait aucun doute. On frappa à la porte de sa chambre. Un jeune homme lui rapportait sa veste, lavée et repassée. Raphaël lui donna cinq mille francs.

À 18 h 30, Da Costa sauta dans un taxi direction le stade Mazembe. Akimbe lui avait donné rendez-vous dans la loge présidentielle, une demi-heure avant le début du match. Ce qui avait alimenté les rumeurs les plus folles dans le pays était donc vrai. Moïse Katumbi, le fils prodigue, était de retour à Lubumbashi.

En vieux renard de la politique, Moïse avait su profiter de l'exceptionnel alignement des planètes : cette finale survenant en pleine campagne électorale sur le terrain du TP Mazembe… Tout cela était un cadeau du ciel, une aubaine monumentale. Depuis sa résidence bruxelloise, il avait plusieurs fois rêvé de son retour au Congo, mais il n'avait jamais imaginé des circonstances aussi favorables. Ici, au Katanga, l'armée de Kabila ne pouvait quasiment rien contre lui. Le peuple l'adulait, les milices nationalistes étaient de son côté et il pouvait compter sur les 100 % comme sur une garde prétorienne prête à tout pour le protéger.

Raphaël monta dans une vieille 504 Peugeot. Le chauffeur, toutes fenêtres ouvertes, invectivant les passants, choisit de faire un détour car la rue principale menant au stade était impraticable. Sur le bord des routes, pieds nus, des gamins coursaient les voitures, sourire aux lèvres. Sur les côtés se formaient des attroupements d'où surgissaient chants et danses de joie. Les maillots rayés étaient sur toutes les épaules et l'on ne pouvait compter les corps et les visages enduits de peinture et d'inscriptions à la gloire de Moïse et du Congo. Çà et là, les militaires en treillis de camouflage, armés de mitraillettes légères, n'en menaient pas large face à une foule qui ne tarderait pas à les déborder.

Plus loin, ils croisèrent un taxibus bourré à craquer de supporters en délire. Assis sur les portières, les bras ouverts, ou serrés à l'intérieur, ils chantaient à tue-tête et scandaient le nom de leur héros : « Moïse ! Moïse ! Moïse » au son d'une fanfare dont les musiciens étaient assis sur le toit. Après quelques embardées, le taxi déposa Raphaël devant le stade. Le journaliste tenta de se frayer un chemin dans la foule quand deux types en maillot se ruèrent sur lui pour l'extraire vers une porte dérobée. On s'assura rapidement de son identité et on l'escorta vers l'escalier de béton qui menait à la tribune.

La foule avait déjà envahi l'arène et les hurlements, les chants, les tambours résonnaient comme une vague remontant des profondeurs que rien ne semblait de taille à arrêter. Ils grimpèrent les marches. Les 100 % étaient partout, en maillot blanc et noir, visage peint, musculature saillante et armes à la main. Son escorte stoppa devant une porte en métal. On frappa. La porte s'entrouvrit. Un homme d'une soixantaine d'années en costume-cravate sortit de la loge, accompagné de trois autres Asiatiques plus jeunes que lui. Ils échangèrent un bref regard. Raphaël le reconnut tout de suite. Wao Jun. Le patron de Shanxi.

La loge présidentielle était d'une taille assez modeste. Une quinzaine de supporters et de types en civil se tenaient là dans une ambiance électrisée par les bruits de la foule dans les gradins. Près de la grande vitre panoramique, deux rangées de sièges étaient disposées face au terrain. La vue plongeante sur la pelouse était exceptionnelle. D'un coup d'œil, on pouvait embrasser tout le jeu sans aucun angle mort. Au premier rang, à côté d'un gros type en chemisette qui lui murmurait quelque chose à l'oreille, Raphaël l'aperçut enfin, de dos dans un costume blanc, coiffé d'un stetson noir orné d'une lanière de cuir tressé. Le dieu du stade et le cauchemar de Kabila. Le type en chemisette se retourna. C'était Akimbe, et il était beaucoup plus massif que sa voix ne le laissait paraître au téléphone. Il s'écarta et pour la première fois, car il ne l'avait jamais rencontré auparavant, Raphaël aperçut le visage affable et souriant de Moïse Katumbi.

— Monsieur Da Costa du *Matin*?

— Enchanté, répondit Raphaël en lui serrant la main.

Raphaël sortit son magnétophone qu'il plaça sur ses genoux. Avec son T-shirt noir, son costume blanc, son chapeau texan et ses bottes en peau de crocodile, Katumbi ressemblait à s'y méprendre à la version métisse d'un parrain de la mafia. Un parrain dont les manières élégantes, le débit calme, la voix douce faisaient peut-être partie des armes les plus redoutables. Raphaël connaissait son histoire. Moïse était né sur les rives du lac Tanganyika dans une famille de pêcheurs, d'une mère congolaise et d'un père juif séfarade. En moins de quarante ans, il avait bâti, à partir de presque rien, la plus grande fortune du pays. Cet homme n'avait rien d'un agneau docile et doux. C'était un requin qui, même en exil, donnait des sueurs froides au tout-puissant président de la RDC.

— Monsieur Katumbi, votre présence à Lubumbashi est un événement, commença Raphaël. Êtes-vous ici uniquement pour des raisons sportives ou bien aussi politiques ?

Katumbi ôta son chapeau, le posa sur le siège à côté de lui. D'un coup, il avait l'air moins impressionnant, plus abordable.

— Je suis venu dans mon pays pour le soutenir dans cette finale historique. Les Congolais ont beaucoup de mérite. Ils ont fait un championnat exceptionnel et je crois que s'ils donnent le meilleur d'eux-mêmes, ils peuvent gagner.

— Est-ce également vrai pour les élections présidentielles de novembre ?

Katumbi esquissa un sourire.

— Si l'équipe du Congo peut gagner, le peuple congolais peut aussi gagner.

— Vous êtes actuellement en exil. Êtes-vous toujours candidat à l'élection présidentielle ?

— Bien sûr. Je n'ai jamais cessé de l'être. Je ne veux qu'une seule chose, le bien de mon peuple. Nous autres Congolais avons droit à la paix. À la prospérité et à la démocratie. Notre pays est riche, le plus riche d'Afrique. Mais d'autres que nous s'enrichissent. D'autres que nous puisent dans les richesses du pays tandis que les Congolais, eux, n'y ont jamais droit. C'est injuste, mais il n'y a pas de fatalité. Le peuple peut prendre son destin en main. Je l'ai montré ici, au Katanga. Quand les étrangers pillaient nos ressources sans payer les droits de douane, j'ai fermé la frontière. J'ai stoppé les camions et j'ai dit : « Soit vous payez, soit vous restez là. » Et les compagnies minières ont payé. Les caisses du Katanga se sont remplies en deux ans. Quand j'étais gouverneur, la province était plus riche que l'État.

— D'ailleurs, le président ne vous l'a pas pardonné. Vous êtes demeuré très populaire, mais pensez-vous que vous pourrez concourir sereinement aux élections ?

Katumbi appuya les deux mains sur ses genoux.

— Les élections doivent se tenir de façon démocratique. C'est un devoir historique vis-à-vis de notre peuple. Depuis plus d'un siècle, nous avons vécu dans l'esclavage et la domination des Blancs, puis dans la dictature et la guerre civile. Nous avons droit à la paix et à la justice. Je crois que le président s'en rendra compte de lui-même.

Soudain, une clameur souleva les tribunes. Au milieu du terrain, cinq joueurs congolais avaient surgi des vestiaires et couraient sur la pelouse, les bras tendus. Le public s'était levé comme un seul homme, chauffé à blanc, criant, dansant et chantant à tue-tête. Les officiels se rapprochèrent des fenêtres et Da Costa et Katumbi s'interrompirent quelques instants pour voir, eux aussi.

Les joueurs continuèrent leur tour de terrain, ivres de joie, électrisant le public. Les caméras de télévision se ruèrent sur la scène et les commentateurs s'excitèrent sur leurs micros. Dans tout le pays, dans toutes les maisons, les bars, les villages, des millions d'hommes, de femmes et d'enfants massés derrière les postes de télévision étaient entraînés dans une même ferveur, une même joie. Katumbi se tourna vers Raphaël.

— Personne ne peut s'opposer éternellement à la volonté du peuple.

Akimbe fit signe à Raphaël que l'entretien touchait à sa fin et le journaliste en profita pour poser une dernière question.

— Quand vous étiez gouverneur en 2012, vous avez chassé l'entreprise Shanxi du Katanga pour non-application des règles du Code du travail. Mais Shanxi est de retour sur les mines de Kisanga. Si vous revenez au pouvoir, les chasserez-vous à nouveau ?

— Chaque chose en son temps, cher monsieur. D'abord, il y a les élections. Et encore avant, il y a le match. Mais pour répondre à votre question : la loi est faite pour être appliquée. Je n'ai rien de plus à dire.

Akimbe échangea un bref regard avec Katumbi et avança son énorme masse vers Raphaël qui se dépêcha de poser une ultime question.

— Monsieur Katumbi, vous connaissez l'opération Antioche menée par le gouvernement français en 2000 dans l'est du pays. Diriez-vous que cette opération a été profitable pour le Congo ?

À cette question, Raphaël n'attendait aucune réponse sincère. Ce qu'il voulait voir de ses yeux, c'était l'expression qui se dessinerait sur son visage à l'évocation de ce seul mot : Antioche. Raphaël était très attentif. Ce qu'il cherchait serait forcément furtif. Un pli sur le front, un haussement de sourcils, un rictus imperceptible. Un signe léger dans lequel il saurait peut-être déchiffrer la vérité. Raphaël posa lentement sa question. Puis il fixa Katumbi. Et Katumbi le fixa en retour, trois secondes qui semblèrent une éternité. Alors l'ex-gouverneur prit un ton détaché et lâcha quelques mots de langue de bois sur cette opération qui remontait à plus de quinze ans et qui était la preuve etc., etc. Mais Raphaël ne l'écoutait pas, car au fond des yeux de Moïse, il avait déjà trouvé sa réponse.

## 6

— Dépêchons-nous.

Alain Butard gravit les escaliers d'un pas rapide, suivi de Céline Dao et de Nicolas Speck qui marchait tête basse, furieux du retard qu'ils avaient pris pour venir au stade : trois quarts d'heure pour faire six kilomètres. Le taxi s'était embourbé dans les pires bouchons et il soupçonnait le chauffeur de l'avoir fait exprès pour faire tourner le compteur. Plus ils progressaient, plus l'ambiance se tendait. Les couloirs étaient saturés d'hommes en armes grimés de peintures de guerre. Speck se mordait les lèvres. Ils n'étaient accompagnés d'aucun garde du corps et c'était une erreur impardonnable. Soudain, au milieu de l'escalier, Butard cessa de respirer alors qu'un type de taille moyenne, la cinquantaine, l'air pas tout à fait frais, descendait en sens inverse en rasant les murs. Leurs regards se croisèrent. L'autre fila comme une anguille. Butard se retourna vers Speck, mais celui-ci ne pouvait rien faire. Les combattants qui les observaient n'auraient toléré aucun mouvement d'humeur.

— Da Costa ! susurra Butard. Qu'est-ce qu'il fout ici, celui-là ?

— Il couvre le match, murmura Speck en écartant les paumes de ses mains.

Ils atteignirent enfin la porte de la loge présidentielle quand un Chinois à l'air débraillé vint à leur rencontre.

— Monsieur Butard, je suis Mo Zeqiang. Le président Wao Jun aimerait vous dire un mot avant le match.

Butard se retourna vers son conseiller qui, encore une fois, n'avait aucune idée de ce qui se tramait. Intérieurement, il bouillonnait. Il avait perdu le contrôle de la situation et ça le mettait en panique.

— Avec plaisir, répondit Butard.

— Veuillez me suivre, cela ne prendra que quelques minutes.

Mo les conduisit dans une petite salle aveugle qui puait l'humidité. Sous un néon blafard, assis à une table en plastique blanc, Wao Jun attendait, impassible. Debout à ses côtés, Zhang Hiu tentait désespérément de maintenir une sorte de sourire de circonstance tandis que Jen Zhao, mains croisées, arborait une mine d'enterrement. Instantanément, le P-DG de Carmin comprit que la situation était grave et que personne chez lui ne l'avait anticipée.

— Monsieur Butard, s'il vous plaît, prenez la peine de vous asseoir, dit Zhang Hiu.

Il désigna la chaise vide faisant face au président de Shanxi. Butard s'assit tandis que Dao et Speck restaient debout derrière lui. Wao Jun prit la parole dans un anglais de cuisine tout à fait suffisant pour ce qu'ils avaient à se dire.

— Président Butard, commença-t-il en fronçant les sourcils comme un vieux chat, nous n'avons que quelques minutes avant de rejoindre les invités et je vous propose que nous nous disions les choses franchement.

Butard approuva de la tête sans parvenir à sourire.

— Je sais, reprit Wao Jun, qu'un commando armé prépare un assaut du quartier général de Shanxi, ici à Lubumbashi. Peut-être a-t-il lieu en ce moment même, pendant que nous parlons.

Le flegme du Chinois ajoutait une tension insupportable à la chape de plomb qui s'était abattue sur cette réunion improvisée. Butard ouvrit la bouche, mais Wao Jun le coupa.

— Je sais aussi pourquoi. Vous recherchez le dossier Antioche que vous espérez trouver dans nos locaux en notre absence. Mais vous perdez votre temps, monsieur le président, et vous faites courir à nos deux pays un risque inutile de crise diplomatique.

— Monsieur le président, c'est ridicule, protesta Butard.

Jen Zhao posa un ordinateur portable sur la table et frappa fébrilement sur le clavier.

— Cessez votre cinéma, rugit Wao Jun. Je vous ai dit que nous allions nous parler franchement. Alors écoutez-moi bien. Premièrement, nous avons effectivement récupéré le dossier Antioche détenu par Miwumbe. Il se trouve en ce moment à Shanghai, en lieu sûr. Nous en avons fait une copie que nous avons conservée dans un coffre, ici, à Lubumbashi. Je devrais plutôt dire « avions », car cette copie a été volée hier, monsieur Butard. Par l'un de vos employés.

— Quoi ? éructa Butard en se levant de sa chaise. C'est absurde. Un total non-sens. Je vous assure…

Jen Zhao retourna son ordinateur et montra une vidéo en noir et blanc où un homme à genoux, filmé de dos, s'affairait à vider le coffre du bureau de Zhang. Le film, muet, provenait d'une vidéo de caméra de surveillance. On ne voyait que la nuque de l'homme, quand soudain, il tourna son visage vers la porte comme s'il avait entendu un bruit suspect. Jen Zhao appuya sur pause et le profil d'Olivier Martel envahit l'écran. Les trois Français étaient totalement pris au dépourvu. L'effet fut celui d'une douche glacée un jour de canicule.

— De tels agissements entre nos deux groupes sont inacceptables, reprit Wao Jun, et par conséquent, l'accord Kisanga tel que nous l'avions envisagé est désormais caduc.

Jen Zhao referma son ordinateur portable et poussa vers le président de Carmin un dossier à couverture rouge.

— Voici une offre de rachat de vos parts dans Kisanga. Elle est à prendre ou à laisser. Vous me ferez part de votre décision dans vingt-quatre heures.

Wao Jun se leva et ses deux collaborateurs l'imitèrent. Les trois Français étaient pétrifiés. Inutile d'examiner l'offre que leur faisait Shanxi. En quelques secondes, ils se retrouvaient dépouillés, menacés et abandonnés en pleine brousse sans vivres et sans eau. Le projet qu'ils avaient construit depuis des mois, sur lequel ils avaient mobilisé tant de ressources, fait tant de publicité, misé tant d'argent venait de s'effondrer en un claquement de doigts.

Ils se levèrent tous les trois sans rien dire, au ralenti, comme sur un ring après un K-O. Zhang dit alors à Speck d'une voix calme :

— Nous allons nous retirer. Vous serez plus tranquille si vous souhaitez téléphoner.

Tout le staff de Shanxi sortit dans le couloir, laissant Speck tapoter à toute allure sur l'écran de son mobile le numéro du général Delmas, en espérant que ce dernier n'ait pas encore mis le feu aux poudres.

Dans le stade, on était à quelques minutes du coup d'envoi quand soudain, l'émotion s'empara du public. Tous les yeux se tournèrent vers les gradins de la tribune ouest où le gouverneur Akolo et les membres de son administration venaient de s'installer. Partout, des bruissements, des airs inquiets. De l'autre côté du terrain, à l'intérieur de la loge présidentielle, Katumbi semblait hésiter. Puis il se leva au moment où, par la porte entrouverte, surgit une silhouette sportive et pleine d'allant qui se précipita sur lui les bras ouverts.

— Cher monsieur Katumbi, je voulais absolument venir vous saluer en mon nom et au nom du gouvernement français.

— Meyrieux, marmonna Butard qui avait rejoint la délégation française.

Katumbi prit le temps nécessaire pour saluer un hôte de ce rang, puis, escorté par les 100 %, il sortit de la tribune pour descendre dans les gradins, au milieu de la foule qui scandait son nom. Tous dans la loge se précipitèrent vers les baies vitrées qu'on ouvrit en grand pour mieux voir.

Ce fut un tsunami.

Au début, on ne discernait rien que le brouhaha habituel, les cris, les fanfares, les chants. Puis soudain, ce fut la vague, le soulèvement. La tribune est fut la première à réagir. Katumbi était descendu par là. Leur héros, en chair et en os, leur petit papa, leur demi-dieu était de retour. Une clameur gigantesque monta des gradins comme venue du centre de la terre. « Moïse ! Moïse ! Moïse ! » Elle se propagea à droite et à gauche comme un feu de paille et en quelques secondes, tout le stade hurlait son nom. De l'autre côté, les officiels au pouvoir, Akolo, Ndengo, et tous les autres contemplaient la vague qui grossissait et menaçait de tout emporter.

— Dorénavant, il faudra compter avec lui, lâcha Meyrieux, fasciné par la ferveur accompagnant Moïse dans sa descente des marches vers le terrain de football.

Butard ne cessait de chercher Speck des yeux. Celui-ci apparut enfin, la mine défaite.

— Alors ? murmura le président sans desserrer les dents.

— J'ai eu Delmas. Ils ont annulé la mission.

— Dieu soit loué, souffla-t-il en serrant les poings.

La ferveur était à son comble dans le stade du TP Mazembe. Les joueurs de l'équipe du Congo venaient d'entrer sur le terrain. Le public exultait. Moïse et la finale. C'était énorme. Trop pour un seul jour.

— Nicolas, dit Butard. Cette copie d'Antioche, il faut absolument…

— C'est comme si c'était fait, assura Speck.

## 7

Pendant toute la première mi-temps, le score fut très serré. Les Léopards congolais avaient fait preuve d'un engagement de tous les instants qui s'était heurté à la précision technique des Ivoiriens. Les Éléphants, entraînés par le duo infernal Sow Gaoussou-Aristide Bancé, avaient maintenu une pression permanente sur leurs adversaires et s'étaient ménagé quelques occasions qui avaient donné des sueurs froides aux supporters Lushois. À la 18e minute, le Congolais Arsène Zola s'était fait contrer sur un centre parfait de Bancé avant que le gardien Katangais Matampi ne se détende sur une frappe à bout portant de Sow Gaoussou. Le ballon n'était pas entré dans les filets, mais les Congolais avaient accusé le coup. Ils s'étaient relevés et jetés de nouveau dans la bataille, mais la machine ivoirienne avait pris possession du terrain et elle fonctionnait à plein régime. À la 29e, l'arbitre sifflait un coup franc devant la surface de réparation. C'est Bancé qui le tira. Un ballon en cloche au ras du mur sauvé in extremis par une exceptionnelle parade du poing de Matampi.

La suite fut un bras de fer insoutenable. Le courage et l'intelligence des Léopards, constamment mobilisés, étaient mis à rude épreuve par les attaques incessantes des Éléphants. Le tournant de la première période était survenu à la 39e minute. Alors que les Congolais semblaient de plus en plus manquer d'air et que leur défense commençait à craquer sous les assauts des verts, Kasusula récupéra un ballon ivoirien qu'il renvoya au milieu d'un couloir dégagé à Nathan Sinkala, le milieu aux jambes de gazelle qui tira parti d'une relative confusion côté Éléphants pour percer les lignes adverses comme une flèche. Au milieu de la défense ivoirienne prise à revers, Muleka, l'attaquant du Mazembe, s'était démarqué, soutenu par Kanda. Sinkala centra sur la tête de Kanda qui dévia le ballon dans les pieds d'un Muleka très inspiré qui conclut cette superbe action collective par un tir enroulé dans la lucarne de Kouassi.

1-0 pour les rouge et bleu. Le stade explosa de joie et la ferveur des supporters porta les joueurs sur un nuage jusqu'au coup de sifflet de la première mi-temps.

Profitant du retour au vestiaire des deux équipes, Céline Dao se glissa entre Butard et Speck pour se frayer un passage au milieu des tribunes débordantes d'allégresse. En haut des marches, elle trouva un peu de réseau, deux barrettes qui lui suffiraient certainement pour ce qu'elle avait à faire.

— Allô, Olivier ?

— Céline, tu es au match ?

— Oui. C'est la mi-temps. Il faut que je te parle. Wao Jun nous a coincés dans une salle de réunion il y a une heure. Il a décidé de tout arrêter. Tout le projet Kisanga. Tout ce sur quoi on travaille depuis trois mois. Et tu sais pourquoi ? À cause de toi.

Céline était fébrile. Ses mots fusaient comme des projectiles.

— Qu'est-ce que tu racontes ?

— Tu as volé un dossier dans leur bureau. Tu as été filmé ! Qu'est-ce que tu fous, Olivier ? Pour qui roules-tu ?

La révélation s'abattit comme une masse sur les épaules de Martel.

— Selon eux, il s'agit du dossier Antioche, reprit Céline.

— Antioche ?

— Ne fais pas l'innocent. Wao Jun accuse Carmin d'être à la recherche de ce dossier et de préparer une opération armée contre eux. Ils t'accusent d'être de mèche. Qu'est-ce que ça veut dire ? Dis-moi la vérité.

Céline était enragée et Olivier complètement abasourdi. Il réfléchit à toute allure. Le coup était parti. Inutile de nier. Il devait lui expliquer en espérant qu'elle lui en laisse le temps.

— Céline, ce n'est pas ce que tu crois. Je ne roule pour personne. Carmin et l'État français sont impliqués dans un scandale qui a eu lieu il y a quinze ans au Kivu. Je t'en ai déjà parlé, mais à l'époque je ne savais pas quoi en penser. Aujourd'hui, je sais. Wao Jun a raison. Carmin et l'État français recherchent ce dossier par tous les moyens, car il contient des preuves de ce scandale.

— Et c'est toi qui es chargé de le récupérer ?

— Non ! Carmin ne m'a rien demandé. Au contraire. Ils ne veulent pas que la vérité s'ébruite. Celui qui veut faire la lumière sur ce scandale s'appelle Raphaël Da Costa.

— Le soi-disant journaliste ?

— C'est un vrai journaliste. Il ne travaille pour personne, tu dois me croire. Je collabore avec lui parce que je veux que justice soit faite. Kessler est mort à cause de ce dossier.

— Quoi ?

— Il a été assassiné parce qu'il savait ce qui s'était passé. J'ai des preuves. Je ne peux pas te les montrer, mais tu dois me croire. Je t'en supplie. Je te jure. Je veux simplement que la vérité éclate, même si elle dérange. Même si elle nous éclabousse et nous oblige à faire machine arrière. Ce pays, ces gens, ils méritent la vérité. Et je sais qu'au fond de toi tu penses la même chose que moi.

— Et si tu te faisais des idées ? Si ce n'étaient que des suppositions ?

— C'est la vérité, Céline. Elle te dérange. Elle me dérange aussi, elle dérange tout le monde, mais c'est la vérité. Michel Kessler était mon ami. Il connaissait cette vérité et elle lui était insupportable. Il a décidé de parler et il l'a payé de sa vie. Qu'est-ce qu'il te faut de plus ?

Céline se tut. Elle avait croisé Kessler une ou deux fois. Elle le connaissait de réputation et n'avait jamais cru à cette histoire d'embuscade en Centrafrique. L'histoire d'Olivier était crédible. Ça l'écorchait de le penser, mais c'était la réalité.

— Si ce que tu dis est vrai… Si Kessler a été tué pour ce dossier…

— Je sais, répondit Olivier. Ils n'hésiteront pas à me réserver le même sort.

— Alors, tu es en danger. J'ai vu Speck et Butard discuter à mi-voix. Je les ai vus passer des coups de fil. Ils doivent être à ta recherche. Où es-tu ?

— Au bureau.

— Pars immédiatement. Ne repasse pas à l'hôtel. Pars dès que tu auras raccroché. Dépêche-toi.

Olivier était tétanisé. Les derniers mots de Céline sonnaient comme un ordre désespéré. Il avait la gorge sèche, ne savait quoi ajouter.

— Céline…

— Fais attention à toi. Bonne chance.

Au début de la seconde période, la maîtrise du jeu changea de camp. Les Ivoiriens, remontés après la mi-temps, égalisèrent d'entrée de jeu, à la 48e : 1 partout. Le but eut un véritable effet de souffle sur le déroulement du match. Les Léopards pourtant ne baissèrent jamais de rythme. Emmenés par un stade hystérique, ils n'eurent de cesse d'envoyer des coups de boutoir dans la défense adverse et précipitèrent les Éléphants au bord de l'asphyxie. Le match se mua alors en un corps à corps dans lequel chaque équipe souffrait sang et eau sans rien lâcher, mais sans réussir non plus d'action décisive.

La tension fut insupportable pendant toute la seconde mi-temps jusqu'à la 83e minute où Kabaso, l'avant rouge et bleu, récupéra un tir raté des Ivoiriens qu'il détourna vers l'aile gauche sur Singuluma. Celui-ci effectua un déboulé impressionnant, pour un service en or sur Déo Kanda, qui conclut d'un tir en force au premier poteau.

2-1. Les officiels et le public exultèrent dans toutes les tribunes, les bras levés, les larmes aux yeux. À la 90e, le tableau d'affichage indiquait toujours ce score magique et il ne fallut que six minutes d'arrêts de jeu pour que le coup de sifflet final donne la victoire aux Léopards et à tout le peuple du Congo.

## 8

Alain Butard convoqua son équipe le lendemain matin à 9 heures, dans la salle de conférences Patrice Lumumba, au rez-de-chaussée de l'hôtel Karavia. Quand Speck et lui poussèrent la porte, ils avaient l'air grave des mauvais jours.

— Où est Martel ?

Dao, Beysserias et Maldini haussèrent les épaules.

— Je l'appelle, dit Speck.

Butard plongea la main dans sa mallette, en sortit le document à couverture rouge que lui avait remis Zhang Hiu et le jeta sur la table.

— Voici le cadeau de Wao Jun. Il s'agit de la proposition de rachat de nos parts dans Kisanga Mining, lança-t-il en les fusillant du regard.

Jérôme et Bruno ne savaient pas quoi dire. Céline leur avait raconté le coup de sang de Wao Jun, la vidéo, l'arrêt du projet et l'ultimatum du président de Shanxi, mais ils avaient encore du mal à y croire. Beysserias se précipita sur le dossier pour le feuilleter. Céline se pencha par-dessus son épaule. À mesure qu'ils le survolaient, leurs visages se décomposaient.

— Alain, dit-elle en levant le nez du document, vous avez vu ce qu'il propose ?

Butard posa son regard sur la jeune avocate.

— J'ai vu. Inutile de nous voiler la face, c'est une proposition très désavantageuse.

— Plus que cela. C'est une humiliation. Quand ça va se savoir, notre cours de Bourse va s'effondrer et tout le monde voudra comprendre pourquoi nous avons signé un truc pareil.

— Certains investisseurs ont pris des paris colossaux sur Carmin depuis quelques semaines, renchérit Maldini. Si nous nous retirons dans de telles conditions, ils vont hurler à l'escroquerie.

Butard leva les mains.

— C'est pourquoi nous allons revenir vers Shanxi avec une contre-proposition. Nous devons mettre tout notre poids dans la balance et impliquer le gouvernement. Je vous demande de me construire cette réponse. Nous devons trouver le moyen de faire pression sur eux. Mettez-vous au travail. Sollicitez le ministère, qui vous voulez. Nicolas, vous superviserez tout cela. Je dois donner une réponse à Wao Jun à 18 heures. Maldini, pour après-demain, faites tout annuler. Le gouverneur, la presse, tout. Je ne veux plus aucune publicité sur cette affaire à partir de maintenant. Rendez-vous à 17 heures ce soir.

Speck invita Butard à le suivre dans le couloir jouxtant la salle de conférences.

— Alain, votre idée d'une contre-proposition est louable, mais j'ai peur que Wao Jun ne soit guère réceptif. Ils ont certainement négocié en direct avec les Congolais. Les connaissant, ils ont dû passer un accord avec Akolo et Katumbi, histoire de sécuriser leurs arrières quelle que soit l'issue du scrutin. S'ils veulent nous sortir, c'est parce qu'ils n'ont plus besoin de nous.

— Peut-être, mais nous devons essayer. Avez-vous des nouvelles de Martel ?

— Je n'arrive pas à le joindre.

— Il est de mèche avec Da Costa. Il faut les arrêter par tous les moyens. Vous avez eu Delmas ?

— Oui. Son équipe est prête. Il attend pour faire un point avec le ministre et vous-même.

— Bien. Allons-y.

— Mais bordel de cul, qu'est-ce que c'est que ces mystères ? Ça fait une heure que j'essaie de vous joindre. Vous me prenez pour qui, Alain ?

Tournant comme un lion en cage dans sa suite « impériale », François-Xavier de Meyrieux fulminait face au P-DG de Carmin, son épaisse tignasse blanche en bataille.

— Monsieur le ministre, je suis désolé. Nous avons dû faire face à une situation exceptionnelle.

— Je sais. Je viens d'avoir Delmas qui m'a dit que nous devions nous parler d'urgence.

Butard se força à conserver son calme, mais la vérité, c'est qu'à ce moment plus qu'à tout autre, il brûlait de lui mettre une bonne fois pour toutes son poing dans la figure.

— Nous croyons qu'Antioche est tombé aux mains d'un de nos collaborateurs, reprit-il, un certain Olivier Martel.

— Pardon ?

— Ce collaborateur aurait pris la fuite. Il serait accompagné de Raphaël Da Costa.

À l'évocation de ce nom, Meyrieux blêmit.

— Qu'est-ce que vous me chantez là ?

— Nous avons perdu sa trace. Il a peut-être déjà quitté Lubumbashi.

— C'est quoi ce bordel ?

— Nous pensons que Da Costa l'a manipulé et qu'ils vont tenter de faire sortir Antioche du pays. Il s'agit d'une copie informatique. Une clé USB.

— Vous plaisantez ?

— Shanxi est au courant. Ils en profitent pour nous obliger à nous retirer de Kisanga. Nous allons leur répondre, mais nous avons besoin de vous. Il faut une pression politique.

Meyrieux se laissa tomber sur le large canapé en cuir de sa chambre. Puis il leva des yeux désespérés vers Butard.

— J'ai toujours dit que ce projet avec les Chinetoques était une catastrophe. Le Katanga ! Non, mais quelle connerie. Vous voyez bien qu'on n'est pas chez nous, ici. Nous n'avons pas d'histoire, pas de réseau, pas d'intérêts. Nous sommes comme des cons, à la merci du premier venu, pendant que les autres se marrent en nous regardant gigoter. Maintenant un journaliste est parti avec une bombe H sous le bras, le partenariat va voler en éclats. Qu'est-ce qu'on est censés faire ? On serait en Côte d'Ivoire, au Sénégal ou en Centrafrique, ça serait réglé sur un coup de fil. Mais au Katanga, qu'est-ce que je fais ?

Alain Butard était trempé comme s'il était resté dehors sous la pluie pendant trois heures.

— Il est exclu que tout cela sorte dans la presse avant les élections, vous m'entendez ?

— Bien entendu, monsieur le ministre. Nous pouvons faire pression sur eux dans ce sens.

Meyrieux se leva et attrapa son téléphone.

— Kisanga est un fiasco, Alain. Et c'est vous qui en porterez la responsabilité.

Il laissa la sonnerie tinter deux fois. Butard et Speck le regardaient, sans dire mot.

— Allô, Delmas ? C'est Meyrieux. Votre équipe est toujours opérationnelle ? J'entends, mais vous êtes toujours à Lubumbashi. Bon. Vous allez rediriger vos hommes vers un nouvel objectif. Oui. Un dernier. Antioche se trouve aux mains d'un certain Olivier Martel, un collaborateur de Carmin. Il est accompagné d'un journaliste, Raphaël Da Costa. Vous m'interceptez le dossier et vous les neutralisez.

Vous avez carte blanche. Je vous rappelle que votre seule option est de réussir.

Les trois hommes se séparèrent. Speck pour retrouver son équipe, Meyrieux pour faire sa valise et Butard pour monter, accablé, les escaliers qui menaient à sa chambre.

Il ferma la porte à clé derrière lui et tira de sa valise un étui noir dont il sortit un BlackBerry qu'il n'utilisait que pour certaines conversations confidentielles.

— Allô ?

— *Holy God!* Alain ?

— C'est moi.

— Mais bon Dieu, vous savez quelle heure il est à New York ?

— Le milieu de la nuit, j'imagine. Il faut avancer l'opération. Vous commencerez dès demain matin. C'est urgent.

— Demain, mais nous avions dit…

— Je sais ce que nous avions dit. Si je vous réveille en pleine nuit, c'est que j'ai mes raisons. Ne posez pas de questions et faites ce que je vous dis. Vous commencerez à vendre dès demain, lentement mais sûrement. Je vous donne une semaine pour tout liquider. Vous m'entendez ? Tout.

## 9

Le lendemain matin, Raphaël quitta l'hôtel Bellevue à l'aube et se rendit à pied jusqu'au cœur du quartier Kampemba, où un Blanc poireautant à un coin de rue est aussi exotique qu'un pommier de Normandie en pleine savane. Il attendit presque vingt minutes. Ici, on marchait à pied, on roulait à vélo ou sur des motos hors d'âge. Quelques enfants se tenaient à distance, hilares, tandis que les adultes le dévisageaient comme s'il venait d'une autre planète. Soudain, il aperçut une Toyota blanche débouler dans un nuage de poussière. La portière s'entrouvrit. Il sauta sur la banquette arrière et la voiture partit à vive allure en direction du nord.

Olivier tendit la main à Raphaël qui la serra d'une forte poigne. Débraillé, les cheveux gras, la barbe naissante, il n'avait plus rien du gendre idéal de leur première entrevue.

— J'ai une mauvaise nouvelle, commença Olivier. Je ne pourrai pas prendre l'avion avec toi.

Il était passé au tutoiement sans même s'en rendre compte.

— Je n'ai plus de papiers. Des soldats m'attendaient au Karavia. C'est grâce à Tuju si je ne suis pas tombé entre leurs mains.

La veille en effet, juste après le coup de fil de Céline, Olivier s'était esquivé de son bureau par une porte dérobée et avait demandé à Tuju de le rejoindre en toute discrétion.

Retourner à l'hôtel revenait peut-être à se jeter dans la gueule du loup, mais quitter le pays sans passeport ni argent relevait de la pure gageure et devant son dilemme, Tuju lui avait proposé de se rendre lui-même au Karavia. Il connaissait la fille de l'accueil et lui demanderait de récupérer ses papiers sans se faire remarquer. Ils s'étaient garés à l'écart, à deux cents mètres de l'hôtel. Tuju avait continué la route à pied et il ne lui avait fallu que dix minutes pour ressortir du parc en courant. Ils avaient vu juste. L'endroit était truffé de militaires qui attendaient Olivier Martel de pied ferme.

— S'ils sont au Karavia, réfléchit Raphaël, ils sont aussi à l'aéroport. Et s'ils te cherchent, ils me cherchent également.

— Que veux-tu dire ?

— Nous devons quitter le pays par la route. Qu'en penses-tu, Tuju ? Sud ou nord ?

— Je ne suis pas d'accord, coupa Olivier. Tuju ne vient pas avec nous. Ce n'est pas son histoire. Nous conduirons la voiture nous-mêmes.

— La Zambie n'est qu'à cinquante kilomètres, répondit le Congolais. La route est bonne, bien goudronnée. Il y a beaucoup de trafic. Tous les camions passent par là. Au nord, c'est la piste. C'est cadavre[1], mais on sera tranquilles.

— Tuju, reste ici ! protesta Olivier.

Le fixeur darda sur Olivier un regard fier et plein de défi.

— Il y a deux routes au nord, s'inclina Martel. La route vers l'Angola qui passe vers Likasi, bonne, mais pas très sûre, et la route vers la Tanzanie, moins fréquentée, mais en très mauvais état.

— Quel est votre choix ?

Olivier hésitait.

1. Prononcer « cadavéré ». Cassé, fatigué, épuisé, éventuellement mort.

— Il faut prendre la route vers la Tanzanie, trancha Tuju. Passer par Kasomeno. Je connais du monde dans ce village. Si on part ce matin, on devrait y être demain après-midi. Ensuite, on sera à quarante kilomètres de Kaluba, un petit port au bord de la rivière Luapula. De là, on peut rejoindre le lac Mweru et le traverser jusqu'à Pweto. Là-bas, si vous avez de l'argent, vous pourrez prendre un avion pour Goma.

À Olivier qui voulait protester, Tuju objecta d'une voix menaçante.

— Personne ne me dit ce que je dois faire !

— On peut faire la route en deux jours ? demanda Raphaël.

— Si tout se passe bien, acquiesça le Congolais.

Ils filèrent donc vers le nord sur la route déserte de Kasomeno. Avant de quitter la ville, ils s'arrêtèrent pour acheter de l'essence auprès d'un *Kadhafi* assis sous un parasol. Tuju dévalisa le type pour 50 000 francs congolais. Quatre bidons qu'ils sanglèrent sur la galerie avant de repartir. La sortie de la ville se fit sans encombre. Ils croisèrent quelques véhicules accidentés, vestiges des deux jours de fête ininterrompue après la victoire en finale. En dehors de cela, aucun barrage ni ralentissement ne vint entraver leur course. Pourtant, Tuju était inquiet et son inquiétude venait d'en haut. Car à mesure qu'ils s'éloignaient, le ciel s'obscurcissait et il conduisait à présent sous la menace imminente d'un orage.

Il éclata un peu après qu'ils eurent quitté la route goudronnée. Des pointes de verre mitraillaient la carrosserie et faisaient des trous dans le sol. On n'y voyait pas à trois mètres et leurs essuie-glaces ne leur étaient d'aucune utilité.

Tuju se gara sur le côté de la piste et coupa le moteur. Ils restèrent ainsi à l'arrêt pendant une demi-heure. Quand la mitraille cessa et qu'ils purent enfin mettre le pied dehors, la terre rouge leur collait aux semelles. Tuju s'accroupit.

— C'est la merde, dit-il en se relevant et en essuyant ses mains sur son pantalon. Ici ça va encore. On est en hauteur. Mais dès qu'on va descendre, il y aura des piscines.

— Qu'est-ce qu'on peut faire ? demanda Raphaël.

— Prier.

## 10

Assis sur une chaise en paille, une Camel à la bouche, Lauzière était d'une humeur massacrante. Il venait tout juste de s'interposer entre Marjan et Sekuto qui en étaient presque venus aux mains après que le premier eut préconisé une solution radicale pour tous les nègres du continent. Ces deux-là se seraient entre-tués pour cet écart de langage. Encore heureux qu'aucune arme ne se soit trouvée à leur portée. Il avala une grande bouffée de fumée et tenta de se détendre. Ses hommes commençaient à en avoir par-dessus la tête. Cette mission qui devait initialement durer un mois en était déjà à presque trois. Ils avaient tous été soldats, entraînés pour endurer des attentes interminables sans faiblir, faire le guet, demeurer embusqués jusqu'au moment propice où il fallait frapper sans hésiter. Mais pour lui comme pour eux, tout cela était de l'histoire ancienne. Ils étaient désormais de simples mercenaires, des types sans cause travaillant pour l'argent, pour une période donnée, à la suite de quoi ils disparaissaient, s'éparpillaient aux quatre coins du globe pour claquer leur pognon ou louer leurs services à d'autres chefs de guerre.

Après l'assaut avorté de l'avenue Mama Yemo, une opération pourtant préparée minutieusement depuis quinze jours, Lauzière avait décidé de dissoudre son équipe. Le temps était venu. Il s'en était immédiatement entretenu avec Delmas qui n'y avait pas vu d'objection, jusqu'à ce qu'il le rappelle trois heures plus tard pour lui demander une rallonge. Le général s'était montré très persuasif, promettant une enveloppe supplémentaire de quinze mille euros par personne. Lauzière avait accepté, non sans qu'une petite voix chuchote à son oreille qu'il s'agissait peut-être là de l'engagement de trop. Mais on sait ce qu'il en est. Ce ne sont habituellement que de ridicules superstitions.

La nouvelle mission consistait donc à intercepter deux Français qui avaient volé ce fameux dossier que ses hommes chassaient depuis deux mois. Les deux types étaient des civils, un ingénieur et un journaliste, accompagnés d'un fixeur congolais. A priori non armés. Comment ces blancs-becs étaient-ils parvenus à mettre la main sur ce machin ? Alors qu'eux avaient échoué à quatre reprises ? Là-dessus, le général était resté assez évasif. Aucun engagement ne devait être pris à la légère, car aucun n'est exempt de risque, mais il faut avouer qu'à la manière dont Delmas avait présenté les choses, celui-ci tenait plus du tir aux pigeons un dimanche à la Foire du Trône qu'à un lâcher de bérets verts sur Kolwezi.

Lauzière avait donc réuni ses soldats et leur avait mis le marché entre les mains. Quinze mille balles chacun pour traquer trois trouducs en pleine brousse avec, cerise sur le gâteau, une tonne de nouveau matériel militaire et un Agusta huit places de l'armée belge à disposition. Les hommes n'avaient pas hésité une seconde. À n'en pas douter, les gradés de Balard voulaient ce dossier plus que tout au monde et ils avaient une trouille bleue que les deux pignoufs rallient la métropole avec le bébé sous le bras. Alors ils avaient décidé de mettre le paquet pour les aplatir comme des merdes. Lauzière écrasa sa clope par terre… Et c'est exactement ce qu'ils allaient faire.

Les quatre mercenaires embarquèrent à bord de leur véhicule tout-terrain en direction de l'aéroport de la Loano. Entrée de service réservée aux forces armées. Le réseau français des amitiés et des intérêts convergents n'était peut-être pas aussi dense au Congo qu'en Afrique de l'Ouest, mais il n'était pas inexistant et le gouverneur Akolo n'avait pas été insensible aux suppliques du général Delmas ainsi qu'au contenu d'une petite valise remise à Jean-Baptiste Ndengo en personne. Ils présentèrent donc leur laissez-passer et pénétrèrent à l'intérieur d'un grand hangar situé à l'extrême ouest de la piste d'envol. Un policier en uniforme leur montra la direction et Mad Joe avança son véhicule jusqu'au marquage au sol.

Le hangar avait la taille d'une salle omnisports. Sur les côtés était entreposée une série de caisses en bois de gabarits différents contenant des armes et des munitions. Sur certaines subsistait le logo de l'ONU qu'on n'avait manifestement pas réussi à effacer totalement. À n'en pas douter, il s'agissait là de la réserve personnelle de Cyril Akolo et accessoirement d'un gigantesque entrepôt de matériel volé.

— Capitaine Bombo ! dit un homme d'un mètre quatre-vingts, en treillis militaire, qui s'était approché du 4 × 4.

— Colonel Lauzière ! Voici mes hommes.

Les deux soldats se serrèrent la main. Bombo était entouré d'une dizaine de combattants, Uzi et kalachnikovs au poing, dont une petite moitié seulement portait l'uniforme.

— Vous avez du matériel pour moi, je crois.

— Parfaitement colonel. De première qualité.

Bombo l'invita à le suivre au fond du hangar. Ils s'arrêtèrent devant les caisses. Ce qui restait à Lauzière de fibre patriotique vrilla comme un maquereau frais dans une poêle à frire. Plusieurs millions d'euros allaient donc transiter de la poche du contribuable à celle de ces salauds pour payer du matos volé à l'ONU afin d'armer des mercenaires chargés de zigouiller d'honnêtes citoyens… Pays des droits de l'homme, mon cul, ce foutu monde n'était rien d'autre qu'un cloaque puant.

Bombo claqua des doigts et deux de ses hommes escaladèrent la montagne de munitions pour en extraire trois caisses qu'ils descendirent aux pieds des quatre mercenaires. Le bois craqua sous les pieds-de-biche et ils découvrirent une série de fusils-mitrailleurs ultramodernes et assez de munitions pour reprendre Fort Alamo aux Mexicains. Des grenades, des tenues de combat, une caisse entière de matériel de communication, talkies, bases UHF, relais, détecteurs, casques et micros sur laquelle Sekuto Tome se précipita comme un gamin sur un cadeau de Noël.

Pendant que l'Angolais déballait son matériel, Bombo emmena Lauzière et les deux autres inspecter l'Agusta. La porte du hangar coulissa dans un grand fracas de tôle découvrant l'engin qui stationnait à l'extérieur. Mad Joe, les yeux ronds, n'aurait pu rêver mieux. C'était un A109, un hélicoptère bimoteur léger pouvant contenir jusqu'à six passagers, maniable et polyvalent, qui convenait parfaitement à une sortie en rase-mottes dans le *miombo*. L'Irlandais inspecta la bête, ouvrit la porte du cockpit, examina le poste de pilotage qui semblait en bon état. Puis il tira sur la porte coulissante. Deux banquettes se faisaient face et John indiqua qu'il faudrait en retirer une. Bombo claqua de nouveau des doigts et deux hommes montèrent à bord, une trousse à outils à la main. Mad Joe fit le tour de l'appareil, inspectant les jointures, tapotant la tôle, vérifiant les alignements, avant de montrer son pouce levé à Lauzière.

Sekuto Tome s'était installé dans un coin du hangar, un casque sur les oreilles, et bidouillait les boutons d'un appareil électronique de la taille d'une chaîne stéréo connectée à une antenne satellite, tandis que Marjan piochait dans la caisse d'armes et de munitions. Lauzière regarda sa montre. Dans une heure ils seraient prêts.

— Alors ? dit-il à l'adresse de Sekuto qui auscultait les ondes, le regard dans le vide.

— Rien. Ils doivent avoir éteint leur téléphone.

— Continue, on va bien finir par les coincer.

La traque des deux Français s'annonçait comme une promenade de santé, mais les renseignements de Delmas sur leur localisation laissaient un peu à désirer. Tout ce qu'on savait, c'était que ces cibles ne s'étaient pas présentées à l'aéroport où les soldats de la FARDC auraient pu les cueillir comme des fleurs. Les fugitifs se savaient donc suivis et avaient décampé par la route. Or la sortie de Lubumbashi pouvait s'effectuer par trois voies principales : la route de Likasi vers l'Angola, celle de Kasomeno vers la Tanzanie et enfin la route du sud vers la Zambie. Avec douze heures d'avance, ils pouvaient déjà être loin. Lauzière et ses hommes n'auraient aucune difficulté à les rattraper en hélicoptère, encore fallait-il qu'ils suivent la bonne route. Le colonel consulta de nouveau sa montre. 10 h 38. Ils décidèrent de prendre leur temps pour les repérer avant de se lancer à leurs trousses. Cette mission se terminait mieux qu'il n'aurait pu l'espérer. Ils étaient armés jusqu'aux dents, nantis d'un radio professionnel et du meilleur pilote de l'Afrique subsaharienne. Sur le papier, ils ne pouvaient pas échouer. Et quand ils auraient triomphé, Lauzière se l'était juré, il retrouverait l'*Indian Pearl* et partirait en mer à cinq miles des côtes tanzaniennes, avec sa kalach, ses munitions, son treillis de combat et son téléphone satellite, celui que Delmas utilisait pour le contacter. Il tirerait une dernière salve en l'air, dans le ciel brillant et clair, avant de tout jeter par-dessus bord et de boire une dernière bière à la santé de la République.

## 11

En nage à force d'avoir poussé, les bras rougis, le dos fourbu, Raphaël n'en pouvait plus. Il avait de la boue jusqu'aux mollets, jusque dans les cheveux. De l'autre côté, Olivier s'escrimait de toutes ses forces, tandis que Tuju, les yeux exorbités, faisait ronfler le moteur de la Toyota qui patinait sans parvenir à se dégager. La pluie torrentielle de la veille avait tout inondé. Ce bout de piste qui devait être parfaitement praticable deux jours auparavant était devenu un égout visqueux, une ravine de terre rouge et collante que les pneus du 4 × 4 ne parvenaient plus à mordre.

Une demi-heure à peine après qu'ils se furent embourbés, une dizaine d'habitants de Kasomeno avaient surgi des haies bordant la piste. Attirés par le bruit et curieux sans doute de savoir qui cette fois s'était fait prendre au piège, ils observaient la scène en chuchotant, cigarette au bec et sourire aux lèvres. Deux d'entre eux, des adolescents d'à peine quinze ans, avaient dévalé la ravine pour observer la Toyota de plus près. Ils se déplaçaient avec une agilité impressionnante dans la mare d'eau terreuse, les yeux pétillants comme s'ils préparaient une mauvaise blague. Ils tournèrent autour du véhicule enlisé, dévisageant les deux Blancs dépassés par les événements, touchant la tôle avec les mains, passant leurs têtes à l'intérieur. Un autre, plus âgé, vêtu d'un T-shirt rose et d'une casquette brune, s'approcha de l'habitacle. Il tendit la main à Tuju et la discussion s'engagea. Il offrait son aide, c'est du moins ce que Raphaël croyait comprendre. Puis il fit un signe, remonta sur l'herbe et les villageois disparurent aussi vite qu'ils étaient apparus. Tuju poussa sur l'accélérateur une dernière fois avant de couper le contact et de sortir du véhicule.

— Il y a trop d'eau. Il faut couper des arbres. C'est le seul moyen de s'en sortir. Wange va nous aider.

— Tu le connais ? demanda Raphaël.

— C'est mon cousin. Ils vont tous nous aider.

Da Costa regarda autour de lui. La végétation qui les surplombait semblait une barrière infranchissable. Un frisson courut sur ses avant-bras jusqu'à ses épaules. Il s'appuya lourdement contre l'aile du véhicule.

— Ça va ? demanda Olivier.

— Oui. Juste un étourdissement. La chaleur. Je vais remonter un moment.

La mare dans laquelle ils pataugeaient était aussi collante et lourde que de la vase. Raphaël se projeta en avant, tira un coup sec sur son bras et à force de coups de reins réussit à s'extirper de la boue, en nage, la respiration coupée. Olivier attrapa son sac et lui emboîta le pas. Il se hissa sur un petit carré d'herbes, contre un buisson d'euphorbes, et tira un paquet de cigarettes de la poche intérieure de son sac. C'était sa deuxième en trois mois et elle était délicieuse. Il ferma les yeux en avalant la fumée.

Dans la demi-obscurité, il aperçut le visage de Sarah. Une angoisse l'étreignit. Il entendait sa voix. Une petite voix reconnaissable entre mille qui lui fit l'effet d'une dague en plein cœur. Il aurait tant voulu lui parler. Maintenant. Lui dire qu'il l'aimait, plus que tout… Sa gorge s'assécha, ses yeux s'embrumèrent. Il n'allait tout de même pas risquer sa vie en pleine brousse sans avoir parlé à Sarah. Il plongea la main dans la poche arrière de son sac.

— Raphaël, mon téléphone.

Da Costa se tourna vers Olivier, hagard. On aurait dit qu'il n'entendait qu'une syllabe sur deux.

— On a dit pas de téléphone. C'est le meilleur moyen pour se faire repérer.

— Je sais. Je ne l'ai plus.

— Tu es sûr ?

— Parfaitement sûr. Il était dans mon sac et le sac était sur la banquette.

Olivier réfléchit.

— Putain, les gamins. Quand ils sont venus tourner autour de la voiture…

— Merde ! jura Raphaël en frappant le sol de son poing. S'ils l'allument, on est foutus…

Wange arriva une heure plus tard avec dix hommes armés de machettes. Ils avaient coupé des branches d'arbre qu'ils jetèrent sous les pneus de la Toyota. Tuju se mit au volant et redémarra le moteur qu'il poussa à son maximum. Les roues patinèrent, mordirent les branchages qu'elles réduisirent en miettes, puis un claquement retentit et le moteur baissa de régime.

— Merde !

Tuju poussa la portière et sortit en vociférant.

— Le moteur a lâché.

Wange et ses hommes restaient impassibles. Olivier demanda l'aide de Tuju pour traduire. Il voulait savoir si le chef avait vu son portable, mais celui-ci nia avec un soupçon de dédain. Ils étaient embourbés et ce Blanc stupide se souciait de son téléphone…

Da Costa réagit au quart de tour.

— Il faut partir à pied.

— À pied ? s'inquiéta Olivier.

— On n'a pas le choix.

Il ouvrit le coffre du véhicule et empoigna son sac. Ils étaient à quarante kilomètres de la rivière. Ce serait dur et dangereux, mais c'était leur seule option.

— Dépêche-toi. Il n'y a pas un instant à perdre.

Raphaël balança sa sacoche sur son dos et se hissa hors du trou, suivi par Martel.

— Tuju, tu viens ?

Tuju s'extirpa de la ravine par l'autre flanc.

— Je reste ici. Suivez cette piste. Elle mène à la rivière. Vous trouverez un bateau qui vous mènera vers Pweto. Vous n'avez plus besoin de moi. Partez.

— Les soldats seront ici d'un instant à l'autre, dit Olivier. Ils repéreront la voiture et ils nous chercheront. Ils t'ont peut-être repéré au Karavia. Tu es en danger ici.

— Ici, c'est chez moi. Je suis en sécurité. Et puis…

Tuju montra Wange du doigt.

— Wange et moi nous ne craignons pas les balles des Blancs.

Olivier croisa le regard d'acier de son fixeur.

— Allez-y ! répéta Tuju.

Alors les trois hommes se donnèrent l'accolade et les deux Blancs rejoignirent la piste boueuse.

— Mon colonel !

Sekuto s'était redressé en levant le bras.

— Je les ai repérés. Martel a enfin allumé son téléphone. Ils sont dans ce triangle.

Sekuto montra trois points sur la carte. Au milieu, il y avait une route et un village.

— Kasomeno, dit Lauzière. Ils ont pris la route du nord vers la Tanzanie.

Lauzière leva les yeux au ciel. Il était 5 heures de l'après-midi et il était trop tard pour partir. Alors il ordonna à ses hommes de se replier sur leur camp de base. Ils partiraient le lendemain, à l'aube… Cette foutue chasse au trésor allait enfin toucher à son terme.

## 12

Tuju et ses frères arrivèrent au village un peu avant 18 heures, au moment où la nuit étend son voile opaque sur la savane, à l'heure sombre où les hommes rentrent chez eux pour laisser la place aux animaux. Alors, il suffit de tendre l'oreille pour entendre les premiers grognements, le froissement des herbes, le craquement des branches mortes, les premiers feulements des félins dans la nuit noire. Il suffit de fermer les yeux pour imaginer les grands kudus, les antilopes des marais, les léopards, les gorilles, les chacals et les hyènes. Tout proches et pourtant invisibles, aux aguets, partis pour chasser jusqu'au petit jour.

En l'honneur de Tuju, on servit du vin de palme et un plat de chenilles séchées dans lequel les mains picoraient joyeusement comme un jour de fête. Les femmes préparèrent les feuilles de manioc. Elles ôtèrent les nervures et les grillèrent sur des plats en fer pour les sécher avant de les piler et de les tremper dans l'eau bouillante. Puis elles les parfumèrent avec des piments, de l'huile de palme et des écorces aromatiques, avant de les servir aux convives agrémentées de haricots.

Tuju n'était pas revenu au village depuis de longs mois, peut-être même plusieurs années. Les questions fusaient. La vie en ville, la bière, le foot, sans oublier les courbes légendaires des Katangaises de Lubumbashi dont on faisait des gorges chaudes jusqu'au fin fond de la forêt équatoriale et peut-être même jusqu'à Hollywood. Tuju se fendit de tous les détails que ses hôtes attendaient de lui. Et ce furent de longues histoires ponctuées de silences attentifs et d'immenses fous rires. Pendant qu'il mangeait, Wange, qui s'était assis à côté de lui, était resté plutôt taciturne. Mais à la fin du repas, alors que le mortier était presque vide et que chacun se léchait les doigts dégoulinants de sauce aux légumes, il se pencha vers Tuju.

— Qu'es-tu venu faire ici avec ces deux Blancs ?

— Ils sont pourchassés par des soldats et je les aide à fuir le pays.

— Hmm. C'est leur histoire. Pas la tienne.

— Je déteste ceux qui les chassent. Et toi aussi, Wange. Je l'ai appris par nos amis de Walikale. Ce sont des soldats blancs et ce sont eux qui ont tué Faustin Iseidi.

Wange garda le silence. Quinze ans auparavant, Tuju et lui avaient combattu avec Faustin Iseidi au sein des milices maï-maï contre les rebelles sécessionnistes du RCD de Janvier Lukango. À l'époque, ils étaient jeunes et glorieux, invincibles. De la haine coulait dans leurs veines et la magie protégeait leur âme. Le secret de leur ardeur au combat et de la terreur qu'ils inspiraient à leurs ennemis, c'était cette eau sacrée dont ils s'enduisaient le corps et qui les protégeait des balles. Même l'armée régulière les redoutait. Invincibles et totalement fous. Certaines nuits, Tuju se réveillait encore en sursaut quand ces images venaient hanter ses rêves. Il revoyait les maisons que l'on faisait sauter, les femmes violées, battues à mort, les hommes arrachés à leurs familles et frappés à coups de marteau, ce père dont on tranchait la gorge avant de l'éventrer devant ses enfants, ce fils dont on coupait les tendons avant de lui broyer la tête avec des pierres. Il revoyait la fièvre hideuse prendre possession des hommes. Il entendait les kalachnikovs claquer et répandre la mort à toute volée. Dans certains coins reculés de la forêt, à Mambasa, sur le bord des chemins, il revoyait ces têtes plantées sur des lances comme des trophées abjects. Folie. Frénésie. Elles n'avaient épargné personne. Ni lui, ni ses frères, ni les Blancs.

Ceux qui parlaient de guerres ethniques et de luttes de pouvoir ne comprenaient rien à ce qui se passait vraiment sur ces terres. La folie était la seule responsable, la folie des hommes qui s'était emparée du pays depuis la mort de Mobutu. Pluie d'obus, amas de cadavres. Folie du diamant. Esclavage, maladies incurables. Folie du tantale et de l'uranium. Folie de l'or, du cuivre, du cobalt. Le Congo était maudit par les trésors de ses entrailles, un cancer qui prospérait dans son ventre et qui rendait les hommes fous à lier, violeurs, assassins, qui de son voisin, qui de sa sœur, qui de son frère. Faustin Iseidi, Wange, Tuju Kolonga. Tous, sans exception, avaient succombé à cette folie.

Le feu crépitait. Wange croqua dans la pulpe d'une mangue dont le jus épais et sucré coula sur son menton. Aminata, une adolescente aux yeux verts, lança plusieurs œillades à Tuju qui resta de marbre. Ce soir, l'abstinence était de rigueur. Les Blancs avaient tué Iseidi. Ce vendu qui était aussi un camarade et un Congolais. Un Congolais massacré par les Blancs. Du plus profond de leur être, une onde brûlante, une blessure profonde venait de se réveiller, celle qu'ils portaient dans leur chair depuis plusieurs générations et qui n'attendait qu'une étincelle pour s'enflammer : l'histoire des *mundele* et des *ndombe*.

Dès les premiers rayons du soleil, Wange emmena le féticheur, Tuju et six hommes, près du ruisseau. Ils se dévêtirent entièrement pendant que le sorcier chantait à voix basse en se balançant d'un pied sur l'autre. Il leur versa de l'eau sur le corps en récitant ses litanies et en les fouettant avec des brins d'acacia. Puis il prit son poignard et leur fit à chacun trois encoches au milieu du front. Le sang perla. Il plongea le doigt dans un sac empli d'une poudre grise qu'il appliqua sur leurs blessures. Puis, sans cesser de chanter, il leur donna un collier qui les protégerait pendant le combat. À la fin de la cérémonie, ils enfilèrent leur pantalon et le chef Wange leur distribua un cône épais comme deux doigts sur lequel ils tirèrent sans relâche jusqu'à ce que leurs yeux virent au rouge sang. Alors, ils s'armèrent de leurs machettes et de leurs lances et se dirigèrent vers la route de Kasomeno.

## 13

À travers les hublots de l'Agusta, Lauzière ne put refréner une pensée pour l'*Indian Pearl*. La houle tiède sur l'étrave, l'odeur du sel, le souffle du vent dans ses cheveux au petit matin lorsqu'il poussait ses moteurs sur la mer d'huile. À côté de lui, Marjan était collé à la carlingue, impassible, tandis que Sekuto, les paupières closes, gardait les deux mains fermement agrippées à son fusil-mitrailleur. Leurs muscles et leur mental étaient parfaitement synchronisés. Ils respiraient lentement, préparant leurs corps à l'effort. Leur horloge interne était entrée en résonance avec la vibration des pales du rotor. Mad Joe, casque sur les oreilles et lunettes de soleil, pilotait l'Agusta d'un seul doigt. Au sol, la route goudronnée disparut soudain. John tira légèrement sur le manche et l'hélicoptère s'inclina de quelques degrés à tribord. Direction Kasomeno.

Wange et ses hommes atteignirent la piste au lever du soleil. Pendant tout le chemin, ils n'avaient cessé de tirer sur cet énorme cône de chanvre se consumant en une épaisse fumée jaune et âcre. Ils marchaient en file indienne, prêts à arracher les toits des montagnes et à trucider leurs ennemis. L'herbe drue sous les pieds de Tuju lui faisait l'effet d'un tapis de laine et les griffures des ronces n'étaient que de douces caresses sur sa peau. Il se sentait fort, agile, taillé pour le combat. Les buissons s'écartaient sur son passage. La savane s'aplatissait devant lui. Il entendait tout, voyait partout, se sentait invincible.

Ils arrivèrent bientôt à l'endroit où ils avaient abandonné la Toyota. Elle était plantée dans le sol, toute de guingois. Wange donna un ordre bref et ferma les yeux, à l'affût du moindre bourdonnement suspect. C'était l'heure silencieuse où les bêtes sont déjà de retour dans leur tanière tandis que les hommes ne sont pas encore sortis de la leur. Il resta ainsi un long moment à écouter le vent puis donna ordre à ses hommes de se disperser.

L'Agusta pénétra bientôt à l'intérieur de la zone de recherche, un cercle d'une centaine de kilomètres de diamètre que Sekuto avait dessiné sur la carte autour de Kasomeno. Selon lui, le téléphone de Martel se trouvait à l'intérieur. Il n'avait pas bougé de cette zone pendant plus de six heures, après quoi il avait perdu le contact. Qu'ils aient essuyé un problème technique ou qu'ils aient résolu de se terrer en attendant que les choses se tassent, le résultat était le même. Martel et Da Costa se trouvaient quelque part dans ce cercle et la mission des mercenaires consistait maintenant à le passer au peigne fin pour les débusquer. Ils commencèrent par la route. Avec un peu de chance, ils tomberaient sur leur bagnole embourbée ou en panne sèche et ils les fumeraient avant le coucher du soleil.

Tandis que Mad Joe, dans un état second, remontait la piste à deux cent trente kilomètres-heure, Tuju, tapi dans un buisson de colocases, avait la tête qui résonnait comme une calebasse. Soudain, à travers l'épaisseur de ouate qui l'enveloppait, un souffle haletant parvint à ses oreilles. Quelque chose comme une gigantesque faux tournoyant sur elle-même. Le bruit s'amplifia jusqu'à devenir assourdissant.

— C'est bien leur véhicule, fit Mad Joe en faisant de grands signes de la main au colonel.

— Approche autant que tu peux.

Dans la carlingue, mitraillette à l'épaule, Sekuto et Marjan étaient prêts à sauter.

— Je ne peux pas me poser. Il y a trop d'arbres.

L'Agusta descendit lentement vers la Toyota. Les portes s'ouvrirent et Marjan et Sekuto s'élancèrent sur le toit de la voiture avant de bondir chacun de son côté pour se mettre à couvert. L'hélicoptère reprit un peu d'altitude et Mad Joe se replia vers une clairière à proximité.

Wange était en transe. Les deux mercenaires en armes avaient débarqué à quelques mètres de sa cachette. Il fit signe à deux de ses combattants de se tenir prêts. De l'autre côté, Tuju se protégeait les yeux. L'hélico passa au-dessus de leurs têtes. Un vent terrible souffla dans les branches des arbres et la terre se mit à trembler. Tuju entendit le petit cri aigu qui signalait le début de l'attaque et s'avança vers la clairière.

— Le véhicule est vide, cria Marjan dans sa radio. Nous remontons.

— Soyez prudents, dit Lauzière. On n'y voit rien avec toutes ces herbes.

Marjan fit un signe à Sekuto et ils se hissèrent tous deux hors de la ravine de glaise, arme à la main et cran de sécurité abaissé.

Le boucan du rotor déclina. À son tour, Lauzière sauta à terre, roula dans les herbes et se cala contre un jeune manguier, fusil serré contre sa poitrine. Une décharge d'adrénaline lui monta au cerveau. Quelque chose ne tournait pas rond. Derrière le bruit déclinant du moteur régnait un silence de mort. Il l'avait tout de suite perçu et ce n'était pas bon signe.

Dans le cockpit, Mad Joe décrocha sa ceinture, posa son casque sur le fauteuil du copilote et se retourna pour empoigner son fusil MAS avant de sortir de l'appareil, quand soudain, en posant la main sur son arme, il éprouva un haut-le-cœur suivi d'une douleur aiguë au niveau des poumons. Instantanément, ses mains et ses pieds devinrent glacés et il entendit des rafales de mitraillette claquer autour de lui.

Lauzière avait bondi de sa cachette et arrosait un grand corps noir maculé de sang écrasé contre le cockpit comme un moustique géant. La vue de Mad Joe devint trouble. Le colonel s'agitait devant lui, hurlait, mais John n'entendait rien. Il baissa les yeux. Une lance lui avait percé l'abdomen et le clouait à son siège. Joe était livide. En quelques secondes, il réalisa qu'il allait crever de la manière la plus stupide qui soit, épinglé à son siège comme un insecte sur une plaque d'émalène.

Tuju, toujours caché, la main sur sa machette, avait vu toute la scène. Ses compagnons avaient jailli des herbes en hurlant avant de tomber plusieurs mètres plus loin, cisaillés en plein vol par des rafales de balles. Leurs deux corps morts enchevêtrés sur le sol, même s'ils avaient eu le temps de tuer le pilote, sonnaient comme un sévère avertissement. Ce Blanc savait se battre et Tuju allait devoir redoubler d'attention pour ne pas subir le même sort que ses camarades. Il sentait l'épaisseur de la terre sous ses pieds et faisait tourner le manche de sa machette entre ses doigts tandis qu'à quelques pas, Lauzière, souple comme un félin, les bras cramponnés à son arme, passait chaque buisson, chaque touffe d'herbe au crible de ses yeux d'acier.

Dès les premiers coups de feu, Marjan et Sekuto s'étaient jetés à plat ventre, braquant leurs armes automatiques droit devant. Soudain, les herbes hautes frissonnèrent. Sekuto tourna sur lui-même, lâcha une rafale puis une autre. Le bruit semblait venir de toutes parts. Il se retourna et vit un homme foncer sur lui à la vitesse d'un zèbre. Il se coucha sur le côté et mitrailla en diagonale. L'homme s'effondra tout près, le visage projeté contre le sol.

Le froissement reprit par l'arrière. Sekuto roula dans l'autre sens, tira à l'aveugle. Puis il entendit Marjan hurler et tirer des salves à son tour. Le Bosniaque s'était dressé au-dessus des herbes. On aurait dit qu'il était assailli par un bataillon. Il tirait sans discontinuer. Sekuto rampa à toute allure dans sa direction. Il y avait des cris, des coups et un torrent de munitions qui jaillissait de son canon. Il écarta une touffe de fougères et découvrit enfin Marjan, à genoux, ses yeux bleus figés dans le vide, le cou sectionné au niveau de l'aorte. Des litres de sang noir s'échappaient de sa gorge. À ses pieds, deux combattants torse nu, coiffés de branches d'acacia, gisaient de tout leur long, criblés de balles.

Sekuto informa immédiatement Lauzière. Mad Joe. Marjan. Ils étaient tombés dans une putain d'embuscade. Des Maï-Maï, les pires de tous. Si Sekuto tenait bon, ils arriveraient peut-être à s'en sortir. Mais la partie devenait très serrée.

— Sekuto, rejoins-moi à la clairière.

Lauzière avançait en écartant les herbes avec le canon de son fusil. Il passa à un mètre de Tuju, collé au sol, immobile comme un bois mort. Sekuto aussi avançait, courbé en deux comme un paysan des rizières. La clairière se trouvait à une centaine de mètres. Il louvoya à travers les herbes, souple comme un animal, prenant garde à l'endroit où il mettait les pieds. Soudain, il entendit un sifflement et eut le réflexe de s'arrêter net. Une lance fendit l'air devant lui. Il se retourna et leva son arme, mais Wange, aussi rapide qu'un guépard, avait déjà fondu sur lui, une machette à la main. Sekuto vida son chargeur en zigzag avant de s'écrouler, la lame d'acier coupante comme un rasoir plantée dans son os pariétal.

— Sekuto ! hurla Lauzière dans son micro.

Mais Sekuto ne répondrait plus jamais aux ordres.

Alors le colonel sut que l'instant de vérité était venu. Il arrosa les buissons à l'aveugle tout autour de lui. Mais Tuju s'était éloigné de sa cachette pour s'approcher de l'hélico qu'il avait contourné par l'arrière. Il se hissa dans le cockpit, glissa la main à l'intérieur et attrapa le fusil MAS de Mad Joe. Puis il cria à l'intention du colonel :

— Par ici !

Cinq secondes plus tard, Lauzière surgissait des broussailles, écarlate, ivre de rage et de honte d'avoir mené ses hommes au massacre, exsudant une haine infinie contre ceux qui lui avaient tendu ce piège.

Il s'avança à découvert. Caché derrière le fuselage de l'Agusta, Tuju attendit encore quelques secondes avant de pousser de toutes ses forces sur ses jambes pour se déporter sur le côté. Une détente digne des plus beaux plongeons de Ley Matampi, le gardien du TP Mazembe. Le colonel pointa son arme dans sa direction, mais avant d'avoir tiré sa première balle, il reçut une salve en plein ventre.

## 14

Ils marchèrent toute la journée sous un soleil de plomb à l'affût du moindre bruit suspect, s'arrêtant régulièrement pour souffler et reprendre des forces, et ce n'est qu'un peu avant la tombée de la nuit qu'ils atteignirent le village de Kaluba, quelques baraques de pêcheurs sous le soleil déclinant, des enfants à la peau d'ébène se baignant en riant dans l'eau claire entre d'énormes rochers gris aux formes arrondies et de longues barques amarrées sur la plage, dont certaines portaient des tauds de toile rouge.

Ils dormirent sur place et le lendemain, à l'heure où le ciel est rose et la savane immobile, moyennant cinquante dollars, un pêcheur les emmena le long de la rivière en direction du lac Mweru.

La pirogue à moteur fendait l'eau claire dans un ronronnement presque inaudible. Olivier, tourné vers le lever de soleil, songeait à la dernière poignée de main qu'il avait échangée avec Tuju. Il s'en voulait de l'avoir entraîné avec eux, comme il s'en voulait de s'être lui-même engagé dans cette fuite absurde. Peu après leur départ, il plongea les mains au fond de sa poche intérieure. Si ça n'avait tenu qu'à lui, il aurait volontiers jeté cette clé dans l'eau, qu'on n'en parle plus. Les crimes de Carmin et de la République ensevelis dans un sarcophage de vase au fond d'une rivière tout près de l'équateur. S'il avait pu, il aurait jeté avec elle toutes les impostures et les manipulations de Kisanga, tous les fauxsemblants et les jeux de dupes qui poussaient les joueurs à marquer contre leur camp. Tout balancer et rendre leur fuite absurde pour de bon : seul le souvenir de Kessler l'arrêtait.

Du bout des doigts, Raphaël caressait l'eau tiède dans le matin frais. Sans échanger un mot avec Olivier, il était assailli des mêmes doutes. Tous ces risques pour cette affaire dont peut-être plus personne ne se soucierait. Toutes ces années passées à courir après une chimère. Les premiers rayons de soleil caressèrent la cime des arbres et Olivier brisa le silence qu'ils observaient depuis leur départ de Kaluba.

— Tu crois que les soldats ne nous ont pas repérés ?

Raphaël n'en avait aucune idée.

— Ils ont dû se tromper de route. Suivre celle du sud ou bien celle de l'ouest. C'est un coup de chance mais nous sommes sains et saufs. Pour l'instant.

Les deux hommes s'accrochèrent à cette pensée apaisante comme à une branche au-dessus du vide. Leur évasion par ce petit bras de rivière relevait tout simplement du miracle, et même si ni l'un ni l'autre ne croyaient aux miracles, ils savaient secrètement que quelqu'un, quelque part, avait dû en payer le prix.

## 15

Mercredi 28 septembre. 9 h 08.

Olivier s'était abandonné dans un sommeil profond quand la voix suave du chef de cabine résonna dans les haut-parleurs. « Mesdames, messieurs, nous avons commencé notre descente vers l'aéroport Charles-de-Gaulle. Merci de bien vouloir regagner votre place. » Il regarda par le hublot. Ils naviguaient au-dessus d'une mer de nuages et assez étrangement, il n'en éprouvait aucune inquiétude. Dix jours qu'il n'avait parlé ni à sa femme ni à sa fille. Dix jours invraisemblables qui semblaient une éternité. Et elles ? Quelles histoires leur avait-on raconté en son absence ? Que s'étaient-elles imaginé ? Dans un peu moins d'une heure, il les appellerait pour leur dire qu'il était vivant et de retour à Paris, et c'était tout ce qui importait.

Six rangs derrière lui, une petite dame un peu boulotte aux cheveux blancs adressa à son voisin un sourire gêné alors qu'elle tentait de récupérer la boucle de sa ceinture de sécurité. Da Costa se souleva et releva sa tablette. Pour la première fois depuis quatre jours, il commençait à croire sincèrement qu'ils allaient s'en sortir. L'angoisse qui l'avait tenu serré comme dans une gangue se disloqua. À la place, il sentit la haine l'assaillir. Contre la totale impunité dont avaient joui ceux qui les avaient pourchassés, contre les moyens colossaux dont ils avaient sans aucun doute disposé. Car il savait. Derrière les officines et les intermédiaires opaques, il y avait un sous-secrétariat, un ministère, l'État français, une cohorte de fonctionnaires confortablement installés dans leur bon droit qui faisaient des calculs savants pour sauvegarder les intérêts du pays. Et cette fois-ci, au bout de leur équation, Martel et Da Costa s'étaient fait biffer d'un coup de crayon.

Sa vraie bonne intuition, c'était d'avoir signé un paquet de fausses notes de frais pendant deux mois. Il avait ainsi amassé un petit pactole de neuf mille dollars en cash qu'il avait planqué au fond de son sac. Ce n'était pas du vol mais une marge de liberté. En Afrique comme ailleurs, le double fond garni d'une valise peut sortir son propriétaire de bien des ennuis.

À Pweto, après la descente de la rivière Luapula et la traversée du lac Mweru, ils avaient déniché un pilote et un vieux monomoteur qui les avait conduits jusqu'à Goma contre mille dollars. De là, ils devaient prendre un avion pour le Kenya, mais comme les services français avaient certainement donné leur signalement à la police congolaise et que leur portrait se trouvait probablement affiché dans toutes les guérites des polices de l'air de l'est de la RDC avec la mention « terroristes », ils avaient décidé de passer à la congolaise. Moyennant cinq mille dollars payés cash au chef du bureau de la police, ils avaient obtenu de faux passeports et le droit d'embarquer dans le premier avion pour Nairobi.

Les roues de l'Airbus A300 touchèrent enfin le tarmac de l'aéroport Charles-de-Gaulle. Dans une demi-heure, ils poseraient le pied sur la terre de la République où la vie d'un journaliste valait encore un peu plus qu'une poignée de billets. Raphaël ferma les yeux. L'hôtesse en tailleur gris passa à côté de lui dans un froissement d'air, lui demandant poliment si tout allait bien. Il aurait voulu la prendre dans ses bras et la serrer contre lui. Mais il se borna à hocher la tête et à lui retourner son sourire.

Sur le tapis roulant menant au terminal 1, une famille de touristes salivait devant les affiches lumineuses de l'Arc de triomphe, magnifique sous le soleil, de la place Vendôme au petit matin et des chevaux de Marly étincelants dans les jardins du château de Versailles. Raphaël détourna les yeux. Trente mètres devant lui, Olivier se tenait à la rampe, immobile. Ils s'étaient enregistrés à un quart d'heure d'écart au départ de Nairobi et n'avaient depuis échangé aucun regard ni aucune parole. Raphaël avait demandé à Olivier de garder la clé sur lui et ils s'étaient donné rendez-vous à la station RER de la gare du Nord.

Ils progressèrent lentement vers le contrôle des passeports. Il y avait du monde, ce qui était surprenant pour une fin de mois de septembre, mais il paraît que les touristes prennent leurs vacances à n'importe quelle saison de nos jours. Discrètement, Raphaël ne quittait pas Olivier des yeux. Quand ce fut le tour de Martel d'être appelé au guichet, il retint son souffle. L'ingénieur tendit son passeport à l'officier de police qui prit un moment pour le regarder.

Dans l'autre file, ça débitait. Un homme arrivé après lui venait de reprendre ses papiers et se dirigeait vers la sortie. Olivier, lui, était toujours retenu au guichet. Crispé. On lui posa une question. Il s'approcha de la vitre. L'officier lui tendit son passeport du bout des doigts, avec cet air d'instituteur à qui on ne la fait plus. Raphaël respira enfin. Olivier se dirigea vers le contrôle des bagages et disparut. À présent, si tout se passait bien, ils ne se reverraient qu'à la gare du Nord.

Raphaël passa le contrôle sans encombre et se dirigea lui aussi vers la sortie. Aucune trace d'Olivier. Dieu soit loué. Il allongea le pas vers le portillon quand une main puissante se posa sur son épaule. Chemise bleu marine, écusson cousu sur la poitrine. L'officier des douanes l'entraîna dans une petite pièce carrelée éclairée au néon où deux fonctionnaires s'escrimaient sur la valise d'un homme d'affaires moyen-oriental qui regardait ses slips et ses chaussettes jaillir au grand jour avec résignation. Assis sur un des sièges contre le mur, Olivier s'appliquait à ne pas croiser le regard de Raphaël. Un grand type entra dans la pièce. Un flic, impossible de se tromper.

— Monsieur Da Costa ? Monsieur Martel ?

L'homme était renseigné. Inutile de perdre son temps à finasser.

— Nous sommes à la recherche d'un document dont vous pourriez être porteurs. Avez-vous une idée de ce à quoi je fais référence ?

Ils nièrent et le flic ne s'embarrassa d'aucune autre question inutile. Il fit un signe de la main et quatre gardiens de la paix encerclèrent Olivier, le firent se lever, le fouillèrent et placèrent sur la table tout ce qu'il portait sur lui. Téléphone, portefeuille, faux passeport, monnaie, clé USB. Le flic saisit la clé et lut l'inscription marquée sur la tranche que ni Raphaël ni Olivier n'avaient réussi à effacer. Sans un mot, il donna la clé à un des flics en tenue.

Raphaël voulut se lever mais deux policiers s'interposèrent immédiatement.

— Vous n'avez pas le droit ! Ceci est la preuve d'un scandale d'État. Vous êtes au service de la République, vous ne pouvez faire obstruction à la justice.

— Je sais pour qui je travaille, rétorqua le flic. Et ce n'est pas pour vous, alors je vous prie de me parler sur un autre ton.

Dans la salle attenante, un jeune officier s'escrimait sur un ordinateur portable dans lequel il avait introduit la clé.

— C'est un fichier crypté, dit-il en levant les yeux vers son supérieur.

— Ça pose problème ?

— Non, c'est un cryptage basique.

Le jeune flic se mit à la tâche et deux minutes plus tard, il parvint à extraire le fichier crypté, un fichier vidéo.

— Mon commandant, si vous voulez vous donner la peine.

Le grand passa derrière le dos de son collègue et les deux hommes contemplèrent avec une certaine perplexité cette jeune femme asiatique aux cheveux noirs en pleine activité de fellation sur le pénis imberbe d'un quadra bedonnant au bord de l'apoplexie.

— Qu'est-ce que c'est ? demanda le grand flic.

— Un film de cul, mon commandant. En HD.

— C'est tout ?

Le jeune flic fit défiler le curseur sur les 1 h 32 que comptait la vidéo. Diagnostic sans appel. C'était bien une heure et demie de pur film de boules coréen.

— Il n'y a pas autre chose ? Un fichier caché ?

Le jeune homme cliqua sur différents onglets de son logiciel, comme pour appuyer ses dires auprès de son supérieur. Mais à part le fichier intitulé sobrement « vidéo », la fenêtre était désespérément vide.

— Il n'y a qu'une vidéo sur cette clé mon commandant. Rien d'autre.

## 16

À leur sortie de l'aéroport, Olivier tira la clé USB de sa poche, la regarda avec dégoût une dernière fois avant de la jeter dans une poubelle. Raphaël se précipita dans un kiosque à journaux dont il sortit avec le dernier numéro de *Jeune Afrique* à la main. Il tourna les pages fébrilement jusqu'à un article intitulé : « Le grand retour de la Chine en RDC ». La preuve était là. Shanxi les avait manipulés. Ils n'arrivaient pas encore à replacer toutes les pièces du puzzle, mais une chose était sûre, Olivier n'avait jamais volé aucune clé USB. C'est Shanxi qui avait placé cette fausse clé entre ses mains. Le Singe leur avait joué un monumental tour de passe-passe. En quelques minutes, grâce à une caméra bien placée, le grand voleur était devenu grand volé. Puis il s'était drapé dans son honneur bafoué et avait éjecté son partenaire français sans tirer un seul coup de feu. Du grand art exécuté par de grands artistes.

Olivier songea avec amertume à quel point il s'était trompé sur Mo Zeqiang. Combien son jeu avait été habile de se faire passer pour un idiot pour mieux l'espionner sans être inquiété. Il repensait au rapport Telson avec une pointe dans le ventre. Quel imbécile il avait été ! Raphaël et Olivier se séparèrent à la gare du Nord et promirent de se tenir au courant si des faits nouveaux surgissaient dans les jours à venir. Puis Olivier reprit le train, en direction de Sceaux.

En remontant la rue Achille-Garnon, il sentit son cœur se serrer. On était mercredi midi et la petite ville de banlieue était calme et déserte. Il était parti depuis quelques semaines et pourtant, il avait l'impression de revenir après des années d'absence. Le soleil était dru. Les ombres des saules pleureurs et des marronniers dépassant des jardins dessinaient des taches sombres sur les trottoirs. Bientôt, il aperçut la maison verte. C'est ainsi que Sarah l'appelait à cause de son portail couleur menthe. À cette heure, elle devait être rentrée de l'école. Il sonna à la porte, la gorge nouée. Quelques secondes plus tard, la petite voix résonna sur le perron.

— Maman, il y a quelqu'un.

Olivier sentit une grosse boule gonfler entre ses poumons.

— C'est qui ? demanda Sarah.

Il ne parvint pas à répondre. Aucun son ne sortait de sa bouche. Sarah s'approcha avec précaution. Olivier la regardait à travers le jour entre les deux vantaux, les yeux baignés de larmes.

— Sarah, c'est papa, murmura-t-il en y mettant toutes ses forces.

Olivier sentit son cœur taper dans sa poitrine. Isabelle s'approcha à son tour. La clé pénétra dans la serrure. Elle ouvrit grand le portail et Sarah se précipita au cou de son père. Isabelle eut un mouvement de recul. Olivier serra sa fille dans ses bras, la couvrant de baisers et répétant inlassablement : « Sarah, ma chérie, mon amour, ma vie. » Isabelle était figée, la mâchoire soudée, les membres tétanisés. Elle lâcha sa clé sur le sol, sa vue se troubla, ses jambes devinrent lourdes. Olivier lâcha sa fille pour embrasser sa femme. Il sentit son corps fléchir et s'affaisser dans ses bras. Puis elle fondit en larmes. Ils restèrent ainsi de longues minutes tous les trois, serrés comme des animaux après l'orage.

Le lendemain, ils accompagnèrent Sarah à l'école et sur le chemin du retour, Isabelle expliqua à Olivier qu'elle avait reçu la visite d'un certain général Delmas. Il lui avait appris qu'ils étaient sans nouvelles de son mari depuis plusieurs jours et qu'ils craignaient qu'il ne se soit fait kidnapper par des terroristes. Selon lui, cette partie du pays était infestée de milices en tout genre, hostiles à tout ce qui ressemblait à un Occidental et capables de tout pour obtenir une rançon. Elle tendit une carte de visite à Olivier.

— Il me l'a donnée au cas où tu entrerais en contact avec moi. Il m'a dit que ces terroristes étaient prêts à tout et que si tu appelais, tu ne serais sans doute pas libre de tes paroles.

Isabelle prit son mari par le bras et ils avancèrent ainsi sur le trottoir sans parler durant plusieurs minutes. Puis Olivier se tourna vers sa femme. Le temps était venu de le lui avouer.

— Je voulais te dire. Je n'ai jamais cru à ton histoire de copine qui s'est fait plaquer ni à cette histoire de travaux de peinture, le soir après dîner.

Isabelle rougit. Ses lèvres se mirent à trembler.

— C'était pas une mauvaise histoire, cela dit.

Isabelle hocha la tête en partant d'un rire nerveux. Puis elle s'effondra en larmes dans les bras d'Olivier. Lui aussi avait le cœur gros, mais il sentait qu'un poids énorme était en train de tomber de ses épaules. Il prit un mouchoir et essuya les yeux de sa femme.

— Comment s'appelle-t-il ?

— Jean.

— Ça fait combien de temps ?

— Six mois, dit Isabelle d'une voix presque aphone.

— C'est sérieux ?

Isabelle hocha la tête. Alors Olivier déposa un baiser sur sa tempe et lui passa le bras autour des épaules. Puis ils remontèrent lentement les rues désertes de leur quartier, caressant les saules, humant le parfum des chèvrefeuilles, profitant comme ils pouvaient des dernières douceurs de l'été.

## 17

À peine sorti du métro de la Motte-Picquet, Raphaël s'engouffra dans le premier magasin de fringues venu et acheta un sweat à capuche, un jean baggy et des baskets montantes. Puis il rentra chez lui, rue du Commerce. Au numéro 32, il poussa la lourde porte cochère et sonna à la loge de Mme Dominguez, une petite femme d'un mètre cinquante au teint mat et aux yeux en amande, affublée de son inoxydable T-shirt à manches longues et de son legging en coton noir.

— Bonjour, Raphaël. Comment ça va ?

Raphaël avait l'habitude de s'absenter durant de longues périodes pour son travail et Mme Dominguez ne fut nullement surprise de le voir débarquer à l'improviste après trois mois. De tous les copropriétaires de l'immeuble, Da Costa était son préféré. D'abord, il était portugais comme elle, de Faro dans le sud du pays. Et puis il était tellement gentil. Chaque été, après le voyage au pays natal auquel elle n'avait dérogé que deux fois en trente ans, une fois à cause de sa première grossesse et l'autre à cause de la vésicule de son mari, elle se délectait à décrire à Raphaël le détail des étapes de l'édition de l'année. Il l'écoutait toujours avec bienveillance, sans l'interrompre, posant même quelques questions qui avaient pour effet de la relancer dans de longues digressions. En retour, la concierge ne rechignait à aucun petit service pour son copropriétaire du quatrième.

— Très bien et vous ?

— On fait aller. Fini les vacances, pas vrai ? Vous savez que cette année, on a fait toute la côte jusqu'à Porto. On est arrivés par Séville…

— Madame Dominguez, je suis sûr que c'était fantastique et je compte sur vous pour tout me raconter en détail. Mais aujourd'hui, je n'ai vraiment pas le temps, je suis très pressé…

— Oh, bien sûr, Raphaël, bien sûr, dit-elle en levant les bras au ciel. On en reparlera une autre fois. J'ai pris des photos… Je vous les montrerai.

— J'y compte bien, dit-il en appuyant sur le bouton d'appel de l'ascenseur.

— Il est bloqué au troisième. Otis vient après-demain. Attendez…

Elle s'absenta quelques instants dans sa loge et revint les bras pleins de paperasse.

— Votre courrier. Attention. C'est lourd.

— Merci beaucoup. Dites-moi, vous n'avez pas vu quelqu'un qui me cherchait, récemment ?

— Eh bien… non, dit-elle en roulant des yeux. Vous attendiez quelqu'un ?

— Pas spécialement. Mais vous savez, nous autres journalistes, on rencontre toutes sortes de gens…

— Je veux bien le croire. Mais moi, je n'ai rien vu. Sauf le livreur hier après-midi.

— Quel livreur ?

— Pour le paquet, là. Il est au-dessus de la pile.

— Merci, fit Raphaël. Merci infiniment.

Le retour dans son appartement après une longue absence était toujours un moment étrange, amalgame de volupté et de lassitude. Ses gestes étaient toujours à peu près les mêmes. D'abord, ouvrir les fenêtres, car ça puait le renfermé. Ensuite, ouvrir la porte du frigo et faire la moue en découvrant les légumes couverts de poils verts ou la boîte de pâté avarié. Il posa la pile de courrier qu'il tenait sous le bras sur la table du salon, saisit le colis DHL et se dirigea vers la cuisine. Une chance, il avait laissé le frigo allumé. Il attrapa une bière fraîche, la décapsula et se mit à retourner le colis. Il était de la taille d'un grand livre et solidement sanglé. Il le soupesa, le secoua. Il n'y avait pas d'expéditeur. Il ouvrit le tiroir sous le plan de travail, sortit un couteau de cuisine et fit sauter le feuillard en polypropylène. À l'intérieur il y avait un second paquet, emballé dans du papier kraft et en haut à droite de l'enveloppe était imprimé un logo noir, un S incrusté dans une montagne. Le logo de Shanxi.

Il introduisit délicatement la lame du couteau sous le papier kraft qu'il découpa sur toute la longueur avant de le retirer entièrement. C'était une boîte en carton de la taille d'un bloc de feuilles A3, abîmée et tachée à plusieurs endroits. Raphaël souleva le couvercle et découvrit une pile de photos en noir et blanc sur papier glacé. Les tirages étaient racornis sur les bords et quelques-uns avaient jauni, mais à cela près, ils étaient plutôt de bonne qualité. Sur le côté, une enveloppe contenait des négatifs. Raphaël prit le premier cliché, l'examina, le posa délicatement sur la table avant d'en prendre un deuxième, puis un troisième… Au fur et à mesure qu'il regardait ces images, ses jambes devinrent molles comme de la guimauve.

Il avala une grande gorgée de bière avant de saisir une chaise par le dossier. Voir ainsi étalées devant lui comme un livre ouvert sur la table de son salon les preuves qu'il traquait depuis des semaines lui procura une immense fatigue suivie d'une angoisse et il se mit à accélérer le mouvement sans même prendre le temps de regarder les derniers clichés. À toute allure, il rangea les photos dans la boîte. Son cœur battait à tout rompre. Sur un point, il ne s'était jamais trompé : ce n'était pas un dossier comme les autres. Il se leva et chercha un endroit pour cacher la boîte en carton, ouvrit la porte d'un meuble avant de la refermer, plaça la boîte en haut de sa bibliothèque avant de l'en retirer. Antioche était une bombe.

On sonna à la porte. Raphaël sursauta. Sa respiration se bloqua. Il se dirigea vers sa chambre, fébrile. Il devait planquer cette putain de boîte. On sonna de nouveau. Il se cogna aux portes. En désespoir de cause, il jeta le carton dans son placard comme une vulgaire chemise et revint dans l'entrée en tremblant.

— Monsieur Raphaël !

Il se liquéfia en ouvrant la porte.

— C'est vous, madame Dominguez ?

— Qu'est-ce qui vous arrive, mon garçon ? dit la petite femme cachée derrière une plante verte.

— Vous m'avez fait peur ! répondit Raphaël, appuyé contre le chambranle.

— Eh bien, dites donc, il va falloir vous reposer un peu, dit la concierge en poussant la porte pour donner la plante à son propriétaire. Vous avez vraiment une sale tête. Je ne sais pas ce que vous avez mangé pendant tout ce temps. Tenez, je l'avais oubliée…

— Vous n'auriez pas dû. J'aurais pu la monter moi-même.

— Ça me fait de l'exercice. C'est bon pour la forme. Je vous l'ai arrosée. Heureusement, parce qu'il a fait une de ces chaleurs ici…

— Merci, dit Raphaël en tenant la porte. Merci beaucoup.

La petite femme fit un signe de la main avant de reprendre l'escalier. Raphaël posa la plante au milieu du salon avant de se précipiter vers le placard et de revenir sur le palier.

— Madame Dominguez ! Madame Dominguez !

— Oui, fit la voix chantante.

— Attendez ! Une seconde. S'il vous plaît.

La concierge remonta trois marches. Il lui tendit la boîte en carton.

— Pouvez-vous la garder quelques jours ? C'est très important. Ne la montrez à personne, sous aucun prétexte. Chez moi, j'ai peur des mauvaises surprises.

— Pas de problème, mon garçon. Si on peut se rendre service…

Elle tourna les talons et redescendit tranquillement.

Raphaël referma la porte derrière lui et se dirigea de nouveau vers la cuisine où il attrapa une seconde bière. Cette fois-ci, il prit le temps de se délecter du pétillement de la mousse fraîche dans sa gorge et soupira de bonheur en reposant la bouteille sur la table. Le compte à rebours était enclenché. Il devait appeler Dorget. Il chercha son téléphone.

Arrivée au premier étage, Mme Dominguez cessa de chanter. Trois types en blouson de cuir et cheveux très courts montaient l'escalier quatre à quatre. Elle s'agrippa à son colis. Le premier d'entre eux lui adressa un sourire forcé, sans lui adresser la parole. Le second passa devant elle en provoquant des remous dans l'air tellement il était épais. Les trois types se retrouvèrent au quatrième le temps de le dire. Ils ne lui disaient rien qui vaille. Apeurée, la concierge descendit se terrer dans sa loge.

— Allô, Philippe ?

C'est tout ce que Raphaël eut le temps de dire avant que sa porte n'explose et qu'il se retrouve plaqué au sol, le nez écrasé contre les lattes de son parquet.

## 18

Ce matin-là, il faisait enfin frais sur les bords de la Tamise. Edwin Prescott prit le tube jusqu'à Liverpool Street et descendit Old Broad Street en se tenant les bras. Les trottoirs luisaient dans la lueur pâle du matin et pour la première fois depuis des mois, de petits nuages de vapeur réapparaissaient au bord des lèvres des passants. Il s'arrêta trois secondes chez Presto's pour un cappuccino avant de repartir d'un pas pressé. À 7 h 35, il entra dans le hall de la Heron Tower, attrapa un exemplaire du *Financial Times*, fila aux ascenseurs, parcourut les titres alors que la machine silencieuse le propulsait dans les airs. À la page 12, un entrefilet lui glaça le sang. Au trente-deuxième étage, il se précipita hors de la cabine comme une furie et se rua dans son bureau sans prendre la peine de saluer Jenny, son assistante.

Il démarra son ordinateur, des fourmis dans les doigts. Comment se faisait-il que le FT ait eu cette info ? Il relut l'article. Il n'en revenait pas. Il était investisseur, il était censé avoir droit à la primeur de ce genre de nouvelles. Il se connecta à MetaStock et cliqua sur le cours de Carmin. L'écran noir ressemblait à celui d'un oscilloscope. Au milieu, une petite ligne brisée bleue fluctuait comme un canot sur la mer démontée.

Edwin sentit ses poils se hérisser sur son bras. *Holy God*. Carmin avait effectué un reflux de 5 % la veille dans l'après-midi. 5 %, ce n'était pas alarmant en soi, ça pouvait être n'importe quoi. Mais il devait vérifier. Il cliqua sur le cours, examina les transactions. *Shit*. C'est exactement ce qu'il redoutait. Il n'y avait eu que très peu de transactions la veille. Et la baisse était le produit de quelques grosses ventes. Il comprit immédiatement. Quelques personnes étaient au courant. Le titre menaçait de plonger et quelques petits malins avaient décidé de tout vendre au plus haut. Et avec l'article du FT, ce qui était passé inaperçu la veille apparaîtrait aujourd'hui au grand jour. Tous les traders qui avaient du Carmin dans leur portefeuille feraient exactement la même chose que lui. Ils regarderaient la baisse de la veille et anticiperaient la baisse du lendemain. Ils vendraient un max et le reflux deviendrait dégringolade.

Edwin sentit sa gorge aussi sèche qu'une poignée de sable dans le désert. Il bondit de son siège, fit les cent pas dans son bureau, se planta devant sa fenêtre. Des nuages sombres encombraient l'horizon. Il avait pris 500 millions de positions chez Carmin. 5 % de baisse équivalait à une perte de 25 millions. Il regarda sa montre : 7 h 55. Le Stock Exchange ouvrait dans une heure. Il fallait réagir très vite.

Son téléphone sonna. Mulronney, l'Australien, le client qu'il avait mouillé jusqu'au cou l'appelait toujours avant tout le monde, décalage horaire oblige. Il était midi chez lui et il avait dû avaler l'article du FT comme une arête de requin en pleine gorge.

— *Edwin ! It's Mulronney !*

— Bonjour, Richard, comment allez-vous ?

— *Are you fucking kidding me, Edwin ?*

Prescott était au pied du mur. Mulronney exigeait qu'il vende ses actifs dès l'ouverture de la Bourse. Edwin tenta de le dissuader. Avec les millions qu'il possédait, il allait mettre le feu aux poudres. Il argumenta, s'emporta, finit pas supplier, mais Mulronney demeurait inflexible. Ce putain de péquenot de Nouvelle-Galles du Sud était raide comme une queue de kangourou en rut. Edwin tenait dans sa main une grenade et à dix-sept mille kilomètres de là, Richard Mulronney tenait la goupille entre ses doigts, se foutant pas mal du tremblement de terre que ça déclencherait quand il déciderait de tirer dessus.

À 9 heures, Edwin Prescott passa l'ordre de vente de Mulronney. À 9 h 30, le titre plongea de nouveau de 5 %. Edwin fut contraint d'appeler tous ses clients et tous décidèrent de quitter le navire.

À midi, le titre Carmin avait sombré de 20 %. 100 millions venaient de partir en fumée et Fielding Capital venait à coup sûr de perdre une poignée de clients en or. Leslie débarqua en trombe dans son bureau.

— Edwin ! Tu as vu Carmin ? Le titre est en train de piquer du nez. Qu'est-ce qui s'est passé, bon Dieu ?

Edwin était blanc comme un linge. Il bredouilla qu'il tentait de minimiser les dégâts mais la tornade était en train de tout aspirer sur son passage. Ce qui se passait, c'est que Carmin s'était fait virer de Kisanga par Shanxi. Le lion chinois avait dévoré le coq français en deux coups de dents.

Leslie tenta de rassurer son collègue, mais il savait qu'aucun mot ne peut compenser le vide produit par l'évaporation de 100 briques des poches de vos meilleurs clients. Il se fendit de quelques paroles apaisantes auxquelles il ne croyait pas. Fielding Capital n'était pas une garderie. Edwin avait merdé et il devrait payer pour cela.

À 12 h 10, trois heures après l'ouverture du London Stock Exchange, le téléphone d'Edwin retentit. Il n'eut même pas besoin de vérifier le nom qui s'affichait sur l'écran à cristaux liquides. C'était Miller. Edwin savait d'avance ce qu'il avait à lui dire.

## 19

C'étaient des flics. Ça puait à vingt mètres. Ils traînèrent Raphaël dans sa chambre, le jetèrent sur son lit et pointèrent une arme sur sa tête. Un petit brun râblé lui demanda où se trouvait le dossier qu'ils cherchaient. Raphaël joua à l'idiot et se prit le plat d'un annuaire dans la tête. Bordel, où est-ce qu'ils l'avaient trouvé celui-là ? Ils n'étaient quand même pas venus avec un bottin sous le bras. Le brun répéta la question. Nouvelle esquive. Nouvelle baffe… Ça y est, il avait pigé ! Ils l'avaient piqué en bas, au rez-de-chaussée… Mme Dominguez détestait le gâchis et faisait toujours une belle pile de pages jaunes dans l'entrée de l'immeuble. En libre-service. Raphaël sentit sa tête gondoler. Ça nageait là-dedans. Pourtant, il ne parla pas. Il savait que les flics se dégonfleraient. À la troisième baffe, ils le laissèrent tranquille et se contentèrent de retourner l'appartement.

Du travail de pro, rien à voir avec le simili cambriolage qu'il avait subi avant l'été. Ils vidèrent tous les meubles, tous les placards, déchirèrent ses livres, ses vêtements, toutes ses affaires, démontèrent ses appareils, sa télé, son électroménager, tout. Après quoi ils attaquèrent les murs. Avec des barres à mine, ils défoncèrent les cloisons, piochèrent l'intégralité du plafond, arrachèrent le parquet. Ils le voulaient leur putain de dossier. Et en regardant ces types en sueur en train de détruire son appartement, il ne put s'empêcher d'éprouver un vague sentiment de compassion. « Désolé les gars, vous avez loupé le coche. » Il guetta avec angoisse le moment où l'un d'entre eux aurait l'idée de descendre faire un tour chez la concierge. Mais ce moment n'arriva pas.

Sa tête cogna contre la portière. Ils lui avaient mis une cagoule et passé les menottes. Le conducteur colla un gyrophare sur le toit et la voiture démarra en trombe. Ils filèrent à toute allure à travers les rues de Paris.

Raphaël essaya de reconnaître le chemin, mais au troisième virage, il était perdu. Le trajet toute sirène hurlante dura près d'un quart d'heure. Soudain la voiture pila, tourna à droite et piqua du nez. Les bruits s'estompèrent. Un parking. Les pneus crissaient sur le sol. Le véhicule s'immobilisa et la portière s'ouvrit sans prévenir. Raphaël bascula dans le vide. Sa tête cogna par terre. Ces salauds se croyaient vraiment tout permis. Mais ils ne perdaient rien pour attendre. Dès qu'il sortirait de ce trou à rats, il balancerait un article dans le *Matin*. Et ils pouvaient lui faire confiance pour n'épargner aucun détail.

Il monta des escaliers, escorté par un malabar embaumant Brut de Fabergé. On lui retira enfin sa cagoule et ses menottes. Ils avancèrent dans un couloir aveugle. Les cloisons étaient proches l'une de l'autre. Un vrai bunker. Raphaël était claustrophobe et commençait à vaciller. Une porte blindée grinça et on le poussa à l'intérieur.

C'était une petite salle, basse de plafond, éclairée aux néons. Au centre se trouvait une table ovale en bois verni, autour de laquelle étaient disposés une dizaine de fauteuils en cuir noir. On jeta Raphaël sur l'un d'entre eux. Une demi-douzaine de types en costume et en uniforme tiraient une gueule de dix pieds de long assis sur les autres.

— Bonjour, monsieur Da Costa. Je vous remercie d'avoir répondu à notre invitation.

Raphaël manqua de s'étrangler.

— Je suis le général Yves Delmas. Vous êtes impliqué dans la disparition d'un dossier auquel nous attachons une grande importance. Je n'ai pas à vous détailler nos raisons, mais sachez que nous sommes déterminés à récupérer ce dossier. C'est une question de sécurité nationale. Et tous autour de cette table, nous sommes les garants de cette sécurité. Ne vous y trompez pas, monsieur Da Costa, vous êtes ici dans la zone grise de la République. Elle ressemble au monde extérieur, mais les règles y sont différentes. Soit vous collaborez et vous retrouvez le cours de la vie normale, votre travail, vos amis, votre appartement qui sera remis en état. Soit vous vous obstinez. Dans ce cas, nous avons toute latitude pour vous retenir aussi longtemps que nécessaire. Vous me comprenez ?

— Pourritures ! hurla Raphaël en poussant sur ses accoudoirs avant d'être rattrapé par deux mains puissantes et rejeté au fond du fauteuil.

— Voilà les journalistes… Tout de suite les grands mots… Nous sommes comme vous, monsieur Da Costa, nous faisons notre travail. Certes, le nôtre, ce n'est pas de fouiller les poubelles et de faire la chasse aux scandales. Nous sommes chargés de la sécurité de la République. Nous œuvrons pour le bien commun. Je suis désolé si c'est un terme qui n'évoque rien pour vous.

— Si c'est pour me faire un cours de morale que vous m'avez kidnappé, vous perdez votre temps, répondit le journaliste. Moi, je suis au service de la vérité et du droit des citoyens de connaître les moyens abjects employés par ceux qui les représentent et qui jurent la main sur le cœur qu'ils sont des puits de vertu et de loyauté. Vous êtes une armée au service des magouilles du pouvoir. Moi, je suis seul, mais j'ai une mauvaise nouvelle pour vous. La vérité triomphe toujours. Antioche se trouve en lieu sûr à la rédaction de mon journal. En ce moment, trois journalistes et deux photographes sont en train de visionner l'intégralité des clichés qu'il contient et il en contient beaucoup. Ils vont sélectionner les meilleurs, écrire les légendes et raconter au public l'histoire d'un des plus gros scandales de ce siècle. Demain, la vérité éclatera au grand jour et vos uniformes ne vaudront pas plus que le tissu dans lequel ils ont été coupés.

À ces mots, une ombre recouvrit Raphaël. Delmas s'était levé, rouge de colère. Le poing levé, le brun râblé le toisait, prêt à frapper, de la haine au fond des yeux. Puis il y eut du remous sur l'assistance.

— Ça suffit !

La voix avait retenti au fond de la salle. La tension redescendit immédiatement. Le petit brun s'aplatit contre le mur. Les militaires se tassèrent sur leurs sièges. Cette voix…

— Merci, général. Laissez-nous.

Il y eut un bruissement. Les militaires se levèrent et sortirent de la pièce, ne laissant qu'une poignée de conseillers autour du chef. Raphaël comprit qu'il ne s'était pas trompé. Les flics l'avaient effectivement amené au bunker le plus stratégique du pays, à cinq mètres sous terre sous l'aile est de l'Élysée.

Le président s'approcha de Raphaël et lui tendit la main.

— Monsieur Da Costa. J'espère que vous avez été bien accueilli. Ceci est le palais du peuple français et vous êtes ici chez vous.

Raphaël serra la main tendue, ne sachant quoi répondre.

— Excusez les manières des militaires. Elles sont un peu rudes, je dois l'avouer. Mais c'est comme les journalistes, ou les présidents de la République. Il en faut, n'est-ce pas ? On vous a servi quelque chose à boire ?

— Non, je n'ai pas…

Il tourna légèrement la tête et un maître d'hôtel en costume croisé se précipita pour lui tendre un verre d'eau gazeuse.

— Monsieur Da Costa, j'ai un peu suivi votre travail. Vous êtes un bon journaliste.

Raphaël aurait voulu lui dire de s'épargner de telles flatteries.

— Je ne dis pas cela pour vous amadouer. C'est mon avis. Vous aimez la vérité et vous pensez qu'elle vaut qu'on se batte pour elle. À vos risques et périls. C'est ce que j'appelle un grand journaliste.

Raphaël s'amollit tout en étant conscient de la subtile opération de séduction dont il était l'objet.

— Je suis un démocrate, monsieur Da Costa. Un irréductible démocrate. Et j'aime ce pays plus que tout… La politique, du moins celle en laquelle je crois, consiste à dédier sa vie à une cause noble qui nous dépasse. C'est une vie enthousiasmante faite de joies et de sacrifices. Et le sacrifice le plus douloureux est certainement celui qui nous impose de nous salir les mains pour atteindre notre but. Celui qui nous oblige à nous compromettre, à nous fourvoyer, à nous égarer loin de notre sillon pour tenter d'y revenir, toujours, avec obstination. La politique nous tient dans ses griffes et prend un malin plaisir à nous mettre à l'épreuve chaque jour que nous consacrons à la servir. Elle est une expérience presque mystique, j'ose le mot, faite de souffrance et de renoncement. Nous nous l'imposons avec parfois une certaine jouissance morbide, peut-être, mais toujours par fidélité à notre idéal. Quiconque a eu l'expérience du pouvoir vous le dira.

La voix du président était descendue dans les graves. Raphaël eut le sentiment qu'à ce moment précis, il ne cherchait plus à séduire et qu'il glissait lentement vers sa propre vérité, sans fard ni calcul. Il laissa le silence s'installer entre eux.

— Antioche fut un épisode regrettable, reprit-il. Une sombre histoire dans laquelle la République s'est empêtrée, où elle a piétiné ses valeurs et s'est reniée elle-même. C'était sous la mandature de mon prédécesseur et je ne vous parle ici ni de lui ni de moi. Je vous parle de la France et de notre démocratie. Ce crime…

Le président ficha ses yeux dans ceux de Raphaël.

— Ce crime n'est ni celui d'un homme ni celui d'un parti. Il est notre crime à tous. Il est le crime de notre pays quand il se mêle des affaires du monde, ce à quoi il ne peut se dérober. Vous devez comprendre cela.

— Notre démocratie est donc criminelle par essence ? demanda Raphaël.

— Non. Elle est vertueuse, mais contrainte d'accomplir des crimes pour asseoir sa vertu.

— Vous parlez comme un défenseur de l'Inquisition.

— Je ne fais que partager avec vous un peu de la solitude du pouvoir… Il ne m'est pas nécessaire de lire votre article sur Antioche. Je sais par avance ce que vous écrirez. Je veux vous mettre en garde. En mettant ce dossier sur la place publique, vous ne désignerez qu'un seul coupable, la démocratie parlementaire française.

— Et je ferai le lit des extrêmes, termina Raphaël. L'argument est un peu fort.

— Que voulez-vous ? Vous comme moi, comme le général Delmas, comme beaucoup d'autres, nous avons une responsabilité et nous ne pouvons nous y dérober. Vous connaissez l'équilibre des forces dans ce pays. L'extrême droite est aux portes du pouvoir. Les sondages sont catastrophiques. Les instituts minimisent la réalité. Croyez-moi, je suis bien placé pour le savoir. Nous sommes au coude à coude dans la moitié des villes et le rapport de force ne cesse de progresser en leur faveur. Il nous reste quinze jours avant le premier tour des municipales et ils vont faire une razzia. Sur le terrain, nos candidats se battent âprement, mais les vagues montent à l'assaut des digues et partout elles menacent de nous submerger. Alors je vais vous dire ce qu'il va se passer.

Si le dossier Antioche sort demain dans la presse, c'est cinq points de plus pour eux dans les urnes et la razzia se transformera en raz de marée. Voilà la situation, monsieur Da Costa. Ce n'est pas moi qui ai inventé les règles du scrutin majoritaire, mais il existe et nous devons faire avec.

Restés dans l'ombre, en retrait, silencieux et graves, les conseillers du président semblaient épuisés. On aurait dit un équipage en pleine tempête écopant jour et nuit un navire aux flancs déchirés. Raphaël ne répondit pas. Le président n'avait aucune intention d'engager le débat avec lui. Ni sur la responsabilité de la presse, ni sur le chapelet des promesses non tenues, des lâchetés électorales, des petits arrangements entre amis qui avaient amené le peuple à les détester au point d'envisager à présent d'appuyer sur le bouton rouge une bonne fois pour toutes.

Ainsi donc lui-même, Raphaël Da Costa, journaleux antédiluvien, représentant d'un métier en voie de disparition, placardisé plusieurs fois, sauvé in extremis de la naphtaline par la divine providence, obligé comme tant d'autres de s'aplatir devant les oukases de l'*infotainment*, ainsi donc apprenait-il qu'il partageait le pouvoir et la responsabilité de la nation avec le président de la République française. 50/50. Sa part du magot. Voyez-vous cela ? Il faudrait qu'il en parle à Dorget. Ça valait une petite augmentation. Le président se retira et Raphaël fut reconduit à l'extérieur du palais. Jusqu'au dernier bout de couloir, au dernier mètre de marbre blanc, il se demanda si le brun râblé allait surgir et lui sauter dessus pour l'emmener au cachot jusqu'à ce que mort s'ensuive. Mais il n'en fut rien. Et il était presque 23 heures quand il se retrouva au 21, avenue de Marigny. Seul dans la douceur du soir des derniers jours de septembre.

## 20

Delmas ajusta sa cravate avant de monter dans le salon doré. Le président était plongé dans un dossier, lunettes sur le nez. Il se racla la gorge, raide comme un I.

— Quelles sont vos instructions ?

— À quel propos ? Ce journaliste ?

Le général hocha la tête.

— Rien. *Alea jacta est.*

— Et si le dossier sort dans la presse…

— Le dossier sortira dans la presse, qu'est-ce que vous croyez ? s'emporta le président. Et vite qui plus est. Nous allons nous prendre un tsunami dans la figure à cause de cette affaire.

Il pointa un doigt menaçant sur le général.

— C'est à cause de vos méthodes. Ces mercenaires incapables.

— Ils ont été décimés par des rebelles.

— C'est bien ce que je disais. Si vos barbouzes n'avaient pas supprimé le fils adoptif du président de Shanxi, le dossier serait encore au coffre à Shanghai ou ailleurs. Les Chinois sont de fins stratèges, général. Leurs parties durent mille ans. Ils n'ont jamais eu l'intention de se servir d'Antioche autrement que comme d'un moyen de pression. Ce sont des gens civilisés avec qui on peut toujours s'arranger, pas comme l'autre con du Bureau ovale. Mais là, avec votre bourde, ils ont vu rouge. Et nous allons nous payer une crise diplomatique avec Pékin. Vous êtes l'unique responsable de ce merdier, général.

— Vous pouvez disposer de moi comme bon vous semble, monsieur le président.

— Oh, arrêtez votre cinéma, répondit-il en haussant les épaules. Vous les militaires, vous êtes tous les mêmes. Que voulez-vous ? Que je vous mette tous au gnouf ?

Delmas attendit, puis se raidit, salua et se retira sur la pointe des pieds.

Le président plongea la main dans la poche intérieure de sa veste, attrapa son portable et rédigea un SMS. « Ça va péter. Si tu es mis en cause, il faudra sortir du gvt. » Puis il fit tourner à toute allure les contacts de son carnet d'adresses avant de positionner son curseur sur Meyrieux François-Xavier. Et il cliqua sur « Envoyer ».

## 21

Raphaël commanda un coursier en urgence et demanda à Mme Dominguez de lui remettre le colis. Puis il marcha en direction de l'avenue Vivienne, le domicile de Dorget. Il avait pensé appeler un taxi, mais la simple idée d'être enfermé le rendait malade. Il préférait prendre son temps pour se mêler à la foule. Une heure plus tard, il gravit les cinq étages de l'immeuble haussmannien et appuya sur la sonnette en laiton, le souffle court. Dorget lui ouvrit, les cheveux en bataille, en robe de chambre.

— Bon Dieu, Raphaël, c'est la pêche miraculeuse.

— Tu l'as reçu ? Tu l'as ouvert ?

— Évidemment que je l'ai ouvert. C'est incroyable. Entre.

Dorget se précipita sur son cabinet à alcool et servit deux verres de cognac. Le carton de photos était posé sur la table du salon. Dorget l'obligea à lui raconter toute l'histoire. Raphaël s'exécuta et pour une fois, Philippe, qui était d'habitude incapable de laisser quiconque finir une phrase sans donner son avis, l'écouta sans l'interrompre. Raphaël reprit tout depuis le début, sans rien omettre. Depuis la conférence de presse au palais de Chaillot, jusqu'à son incroyable entretien à l'Élysée deux heures plus tôt. Il parla de son appartement saccagé sur les ordres de Carmin, de sa rencontre avec Meerk à Goma, de CMA, d'Antioche. Il parla du prêtre de l'Église pentecôtiste, des jeunes, de la bière, de ce pays qui n'attendait que d'être libéré de ses fers pour jaillir aux yeux du continent et du monde. Il parla de Martel, de Carmin, de Butard, de Kessler. Il parla du TP Mazembe et de Moïse Katumbi. Et puis bien sûr, il parla de Wao Jun et de Shanxi. Comment ceux-là avaient tout prévu, tout manigancé sans se salir les mains. Il parla de Tuju, de leur course folle à travers la savane, de la rivière Luapula, de Pweto, de Nairobi, de Charles-de-Gaulle, de la fausse clé jusqu'à la découverte de ce colis livré à son domicile en son absence. Quand il eut terminé, Dorget demeura silencieux. Il ne savait par quel bout la prendre, mais une chose était sûre, c'était une putain d'histoire.

— Raph… C'est, comment dire…

Il se gratta la tête, tenta de refaire le film et de trouver les objections qu'on ne manquerait pas de leur adresser.

— Comment se fait-il que Shanxi vous ait refilé une fausse clé, alors qu'ils t'envoient le dossier complet par DHL ?

Raphaël pointa la table où se trouvait le colis.

— D'abord, rien ne nous dit que ce dossier soit complet. D'autre part, ce carton n'était pas à Lubumbashi, mais en lieu sûr au siège de Shanxi, en Chine. Il a été expédié depuis Shanghai. C'est marqué sur l'étiquette. Depuis des semaines, Carmin et les services français étaient persuadés que ce dossier se trouvait au Congo. Ils avaient même prévu une attaque du QG de Shanxi pour le récupérer. Wao Jun l'a appris et pour écarter le danger, il leur a fait croire qu'il se l'était fait voler. Comme il savait que nous le recherchions, il a tendu un piège à Martel. C'était énorme, mais ça a marché. Martel a volé la clé. Ils l'ont filmé. Ils ont apporté la preuve à Butard qui est tombé dans le panneau. Et du même coup, ils légitimaient leur retrait de Kisanga.

— Extrêmement habile, dit Dorget en avalant d'un trait le reste de son verre de cognac. Mais pourquoi ne pas donner le vrai dossier ? Pourquoi un faux ?

— J'imagine qu'ils pensaient que c'était plus sûr de l'envoyer par DHL.

Raphaël s'assit sur une chaise. Dorget faisait de grands gestes.

— Si je comprends bien, pour Shanxi, ce dossier était un moyen de pression sur Carmin et sur l'État français. Alors pourquoi se défaire d'un tel atout ?

— Il ne leur servait plus à rien, expliqua Raphaël. Shanxi avait besoin de Carmin pour avancer masqué dans Kisanga, dont je te rappelle que c'est un des gisements les plus importants au monde. Ils s'étaient fait virer du Katanga sans ménagement en 2012 et s'ils voulaient revenir, c'était obligatoirement profil bas. Mais coup de théâtre, lors de la finale de la coupe, alors que le pays ne sait plus où donner de la tête, ils reviennent en grâce auprès des Congolais.

— Grâce à un gros chèque, j'imagine.

— Peut-être même plusieurs. Du coup, plus besoin des Français, plus besoin d'Antioche. Ils abandonnent leur cheval de Troie.

— D'accord, mais à partir du moment où ils obtiennent ce qu'ils veulent, pourquoi envoyer le vrai dossier à un journaliste qui créera un scandale en le rendant public ?

Raphaël se leva.

— Là, c'est le truc qui coince. Wao Jun n'a aucun intérêt à nous l'envoyer. C'est un calculateur, un stratège, et il prend le risque d'une crise diplomatique pour un bénéfice nul. Ça ne colle pas avec le personnage. Ça ressemble à un mouvement d'humeur, une vengeance.

— Une vengeance ? Mais de qui et de quoi ?

— Je l'ignore.

Puis tous deux se replongèrent dans la pile de photos qu'ils examinèrent encore une fois, les unes après les autres. Et ils avaient beau en avoir vu au cours de leur carrière, ils n'en croyaient toujours pas leurs yeux.

— C'est incroyable, soupira Dorget. L'onde de choc va être énorme.

Raphaël étudiait chaque cliché en détail avant de le placer en haut du tas bien ordonné.

— Tu as vu ? dit Dorget. Dans leur dos, le logo de Carmin partout. Quelle folie. Qu'est-ce qui leur a pris ?

— L'impunité, mon cher. Ils n'imaginaient pas une seule seconde qu'un type prenait des photos.

— Bordel ! C'est l'anneau de Gygès, version troisième millénaire. Je vois déjà la gueule du conseil de surveillance quand ton article sortira.

Raphaël se figea tout à coup, le regard dans le vide.

— La vengeance de Shanxi…

— Qu'est-ce que tu racontes ?

Raphaël se courba sur une des piles. Il était électrique.

— Regarde. Tu vois les types de Carmin avec leurs vestes grises et les militaires avec leurs treillis. Là, là et encore là.

Raphaël étalait les photos sur la table et les pointait du doigt, dans le désordre.

— Oui. Je les vois.

— Et tu vois également, ici, là et là, les logos de Carmin dans le dos des types, ce qui permet de les identifier sans équivoque.

— Oui, je te l'ai dit.

— Maintenant, regarde les insignes des militaires. Sur leurs bras et leurs épaules.

Philippe inspecta à nouveau les photos.

— Je ne les vois pas, avoua-t-il, dépité.

— Tu ne les vois pas, parce que sous les angles où ont été prises les photos, on ne les voit pas. Aucun drapeau tricolore, aucun insigne de l'armée française, rien. Vérifie, tu verras.

Dorget vérifia une ultime fois.

— Tu as raison. Les soldats ne sont pas identifiables. Ça pourrait être des mercenaires ou n'importe quelle faction armée. Celui qui a pris les photos s'est démerdé pour ne jamais les prendre avec leurs insignes ?

— Ou alors, il y a une autre explication…

— Nous n'avons qu'une partie du dossier, soupira Dorget.

Les deux journalistes se regardèrent sans rien dire. Dorget se leva pour ouvrir la fenêtre et respirer l'air du dehors. Il était minuit et les bruits de la ville commençaient tout juste à s'atténuer. Sur le boulevard, quelques taxis filaient à toute allure. Des scooters faisaient ronfler leurs petits cylindres. Philippe proposa une cigarette à Raphaël qui prit le temps de la déguster en silence, en contemplant les toits de Paris.

— Tu peux toujours faire ton article.

— Sur CMA, oui. En revanche, pour Antioche, c'est cuit.

— Tu as gagné une bataille, Raphaël. Tu vas mettre un point final à l'affaire qui t'a bouffé pendant dix ans. C'est une belle victoire. Ne la minimise pas. Moi, je suis fier de toi.

Il mit la main sur l'épaule de Raphaël.

— Assez discuté. Il n'y a pas une minute à perdre. Tu dois pondre ton article cette nuit. Tu te sens d'attaque ?

— Parfaitement. J'ai besoin d'un secrétaire. Je t'embauche ?

— Avec plaisir. Ça va me faire un bien fou.

— Quoi donc ?

— D'obéir aux ordres.

## 22

L'édition du *Matin* du 30 septembre avait été tirée à 200 000 exemplaires, soit plus du double du tirage habituel, et en milieu d'après-midi, les kiosques avaient déjà été dévalisés. L'article de Da Costa occupait six pages. À la une, Dorget avait choisi de mettre une seule photo en noir et blanc barrée d'un rageur *Carmin : notre crime contre l'Humanité.* Plus que d'autres photos montrant des scènes plus explicites, celle-ci portait une charge émotionnelle considérable. Elle montrait un enfant en guenilles, pieds nus, accroupi dans la boue. Il devait avoir six ans, peut-être sept, et tournait la tête vers l'objectif sans toutefois le fixer, comme s'il ne voyait pas le photographe. Il avait de grands yeux profonds, magnifiques, mais son regard était effrayant, empreint d'une gravité qu'on ne trouve jamais chez un enfant de son âge. Comme s'il avait vécu une vie beaucoup plus longue que la sienne, comme s'il avait vu des choses impossibles à raconter et qu'aucun enfant de sept ans ne devrait jamais avoir vues. L'effet était saisissant. L'enfant ne portait pas l'horreur en lui, il la transmettait au lecteur qui se trouvait éclaboussé, sali, par ce seul regard. À côté de lui, un sac de toile débordait d'une substance brillante et noire comme du charbon. Ses mains et ses épaules en étaient couvertes. Puis, au second plan, un deuxième personnage, le visage déformé par la colère, un bâton à la main, semblait vouloir écraser le gamin comme une punaise. L'homme, blanc de peau, portait des bottes et une veste sombre. Sur sa poitrine, hurlant comme une lettre écarlate, un losange blanc barré de six lettres rouges, le logo de Carmin.

Raphaël rêvait de cet article depuis quinze ans. Maintes et maintes fois, il en avait retourné la structure, les accroches, le chapelet de preuves et de témoignages pour le cas où il serait amené un jour à l'écrire. Il l'avait imaginé lyrique et définitif, mais les choses se présentent toujours différemment de ce que l'on a imaginé. Les photos d'Iseidi étaient d'une puissance prodigieuse et n'avaient pour ainsi dire besoin d'aucun commentaire. Dorget et lui en avaient choisi douze, toutes poignantes, révoltantes, bouleversantes, puis Raphaël s'était borné à écrire un commentaire factuel de l'histoire de CMA. Il débutait ainsi : *L'histoire ne se répète jamais. Mais dans le monde des affaires comme en politique, il est souvent impossible d'échapper à son destin. C'est ce dont le champion français de l'exploitation minière, le groupe Carmin dirigé jusqu'à la semaine dernière par Alain Butard, va faire aujourd'hui l'amère expérience.* Puis il résumait la seconde guerre du Congo, les factions armées se déchirant pour le contrôle des richesses, l'exploitation minière débridée au profit des compagnies occidentales, les mises en garde des ONG, l'embargo de l'État français, la décision de Carmin de le contourner et de demeurer au Kivu sous forme clandestine. Il rappelait les détails de l'affaire CMA, les comptes offshore à Jersey et en Suisse, les rétrocommissions auprès de partis politiques, un scandale qui, pour choquant qu'il fût, n'était en réalité que la partie émergée de l'iceberg qu'il présentait aujourd'hui dans sa totalité au public.

Car loin de nos regards, au cœur d'un pays immense, dans un village reculé de la province du Sud-Kivu, Carmin s'était rendu coupable de crimes odieux. Des crimes perpétrés en toute impunité qui n'auraient jamais été dénoncés faute de preuves si un homme n'avait collecté ces photos clandestines avec méthode. Son nom : Faustin Iseidi. Deux cents images, deux cents preuves conservées dans un coffre en pleine forêt pendant des années, un baril de poudre n'attendant plus que la petite étincelle. Elle venait de s'enflammer. Elle s'appelait Kisanga.

Une première série de photos dénonçait le travail des enfants dans ces mines. Des garçons et des filles de moins de dix ans, épais comme des bouts de ficelle, portant des sacs si volumineux que certains disparaissaient sous leurs fardeaux. Telles des fourmis, leurs petits corps prenaient des postures grotesques pour tenter de maintenir leurs sacs sur leur dos et l'indifférence des ouvriers et des soldats pour leur souffrance donnait aux scènes un caractère insoutenable. Sur l'une d'elles, une petite fille, son sac gisant à terre, se faisait hurler dessus par un employé à la veste grise. Apeurée, couverte de boue, elle semblait implorer un peu d'indulgence. Et partout, énorme, cousu sur la poitrine des forcenés, ce logo couleur de sang sur un losange blanc et sale.

Tous ces clichés accusaient purement et simplement Carmin d'esclavage. Violation de l'article 4 de la Convention européenne des droits de l'homme. Il n'en faudrait guère plus, Raphaël en était convaincu, pour mettre l'entreprise à genoux. Bien sûr, elle plaiderait que ces pratiques n'étaient pas sous contrôle de la maison mère, qu'elles existaient ailleurs dans le pays et qu'il ne s'agissait pas en accusant Carmin de faire le procès d'un système. Néanmoins, la déflagration serait dévastatrice. Le fleuron français de l'industrie minière allait vivre des heures noires, car même si le talent de ses avocats parvenait à le tirer d'affaire, au regard de l'article 4, la fin du réquisitoire les clouerait au pilori.

En fin d'article, en effet, une ultime série de photos remontait la barre d'un cran supplémentaire. Dorget et Da Costa les avaient d'ailleurs placées là avec la mention *déconseillé aux âmes sensibles*. Nul doute qu'avec une mise en garde aussi putassière, tout le monde commencerait à lire l'article par la fin. Il s'agissait d'une sélection de quatre plans pris en forêt, à l'écart du tumulte des creuseurs, de leurs sacs, de la boue, des coups de trique dans le dos. Il y avait de la végétation partout. La jungle telle qu'on se l'imagine. Une même scène prise en plan large et en gros plan. On y voyait quatre hommes. Deux militaires en treillis et deux employés de Carmin avec leurs vestes grises. Les deux soldats se tenaient debout, au repos, appuyés sur des cannes les dépassant d'une bonne tête. À terre, les deux autres, pantalons baissés, étaient assis à califourchon sur deux enfants. Deux petites filles plaquées au sol, sur le ventre, la tunique relevée jusqu'aux épaules, le visage déformé par la terreur, leur petit corps noir se débattant désespérément pour échapper à l'étreinte féroce de leurs bourreaux.

## 23

— Poussez-vous !

Delmas renversa un chasseur et monta quatre à quatre les marches de pierre menant au premier étage. Son pouls battait à tout rompre. Devant la porte, il respira profondément et resserra le nœud de sa cravate.

— Général Delmas. C'est urgent.

— J'informe le président.

Delmas claquait des semelles sur le parquet en point de Hongrie. La porte s'ouvrit. L'huissier se raidit sur son passage.

— Ah… Delmas.

— Monsieur le président. Monsieur le ministre.

Le militaire inclina la tête deux fois. Dans le fauteuil Louis XV réservé aux invités, la crinière de Meyrieux luisait dans le soleil. Détendu et souriant, l'animal faisait preuve d'un sang-froid impressionnant.

— Vous avez vu ça ? dit le président en brandissant l'édition du *Matin*. L'éléphant accouche d'une souris.

— C'est un pétard mouillé, dit Meyrieux en ricanant.

— Da Costa n'a reçu que la moitié du dossier, rétorqua Delmas d'un air grave.

— Comment cela ? Vous êtes sûr ? demanda le président.

— Où se trouve le reste ?

Le général pressa les serrures de son attaché-case.

— Ici. Nous l'avons reçu ce matin même. Cadeau des services secrets chinois.

Les deux verrous claquèrent à l'unisson. Delmas sortit une enveloppe rigide dont il tira une liasse de clichés noir et blanc qu'il déposa soigneusement sur le bureau.

— Nous avons identifié l'endroit. Il s'agit bien du Kivu. Les dates correspondent. Ces photos sont authentiques. Et nous avons les négatifs.

Le président parcourut les photos. Meyrieux tendit la main pour les voir à son tour. Leur ton badin s'était volatilisé. Le général observait les deux hommes faisant défiler la cinquantaine de plans. Sur tous, on voyait distinctement le drapeau français cousu sur les bras des soldats. Le président rassembla les photos et les confia à Delmas. Un sentiment de dégoût le submergeait et il se donna un instant avant de redevenir maître de lui-même.

— Sommes-nous sûrs de tout avoir ?

— Les services chinois nous l'ont assuré, monsieur.

— Brûlez-moi tout ça.

— À vos ordres, monsieur le président.

Le président soupira.

— Messieurs, le gouvernement chinois avait un message à faire passer, il l'a fait. Nous évitons la crise diplomatique et c'est le principal. Je crois que nous leur devons une marque de gratitude. François, vous regarderez ce qu'on peut faire. Et pendant que vous y êtes, ajoutez une petite visite d'agrément dans notre beau pays. La Sologne, Saint-Tropez, Courchevel, choisissez. Ils en raffolent toujours.

— Très bonne idée, acquiesça Meyrieux.

Le ministre fendit l'air de sa silhouette de mousquetaire. Une fois la porte refermée, le président reprit la parole.

— Il a du cran, ce Meyrieux. S'il gagne dimanche, il nous manquera. Est-ce tout ?

— L'État est hors de cause, monsieur le président, et c'est l'essentiel, mais toute la pression va se rediriger sur Carmin. Alain Butard sait beaucoup de choses. Des choses dont nous voulons absolument qu'elles restent secrètes. Je me demande s'il saura résister à cette pression. Si ce n'était pas le cas, les conséquences pourraient être désastreuses.

— Ce sont vos grandes oreilles qui parlent ?

— Notre homme chez Carmin nous a toujours été d'une grande utilité.

Delmas marqua une pause dans l'espoir que le président lui donne une instruction mais il n'en fit rien.

— Je vous écoute.

— Butard a vendu 30 millions d'euros d'actions Carmin juste avant la chute de son cours en Bourse. Son intention est de disparaître avec son pactole. Il est actuellement dans sa villa du Lubéron et doit prendre un jet pour la Floride. Son avion est retenu à Draguignan en raison de petits problèmes techniques. Nous contrôlons la situation.

Delmas marqua une seconde pause avant de reprendre.

— Monsieur le président, nous devons agir. Les journalistes vont se ruer sur lui. Da Costa doit se douter qu'il n'a mis la main que sur la moitié du dossier et il va continuer d'attaquer. Cette fois-ci, il ne sera pas seul. Toute la presse va se joindre à lui. S'il est pris au milieu d'une tempête médiatique, Butard pourrait avoir l'impression de payer pour les autres. Or nous ne connaissons pas sa capacité de résistance. En deux mots, l'état-major est préoccupé.

— Vous avez votre petite idée, on dirait.

Delmas se racla la gorge. Ces politiques étaient décidément incapables de mettre les mains dans le cambouis.

— Le dossier du *Matin* est accablant. Carmin mettra ses avocats sur l'affaire, mais pour ce qui est d'Alain Butard, c'est son honneur qui est en cause. Il pourrait très bien ne pas le supporter.

Le président regarda Delmas droit dans les yeux avant de détourner son regard vers la fenêtre qui donnait sur les jardins du palais. Delmas attendit. Le président demeura silencieux, puis, sans se retourner, lui lâcha du bout des lèvres :

— Faites ce que vous avez à faire, général.

## 24

Olivier avait imaginé que ce serait facile, qu'il lui suffirait de pousser la porte et de faire ce qu'il avait prévu. Mais en débouchant à l'angle de la rue Spontini, il sentit son cœur se serrer. Les parois de verre du siège de Carmin se dressaient devant lui comme un cimeterre luisant au soleil. Il était 10 heures et tous ses collègues étaient déjà au travail.

Il poussa l'immense porte tambour et pénétra dans l'atmosphère fraîche et feutrée du vaste hall d'entrée, avança sous les sculptures suspendues, brillantes comme du mercure, salua d'un hochement de tête le planton de la sécurité qui l'observait du coin de l'œil, puis passa son badge sur le lecteur. Le portillon tourna sur lui-même et il en fut presque étonné. Le carillon tinta. Un grand type à lunettes en costume chiné sortit des cages d'ascenseur.

— Olivier, tiens donc ? Comment ça va ?

C'était un type du service juridique. Un casse-pieds, réponse à tout, toujours prêt à déblatérer sur sa vie captivante et trop pressé pour les histoires des autres. Olivier le salua vite fait et se faufila entre les portes automatiques, quand il croisa deux femmes, dont Céline Dao. Olivier se figea. Céline blêmit.

— Je vous rejoins, fit-elle à l'adresse de sa collègue.

Elle prit Olivier par le bras et l'entraîna près de la baie vitrée qui donnait sur le patio. Elle parlait entre ses dents comme si elle avait peur d'être entendue.

— Olivier, Dieu soit loué. Où étais-tu ?

— Je me suis enfui. Par le nord. Avec Tuju et Da Costa. Nous avons été pris en chasse par des militaires.

— Da Costa ? Celui qui a écrit l'article dans *Le Matin* ? Tout le monde ne parle que de ça. Les accusations sont gravissimes…

— C'est la vérité, coupa Olivier. Ce dossier existait bel et bien. Da Costa l'a reçu à son domicile. Envoyé depuis Shanghai par Shanxi. Les preuves sont accablantes. Je sais que c'est difficile à avaler, mais c'est la vérité. Michel Kessler l'avait compris et il l'a payé de sa vie.

— Que vas-tu faire ?

— Je ne sais pas. J'ai pris un avocat. L'affaire est énorme. Je dois avancer prudemment. Et vous ? Que s'est-il passé ?

— On est rentrés deux jours plus tard. Ici, c'est la grande lessive. Butard est parti. Speck a été renvoyé dans son corps d'origine. Beysserias a démissionné. Maldini est déboussolé. Et Fischer reprend la barre d'une main de fer.

— Et toi ?

— Je… Je ne sais pas, répondit Céline dont les yeux s'emplirent de larmes.

Olivier la dévisagea et se souvint du lodge Mwanza. Il sentait le grain de sa peau, l'odeur de ses cheveux. Il se remémorait la finesse de sa nuque, de ses épaules, la douceur de son corps abandonné.

— Reste avec moi, dit-il en lui prenant la main.

Céline était médusée, incapable d'articuler un son. Ses lèvres tremblaient. Olivier embrassa ses deux mains.

— Je dois monter maintenant. Promets-moi d'y réfléchir, fit-il avant de s'engouffrer dans l'ascenseur.

Au troisième étage, Martel se dirigea vers l'open space où se trouvait son bureau. Quelques-uns de ses collègues étaient penchés sur leur ordinateur ou au téléphone. Il baissa les yeux et avança d'un pas rapide, tourna à droite, vers la fenêtre. Son voisin de bureau était absent. Il s'assit à l'abri des regards, jeta un coup d'œil sous sa table. L'ordinateur était à sa place. Son cœur battait dans sa poitrine. Il appuya à deux endroits sur la paroi latérale qui se désolidarisa de l'unité centrale, glissa les doigts à l'intérieur de la machine, déconnecta le disque dur, le retira de son logement et le fourra dans sa mallette. Il se levait pour rejoindre les ascenseurs quand un type en uniforme de la SES, la société privée chargée de la sécurité de l'immeuble, se dirigea vers lui d'un pas décidé.

— Monsieur Martel. Voulez-vous me suivre ?

— Non, répondit Olivier en tentant de partir de l'autre côté.

Mais un autre type, même uniforme, lui coupa la route. En deux secondes, ils étaient sur lui, le contraignant à s'asseoir tandis qu'ils appelaient du renfort dans leur talkie-walkie. Quelques instants plus tard, quatre autres malabars les avaient rejoints.

— S'il vous plaît, se borna à dire l'agent de sécurité.

Il n'avait d'autre choix que d'obtempérer et il se mit en marche, encadré par les six hommes.

— Entrez, je vous prie.

Olivier pénétra dans le grand bureau du dernier étage et deux vigiles se postèrent à l'entrée, bras croisés. Le bureau de Butard avait totalement changé d'aspect. C'était impressionnant. Comment pouvait-on occuper des lieux pendant quinze ans, être l'objet de toutes les attentions, toutes les convoitises, et disparaître de la sorte sans laisser aucune trace? En regardant autour de lui, Olivier constata à quel point le président Butard faisait désormais partie du passé. Le bureau était baigné de lumière. Tous les meubles en bois avaient été remplacés par du mobilier blanc, des tables en verre, des luminaires en acier laqué. Les tableaux avaient disparu, les murs étaient dépouillés, fraîchement repeints, éclatants de blancheur. Géraldine Fischer était la nouvelle patronne de Carmin et ça se sentait avant même la première poignée de main. Olivier la connaissait peu, mais il connaissait sa réputation d'animal à sang froid dans une enveloppe tout en rondeur et séduction.

— Asseyez-vous, dit-elle d'une voix amène. Pourquoi avez-vous disparu ainsi? Pourquoi ne nous avez-vous pas prévenus de votre arrivée à Paris?

Nous sommes responsables de vous quand vous êtes en mission. Et nous nous sommes fait du souci.

Olivier était stupéfait. Quelle remarquable actrice ! Il hésita un instant avant de répondre. Fischer en profita.

— Prenez votre temps, mais je compte sur vous pour tout nous raconter en détail. Vous avez vu cette affaire dans la presse ? CMA ? C'est une catastrophe, n'est-ce pas. Je n'étais pas au comité de direction à l'époque, mais si ce qui est sorti est avéré, il faudra que toute la lumière soit faite et que les responsables répondent de leurs actes. Ne pensez-vous pas ? Pour ma part, je m'y engage.

Olivier comprit que le scénario de Fischer était millimétré et il prit le parti de la laisser parler.

— On ne se connaît pas bien, Olivier, mais je me suis renseignée. Vous êtes jeune, investi dans vos dossiers, à l'aise sur le terrain. Vous savez prendre du recul et vous avez un bon relationnel. J'ai besoin de profils comme le vôtre. Carmin va se transformer en profondeur. Il nous faut du sang neuf, de l'énergie.

Sans lui laisser le temps de répondre, elle se leva, attrapa une enveloppe A4 sur laquelle était inscrit *Olivier Martel*. Elle la posa sur la table en verre. Olivier sourit. La mise en scène était parfaite.

— Ouvrez-la. Allez-y.

Ses yeux brûlaient d'impatience. Elle l'avait attrapé dans son filet et le jeune ingénieur allait lui tomber dans le creux de la main comme un fruit mûr. Il décacheta l'enveloppe. C'était un contrat dont les termes les plus importants apparaissaient en caractères gras. Olivier le parcourut et écarquilla les yeux.

Fischer sourit. Un poste de direction chapeautant toute la zone Moyen-Orient. Un job que personne ne pouvait espérer chez Carmin avant quinze ans de maison. Et encore, quinze ans d'un parcours sans faute. Pour ce qui concernait Olivier, c'était totalement inespéré. Fischer l'invita du menton à feuilleter les dernières pages. Il s'exécuta. Page 12. Le salaire. Il en eut littéralement le souffle coupé.

— Sans compter les avantages en nature et les stock-options, précisa la nouvelle présidente.

Olivier reposa le contrat sur la table basse. Il était estomaqué. C'était beaucoup trop. Trop vite, trop tôt. L'appât était trop grossier. Fischer continuait de sourire, persuadée d'avoir emporté la mise.

— Je crois, répondit Olivier après avoir repris sa respiration, que vous avez surtout besoin de petits soldats, madame Fischer, de pions faciles à manipuler.

— Détrompez-vous. Je veux des esprits libres, des hommes qui aient de l'initiative. Nous sommes au XXI$^{e}$ siècle. On ne dirige plus une boîte comme la nôtre comme on a pu le faire dans le passé.

Elle leva le doigt.

— Alain avait beaucoup de qualités, mais il gérait cette entreprise à l'ancienne, à coups de petits arrangements entre amis. Ce temps est révolu. Aujourd'hui, tout se sait très vite. La vieille génération est dépassée. Il faut des jeunes, des gens comme vous.

Olivier l'observait avec une dose non feinte d'admiration. Elle était tout de même sacrément douée, dosant ses effets à la perfection.

— Vous voulez des esprits libres ?

— C'est tout à fait cela, Olivier.

Il ouvrit sa sacoche, en tira l'exemplaire de *Jeune Afrique* qu'ils avaient acheté à l'aéroport et entreprit la lecture d'un extrait de l'article sur le renouveau chinois au Congo.

— … *le gouverneur Akolo se félicite de l'accord entre Shanxi Mining et la province du Haut-Katanga. La Chine a selon lui apporté des garanties concrètes sur l'exploitation du minerai ainsi qu'une rétribution équitable aux autorités de la province. Deux nouveaux hôpitaux financés par Shanxi seront livrés en juin prochain, tandis qu'une nouvelle route reliant le gisement de Kisanga à Lubumbashi sera mise en chantier avant la fin du mois. Une volonté dont se félicite le gouverneur. […] À l'inverse, Cyril Akolo a eu des mots très durs à l'encontre des Français qui ont confirmé leur intention de vendre leurs parts de Kisanga à leurs partenaires de Shanxi. « Contrairement aux Chinois, les Français sont venus ici pour spéculer. Ils n'ont jamais eu l'intention d'investir dans l'exploitation de ce gisement. »*

Olivier demanda toute son attention à Fischer à propos de la citation suivante :

— *Les permis miniers de Kisanga ont été retardés à la demande de Carmin, précise Cyril Akolo qui avait proposé de les délivrer en juillet, ce que Carmin a refusé.*

Olivier replia le journal.

— Ça n'a aucun sens, coupa Fischer. Ou plutôt, c'est assez clair. Tous les moyens sont bons pour nous discréditer. Mais je peux vous dire une chose, c'est peine perdue. Nous allons mettre nos meilleurs avocats sur l'affaire et nous allons gagner.

Olivier était fasciné par la confiance inébranlable de cette femme en ce qu'elle tenait pour juste et vrai.

— Madame Fischer.

— Appelez-moi Géraldine.

Olivier obtempéra.

— Géraldine, je ne suis pas sûr que « nous allons gagner », comme vous dites. Car il se trouve qu'en l'occurrence, Cyril Akolo dit la vérité.

Fischer haussa les sourcils comme si l'ingénieur venait de dire une énormité.

— Je le sais parce que j'ai étudié en détail l'obtention de ces permis et que je suis arrivé à la même conclusion. Ou plutôt, disons que j'ai fait les neuf dixièmes du chemin et que le gouverneur Akolo m'a donné les dix derniers pour cent. Depuis que je travaille sur ce projet, j'ai constaté à plusieurs reprises que quelque chose ne tournait pas rond. J'ai d'abord repéré un problème dans l'attribution des parcelles qui laissait entendre une manipulation de Shanxi. Mais c'était l'arbre qui cachait la forêt. Et la forêt, c'étaient les permis. Nous n'avions aucun permis d'exploitation et cela n'avait aucun sens. Même les fonctionnaires sur place n'y comprenaient rien. Je n'ai pas réussi à mettre le doigt dessus, jusqu'à ce que je lise cet article de *Jeune Afrique*. D'un coup, comme par miracle, les choses sont rentrées dans l'ordre. C'est amusant. On cherche parfois quelque chose sans succès pendant des semaines et puis on s'arrête et ça vient tout seul.

Le visage de Fischer s'était durci.

— Si vous regardez une carte de Kisanga, madame Fischer, vous vous apercevrez que les concentrations en minerai sont très inégales selon les sites. Je l'ai moi-même constaté sur le terrain. Très abondantes à certains endroits et très pauvres à d'autres. Ça se voit à l'œil nu. Quand j'ai étudié le projet de contrat entre Shanxi et nous, j'ai vu que les concessions partagées à 50/50 au sein de la coentreprise étaient réparties nominativement entre Shanxi et nous. Ça m'a intrigué, alors j'ai étudié les cartes, le cadastre, et j'ai constaté que Shanxi avait préempté les bonnes concessions et nous avait laissé les mauvaises. J'ai donc commencé moi aussi à soupçonner nos partenaires chinois de nous avoir spoliés. Pourtant le rapport Telson ne faisait pas état d'une telle hétérogénéité du terrain. Et c'est ce qui m'a mis dans le doute. J'avais un soupçon, mais j'étais dans l'impasse. L'interview d'Akolo m'a donné la clé : je ne pouvais pas voir, car je regardais dans la mauvaise direction.

En l'écoutant parler, Fischer avait perdu son assurance. Elle restait silencieuse, sur la défensive, et c'est Olivier qui attaquait.

— En me focalisant sur la qualité des mines, j'étais convaincu que Shanxi manœuvrait contre nous. Je me trompais. La vérité, c'est que tout était prévu depuis le départ entre eux et nous. Pas la vente de nos parts. Là-dessus, en effet, nous nous sommes fait avoir, mais tout le reste était prévu. Carmin devait acheter les mauvais terrains et Shanxi les bons. C'était le deal, un accord non écrit dont très peu de personnes avaient connaissance. Je ne pouvais pas l'imaginer, car c'était une hypothèse absurde, et pourtant, c'est ce qui s'est passé. Shanxi avait découvert Kisanga en 2012, juste avant de se faire sortir du Katanga par Moïse Katumbi. Ils voulaient à tout prix revenir, alors ils ont cherché un partenaire. Il y avait beaucoup d'autres candidats plus solides, les Américains, les Canadiens, mais le hasard a fait qu'à ce moment, j'ignore comment, ils ont appris l'existence du dossier Antioche. La divine providence leur offrait sur un plateau un fantastique moyen de pression sur Carmin. Mieux qu'un partenaire, ils venaient de trouver un cheval de Troie. Alors ils ont proposé un deal à Alain Butard, sans jamais envisager une seule seconde de lui lâcher 50 % de Kisanga. Ai-je tort ?

Fischer était cramoisie, sans voix, enfoncée dans son fauteuil en cuir.

— J'ai raison et vous le savez. Le deal proposé par Wao Jun était d'annoncer un partenariat à 50/50 sur le papier. Pour les investisseurs et les actionnaires, Kisanga était l'affaire du siècle qui devait permettre à l'action Carmin de faire un bond pharaonique. Mais dans les faits, Shanxi s'arrogeait tous les terrains de qualité, soit 95 % de la valeur. Bien sûr, cela devait rester secret. Même pour nous. Alors Carmin a payé Telson pour un rapport de complaisance et Butard a payé le gouverneur Akolo pour ne pas nous délivrer les permis qui auraient mis en évidence la réalité de la pauvreté des sous-sols. C'était une arnaque. Ni plus ni moins. Un délit d'initié inversé. Un jour bien sûr, la vérité devait éclater, mais dans l'intervalle Alain Butard et quelques autres auraient déjà empoché un gros pactole qu'ils auraient placé en sécurité aux Bahamas ou aux îles Vierges. Vous voyez, j'ai même compris pourquoi Alain Butard avait précipité sa mise à la retraite.

Fischer était blême. Elle n'avait même pas la force de décrocher son téléphone pour appeler la sécurité.

— L'histoire était écrite d'avance et vous aviez le temps de vous y préparer. Après le départ de Butard, l'action Carmin devait continuer de monter en flèche avant de s'effondrer une fois le pot aux roses découvert. Vous auriez eu alors toute latitude pour accuser les choix catastrophiques de votre prédécesseur. Votre complicité en échange de la présidence du groupe. Votre part du gâteau. En contrepartie de cette magouille, Shanxi s'engageait à nous remettre les photos. Malheureusement, vous m'avez recruté et j'ai découvert des choses que je n'étais pas censé découvrir. Et puis il y a eu Raphaël Da Costa. Deux grains de sable qui ont coincé la mécanique.

Géraldine Fischer serrait les accoudoirs de son fauteuil.

— Je sais que vous vous posez une question et je vais y répondre tout de suite. Oui, j'ai pris un avocat. Et un très bon par-dessus le marché. Dans la savane congolaise, vous m'avez menacé physiquement. À ce jour, je n'ai aucune preuve, mais ces preuves existent et je vais aller les récupérer.

Olivier regarda sa montre.

— Dans un peu plus de soixante-douze heures, je reprends l'avion pour Lubumbashi avec mon avocat. Et des témoignages sur ce qui s'est vraiment passé, nous en aurons plus que nécessaire. Vous, en revanche, vous avez floué des dizaines d'investisseurs et menti à vos actionnaires. Là non plus, ce ne sont pas les preuves qui manquent. Et puis ce n'est plus Martel contre Carmin, mais une communauté d'investisseurs pesant des milliards contre vous, Géraldine Fischer. Vous êtes cuite. Carmin est cuit. Ces gens-là sont sans pitié pour les tricheurs. Et moi, je leur apporterai tout mon soutien.

Olivier s'avança et se pencha légèrement en avant comme pour saisir l'enveloppe qui portait son nom. Mais en un éclair, Fischer bondit de son fauteuil et frappa le dossier de la paume ouverte de sa main. Olivier se leva de son fauteuil. Elle ne bougea pas. Si elle avait pu, elle l'aurait étranglé sur place, mais elle était tétanisée. À la porte, les deux sphinx les observaient sans bouger.

— Pour moi, tout ça, c'est fini, continua Olivier en regardant autour de lui le bureau luxueux. Et puis, pour être franc avec vous, je me fous des milliards que vous avez volés aux investisseurs.

Olivier la tenailla d'un regard sévère et incandescent.

— Si je fais cela… C'est en mémoire de Michel Kessler. À bientôt, madame Fi…

Il se reprit.

— Je veux dire… Géraldine.

# 25

Ménerbes. À quinze kilomètres de Cavaillon.

Il avait roulé toute la nuit depuis Paris. L'opération était prévue pour ce matin, à la fraîche, et il n'avait pas une minute à perdre. Il avait été mis au courant la veille en milieu d'après-midi et avait dû supplier l'état-major de lui laisser les coudées franches jusqu'au lendemain matin. À 7 h 30, il traversait les champs de lavande au volant de sa Citroën grise quand il décrocha son téléphone.

— Allô ! Capitaine.

— Oui, mon colonel.

— Ne tirez pas. Je vais sur place. Citroën grise immatriculée CE 371 SL.

— Bien, mon colonel.

— Je suis en civil, veste bleu marine. Interdiction de faire feu sans mon accord. Je vous ferai un signe si ça tourne mal, mais, pour le moment, je joue seul.

Vingt minutes plus tard, un nuage de poussière monta du chemin annonçant la Citroën qui termina sa course à l'ombre des cyprès. Le matin était doux. À l'ouest, la falaise de craie illuminée par le soleil se dressait jusqu'au ciel comme un rempart infranchissable. Il était déjà venu ici. En hélico depuis Saint-Trop avec la clique du président de la République centrafricaine. La grande époque. L'endroit était encore plus idyllique que dans son souvenir. Il se gara à côté de la 508 de Butard, traversa le jardin et frappa à la porte d'entrée. Les cheveux en bataille, en peignoir nid-d'abeilles, l'ex-président de Carmin ne put cacher sa surprise.

— Nicolas ? Qu'est-ce que vous foutez là à une heure pareille… Entrez.

Nicolas Speck pénétra dans le séjour.

Butard recollait les morceaux à toute allure.

— Ce sont eux qui vous envoient ? L'état-major ?

Speck baissa les yeux.

— Comment vous appelle-t-on là-bas ? Général ?

— Colonel.

— Colonel Speck ? C'est pas mal. Si j'en crois l'heure matinale, vous avez dû rouler toute la nuit. C'est donc un cas de force majeure.

— En effet, soupira Speck.

Butard lui proposa un café qu'il refusa. Il empoigna une bouteille de whisky et ils sortirent tous les deux sur la terrasse.

— Je vous écoute mon vieux, dit Butard en se servant un verre à ras bord.

— Alain, la situation est extrêmement critique. Le ministère a récupéré les documents compromettants pour l'État dans le dossier Antioche. Carmin va assumer l'intégralité des responsabilités et ils sont persuadés que vous parlerez…

— Je sais tenir ma langue. Dites-le-leur.

— J'ai essayé, croyez-moi. Mais l'ordre vient de très haut. Et la décision est prise.

Butard blêmit. Ses jambes flanchèrent. Il se rattrapa à la table de jardin.

— Que voulez-vous dire ?

Speck avait du mal à parler.

— Ils vont me flinguer ? M'assassiner de sang-froid ? Un Falcon m'attend à Draguignan, je me tire à Miami dans deux heures. Alors vous leur direz que…

— Votre avion est arraisonné. Il ne décollera pas. Là-haut, sur la montagne, il y a un sniper avec une carabine de précision pointée sur vous. Il suffit que je lève la main pour qu'il vous abatte. Je vous supplie de me croire.

Butard avala son verre cul sec et se tourna vers Speck, livide.

— Alain, je suis là par amitié pour vous, si étrange que cela puisse paraître. Et j'ai une proposition à vous faire.

— Une proposition ? éructa Butard qui avait envie de sauter à la gorge de son ex-conseiller.

— Vous allez porter le chapeau et ils vont vous traîner dans la boue. Ils vont tout vous prendre, votre appartement, votre argent, vos biens, tout…

— Ils n'ont pas le droit !

— Je vous en prie. Nous naviguons en eaux grises. Vous savez très bien que les règles y sont différentes. Vous me l'avez dit ici même, à propos du président centrafricain, vous vous souvenez ?

— Je me souviens.

— Écoutez-moi. J'ai conservé le reliquat en liquide de la somme que nous avions prévue pour Kisanga. Il y en a pour trois millions. L'argent se trouve sur un compte sécurisé. Si vous faites exactement ce que je vous demande, je transfère l'intégralité à Sylvie et à vos filles. Vous avez ma parole. Personne n'en saura rien.

Butard connaissait Speck depuis quinze ans et il savait quand celui-ci disait la vérité. À présent, il en était convaincu. Speck était venu pour le tuer.

— Si vous êtes d'accord avec ma proposition, prenez ce téléphone et appelez ce numéro. Vous pourrez parler à votre femme.

— Où est-elle ?

— En sécurité, ne vous inquiétez pas. Je lui ai donné rendez-vous à ce numéro en dehors de la villa. Elle est sur écoute.

Speck posa le téléphone sur la table. Butard transpirait. Ses yeux s'embuaient. La voix calme de Nicolas Speck résonnait comme les derniers mots du prêtre au condamné. Butard regarda le téléphone. Son dernier coup de fil. Ça ne pouvait pas se terminer comme ça… Il fut pris d'un spasme, porta une main à sa poitrine. Il pleurait à chaudes larmes, comme un enfant. Ses mains tremblèrent en saisissant le combiné.

Speck avait la gorge sèche. Il avait accompli un nombre significatif de missions merdiques dans sa carrière, mais celle-ci était probablement la pire de toutes. Il recula de quelques pas et attendit la fin du coup de fil, les mains le long du corps, dans une attitude de recueillement. Au bout de plusieurs minutes, Butard lâcha le téléphone qui rebondit sur la terrasse en pierre. Puis il leva des yeux implorants vers Speck qui, d'un hochement de tête, lui fit signe d'avancer.

Alors, le dos voûté, suivi par le colonel, il emprunta l'escalier vers les jardins en terrasses, frôla le buisson de roses qu'il avait taillé la veille, le caressa du bout des doigts, porta une fleur à ses lèvres en s'emplissant les poumons de son parfum. Ils traversèrent la pelouse et foulèrent le green ceinturant la piscine. Le geste lent, Butard laissa tomber son peignoir à terre, puis, sans se retourner, entra lentement dans l'eau. Speck le suivit, une boule de craie dans l'estomac, et ils se retrouvèrent bientôt tous deux, de l'eau jusqu'à la taille, face à la grande falaise illuminée par le soleil du matin. Un homme nu, un autre habillé, dans une piscine au petit matin sous un ciel immaculé, minuscules dans ce paysage grandiose : le tableau était surréaliste. Sur leur piton rocheux, accrochés à leurs jumelles, le sniper et le capitaine n'y comprenaient plus rien. Butard et Speck restèrent ainsi de longues minutes sans se parler, figés comme des statues de bronze au milieu d'une pièce d'eau, goûtant une ultime fois à ce silence rassérénant, à cette beauté désarmante et à quelques instants de trop rare quiétude dans ce monde insensé et absurde.

Puis, au bout d'un moment interminable, Alain Butard s'agenouilla, offrant ses épaules à Nicolas Speck qui posa ses deux mains dessus et appuya de toutes ses forces.

Encore un mot.

Le voyage auquel j'ai convié le lecteur, je l'ai effectué avant lui, à travers les mots et les images d'auteurs et de cinéastes que je remercie chaleureusement. Ils sont nombreux. Je n'en citerai que deux. Thierry Michel, dont les documentaires pénétrants m'ont inspiré deux scènes de ce livre, et, bien entendu, le monumental *Congo* de David Van Reybrouck, source inépuisable d'information et d'inspiration, dont il faut recommander la lecture à tous ceux qui s'intéressent à ce pays immense et fascinant.

Ce livre est une fiction. Ni ses personnages ni son intrigue ne sont tirés d'une histoire vraie, mais, comme toujours, inspirés de fragments d'histoires dont certains sont véridiques. Je mentionnerai toutefois une exception à cette règle en la personne de Moïse Katumbi, ex-gouverneur du Katanga et toujours, à l'heure où nous imprimons, candidat aux élections présidentielles de son pays. Le destin de la RDC rencontrerat-il un jour celui de Moïse, de la démocratie, de la prospérité et de la paix ? Je l'espère profondément et adresse au peuple congolais mes vœux les plus sincères de réussite dans ce rude combat.

Je remercie ma femme et mes filles pour leur soutien au fil de l'écriture.

Le dernier mot est pour toi, ami lecteur. J'espère que le voyage t'a plu et que tu as pu y mettre une partie de toi, comme je l'ai fait moi-même en l'écrivant. Pour cela, je te remercie.

Du même auteur
aux éditions Liana Levi :

*Terminus Belz*, 2014
Prix Polar SNCF
Prix PolarLens
Prix Tenebris
Prix des clubs de lecture de la ville
de Saint-Germain-en-Laye

*Les salauds devront payer*, 2016
Prix Interpol'Art

PAPIER À BASE DE FIBRES CERTIFIÉES

Le Livre de Poche s'engage pour l'environnement en réduisant l'empreinte carbone de ses livres. Celle de cet exemplaire est de :
450 g éq. $CO_2$
Rendez-vous sur www.livredepoche-durable.fr

Composition réalisée par Lumina Datamatics, Inc.

---

Achevé d'imprimer en février 2019 en France par
MAURY IMPRIMEUR – 45330 Malesherbes
N° d'impression : 234298
Dépôt légal 1re publication : mars 2019
LIBRAIRIE GÉNÉRALE FRANÇAISE
21, rue du Montparnasse – 75298 Paris Cedex 06

35/1973/0